U0723372

SHAKESPEARE
STAGING THE WORLD

英国的黄金时代
莎士比亚的世界

[英] 乔纳森·贝特　多拉·桑顿 著
刘积源　韩立俊 译

中国友谊出版公司

图书在版编目（CIP）数据

英国的黄金时代 ：莎士比亚的世界 /（英）乔纳森·贝特，（英）多拉·桑顿著 ；刘积源，韩立俊译．-- 北京 ：中国友谊出版公司，2018.7

书名原文：Shakespeare:staging the world

ISBN 978-7-5057-4457-8

Ⅰ．①英… Ⅱ．①乔… ②多… ③刘… ④韩… Ⅲ．①莎士比亚(Shakespeare，William 1564-1616)-戏剧文学评论 Ⅳ．①I561.073

中国版本图书馆CIP数据核字(2018)第174693号

著作权合同登记号 图字：01-2017-2780号

Shakespeare: Staging the World, by Jonathan Bate and Dora Thornton

First published in 2012 by The British Museum Press
A division of The British Museum Company Ltd

书名 英国的黄金时代：莎士比亚的世界
著者 [英] 乔纳森·贝特 多拉·桑顿
译者 刘积源 韩立俊
出版 中国友谊出版公司
发行 中国友谊出版公司
经销 新华书店
印刷 北京中科印刷有限公司
规格 787×1092毫米 12开
23印张 515千字
版次 2018年12月第1版
印次 2018年12月第1次印刷
书号 ISBN 978-7-5057-4457-8
定价 198.00元
地址 北京市朝阳区西坝河南里17号楼
邮编 100028
电话 （010）64668676

目录

馆长寄语

威廉·莎士比亚是世界文学史上最负盛名的作家。

他的名字与戏剧、诗歌紧密相连，同时也与英国对世界文化的贡献紧密相连。他笔下的人物——哈姆雷特、罗密欧、朱丽叶、麦克白、福斯塔夫、克莉奥佩特拉等——为数百万未曾欣赏过他的戏剧的普通人所熟知。

他的作品受到了无数学者的广泛研究，被改编、翻译成多种语言，通过各种媒体与广大读者和观众见面，这是任何其他作家都望尘莫及的。

由于上述种种原因，2012 年的伦敦艺术节在其高潮时刻举办了世界莎士比亚戏剧节，由英国皇家莎士比亚戏剧公司发起制作（国家大剧院、环球剧院和其他许多国际影院公司提供了支持）。本次展览活动名为“莎士比亚的舞台世界”（*Shakespeare: staging the world*），是大英博物馆为支持伦敦奥运会而举办的一次文化活动，它是向世界展示英国国家艺术和文化系列活动的一部分。随着 2012 年世界与伦敦的亲近，探索 400 年前世界是如何走近伦敦的就显得十分必要了，因为那个时期正是全球现代性的诸多方面刚刚萌芽的阶段。

在本次展览和随后出版的书籍中，我们透过莎士比亚本人、他手下的演员以及观众的视角领略了近现代社会早期的概貌。他们眼中的各种事物至少对了解他们的世界观塑造具有一定的价值。本次展览汇集了数量庞大的物件，整个展览超越了大英博物馆的收藏范围，得到了其他地方的私人藏家和公共收藏机构的慷慨相助。我们透过莎士比亚戏剧的镜头仔细研究了这些物件，在物件选取和文本背景的阐释过程中，我们吸收了世界各地相关专家、学者和专业藏家的意见。我们的展览和与之配套的书籍使我们看到了莎士比亚戏剧世界中存世的精品文物，从而更好地理解我们的前辈——无论是伦敦的居民还是外地的游客——是如何在 400 年前阐释他们当时的世界的。

莎士比亚的朋友、竞争对手兼同行剧作家本·琼生把他描述成“时代的灵魂”，认为他的戏剧极其生动地体现了他出生、生活并工作的文化环境。只消看一眼威尼斯某个犹太家庭的木刻画、囚禁在树上的一件 16 世纪的加勒比海精灵木雕以及一幅印有克莉奥佩特拉和伊丽莎白女王并肩头像的扑克牌，就会使人从历史和理性的视角对夏洛克、爱丽儿和克莉奥佩特拉这几个戏剧人物有崭新的理解。

我们的展览之旅打开了早期现代世界的多元文化之门，那个时期正是全球化刚刚起步之际。特定物件与特定的莎士比亚戏剧人物、图像或想法的并置，以奇特的方式证明了它们之间的相互启发：奥赛罗使我们对摩尔人和土耳其人有了一定的感知，夏洛克使我们体味了现代初期的犹太文化，凯列班使我们领略了新世界的概貌，布鲁图斯使我们认识了古代世界的重构性影响力，麦克白向读者详解了苏格兰的风土人情，欧文·格林杜尔向读者展示了威尔士，麦克莫里斯使读者感知了爱尔兰的文化，辛白林和李尔王则使读者知晓了有关“17 世纪初期英国的统一或分裂”的争论。

在莎士比亚所处的时代，专业剧团成为一个崭新的现象，成为向广大公众展示世界文化的首要大众传播媒介。在 20 世纪末期，人们主要通过电视屏幕了解世界；在 21 世纪初的今天，人们主要通过互联网来认识世界；在莎士比亚的时代，人们主要通过萨瑟克区的环球剧院单调简陋的舞台来了解世界各地的生活。

此次展览为我们同全球艺术界展开合作提供了良机。我们十分感谢牛津大学伍斯特学院的教务长乔纳森·贝特教授，他也是一位世界知名的莎学家，感谢他在此次展览中以莎士比亚顾问的身份和策展人多拉·桑顿博士紧密协作并做出了重要的贡献。我们还要感谢英国皇家莎士比亚剧团，这是博物馆和剧团之间的首次合作。英国皇家莎士比亚剧团带来的不只是创意和友谊，更是对莎士比亚舞台生涯的一种转变性领悟。对此我们也非常感激。

此次展览是英国石油公司与大英博物馆长期合作关系的一部分。非常感谢他们使广大公众能够一睹莎士比亚想象世界的迷人风采。

尼尔·麦格雷戈

大英博物馆馆长

作者前言

本书既是“莎士比亚的舞台世界”展览的目录，也是相关项目的扎实研究成果。在此次展览和本书的撰写中，我们采用了崭新而独特的方法，通过一系列实例研究，聚焦于广阔的地域、文化和主题，从而在莎士比亚的想象世界和16世纪末17世纪初的真实物件之间建立了对话。

“我还有一把剑在这屋子里，那是一把用冰溪之水所浸炼的西班牙宝剑。”这是莎士比亚四大悲剧之一《奥赛罗》的主人公在自杀前所说的一句话，这一刻是该剧的高潮。学者们指出，西班牙以其精良的铸剑工艺闻名于世（托莱多剑尤其著名），但他们的回火工艺却令人迷惑不解（有人甚至认为“冰溪”[ice-brook]可能是印刷错误，正确的应为“因斯布鲁克”[Innsbruck]——该地也以精良的金属铸造闻名于世），但是随之也产生了一系列问题：西班牙铸剑到底是什么样子？它背后有什么更具体的关联？在何种背景下莎士比亚及其最初的观众能够一睹其貌？我们的展览以一种新颖的方式回答了这些问题，主要做法就是把一把西班牙铸剑和一系列富有说服力的摩尔人图像放在一起。当我们用实物来解释戏剧文本或者用戏剧文本来阐释实物时，莎士比亚及其戏剧就以崭新的面目出现在世人面前了。

在这本书中，我们探讨了某些特殊文物的地位和意义以及这些文物在构建现代初期的集体记忆中的作用。有些物件以前从未公开过，有些只在博物馆的少数专业人员面前展示过，其中有许多物件此前从未与莎士比亚、他的作品及其戏剧世界有过任何瓜葛。此次展览与这本书合力为莎士比亚戏剧的主要人物创建了一个富有革新意义的文化人类学，表明了各种联系的广阔范围——见识、误解、偏见、恐惧、魅力——我们分析了这些方面，并且找到了它们为所处文化所做的贡献。

由于莎士比亚的创作生涯很可能是建立在他与剧团的演员、同行作家、各种图书资料以及观众之间的广泛合作基础之上，因而此次展览和本书也始终注重卓有成效的多方协作。多拉·桑顿担任大英博物馆展览的策展人，乔纳森·贝特担任莎士比亚研究顾问。若无彼此之间的高效协作，展览和本书都不可能完成。我们同时也得到了整个合作团队的巨大帮助。此次展览的概念和形式在经过一系列内部策展辩论后才得以最终敲定，这些活动是由尼尔·麦格雷戈和乔纳森·贝特主持进行的。看到这些精通世界文化方方面面的专家欢聚一堂并就如何走近莎士比亚及其戏剧世界展开辩论，的确是一桩令人兴奋的事情。正是通过这种方式，我们才找到了之前未曾见过的各种生动联系。在这些讨论过程中，我们提炼了乔纳森·贝特的想法：展览应围绕莎士比亚现实与虚构的地理处所进行。在此特别感谢大英博物馆展览期间以下策展人在各类研讨会中的良好建议：西尔克·阿克曼、希拉·坎比、弗朗西丝·凯莉·保利、吉尔·库克、杰西卡·哈里森－霍尔、伊恩·詹金斯、乔纳森·金恩、詹姆斯·罗宾逊、克里斯·斯布瑞和乔纳森·威廉姆斯。

我们也从一个由杰出的学者组成的读者团队中受益匪浅，他们担任我们的顾问委员会，快速而认真地阅读了我们的初稿，并提出了许多宝贵的改进建议。在此感谢普林斯顿大学的安东尼·格拉夫顿教授、伦敦大学玛丽女王学院的凯特·洛教授以及约克大学的威廉·谢尔曼教授。我们感谢对某些物品和书中部分章节发表过评论的部分专家：约翰·契利、保利·库克、乔治·达格利什、安妮－玛丽·埃泽、何塞·奥利弗、安格斯·帕特森、吉姆·金斯隆和杰里米·沃伦。我们从以下图书馆和机构得到了非常宝贵的协助和相关档案：大英图书馆、牛津大学图书馆、坦普尔学院图书馆、爱丁堡大学图书馆、苏格兰国家图书馆、纹章学会、兰贝斯宫图书馆、沃伯格研究所、威斯敏斯特教堂、耶稣会档案馆、斯托尼赫斯特学院图书馆以及伦敦图书馆。

我们要感谢以下人员为本书的撰写提供了帮助：贝基·艾伦，他是参展项目策展人、展览核心团队关键成员，同时也是赠阅本的合著者；诺丁汉大学的彼得·科万博士，他以极高的效率检查了莎士比亚参考文献资料；特里萨·弗朗西斯，他不知疲倦地担任了目录部分的志愿者，随后又担任了实习生的角色；露西·斯皮尔曼、鲁瓦森·沃森以及罗兰·沃尔特斯，他们为多拉提供了宝贵的协助工作。我们要特别感谢大英博物馆出版社的编辑克劳迪娅·布洛赫、罗斯玛丽·布拉德利、考拉莉·赫本、梅勒妮·莫里斯以及我们的技术编辑劳拉·拉平。约翰·威廉姆斯和阿克西勒·鲁索组织并监督了大英博物馆文物的拍摄任务，担任协助的有摄影师艾弗·凯尔斯莱克和索尔·佩卡姆，韦尔·韦伯为两本展览书籍做了装帧设计。

除了贝基和克劳迪娅外，我们还要特别感谢此次展览的核心团队成员：我们的项目经理克莱尔·埃弗里特和简尼特，展览设计师阿兰·法尔丽，皇家莎士比亚演出公司的设计顾问汤姆·派珀，我们的口译官伊奥娜·肯恩和简·巴蒂，2D设计师保罗·古德海德，以及皮帕·克鲁克香克，莎拉·詹姆森，詹姆斯·贝克和马特·韦弗。我们还要感谢卡罗琳·马斯登－史密斯、卡罗琳·英厄姆、大卫·桑德斯、司徒亚特·弗洛斯特、夏洛特·科威尔、大卫·麦克耐弗、詹姆斯·佩特斯以及其团队策展助理罗珊娜·克沃克、苏珊·雷克斯、汉娜·博尔顿、奥利维亚·里克曼和詹尼弗·苏吉特。详细致谢名单见本书。

乔纳森·贝特和多拉·桑顿

Willm Shakespeare of Stratford vpon Aven in the Countye of Warwicke gentleman of the age of xlviij yeres or thereaboutes sworne and examined the daye and yere abouesaid deposethe & sayethe

1 To the first interrogatory this deponent sayethe he knowethe the partyes plaintiff and deffendant and hathe know[ne] them bothe as he now remembrethe for the space of tenne yeres or thereaboutes./

2 To the second interrogatory this deponent sayeth he did know the complainant when he was servant with the deffendant, and that duringe the tyme of his the complainantes service with the said deffendant he the said complainant to this deponentes knowledge did well and honestly behaue himselfe, but to this deponentes remembrance he hath not heard the deffendant confesse that he had gott any great profitt and comodytye by the service of the said complainant, but this deponent saithe he verely thinkethe that the said complainant was a very good and industrious servant in the said service And more he canott depose to the said interrogatory:/

3 To the third interrogatory this deponent sayethe that it did evydentlye appeare that the said deffendant did all the tyme of the said complainantes service with him beare and shew great good will and affeccion towardes the said complainant, and that he hath hard the deffendant and his wyefe diuerse and sundry tymes saye and reporte that the said complainant was a very honest fellow: And this deponent sayethe that the said deffendant did make a mocion vnto the complainant of marriadge with the said Mary in the bill mencioned beinge the said deffendantes sole chyld and daughter, and willinglye offered to performe the same yf the said complainant shold seeme to be content and well like thereof: And further this deponent sayethe that the said deffendantes wyeffe did sollicitt and entreat this deponent to moue and perswade the said complainant to effect the said marriadge, and accordingly this deponent did moue and perswade the complainant thereunto: And more to this interrogatory he cannott depose:/

4 To the ffourth interrogatory this deponent sayth that the defendant promissed to geue the said complainant a porcion ~~of monney and goodes~~ in marriadge with Marye his daughter./ but what ~~certayne~~ porcion he Rememberethe not./ nor when to be payed ~~yf any some weare promissed~~, nor knoweth that the defendant promissed the ~~defendant~~ plaintiff twoe hundred poundes with his daughter Marye at the tyme of his decease./ But sayth that the plaintiff was dwellinge with the defendant in his house, and they had amongest them selues manye Conferences about there marriadge which afterwardes was Consumated and Solempnized. And more he cann[illegible]

5 To the vth interrogatory this deponent sayth he can saye noe thinge touchinge any parte or poynte of the same interrogatory, for he knoweth not what implementes and necessaries of houshould stuffe the defendant gave the plaintiff in marriadge with his daughter Marye./

Willm Shakp

第一章

17 世纪初的伦敦 世界之城

公元 1612 年，伽利略成为第一个观测到海王星的天文学家（虽然他误以为那是一颗恒星），约翰·罗尔夫在这一年首次从詹姆斯顿出口了他的第一批经过改良的烟草（种子是从特立尼达进口的），在这一年，当时最伟大的小说——米格尔·德·塞万提斯的《堂·吉诃德》英文翻译版正式出版。

次年，剧作家威廉·莎士比亚及其年轻的合作者约翰·弗莱彻（1579—1625）似乎已经着手对那位为爱疯狂的游侠人物卡登尼欧（Cardenio）进行戏剧化改编，该剧取材于塞万提斯的游侠冒险故事。他们还共同创作了一出反映国王亨利八世统治时期（约 1509—1547）的戏剧。亨利八世国王身材魁梧、极富魅力，近百年来无人能望其项背，他与罗马教会的决裂成为当时最重大的政治决策。

正是在 1612 年，威廉·莎士比亚本人财运亨通，靠写作及其在“国王班底”（the King’s Men）演出公司的股权赚取了大量财富。他居住在埃文河畔的斯特拉特福镇，处于半隐居状态。对这位在家创作戏剧的剧作家来说，他的日常事务就是负责把剧本移交给合作者弗莱彻。但是 5 月 11 日这一天，伦敦市民才得以见识到这位剧作家的真面目。

一桩诉讼案的文件摆在了威斯敏斯特法院的案头。在该案的证人中有“沃里克县埃文河畔斯特拉特福镇的威廉·莎士比亚——一位 48 岁左右的绅士”。他对自己的作证行为宣了誓，并接受了询问。一位法院职员记录了他的证词，然后由他签字确认（图 1-1）。这份证词是唯一一份由威廉·莎士比亚亲口讲述、保存至今的文献资料，这一点确凿无疑。当然还有别的一些有关莎士比亚的传闻，例如：竞争对手之一剧作家本·琼生（1572—1637）提及的一些，以及出现在戏剧逸事和斯特拉特福镇邻居们的商业函件、杂志、个人书信中的记录等。但是，这份证词声明本身并不能说明任何问题。

图 1-1. 莎士比亚的笔迹，在贝洛特与蒙乔伊之间的诉讼案中的证词，威斯敏斯特民事法院，1612 年 5 月 11 日。
40.6 厘米 × 30.5 厘米。
现收藏于克佑国家档案馆。

图 1-2. 显示了主教门的地图，1559 年（细部）。1597 年 11 月和 1598 年 10 月莎士比亚在此地被列入欠税者名单。
铜板，37.7 厘米 × 50.5 厘米。
现收藏于伦敦博物馆。

虽然那次讼诉直到 1612 年才对簿公堂，但它却关涉了 1604 年的几个纠纷事件。这些纠纷发生在贝洛特（Belott）与蒙乔伊（Mountjoy）之间，包括一场家庭纷争和琐碎的金钱纠纷，虽然有点儿不够光彩，但却是民事法院（Court of Requests）诉讼中的常见案件。民事法院的功能大致相当于今天的小型索偿法庭（Small Claims Court）。克里斯托弗和玛丽·蒙乔伊是胡格诺派（法国新教徒）的晚礼服或正装制作商，具有法国血统的斯蒂芬·贝洛特是他们的学徒。在那个时候，师傅的女儿及徒弟往往会被师傅撮合成夫妻，以便传承香火，维系家业。贝洛特当时也遇到了这种情况。他的师傅许诺为他们的婚姻提供 60 英镑的嫁妆，这个约定似乎已经得到了双方的认可，但是蒙乔伊却从未兑现过，所以贝洛特最终把岳父告上了法庭。

莎士比亚曾经寄居在蒙乔伊位于银街的一幢寓所里，而且在那儿住了好几年。在他的证词陈述中，他清楚地谈到了贝洛特的良好人品。但他也透露，蒙乔伊夫人曾经协助丈夫“要求和说服”贝洛特把那桩婚姻持续下去，而这一点却有违年轻人的意志。这件事为莎士比亚的创作提供了素材，例如，相关主题和内容出现在他的第一组畅销十四行诗《维纳斯和阿多尼斯》中，同时也在《一报还一报》《皆大欢喜》两部戏中有所反映。蒙乔伊夫人曾经求助莎士比亚调解此事，后者也恰当地进行了商谈。我们从另一名证人处获悉，当时正是莎士比亚主持了调解仪式并促成了那桩婚姻。这桩诉讼案同时也揭秘了当时的方方面面。蒙乔伊女士受皇室委托为女王制作衣服，而莎士比亚也受皇室委托为宫廷撰写剧本。蒙乔伊夫人经常拜访占星家西蒙·福曼，后者也是莎士比亚戏剧的追随者，他的日记包含了有关莎士比亚戏剧创作的翔实亲历陈述，这也是唯一的资料（第 47 页）。这桩诉讼案牵涉到的另一名证人是乔治·威尔金斯——

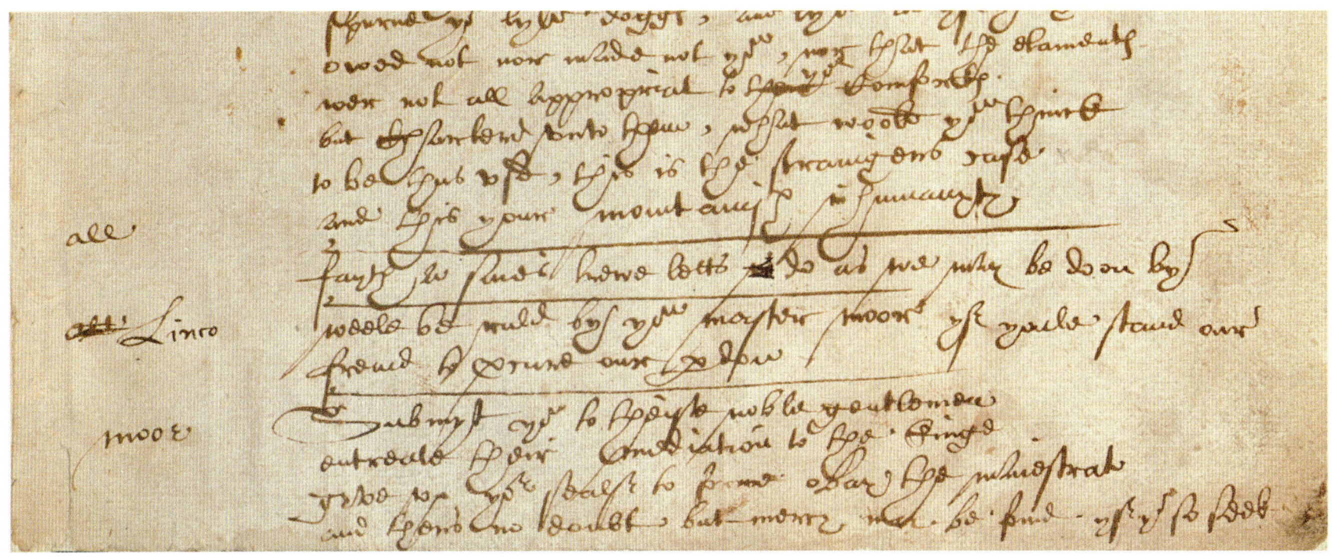

图 1-3. 一份 1601 年至 1604 年的手稿，经过了多人的修改，此页描绘了骚乱场景，出自莎士比亚之手。
《托马斯·莫尔爵士之书》，安东尼·曼迪（？）和亨利·切特尔。
手稿，墨水在纸上写成，约 37 厘米 × 27 厘米。现收藏于大英图书馆。

“今天的外国佬正是这样。你们严重的不近人情也是这样”

（《托马斯·莫尔爵士之书》第135—136页）

一位御用文人和妓院老板，此人与莎士比亚合作撰写了广受欢迎的旅行与游历传奇剧《伯里克利》。不过，令人惊讶的是，该剧中生动再现妓院场景的执笔者是莎士比亚，而非威尔金斯。

银街（the Silver Street）社区聚集了大量移民。事实上，每个教区各具特色。不同民族身份的侨民往往紧密地凝聚在一起。在主教门地区（Bishopsgate）（图 1-2）有许多荷兰和法国新教徒，这些人为了逃避宗教战争而横渡英吉利海峡。移民们经常聚集在边缘地带，生活在没有城门的教区里。莎士比亚对胡格诺派的寻求庇护者流露出了强烈的同情心，这一点在由多位作者合作完成的剧作《托马斯爵士》中有所反映，该剧的创作时期大概在 1601 年至 1604 年间。这个场景——唯一随同原作手迹（图 1-3）保留下来的画面——或许是莎士比亚寄居在银街的寓所里写成的，当时他的那位胡格诺派教徒女房东正在楼下做针线活儿（第 43—44 页）。

公元 1612 年，在远离英国的世界其他地方，奥斯曼土耳其人和波斯人萨法维通过签署《纳苏帕夏条约》实现了和平。而在更远的东方，越过苏瓦里海岸（英语称为“斯沃利”），英国东印度公司的人帆船击败了葡萄牙舰队，标志着葡萄牙对印度的商业垄断正式结束，同时也宣告英国对东印度公司的统治正式开始。

1 月份因一位重要人物的离世而蒙上了阴影，这就是鲁道夫二世（出生于 1552 年），他是神圣罗马帝国皇帝、波希米亚国王、匈牙利国王、克罗地亚国王、奥地利大公，以及土耳其奥斯曼王朝的宿敌。他有一家专门蓄养珍禽异兽的动物园，一家种植了珍稀物种的植物园，还收藏了多件欧洲最珍贵的艺术古玩。

他是各种艺术的赞助人，是神秘科学的实践者，是英国魔术师约翰·迪伊（1527—1608或1609）和全欧洲最受赞誉的英籍诗人伊丽莎白·简·韦斯顿（1581—1612）的雇主。

4月份，一位激进的再洗礼派教徒爱德华·怀特曼被烧死在利奇菲尔德的火刑柱上。由于他自称是世界的救世主，因而成为英国历史上以异端邪说为罪名被执行死刑的人。几个月后，一种更加常见的死刑形式在汉普顿郡流行开来，一位男子和四位妇女被绞死，罪名是滥施巫术。

1612年11月6日，苏格兰和英格兰国王詹姆斯六世（1603—1625）及其妻子丹麦公主安妮（1574—1619）的儿子——性情文雅、受人喜爱的威尔士亲王因伤寒而去世，时年18岁。英格兰与苏格兰的王位继承权随之落到了缺少魅力和外交能力的弟弟查尔斯（1625—1649）身上，37年之后，随着刽子手手起刀落，他的生命终止在白厅。亨利王子的尸体在圣詹姆斯宫庄严地躺了一个月，随后在当年的12月7日，一支逾千人、长约一英里的送葬队伍浩浩荡荡来到了威斯敏斯特教堂。坎特伯雷大主教进行了两个小时的布道，之后，送葬的民众推倒了墓室周围的围栏，亨利的尸体终于入土安葬。与此同时，一位疯狂的男子跑过哀悼的人群，大声宣称他是亨利的鬼魂。

亨利的妹妹伊丽莎白公主（1596—1662）即将嫁给德国巴列丁奈特的选帝侯弗雷德里克，但是由于皇室经历了成员亡故，她的婚礼推迟到了次年2月。等到举办婚礼的时候，庆祝活动包括20多场御前戏剧表演。莎士比亚演出公司“国王剧社”的业务经理约翰·黑明斯如期收到了演出的费用，指定剧目包括《无事生非》《暴风雨》《冬天的故事》《约翰·福斯塔夫爵士》和《威尼斯摩尔与恺撒的悲剧》等。这些剧目有悲剧、喜剧和历史剧等，戏剧的背景各不相同，有的设在英格兰，有的设在某个虚构的“无人岛”上（《暴风雨》），还有的设在西西里岛、波希米亚、威尼斯以及罗马等地。在这些宫廷庆祝活动中，我们发现了莎士比亚虚构艺术的巨大成就。10年之后，他的36部戏剧以精美的开本形式结集出版，他的戏剧世界以广阔的社会面貌出现在世人面前（图1-4）。

从英格兰农村到帕多瓦（博斯沃思和阿金库尔的交战之地），从维罗纳到米兰，多次对古罗马、以弗所、纳瓦拉、某个古老的雅典小镇（同样也有英国乡下小镇）、威尼斯、墨西拿、沃里克郡的雅顿森林的描绘，频繁光顾法国的阿登、埃尔西诺、温莎、伊利里亚（大体相当于今天的克罗地亚）、特洛伊的交战之地、威尼斯、塞浦路斯、维也纳、法国比利牛斯省的鲁西荣、巴黎、佛罗伦萨、古代英国、苏格兰、威尔士、罗马帝国的各式前哨战场、埃及、安提阿、提尔、塔尔苏斯、平塔波利斯（就像地中海上的一艘船）、米蒂利尼、西西里岛和波希米亚（今捷克），这些都是同时出现在地中海和加勒比海地区的想象中的岛国，莎士比亚的戏剧背景构成了一幅全景式的世界图景。

“他不属于某个时代，而属于整个历史！”

图 1-4. 本·琼生在“第一对开本”中的序言部分所作的颂词，称赞了莎士比亚的想象成就。莎士比亚著名的版画肖像（作者为马丁·德罗肖特）是仅有的两幅经过确证与莎士比亚十分相像的肖像之一（另一幅在他的墓室里），两幅都不是他的生活肖像，琼生称雕刻得很像，但告诫读者“不要看他的画像，而是要看他的书”。
图片选自“第一对开本”（1623 年）的标题页，后来为瓦多尔的第二任阿伦德尔公爵托马斯收藏。
印刷书籍，32 厘米 × 21.8 厘米。
现收藏于兰开夏郡斯托尼赫斯特大学。

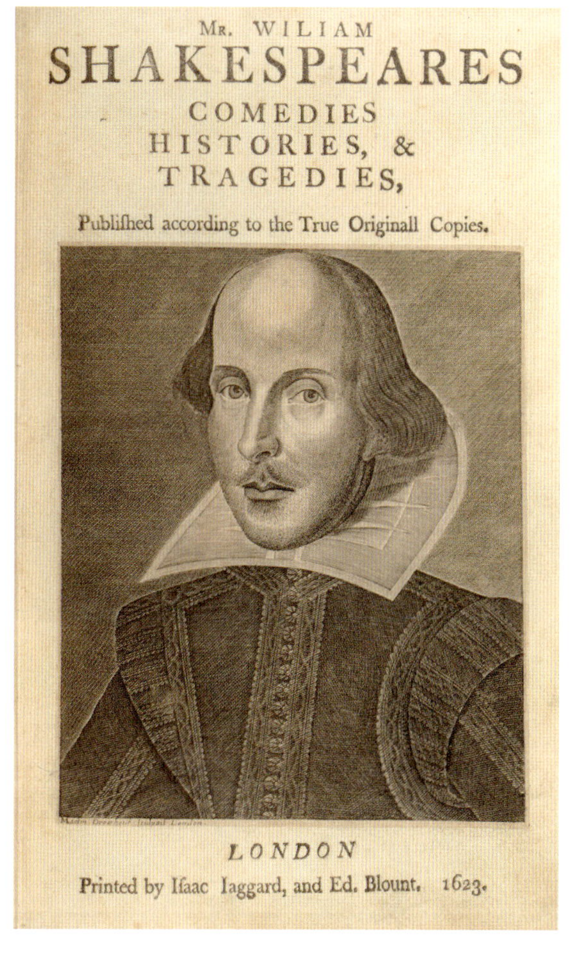

Mr. WILIAM
SHAKESPEARES
COMEDIES
HISTORIES, &
TRAGEDIES,
Publiſhed according to the True Originall Copies.
LONDON
Printed by Iſaac Iaggard, and Ed. Blount. 1623.

毫无疑问，这份地理列表是以欧洲为中心的，但是剧中却有众多被利奥兰纳斯称为“世界上别的地方”来的“陌生人”（3.3.159）。奥赛罗来自北非的毛里塔尼亚，凯列班有一个阿尔及利亚的母亲，夏洛克和杜巴都是犹太侨民。在《爱的徒劳》中，我们看到温文尔雅的绅士伪装成了莫斯科人。在《雅典的泰门》中，戴着面具的舞者装扮成了勇猛的女汉子。在《亨利八世》中，国王及其朝臣假扮成“一帮异邦人士、杰出使节、外国王子构成的高贵队伍”（1.4.69—72）（装扮成了不协调的牧羊人模样，1.4.80.1）。在《暴风雨》中，我们瞥见了一位从百慕大获得露珠的欢快精灵以及一位目睹了“美好新世界”的年轻姑娘（5.1.205）。莎士比亚深受欧洲文化的熏陶，据我们所知，他的旅行也仅限于英国境内，但是他的想象世界却跨越了自己的已知范围，并把它纳入了全球性的对话之中。在这个世界中，我们既可领略中国菜肴的风味，还可以认识巴塔哥尼亚的异族神塞特波斯，甚至还可以听到来自澳大利亚和新西兰的低语。

“我希望在死去之前见一见伦敦城”

（《亨利四世》下篇，5.3.45）

图1-5. 伦敦（“长景”），温斯劳斯·霍勒（Wenceslaus Hollar），1647年。
由四个刻片构成的蚀刻作品，47.1厘米 × 158.7厘米。
现收藏于大英博物馆。

这个历史时期的伦敦是怎样的呢？首先，让我们跟随德国律师菲利普·亨茨纳的脚步去看看。他在西里西亚一位贵族手中谋得一份家庭教师的差事。西里西亚属于中欧的一个地区，位于现在的波兰以西。在16世纪的最后几年里，亨茨纳陪同他的主人在欧洲巡演，并于1599年造访了伦敦，即环球剧院开放的那一年。1612年，亨茨纳回到了纽伦堡，并且用拉丁文出版了他在伦敦的旅行见闻，重点讲述了伦敦的建筑、居民和他所经历的风俗等。

尽管当时英格兰正在与西班牙交战，但边境控制并没有太大问题。亨茨纳一行抵达东南沿海的小港口莱伊（Rye），并向当地官员通报了他们的名字。该官员询问了他们的业务，他们解释说自己只是想看看风景，于是便被带进了一个旅店，并且接受了“英格力士”式的热情欢迎。

速度极快的骏马把他们带到了伦敦（图1-5）。伦敦当时是英格兰的最大都市：塔西佗把伦敦称作伦迪尼乌姆（Londinium）、托勒密称作伦支迪尼姆（Logidinium）外国人称作伦德拉（Londra）和伦德里斯（Londres），它当时是大英帝国的核心所在，也是英国王室所在地。亨茨纳通过参阅该城市的古地名揭示了莎士比亚时代远离欧洲大陆的英国知识分子是如何思考问题的：他们是通过参阅过去而理解当下的。这是一个融汇了多语种的文化，拉丁语是那些受过教育的知识分子都通晓的一门语言。这个世界剧院曾经具有地理和历史上的意义。遥远的地方和遥远的时间都被生动地带入了当下的对话之中。

人们对起源问题十分着迷。文化认同感已经借由传说和神话得以塑造成形。那么，伦敦的起源到底如何？按亨茨纳的记述，该城是由布鲁图所建，这一点“所有的历史学家都同意”。

> 布鲁图对伦敦的选址考虑到了近河之便，因此称之为特洛亚诺瓦（Troja Nova），此名称之后逐渐演变为特利诺瓦特（Trinovant）。后来卡西比兰（Cassibilan）或卡西维兰（Cassivelan）的兄长路德执掌了王权。当时正值英国与罗马的恺撒交战之际，他便在伦敦城外修建了高大结实的城墙，修建了结构精美的高塔，并以他本人的名字把它称为凯尔·路德（Caier Lud），即路德之城。后来，这个名字逐渐演变……由于语言的变化……变成了朗德里斯·路德（Londres Lud）。路德死后被埋葬在这个小城，就位于今天威尔士人称作波尔·路德（Por Lud）的大门附近——撒克逊语称其为路德斯门（Ludesgate）。

英国的混合种族身份在这里得到了概括性的总结。英国人声称他们的民族名称源于布鲁图斯，是埃涅阿斯的后代。埃涅阿斯从燃烧中的特洛伊逃出并创立了罗马之城（第217页）。虽然一度沦为恺撒大帝及其继任者的殖民地，但是英国有望成为罗马帝国的合法后裔，而且当时的英国已经变成了第二大帝国。不过，尽管亨茨纳在其旅行见闻中把伦敦描述为“大英帝国的核心”，但是这个帝国仍然处于起步阶段。如果它存在于女王伊丽莎白一世掌权的整个时期（约1558—1603），它也只是在“英伦三岛”之内具有重要的地位。几个世纪以来，位于英伦三岛的凯尔特人首先与罗马人产生交往并发生战争，

“只有当您心里高兴的时候，您才需要我吗？”

（《裘力斯・恺撒》2.1.297—298）

图 1-6. 前往泰晤士河对岸。选自迈克尔・冯・米尔的友谊图册，绘制时间约为 1619 年。郊区因放荡的娱乐活动、妓院、酒馆、剧场和驯熊表演而闻名。在选自《裘力斯・恺撒》的这行文字中可以看出，鲍西娅正在斥责她不安的丈夫，后者正在酝酿刺杀恺撒的阴谋，她怀疑自己是否只是“布鲁图斯的娼妓，而不是他的妻子”（2.1.299）。郊区和妓院的结合是伦敦当时文化的一个显著特点。

笔墨、水彩和加强主题的金黄色颜料，8 厘米 × 16.7 厘米。

现收藏于爱丁堡大学图书馆。

之后又与其他殖民列强——撒克逊人、丹麦人和诺曼法国人——纷争不断。

城市的主要运输通道是著名的泰晤士河，河上架有一座石桥。伦敦桥长约 800 英尺，这座“神奇的建筑”由 20 个坚固的桥墩支撑，一个个巨大的拱形结构连接在一起。亨茨纳惊叹道：“桥的两侧建造了无数座房子，行人仿佛置身于一条延展向前的大街，并无身在桥上的感觉。”在桥的南端有一座高塔，“在其顶部，那些因叛国罪而被绞死者的脑袋都被穿在铁制尖头上，我们数了一下有 30 个。”

虽然那时的伦敦远远小于今天的规模，但是若按当时的标准来看，它的郊区范围是极为广阔的。泰晤士河南岸的地带——萨瑟克区——属于郊区，人们喜欢去那里进行娱乐休闲活动。1599 年，即亨茨纳造访伦敦的那一年，一个被称为“环球”的崭新剧院开门营业了。首场演出可能是莎士比亚的《裘力斯・恺撒》（第 119 页）。一些观众可能通过水上出租船到达剧院，其他人都是步行过桥的。据说恺撒之死的悲剧上演时，观众可以看到河对面的伦敦塔，亨茨纳因此推断伦敦塔已经矗立起来了（并不正确）。这出古代阴谋与背叛的戏剧因现实生活中那些被穿在铁制尖头上的头颅而显得更加阴森可怖，在来去剧院的路上，观众们都能亲眼看到那些头颅。

一幅游客穿越泰晤士河的生动画面在迈克尔・冯・米尔的友谊图册里（图 1-6）被发现。友谊图册是一种深受德国大学生喜爱的图片保存形式，里面保存有姓名、签名、纹章，并且记载了旅行途中遇到的人和地方。来自汉堡的迈克尔・冯・米尔大约在 1614 或 1615 年间到过伦敦。他的图册就是伦敦生活的缩影，包括了这张图片——衣冠楚楚

“都塞进这个木造的圆形剧场？”

（《亨利五世》开场白第13行）

图 1-7. 选自温斯劳斯·霍勒的版画《伦敦》（图 1-5）第二幅插图的细部，显示了萨瑟克与新建成的环球剧院。最初的环球剧院于 1614 年被烧毁，过去一直被错误地名之为“驯熊室场”。这座名为环球的建筑物寓意“希望”，建于 1613 年，承担着驯兽和演艺的双重角色。
蚀刻画，46.6 厘米 × 39 厘米。
现收藏于大英博物馆。

的游人坐在泰晤士河上的小艇里，划船去对岸参加下午的娱乐活动。背景中的伦敦桥清晰可见。如果你在剧院上班，这样的旅行你几乎每天都得进行。爱德华·阿莱恩（1566—1626）是 16 世纪 90 年代最有名的男演员，他的日记披露了他每天乘渡船过河的信息。这是一个通过商业把世界联结起来的时代。亨茨纳在游记中记述，“世界财富”通过泰晤士河“漂移到了伦敦”。涨潮的时候，这条河会变得汹涌澎湃，但是当地人从河口到城市挖了一条长达 60 英里、又深又宽的渠道，从而使那些商船之旅变得安全可行。他在游记中这样评论：

> 泰晤士河两岸到处可见漂亮的乡间别墅、成片的树林、广阔的农场，再向南就是格林尼治的皇家宫殿，向北是里士满……从伦敦出发 20 英里就是温莎宫，一个令人心旷神怡的英格兰国王寝宫，同时也因一些皇家陵墓和嘉德勋章授予仪式而闻名。

“一尊大理石碑”

（《一报还一报》5.1.253）

图 1-8. 由尼古拉斯·斯通创作的约翰·多恩的墓碑，表现了身着寿衣的多恩。该作品创作于 1631 年多恩死后不久。这是历经 1666 年大火后圣保罗大教堂里存世不多的墓碑之一。
现收藏于伦敦圣保罗大教堂。

乡村把城市围得水泄不通。花园和开阔的田地距离那些狭窄的城市街道和剧院只有一步之遥（图 1-7）。那些气势宏伟的房子矗立在位置极好的河滨地带。与此同时，当时的宫廷并无固定场所。那时候还没有白金汉宫，有的只是一系列王室住宅：格林尼治、怀特霍尔、里士满等宫殿，还包括更偏远的温莎宫。伊丽莎白女王乘坐马车或者驳船往来于这些建筑之间，参加各种大型仪式和艺术活动。

当你从南岸的郊区眺望这条河时，最突出的建筑物就是古老的圣保罗大教堂了。那儿既是一个从事教会活动的场所，同时也是一个旅游景点。在外面的墓园里，书商雇人搭建了各种书摊。正是在这里，莎士比亚浏览了一些原始的写作材料，而买家也可花上一先令就能买到他的戏剧脚本。也正是在这个墓园里，诗人兼圣保罗大教堂神父约翰·多恩（1572—1631）经常布道宣讲，吸引了大批民众，人数和那些前来欣赏戏剧的观众一样多（图1-8）。

大教堂本身处于年久失修的状态。约翰·吉普金所绘的《古老圣保罗的狄普金》（图1-9）就是一幅恳求当局修复教堂的画作，与亨利·法利所写的一首诗同时出现，该诗名为《圣保罗教堂向所有基督徒的诉苦》或《向我们伟大的国王和民族提出修缮教堂的谦卑请求》（1616）。1608年，詹姆斯一世任命了一个委员会专门负责大教堂的维修事宜。伊尼戈·琼斯（1573—1652）计划修建一个新的尖塔，奇怪的是，这个尖塔与吉普金所绘图形颇为相似（图1-10）。吉普金所绘的这一幅画曾经属于约翰·多恩，它展示了伦敦罕见而特殊的地形概貌，展现了露天布道和詹姆斯一世一行经过伦敦桥前往大教堂的场面。这也许是英国艺术史上第一张描绘历史遗迹的画作了。

图1-9. 约翰·吉普金所绘的《古老圣保罗的狄普金》，1616年。
亨利·法利对修复后的圣保罗大教堂的愿景。
板面油画，两幅均为110.5厘米 × 87.6厘米。
现收藏于伦敦古物学会。

在这个大教堂内部有一些纪念碑，亨茨纳对此做了极为精彩的记述，其中就谈到了彭布洛克伯爵威廉·赫伯特的大理石纪念碑。伯爵的后代与他具有相同的爵位头衔，都是莎士比亚戏剧公司的赞助人，或许也是其十四行诗中的那位"俊美的年轻人"的原型。在这个大理石纪念碑附近长眠着老约翰·冈特——一位因时代久远而备受尊重的兰开斯特君王，他临终前的场景占据了《理查二世》的早期部分。亨茨纳记述了墓碑上的铭文，这些文字见证了历史和地理千丝万缕的联结关系。老约翰·冈特（1340—1399）是英国的精英典范，然而他的名字却源于佛兰德斯的根特，他出生在那里。他的妻子和孩子所筑就的血统谱系席卷整个欧洲的诸位君王，体现了英国与法国长达一个世纪的激烈冲突以及国内玫瑰战争所引发的惨烈争斗。冈特墓的碑文为那些造访圣保罗教堂的有读写能力的参观者提供了一份简要的历史记录，即理查二世（1377—1399）以及战胜理查三世（1483—1485）的那段历史。冈特伟大的孙子名叫亨利·里士满，他在博斯沃斯原野地区战胜了理查三世，并于1485年成为国王亨利七世（这个名号一直持续到他1509年去世），同时也是第一任都铎国王，还是亨利八世的父亲、伊丽莎白女王的祖父。16世纪90年代，莎士比亚的两部大型四联剧就戏剧性地再现了这段英国历史。

图1-10. 正下方为圣保罗大教堂新尖塔的设计图（1608年），作者是伊尼戈·琼斯。笔和颜料，75厘米 × 51厘米。现收藏于牛津大学伍斯特学院。

A FACE OF MVCHE NOBILLITYE LOE IN A LITLE ROOME. FOWR STATES WITH THEYR CONDITIONS HEARE SHADOWED IN
A SHOWE A FATHER MORE THEN VALYANT. A RARE AND VERTVOVS SOON.
AND LAST OF ALL A VYRGIN QVEEN TO ENGLANDS IOY WE SEE SVCCESSYVELY TO HOLD THE RIGHT, AND VERTVES OF THE THREE.
A ZEALVS DAVGHTER IN HER KYND WHAT ELS THE WORLD DOTH KNOWE

“您是怎么做了国王的，难道不是靠公平的秩序和传统的继承？”

（《理查二世》2.1.200—201）

图 1-11.《亨利八世家族：都铎王朝继承的寓言》，作者为卢卡斯·德·黑雷，1572 年左右。卢卡斯·德·黑雷是众多新教移民艺术家之一，他在塑造伊丽莎白对英国国家历史的表征方面起了重要的作用。
板画油面，131.2 厘米 × 184 厘米。
现收藏于威尔士卡迪夫国家博物馆。

卢卡斯·德·黑雷的《都铎王朝继承的寓言》（图 1-11）激起了罗马天主教和新教的分歧，从而使英国在 16 世纪中叶产生了的巨大分裂。亨利八世及其继任者们分裂成了两个泾渭分明的阵营。信奉天主教的玛丽·都铎（约 1553—1558）及其身为西班牙国王的老公菲利普二世受到了战神马尔斯的庇护，而伊丽莎白则得到了脚踩武器的和平与富足之神的庇护。她在前景，而信奉天主教的玛丽则被置于后侧，这表明她短暂而血腥的统治是对继承上帝神圣意旨的新教的背离。这幅画被题献给了超新教教徒弗朗西斯·沃尔辛厄姆爵士（约 1532—1590），强调了伊丽莎白的贞洁是一种政治美德，这将促使英国保留新教，从而避免战争的发生。另外，这也使英国摆脱了天主教的权力控制。

亨茨纳指出，在伦敦的 120 个教区教堂里，每个教堂的讲台上都放着一本大开本的《主教圣经》（图 1-12），在这本 1569 年版的《圣经》封面上绘有身为英国教会最高

“神圣经卷的证据”

（《奥赛罗》3.3.360）

图 1-12.《主教圣经》的手绘标题页，展示了英国教会最高权威伊丽莎白一世的坐像，并附有“上帝福佑女王”的文字。这本 1569 年版的四开版《圣经》经批准后供各教区使用。
印刷书籍，21.5 厘米 × 16 厘米。
现收藏于大英图书馆。

图 1-13. 威根霍尔・圣・戈曼的诺福克教区使用的银质圣餐杯，该物往往按规定形式融炼而成。此物标记了制造年份（1567—1588）和制造商（托马斯・布特尔）。图中所示为中世纪圣餐杯（小盘子用于盛放献祭的面包），此物在宗教改革后由当地教区保存。
材质为银，高（圣杯）16 厘米。
现收藏于大英博物馆。

统治者的伊丽莎白女王的插图。这是一个英文翻译版《圣经》，经过了教会和国家的授权。这本书体现了英国国教宗教和解的折中策略，伊丽莎白于 1559 年巧妙地采取了这种策略。这本《圣经》不同于天主教广泛采用的拉丁语《圣经》，它没有新教教义的旁注。而那些备受极端清教徒青睐的《日内瓦圣经》（1557）标有详细的注释。

圣礼也经历了相似的变革。英国国教的和解运动纯化了天主教教义，原有的七项圣礼被减少到两项（洗礼和圣餐），有关炼狱的教义和圣人受敬的内容被废除，但是圣餐仪式仍然是信仰的中心内容。在威根霍尔・圣・戈曼的诺福克教区（图 1-13），圣餐杯是按规定形式融炼旧教区的圣杯制成的，但却使用了一种教会所有的预制圣餐碟（为献祭仪式盛放面包）。此物一直保存在教堂里，有时也会适时做出更换，旧风俗和传统在新的教规下得到合理平衡。莎士比亚时刻警惕着自己的信仰，但是他的戏剧都不可磨灭地打上了时代的宗教烙印。老哈姆雷特的鬼魂说，他是在炼狱，这是一个天主

“那荒弃的歌台，曾有鸟儿啼声婉转”

（《十四行诗》第73首，第4行）

图1-14. 斯托尼赫斯特盐皿（the Stonyhurst Salt），由废旧的圣盒碎片或宗教改革时期被毁的教堂圣餐盘融炼后制成。是1577年至1578年伦敦的标志性物件，制造商可能是约翰·鲁宾逊。
银鎏金，饰以水晶石、红宝石和石榴石，高26.2厘米。
现收藏于大英博物馆。

教的概念；而年轻的哈姆雷特则去了维滕贝格的大学，那是马丁·路德的家乡，也是宗教改革的发源地。

1559年的宗教禁令要求废除天主教信仰的一切外在形式，“这样就没有了共同的宗教记忆”。有一个物件象征了那次消除旧习俗的前所未有的攻击运动，此物就是俗界的盐皿。它由天主教圣盒碎片或者宗教改革时期被毁的教堂圣餐盘融炼后制成(图1-14)，是1577年至1578年伦敦的标志性物件，上面镶有石榴石和红宝石，这与中世纪人们的观念相关，因为人们认为红色象征了基督或天主教殉道者的鲜血。它同时还展示了雕花石水晶，象征了耶稣的纯洁。世俗的银器很少以这种方式镶有宝石等物品，更不用说那些看起来像滴血的液体了——这表明观察者应该认识到碎片的来源。这也许说明了在今后的日子里食盐为何会被基督教组织采用，位于兰开夏郡的斯托尼赫斯特学院，在礼拜仪式上把它当作圣器来用，以保持主持人的威严。直到最近才有人辨识出这种圣器就是盐皿。无论它在当时还是更晚时期被制造出来，像这样一种物件怎么会被视为忠诚于天主教的试金石呢?

在该郡以外的地区，特别是在兰开夏郡，旧信仰的取缔要比伦敦困难。好几个重要的天主教家庭都集中在莎士比亚所在的沃里克郡。当莎士比亚带着他的剧团参加乡下巡演时，他见证了那个失落世界最明显的崩溃，荒废、破败的寺院，都是由亨利八世下令关闭的。这样的迹象遍及乡野，且都生动地唤起了这样一幅画面：“那荒弃的歌台，曾有鸟儿啼声婉转”（《十四行诗》73.4）以及他在《泰特斯·安德洛尼克斯》剧中对那些哥特士兵所做的描绘：“我刚才因为看见路旁有一座毁废了的寺院，一时看出了神，不知不觉离开了队伍”（5.1.20—21）。莎士比亚把他的演员们带到农村后，他们有时候表现出对旧式天主教生活的怀恋之情。“我们确曾见过好日子”，被放逐的公爵在阿登森林说，“曾经被神圣的钟声召集到教堂里去”（《皆大欢喜》2.7.121—122）。

这件毕晓普顿（Bishopton）圣杯（图1-15）使我们从多种意义上靠近了莎士比亚。它一直被放在埃文河畔斯特拉特福的莎士比亚圣三一家庭教会附近的一所小教堂里。当时，莎士比亚的父亲任市参议长，负责各项措施的贯彻执行。

图 1-15. 毕晓普顿杯，制作年份为 1571 年至 1572 年，制造商为罗伯特·达兰特。
作品为银质，杯高 12.7 厘米，盖高 3.3 厘米。杯盖还可以用作圣碟。
现收藏于埃文河畔斯特拉特福镇圣三一教堂。

图 1-16. 克利福德·钱伯斯圣杯和圣碟，标记为“伦敦 1494—5”。前宗教改革的罕见存留物，天主教圣餐盘。
镀银，杯高 15.4 厘米，碟面直径 14.6 厘米。
现收藏于埃文河畔斯特拉特福镇政府厅。

这只杯子上标有“1571—2”的年代印记，表明该杯子的制作时间是在知名宗教改革家尼古拉斯·布林汉姆担任伍斯特当地主教之后，与此同时，亨利·希克洛夫特（Henry Heycroft）被任命为斯特拉特福的新牧师，他取代了因同情 1569 年亲天主教的北方叛乱而被赶下台的前任。这只莎士比亚本人可能在圣餐时使用过的杯子是国家在教区层面强制执行宗教改革的典型例子。即使在当时，克利福德钱伯斯的邻近教区也在设法保持使用中世纪的圣杯和圣餐碟的传统，上面标有“伦敦 1494—5”的印记，这件圣器一直沿用至今（图 1-16）。并不是每个人都尊重传统，有些人在克利福德钱伯斯圣杯的柄脚浮饰上刻了“你长了天花”的字样。

效忠于圣·彼得的威斯敏斯特大修道院是最富有的修道院之一。1539 年，亨利八世利用王权直接控制了它，从而避免了它的解体。玛丽当政期间，该修道院恢复了基督教本笃会的原有秩序，但是这一切被伊丽莎白女王于 1559 年再次废除。20 年后，她重新建立了威斯敏斯特修道院，并作为“皇家特殊教堂”直接对国家元首负责，而非对某个教区的主教负责，这种地位一直保留到今天。威斯敏斯特位于伦敦城的西部。亨茨纳描述了它是如何“经由长约一英里的贵族宫殿形成的排屋与伦敦城连接”的。众所周知，这个圣·彼得牧师会教堂是英格兰国王与王后加冕和安葬的地方。在这里，亨茨纳看到了理查二世和他妻子的棺椁，上面包裹了大量的黄铜并镀了金，周围镌刻了多行诗文，现摘录几句：“完美与审慎的理查，排行第二，生不逢时，长眠于此，不朽的石椁。”亨利五世（约 1413—1422）就在附近。

亨茨纳在游记中记录了如下碑铭：“亨利，法国的祸害，葬于此墓。美德征服一切。公元 1422 年。”紧挨着他的墓室躺着他的王后凯瑟琳（约 1420—1422），她是一位年轻的法国公主。莎士比亚在其戏剧《亨利五世》中通过求婚的情节把人们对这位公主的怀念推向了高潮。她死后并未掩埋，任何人都可以随意打开她的棺材。1669 年，塞缪尔·佩皮斯（1633—1703）在自己生日那天自作主张地抱起她的上半部分身体，然后亲吻了她的嘴唇。历史在这一刻被拉到了跟前。

毗邻教堂的是威斯敏斯特大厅，国会在此举行会议，法院在这里进行审判。管理普通法的皇后椅位于大厅的一端，而大法官法庭则在另一端。不远处就是位于白厅的王室宫殿，这里以前是沃尔西红衣主教（1473—1530）的宅院。莎士比亚和约翰·弗莱彻在其戏剧《全部的真相：亨利八世史传》中戏剧化地再现了沃尔西失宠于王室的前后过程。正是在这出戏上演期间的 1613 年夏天，环球剧院被一场大火夷为平地，起火原因是火炮在制造舞台特效时出现了意外。

白厅也是一个主要的旅游景点。亨茨纳仔细地记录了他看到的各种事物以及他认为“值得观察”的东西，从皇家图书馆（收藏了大量希腊语、拉丁语、意大利语和法语的书籍）到王后台（精巧地使用了各种不同颜色的木料，还有各种丝绸、天鹅绒、金、银和刺绣的被子）。他还记录了一大批画像，其中，历史和神话、英国和欧洲大陆、新教和天主教的关系被巧妙地混合在一起。

> 伊丽莎白女王 16 岁；亨利·理查、爱德华，英国国王；罗莎蒙德；卢克丽丝——一位希腊新娘，身着婚礼礼服；英格兰国王的家谱；国王爱德华六世的照片，表明初见时有些事物是变形的，直至透过覆盖物上的一个小孔才能见到它的真实面目（图 1-17）；查理五世皇帝；查尔斯·伊曼纽尔；萨伏伊公爵和他的西班牙之妻凯瑟琳；托斯卡纳公爵费迪南德与他的女儿；菲利普，西班牙国王之一，他来到英格兰和玛丽结婚；亨利七世，亨利八世及其母亲；除了更多的著名人士之外还有一幅“围攻马耳他”的图片。

除了书画、珠宝和家居用品之外，各种各样的珍奇古玩也给亨茨纳留下了深刻的印象，比如：一块时钟的造型是埃塞俄比亚人以及四位随从骑在犀牛身上。每当时钟敲击时，随从们都会向主人敬礼。此外还有各种画在纸上的标志，都剪成了盾形，上面写着格言，是贵族在比武或比赛时用的，挂在这里权作纪念。亨茨纳在游记中所附的名单向我们讲述了早期现代人是如何展开想象的，这是好奇的标志——看待那些崭新、陌生、不熟悉事物的方式。通过对各种物件的仔细关注，人们对世界产生了各种不同

“有如一个透视魔镜，正常看去，只是杂乱一片，而从侧面看去，却有形象出现”

（《理查二世》2.2.18—20）

图 1-17. 9 岁的爱德华六世肖像，威廉·斯柯洛茨（William Scrots）绘制，1546 年，由怀特霍尔宫殿的参观者于 1584 年和 1613 年间记录。肖像采用了右侧观察的恰当视角。
板画，42.5 厘米 × 160 厘米。
现收藏于伦敦国家肖像馆。

的理解。即使是很小的物件，比如一个小木雕修道院，也是值得细细观察的。

亨茨纳、莎士比亚及其同时代的人早就对我们现代的博物馆和美术馆参观习惯有所预见了。在那些由众多奇妙物体和图片并置的场合，那些展品都在寻求建立一个关于世界、关于过去和不同文化相互作用的叙述。

当莎士比亚及其剧团被要求在君主面前和宫廷里演出时，他们经常光顾怀特霍尔街的皇宫，在节日场合或特殊活动期间，他们会为来访的贵宾演出。善于沉思的作家、演员以及看戏的观众都能感受到剧中宫殿与情节和道具之间的统一。书籍、信件、床、柜子、珠宝（尽管可能是假的）和乐器等都是环球剧院道具柜里的重要收藏，而怀特霍尔的画作却神奇地勾绘了莎士比亚想象中的世界，范围涉及英国过去与现在的历朝历代，同时涉及了古希腊与罗马的神话传说，以及基督教和穆斯林在地中海的相遇等。比如，亨茨纳在游记中提到，图中反映的“围攻马耳他”的历史事件为克里斯托弗·马洛（1564—1593）创作《马耳他的犹太人》（1592）提供了灵感，该剧反过来又影响了莎士比亚的《奥赛罗》和《威尼斯商人》。与此同时，这件尺寸不大的雕刻艺术品使人们想起了田园牧歌的伟大主题，想到了远离尔虞我诈的宫廷和尘嚣俗世，进而遁入自然的出世情怀——这出戏描绘了莎士比亚在他的喜剧中反复构想的两个世界。

这些“纸上的象征，都被剪成了盾形，上面写着格言，是贵族在比武或比赛时用的”，突显了比赛在当时的重要性，也使人们想到了那种仪式化的战斗和荣誉的重要性——同时，它也再次使人们想起了莎士比亚戏剧中所有伟大的主题。这种比赛的主要特征体现在莎士比亚参与撰写的剧本之一《泰尔亲王佩利克尔斯》之中。而且，事实上，书末的参考文献中有一部著作记录了莎士比亚和他的演员同事兼亲密朋友理查·伯比奇（1568—1619）的生平逸事，他们曾经于 1613 年 3 月支付 44 先令为第六任拉特兰伯爵的盾牌设计一块箴言牌。莎士比亚自己的社会抱负并不比他在 16 世纪 90 年代试图为家族获得一个纹章来得远大，后者的目的是为了维护家人的尊严和门第（第 85—86 页）。

据我们所知，拉特兰伯爵弗朗西斯·曼纳斯是最后一位为莎士比亚提供资助的贵

“……我比土耳其人更好色”

（《李尔王》3.4—78）

图 1-18. 彼得·瑟曼图册中的一页，是他在伊斯坦布尔的旅游纪念品，他的注释讨论了奥斯曼土耳其妇女会面的地方——蒸汽浴室。欧洲评论家着迷于土耳其闺房的情色魅力。
不透明水彩纸和剪纸，19.9 厘米 × 13 厘米。
现收藏于大英博物馆 。

“盥洗纤纤玉手的盆和水壶”

（《驯悍记》2.1.350）

图 1-19. 伊兹尼克土耳其陶瓷壶，镀银底座，标记为“伦敦 1597—8”。
高 33.2 厘米。
现收藏于大英博物馆。

族。第一位是南安普敦的第三任伯爵亨利·里奥谢思利（1573—1624），年轻的莎士比亚曾把自己早期的一些作品献给了他，包括那首精工雕琢的叙事诗《维纳斯和阿多尼斯》以及《卢克丽丝受辱记》。莎士比亚对骑士和荣誉的崇拜受到了南安普敦的仪式盔甲的极大影响——在这里，我们把盔甲本身和身着盔甲的南安普敦的肖像汇集在一起（图 4-11—4-13）。

在亨茨纳的珍奇古玩列表中，犀牛背上的埃塞俄比亚人就是最吸引人的一件了。该物件使人想到了遥远世界的形象，这一点与环球剧院对局外人、陌生人和外国人的吸引力颇为一致。由于来自世界各国的旅行者给伦敦带来了新的习俗和奇异物件，因此英国人甘愿冒险去更远的国家。彼得·曼迪（Peter Mundy）就是这样一个例子。他是一位康沃尔沙丁鱼商的儿子——在 16 世纪，沙丁鱼生意是非常有利可图的，这一点从托马斯·博德利（Thomas Bodley）重建牛津大学图书馆一事上即可得到有力证明。博德利重建牛津大学图书馆的资金主要来自他妻子在 1602 年从事沙丁鱼生意的利润所得。瑟曼最终成了东印度公司一个领军人物。他于 1611 年正式扬帆启航前往地中海，当时他的身份是一名随船侍者。接下来，他们在西班牙和伊斯坦布尔待了 8 年，那里的一位当地艺术家为他们制作了纪念画册（图 1-18）。他在土耳其木刻和版画边缘记下了自己的想法和评论。

他对土耳其蒸汽浴和伊斯兰教的一夫多妻现象颇感兴趣，因此他在本页插图周围随手记下了自己的看法。恰如莎士比亚在《安东尼和克莉奥佩特拉》中所描绘的，东方是一个既令人着迷又令人恐惧的地方，尤其与撩人的女性性活动联系在一起的时候。

对于西方的消费者而言，东方是各种迷人物件的发源地，很多珍奇物品漂洋过海来到伦敦之后，变得“华贵而奇特”，人们既把它们视为珍奇古玩，又视为进口的奢侈品。在亨茨纳造访伦敦期间，通过黎凡特贸易商从奥斯曼土耳其进口到英国的伊兹尼克陶瓷容器被工匠加工成了一只只精致的壶（图 1-19）。伊兹尼克陶瓷的杰出之处在于其醒目的花卉图案和绚丽的颜料，这种陶瓷在当时的伦敦极为罕见。瓦尔特・科普，一位在印度生活多年的伦敦公民，拥有一只土耳其水罐和几只瓷碟，这几只物件被收入 1599 年托马斯・普拉特制作的珍奇古玩清单中。科普的水罐可能与图中所示物件十分类似。陶瓷体的稀奇与价值可由标记有“伦敦 1597—8”的镀银精美支座得到彰显，该支座将简单的水罐变成了带有鹰头喷嘴的水壶。这只物件可能是为一位颇有权势的商人官员所制，比如保罗・巴宁，他是 1589 年掌控伦敦从黎凡特进口业务 94% 的四大商人之一。他是重组后的黎凡特公司的创始人董事之一，该公司于 1592 年正式登记注册。

“中国瓷碟”

（《一报还一报》2.1.82）

比伊兹尼克陶瓷更为罕见的中国瓷器可能借道葡萄牙传入英国，或者通过黎凡特经由奥斯曼土耳其到达英国。图 1-20 展示了已知最早的中国青花瓷器，该瓷器配上了刻有日期的欧式银座。这是一只简单的明代瓷碗，按中国的标准来看毫无特别之处。该器物内部的青花上绘了一只野兔。它属于一位德文郡人，主人的名字叫塞缪尔・伦纳德。他要求伦敦的一位金匠为该物件安装了底座，并标记为“1569—70”。那位金匠将瓷碗中心的野兔主题复制到了银边上，这或许是他本人的创意，或许是客户的授意，这种协调呼应了原始物件的设计。中国瓷器也出现在科普的古玩清单上。

图 1-20. 已知最早的中国青花瓷器，该瓷器配上了刻有日期的银制底座。标记为“伦敦 1569—70”。这件珍宝的主人是英国人塞缪尔・伦纳德（1553—1618）。
高 16 厘米，直径 12 厘米。
现收藏于大英博物馆。

正是与中国的贸易吸引了东印度公司以及远在日本的英国商人。东印度公司成立于1600年，其主要经营活动受到了一位英国人威廉·亚当斯的鼓动。亚当斯当时已经身在日本，他是荷兰代理商，后来受雇于荷兰东印度公司。1600年，他乘坐的“慈善号”（Leifde）轮船在日本附近遭遇海难（图1-21）。1613年，他鼓励英国人走出国门：“我大胆地说，我们的同胞在各地都广受欢迎，就像在泰晤士河上一样自由自在。”他发往英格兰的信被搭载在英国东印度公司的商船“丁香号”（Clove）上。1613年，作为东印度公司远征负责人，约翰·纱丽向日本的幕府将军递交了詹姆斯一世写的一封亲笔信，同时送给对方一条土耳其地毯和一只望远镜作为礼物，作为回报，他也获得了日方送给他的两套日式盔甲。1615年，船只在伦敦靠岸后，这两套盔甲就被立即送入位于伦敦塔的皇家军械库（图1-22）。

在1607年威廉·芬奇远征之后，东印度公司于1615年派出了托马斯·罗伊爵士（约1581—1644）作为第一位英国驻印度莫卧儿王朝的大使。在贾汉吉尔宫廷（约1605—1627），罗伊试图为英国赢得贸易特权并且强行跻身于葡萄牙和荷兰的贸易网络，该网络也代表了“法兰吉斯”或“弗兰克斯”，即欧洲人。

图1-21. 表现了伊拉斯谟人体肖像的船尾装饰，时间为1598年，普遍认为来自于“慈善号”，这是1600年停靠在日本的首条荷兰商船，由英国人威廉·亚当斯掌舵。这件雕刻品供奉在栃木的一座禅寺里。
高104.5厘米。
现收藏于东京国立博物馆。

图1-22. 日本盔甲（胴丸），1610年，由南部的岩井左门卫制作并于1613年由德川秀忠通过东印度公司的纱丽船长献给国王詹姆斯一世。材质为铜、铁、金、皮革、丝绸，头盔高22厘米，从大腿、腰部至肩部高约44厘米。
现收藏于利兹皇家军械库。

“英国人又把不列颠变成了印度：
每个人站的那里都像一座金矿”

（《亨利八世》1.1.25—27）

图 1-23. 这枚 16 世纪的黄金和红宝石手镯来自斯里兰卡，该国以金饰闻名于世。
据说该物件由伊丽莎白女王赠予莎士比亚的赞助人汉斯顿男爵，并被视为一种异国情调的传家宝。
黄金、水晶、红宝石和蓝宝石，直径 9 厘米。
私人收藏。

图 1-24.《一位欧洲人》，未知的莫卧儿艺术家，公元 1610 至 1615 年。脑袋也许是基于贾汉吉尔宫廷人们熟悉且推崇的那种欧洲肖像的再现。
不透明水彩纸，32.9 厘米 × 18.8 厘米（不含镶边）。
现收藏于伦敦维多利亚及阿尔伯特博物馆。

印度是钻石和欧洲珠宝所用红宝石的来源地，如图中黄金镶红宝石手镯（图 1-23）。冒险家间杂着工匠、传教士、商人和士兵。这样一个外国人，由匿名莫卧儿艺术家绘制（图 1-24）。他保留着那些曾在印度居住过的欧洲人的装扮：宽松的长裤裤角在脚踝处束在一起，穿戴镶有蕾丝花边的衬衫和敞襟紧身上衣，头戴一顶天鹅绒帽，手持一件极具重要地位的象征物——轻型佩剑。这张特殊的面容，其四分之三的正面以欧洲绘画技法予以呈现，表明画家在表现这一人物形象时是以欧洲的肖像为模型的。英国艺术家所绘制的微型肖像在贾汉吉尔宫廷十分有名、备受推崇，许多艺术家纷纷效仿。罗伊评论说，他所展示的一件艾萨克·奥利弗的微缩肖像就有五件莫卧儿时期的仿品，这的确出乎所有人的意料。这种精妙的微型肖像通过人物形象展示了一系列复杂的社会和艺术交流。

“我说的是非洲和黄金般的快乐”

（《亨利四世》下篇 5.3.76）

图 1-25. 来自卡拉巴尔区（今尼日利亚）的非洲牛角，1500 年。1599 年在英国重新雕饰、铭刻，再后来被改制为一盏油灯。
材质为象牙与黄铜，长 83 厘米。
现收藏于大英博物馆。

人和各种物品跨越比现在的土耳其辽阔得多的奥斯曼帝国来到伦敦。在北非地中海沿岸一带有许多奥斯曼帝国的附庸国。许多“非洲黑人”的名字——公务员和劳工，只要不是奴隶——都可以在城市外围的教区名册上找到。与非洲的贸易和文化交流可以由汉斯·斯隆（1660—1753）爵士所收藏的一些精美绝伦的人工制品展示出来，这些收藏品呈现了一个完整的文化史（图 1-25）。它最初是在现代的尼日利亚卡拉巴地区被当作号角制作的，时间大概在 16 世纪，随后在 16 世纪末期被改造成了饮水容器，然后又被改造成了一盏油灯。根据器物上的鳄鱼和横向锯齿形浮花雕饰判断，它的产地被确定为尼日利亚。它的外形之所以如此奇怪——早期被认为是假货——是因为它显然经过了重新雕琢，要么在非洲要么在欧洲，其目的就是想使它看起来更像来自塞拉利昂的著名的非裔葡萄牙人所制的号角。

因此，一件珍罕的物件在不断迎合欧洲 16 世纪的时尚品位的同时也不断得到改进，以使其看起来更具有明显的非洲特色。牛角之上刻有一段内容下流的英文，与伊丽莎白喜剧的语言有所不同——“用此角饮水吧，切莫嘲笑它，尽管此杯颇像挺起的阳具”（1599，弗恩斯）。这件奇妙的物件不仅展示了莎士比亚在世时英国和非洲的交往，而且还反映了具有异国情调的进口物品和英国消费者、工匠和收藏家之间的文化互动。莎士比亚本人的早期作品已经成了文化交流过程的一部分。

1600 年夏天，一群地位显赫的陌生人出现在伦敦街头。莫利·哈米特是巴伯瑞（Barbary）国王，拥有北非广阔的疆域，涵盖今天的摩洛哥以及更远的地区。在 1492 年秋季格拉纳达沦陷后他梦想着重新占领西班牙。经过几个世纪与基督徒的共存之后，他的摩尔人被驱赶出了国境。他派出了一支由 16 人组成的使节队伍，前去拜见伊丽莎白女王，试探性地寻求建立联盟的可能性，以期在英国海军和非洲联军的合力之下打败西班牙。 1600 年 8 月初，这支外交队伍在多弗港口登陆，然后在海军的护送下前往格雷夫森德。

几天后，他们在无双宫第一次觐见了女王。此次会谈是用西班牙语进行交流的，一位名为吕克诺尔的博学朝臣担任口译员。

在会议结束时，巴伯瑞的译员用意大利语与英国女王伊丽莎白进行了一些私人交谈。9月又进行了几次会谈。会谈涉及在叙利亚西北城市阿勒颇（Aleppo）的遭遇、联合从西班牙人手中夺取东西印度群岛以及战后分赃等议题，但是没有得出明确的结论，代表团计划在10月底启程回国。没多久，代表团中最年长的一位代表突然暴死（由自然原因引起），延迟了他们回国的时间。死者是一位牧师或先知。所以，这群陌生的客人就继续待在伦敦，亲眼见证了11月17日的皇后加冕周年庆祝活动。为此，白厅专为他们建立了一处特殊的观看场地。他们最终离开的日期并不确知，但是莫利・哈梅特写信告诉伊丽莎白，代表团一行已于1601年2月安全返回。由于海上航行一般会持续六七个星期，据此可以推断他们离开伦敦的时间很可能在1月中旬，这意味着他们很可能出席了宫廷的圣诞节庆祝活动，莎士比亚的演出公司，即宫务大臣剧团的演员们，曾在王后面前演出了戏剧。

不管北非代表团有没有亲眼观看莎士比亚的戏剧，他们都在伦敦留下了曾经到此一行的事实。莎士比亚肯定知道他们身在伦敦，并且很有可能亲眼见到了他们。古董商约翰・斯托记载了代表团一行在逗留伦敦的半年时间内引起的关注和敌意——阿卜杜勒-瓦希德・本・马苏德・本・穆罕默德・阿农宁愿站着让人给自己画像（图1-26）。这是一个崇高的摩尔人形象，身穿长袍，佩带一把华贵的宝剑。几年后，本・马苏德的形象出现在莎士比亚戏剧《奥赛罗》的想象背景中（第176页）。一位身在伦敦的摩洛哥大使变成了一位面部涂黑的白人演员，他代表了一位威尼斯的将军。这样一来，政治和想象，遥远的地方和即时的历史，全都聚在了一起，这就是莎士比亚的戏剧世界。

《奥赛罗》一剧多处涉及了地中海南部海岸线的风土人情：一位名叫巴巴利的女仆，阿拉伯树木，在阿勒颇的遭遇等。然而，该剧却源自于吉拉尔迪・钦齐奥的故事，该故事出现在意大利故事集*Gli Hecatommithi*中，涉及了一位威尼斯女士、一位摩尔船长及其海军少尉的故事，其环境描写十分特别。该故事集的叙述完全局限于情节谋划和对话，并未刻意渲染历史背景。正是莎士比使这个故事具有了本土的质感——威尼斯、塞浦路斯和摩尔人——也许是出于对最近出版的几本书籍的敬意。这些书包括刘易斯・刘克恩诺斯于1599年翻译的克恩坦莉尼的《威尼斯的共和政府》，约翰・波瑞于1600年翻译、利奥・阿弗雷肯纳斯所著的《非洲地理史》，以及理查・克诺利斯于1603年翻译的《土耳其人通史》。在摩尔大使们与英国当局谈判期间，我们已经见识了口译译员吕克诺尔的才华。波瑞的书——一本有关奴隶制度、旅游和军事实力的书，还讲到了摆脱海陆意外的故事，以及千钧一发之际采取的措施——在阿卜杜勒-瓦希德・本・马苏德・本・穆罕默德・阿农一行逗留伦敦期间得以出版。该书前言暗示了他在场，而且还追溯了摩尔人在女王加冕周年日坐在白厅为其专设的“特殊位置”观看活动的场景。

1600
ABDVLGVAHID.
LEGATVS REGIS BARBARIÆ
IN ANGLIAM.
ÆTATIS:42.

从某种意义上来说，白厅珍奇画廊的焦点就是全伦敦的焦点，即女王本人。她永远是各种疑惑和流言的对象，是诗歌和绘画的主题，是民谣的歌颂对象，也是民众寻求资助的对象。新教移民画家在塑造她的准神话形象方面起到了特别重要的作用。伊丽莎白一世的维斯塔处女图西亚（图1-27）的形象是她在打算嫁给安茹公爵的尝试失败后被搬上画布的。作为罗马维斯塔处女的代表，她的童贞变成了一种美德。筛子是其贞洁的象征，而镶有圆形饰物的帝国圆柱则描述了埃涅阿斯和狄多的故事，从而暗指了伦敦与特洛伊之间的神话关系，伦敦和英国在这种关系中得以体现。地球仪上的船舶朝西航行表明英国伦敦是新的西部帝国的根基。核心人物的纹章表明他是克里斯托弗·哈顿爵士（1540—1591），他反对女王与安茹公爵的婚姻，同时他也是那座大英帝国金融大厦的金融家，是弗朗西斯·德雷克爵士环球旅行的出资人。对女王的神化过程既是戏剧的一种特征，也是塑造人物形象的一种手段（详见第四章，第141页）。在《仲夏夜之梦》中，莎士比亚把伊丽莎白想象成了一位类似维斯塔处女的人物，这是一位“帝国女信徒”，她也与帝国在西方的崛起有关：

就在那个时候，你看不见，但我能看见，
但我能看见持着弓箭的丘比特在冷月和地球之间飞翔；
他瞄准了坐在西方宝座上的一个童贞女，
很灵巧地从他的弓上射出他的爱情之箭，
好像它能刺透十万颗心的样子。
可是只见小丘比特的火箭在如水的冷洁的月光中熄灭，
那位童贞的女王心中一尘不染，
在纯洁的思念中安然无恙。

（2.1.158—167）

伊丽莎白代表的另一个形象是传统贞洁女神戴安娜。亨茨纳在游记中指出，在白厅进入皇家鹿苑的入口处有一处题铭：

虽然为时有些晚，那受伤的渔夫开始变得谨慎，
但那位不幸的阿卡同却始终
对那纯洁的处女心怀自然的同情，
但是强大的复仇女神对过错施以报复。
让阿卡同成为猎狗的猎物，这是年轻人的范例，
那些忠于他的人并无光彩可言！
唯愿戴安娜永驻天堂；
凡人的喜悦；
那些忠诚之士的保障！

“这勇敢的摩尔人”

（《奥赛罗》1.3.52）

图1-26. 摩洛哥大使阿卜杜勒-瓦希德·本·马苏德·本·穆罕默德·阿农的肖像，佚名艺术家绘制，此画系主人公于1600年出使伦敦期间所作。
板面油画，114.5厘米 × 79厘米。
现收藏于伯明翰研究与文化收藏馆。

SECHO
RIPOSO
& RIPO
SATO
AFFA
NNO

同样，这一则铭文提供了莎士比亚那个时代的民众对世界的解读方式。鹿苑用一篇承载了道德思想（关于精神与行为的净化）的文本装饰自身。然而，这则“范例”是通过一个清教徒式的故事来传达的。奥维德的《变形记》是伊丽莎白时代古典神话故事的主要来源，阿卡同是一位猎人，他在途中偶遇女神戴安娜及其他仙女裸体洗浴。她把他变成了一只牡鹿，并被他自己的猎狗撕成了碎片——从象征的角度来看，他是被自己的欲望所摧毁的。莎士比亚经常提到这个故事，希望他的观众知道这个故事及其所蕴含的象征意义。因此，在《第十二夜》开篇部分，奥西诺公爵（Orsino）说：“那时我变成了一头鹿，我的情欲就像凶暴残酷的猎犬一样，永远追逐着我”（1.1.22—24）。《温莎的风流娘儿们》中，当福斯塔夫头顶一对鹿角出场时，他显然就是古希腊神话中的亚克托安和英国民间故事中的猎人形象赫恩（第84页）。

在亨茨纳及其主人简略描述的其他旅游景点中，伦敦塔也在其中。那个地方不仅是皇家动物园——包括莎士比亚提及的各种异域动物（几只狮子、一只老虎、一只豪猪、一只老鹰、一只长了疥癣的老狼），而且也是一个军械库，里面堆满了长矛、盾牌、戟、枪、炮、手枪和弩。那是一个军事化的社会，莎士比亚也是一位战争诗人。16世纪80年代，荷兰爆发了战争；16世纪90年代，英国与西班牙爆发了战争；在亨茨纳一行造访伦敦期间，还爆发了爱尔兰人的反叛运动。在那样的社会中，街头暴力司空见惯。《罗密欧与朱丽叶》是莎士比亚为反映伊丽莎白时期犯罪暴力现象而创作的悲剧。图1-28所示的匕首是在泰晤士河里发现的，它本应与那把锈蚀严重的轻剑同时佩带，在法院、城市和郊区广泛使用。这些都是武器和豪华配饰，是一种地位的象征和自我防御的武器。演员和剧作家往往因卷入街头斗殴而声名狼藉。真实的斗殴就跟舞台上的舞蹈一样常见。本·琼生就曾杀过人，马洛被人用一把价值十二便士的匕首刺中过。在戏剧界，莎士比亚能够避免这些麻烦实属不易。

那是一个军事化的社会，也是一个商品社会。新的商业机会带来了变化，伦敦塔也成了皇家铸币厂的所在地，钱币就是从那里制造出来的。因此，对于亨茨纳来说，下一个值得记录的地方就是皇家交易所了：

> 该名称是由英国女王伊丽莎白钦定的，由伦敦市民、托马斯·格雷欣爵士负责建造，一为公共装饰，二为方便商户而建。无论你是否感受到了这个建筑的威严、不同民族的结合或者商品世界的丰富，它都会给你留下很深的印象（图1-29）。

这个交易所就是一个汇聚不同民族、语言、习俗、信仰、服饰和地域特色的地方，人们聚集于此是为了交换商品、经验、信用和现金等。伊丽莎白统治时期，人们在航海方面的信心不断增加，股份公司的建立可以说明这一点（图1-30），这个机构负责

“那位童贞的女王心中一尘不染，在纯洁的思念中安然无恙”

（《仲夏夜之梦》第2.1.166）

图1-27. 伊丽莎白一世（拿筛的肖像），作者为小昆汀·梅齐斯，签名和创作日期为1583年。女王以维斯塔处女图西亚的姿态示人。画布油画，124.5厘米 × 91.5厘米。现收藏于意大利锡耶纳国家博物馆。

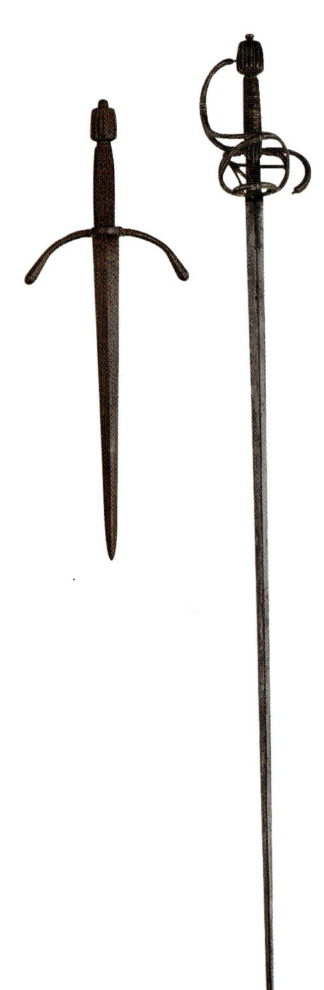

“我的利器已经拔出来了，你去跟他们吵起来，我就在你背后帮你的忙”

《罗密欧与朱丽叶》(1.1.27)

图 1-28. 出自泰晤士河的轻剑和匕首。
在《罗密欧与朱丽叶》中，伦敦街头的贵族门第的竞争唤起了莎士比亚时代的决斗文化。当时，剑和匕首往往成套佩带，既是防御性又是进攻性武器。它们还是地位的象征。
铁制剑身和手柄圆头均镀了钢，而且最初的木制手柄都缠有金属丝。这把轻剑长约 128 厘米，匕首长约 46.3 厘米。
现收藏于利兹皇家军械库。

探寻新的贸易机会，从而使英国成为与荷兰、葡萄牙和西班牙相抗衡的贸易对手。

有生意的地方往往也会有诉讼。在距离交易所不远的地方，亨茨纳在司法部周围转悠了一圈。他在那里看到了 15 个独立的学院机构，其建筑风格高贵典雅，周围都有美丽的花园。这些机构包括那几个专门培养律师和法官的学院，其中最有名的是格雷学院、林肯学院和坦普学院。后者承载着另一份历史的记忆，因为它曾经是圣殿骑士的居住地，所以它的名字似乎源于那座古老的圣殿或者教堂，后来人们又为这座建筑增添了一个圆塔，其下埋葬着曾经统治英国的多位丹麦国君。

亨茨纳根本不了解那些涌入这些高校、投身于法律研究的年轻贵族、绅士和其他人士，尽管这些学院都是伦敦的思想中心。这些学院也是大学毕业生在正式步入社会之前进一步深造的精修学校。不过对于亨茨纳来说，这些学院的优质晚餐似乎更加值得注意，“自始至终都用银杯子喝水”，餐后的娱乐就是看戏——最早记载的剧目包括《错误的喜剧》和《十二夜》就曾在这些学院里演出过。

1602 年 2 月 2 日，一出戏正在坦普学院上演，这是圣烛节庆祝活动的一部分。法律系学生约翰·曼宁厄姆在他的日记中写道：

> 在我们的盛宴上，我们观赏了一出名为《第十二夜》的戏，很像《错误的喜剧》或在普劳图斯的《错中错》（*Menaechmi*），但是与意大利戏剧《骗局》（*Inganni*）更相似、更接近。在这出剧中，让管家相信他的寡妇的最好办法就是假装她爱上他，其手段就是通过假冒他的夫人写了一封信，笼统地告诉他她最喜欢他的哪些方面，并且在微笑的姿势、穿着等方面提出了建议。接下来，当他付诸实施时，又假装人们相信他疯了。

无法精确地得知坦普学院的大厅是如何从餐厅改造成剧院的，但是在戏剧表演期间挂在墙上的那些画作之间，那幅由佚名的盎格鲁—佛兰芒画家所绘的《所罗门的裁决》或许仍然存在（图 1-31）。律师应该具有良好的判断力，恰如《圣经》中的所罗门在面对两位争夺孩子的妇女时所表现的那样（王上 3 ： 16—28）。画作上的拉丁文题字凸显了判断力在法律职业中的适用性，现在，谁拥有了正义的缰绳，就让他学做公正裁决的伟大榜样，让他在遥远的地方尊崇那神之所赐的国王的脚步。

虽然戏剧是一种娱乐形式，但它们同样也向观众呈现了人类所面临的困境和道德选择。

不同的角色发出各自不同的声音，他们往往是用复杂、华丽的辞藻讲话，呈现不同的视角。就像法庭上的陪审团，观众需要做出各自的判断，并在各种相互矛盾的观点之间做出最终的裁决。在这些剧院和法学院之间存在着特别密切的联系，莎士比亚的很多同行都接受过法律培训，他本人在坦普尔学院也有好友和亲戚。莎士比亚的家

图1-29. 日益全球化的对话场所，伦敦皇家交易所。由弗兰斯·霍根伯格印制，约1569年。版画，39厘米 × 53厘米。
现收藏于大英博物馆。

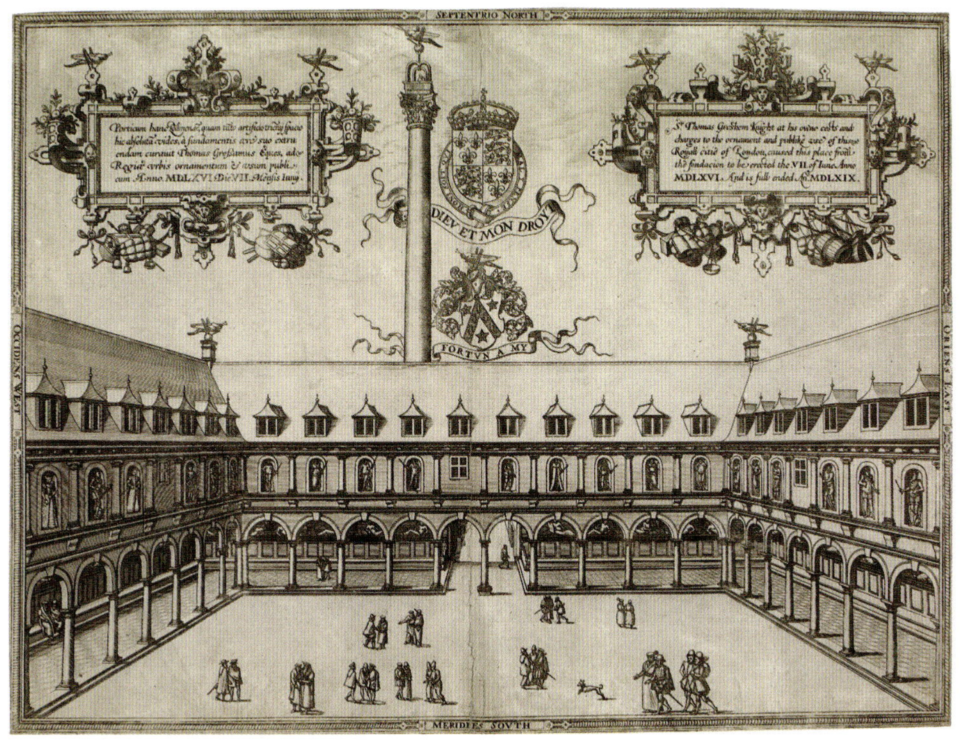

“您为什么脸色发白？我想大概是从莫斯科来，多受了些海上的风浪吧！”

（《爱的徒劳》5.2.415）

图1-30. 俄国招商公司的印章，1555年。在伊丽莎白统治时期，股份制公司的建立表明了英国在远洋航海领域不断增长的自信，这个公司挖掘新的贸易机会，从而使英国成为与荷兰、葡萄牙和西班牙相抗衡的全球贸易对手。（图中正好颠倒。）
银质，直径为5.1厘米。
现收藏于大英博物馆。

庭律师约翰·哈勃恩是一位专司民事纠纷的著名专家。在莎士比亚的戏剧中，许多剧情都涉及了各种形式的司法审判，这些剧目包括《理查二世》《威尼斯商人》《一报还一报》《李尔王》和《冬天的故事》。在每种情况下，表演区的观众和台下的观众都有可能受邀做出所罗门式的评判。

莎士比亚和他的同行演员必须依据舞台的差异对戏剧进行调整和改编。他们需要不断创新剧目，以应对随时提出的演出要求——在宫廷演出。从1594年起，他的演出公司就处在亨斯登（1526—1596）爵士的资助下，他是英国王室的宫务大臣，是王后伊丽莎白的堂兄和她最忠实、亲密的仆人，他负责宫廷的所有庆祝活动（图1-32）。1603年，宫务大臣的戏班子成了国王的班底。他们在宫廷的演出比其他任何公司都要频繁。戏剧的公共演出往往是一种试演或开放式彩排，真正重要的是受命在君主面前的演出。这是因为演出公司需要随时效力于宫务大臣及其手下的官员，而他们也会在演员面临来自城市当局的各种非难时挺身保护演员。这些敌对势力都是新教革命的先锋力量。

“你是对的，法官，衡情量法很为得体”

（《亨利四世》下篇，5.2.103）

图 1-31.《所罗门的裁决》，佚名的盎格鲁—佛兰芒画家，约 1586 年至 1602 年。莎士比亚经常在其戏剧中加入司法审判情节，并要求观众思考各种相互矛盾的观点继而进行道德评判。油画，约 188.5 厘米 × 165 厘米。现收藏于伦敦坦普学院。

这股势力具有强烈的清教徒倾向，他们把剧院视为公共混乱和瘟疫传染的来源之一，原因在于它造成了人群的过度拥挤、卖淫横行、学徒旷工、妇女的过分自由和通奸机会的增加等——更不用提演员自身的不道德行为了（由于女性角色是由男演员、十几岁的男学徒扮演的，他们往往会在舞台上亲吻和抚摸对方，所以人们普遍认为男孩子也担任了演员们的性伴侣角色）。《一报还一报》的背景设在维也纳，真实地点就在今天的伦敦。清教徒安杰洛的乐趣就在于下令拆除郊区的建筑物，这个情节复制了 1603 年 9 月发布的一项要求清除贫民窟的公告，此事发生在詹姆斯国王执政初期。在南岸剧院附近的妓院都成了拆除的对象。

无论是受王室宫廷、学院邀请还是作为贵族家庭的餐后娱乐，私人资助也是剧团的一部分重要收入来源。一连好几代，宫廷和精英们都曾雇请演员为其演出。在伊丽莎白女王执政晚期，商业剧院在英国诞生。除非由于瘟疫或审查关闭，每周六下午演员们都会在露天剧场为买票看戏的观众演出，一年大多数时间都是如此（图1-33）。“在市郊也有一些剧院”， 亨茨纳记录道，“演员们几乎每天都要为大量的观众演出悲剧和喜剧，这些戏剧往往在优美的音乐声中，在花样繁多的舞蹈下，在观众雷鸣般的掌声里结束。”

为特定目的建造的剧院，职业作家不为贵族赞助人而是为广大市民撰写的剧本，这些都是伊丽莎白女王统治末期的新现象。剧院里的艺术是一种合作的艺术，在莎士比亚所处的时代，不论是剧本撰写还是登台演出，都需要合作。莎士比亚似乎成了旧式戏剧的修理匠。他早期的一些原创作品都是合作的产物——也许室内悲剧《法弗舍姆的阿登》（*Arden of Faversham*）中的一个或多个场景，以及历史剧《爱德华三世》中的索尔兹伯里伯爵夫人一场就是合作的产物，后者几乎可以肯定是。有许多迹象表明，乔治·彼勒参与了《泰特斯·安德洛尼克斯》的创作，而托马斯·纳什则参与了《亨利六世》第一部分的创作。虽然并不完全肯定莎士比亚独立修改了这两个剧本或者积极地与其他两位作者进行了合作，但是可以肯定的是，年轻的莎士比亚是一位极富合作精神的作者。

图1-32. 亨利·凯里的肖像，第一任亨斯登（Hunsdon）男爵，佚名的盎格鲁—荷兰艺术家绘，1591年。
从1594年直至1596年去世，凯里一直是宫务大臣剧团——莎士比亚演出公司的赞助人。
油画，90厘米 × 75厘米。
现收藏于伯克利城堡。

具有讽刺意味的是，现存的留有莎士比亚手迹的文本出自一个剧本的一个场景，而那出戏则从未上演过，而莎士比亚本人也很少参与那出剧的创作（图1-3）。似乎在世纪之交的前后一段时间，他的演出公司——宫务大臣班底获得了一部有关托马斯·莫尔爵士的戏剧脚本（1478—1535）。由于内务大臣的反对，这出剧并未搬上舞台。任何剧目上演之前必须获得内务大臣的官方许可。移民和公民不服从的主题太敏感，因此不容易获得通过。在这出剧中，莎士比亚技巧娴熟地展示了莫尔爵士如何通过他雄辩的语言平息骚乱人群的场景。在一个独特的平衡场景里，他运用细节描写使人群中的百姓变得形象生动（一位名叫道尔的女子认为，莫尔对民众的关心通过“他让我的哥哥亚瑟·华钦士在赛甫侍卫官下面当了卫士”[55-56]这句话得到了体现），并且还以莫尔的声音发表观点，言语中流露出对弱势群体的同情（此处指移民）和对国家的尊重（“因为上帝把他的职务委托给了国王，那庄严、公正、强有力的、发号施令的职务”［116—118］）。仅仅让这出戏得到观众的认可是不够的，“完全省略了那次起义，其中必有原因。”内务大臣逼问道。因此，它苦闷地蜷缩在手稿里，直到 19 世纪一个学者第一次意识到在莎士比亚流畅、几乎没有标点的手稿中竟然还有几张珍贵的页面。莎士比亚的演员同事约翰・海明斯和菲利普・康德尔在《莎士比亚剧作集》的序言首页就开宗明义地指出，当他把手稿交给演出公司时，手稿里几乎没有一处勾画的痕迹。然而，从《托马斯・莫尔爵士》的手稿来看，他们的说法显然有些夸张，其意图无疑是想表达他们对朋友文学表达能力的钦佩之情。这些宝贵的页面显示了他创作时的思考过程。

《托马斯・莫尔爵士》中，那些涉及受迫害移民的特定讲话背景是 1517 年“劳动节骚乱”，当时学徒们走上街头抱怨外国人抢占了自己的工作。这一事件的当代呼应就是 16 世纪 90 年代在伦敦出现的寻求庇护的浪潮，胡格诺教徒为躲避法国内战而逃到了英国。国内与异邦人士的遭遇，民权社会和外国人之间的矛盾，成了戏剧表现的一大主题，因为在莎士比亚时期的伦敦，这都是鲜活的、有争议的、充满政治色彩的问题。考虑到当时有严格的审查制度，所有剧本都要提交当局接受审查，所以这些问题往往会通过迂回的手段加以表现。莎士比亚通过把场景设在现代的威尼斯或古罗马才能毫无风险地应对他自己时代的问题。在他最早的一部热门戏剧《泰特斯・阿德洛尼克斯》中，他通过杜撰一个涉及入侵哥特和谋害摩尔人的故事间接地批评了罗马文化。一位名叫亨利・皮查姆（Henry Peacham）的绅士复制了该手稿的一些文字并附上了一幅草图，该草图提供了一种令人着迷的洞察安逸的见解，伊丽莎白借此把现在与过去、国内和异邦结合起来进行想象。古老的罗马人物都穿着宽外袍，而士兵们则是一身现代打扮（图 4-2）。哥特女王看起来具有明显的中世纪特征，而摩尔人则以黝黑的皮肤为其主要特征。不管皮查姆是否在舞台上看过《泰特斯・安德洛尼克斯》，他对该剧的想象都符合莎士比亚戏剧对服饰、化妆和道具的兼收并蓄。

不幸的是，亨茨纳并未对那些剧院上演的戏剧做详细的说明。他直接评论道：“这些剧院全都用木料建造。在距其中一所剧院不远的河岸处停着一艘皇家驳船。它上面有两座外观华美的小屋，装饰着精美的玻璃窗和绘画，屋子周围还贴了镀金材料，它停泊在干燥的地方，免去了风雨的侵扰。”莎士比亚在写到马克・安东尼初次见到埃及艳后时，他正在阅读一本古代历史的教科书（普卢塔克的人生传记），但是对于当代的伦敦民众而言，一艘华美的皇家驳船（女王向公众露面的地方）实在是再熟悉不过了。

实际上，亨茨纳在游记中更加详细地介绍了南岸剧场的其他公共场景：

图1-33. 从玫瑰剧场的原址挖掘出来的橡木栏杆，也许是上部画廊或舞台周围的安全栏杆。材质为橡木，长为43.5厘米。现收藏于伦敦博物馆。

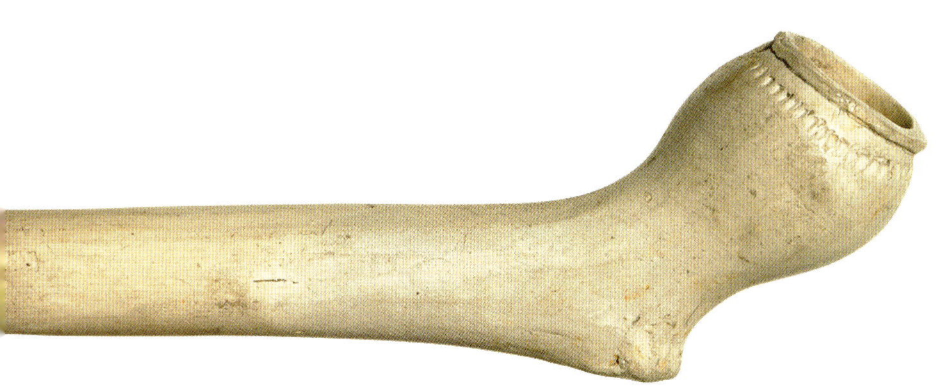

图 1-34. 陶土烟管，约 1580 年至 1610 年，从玫瑰剧场遗址出土。
长 6.2 厘米。
现收藏于伦敦博物馆。

那儿还有一个地方，其建筑形式仍然是剧院，主要为公牛和狗熊提供食料，那些动物全都被拴在后面，旁边的英国斗牛犬令它们心惊胆战，但是它们对那些狗却构不成威胁，无论是公牛的弯角还是狗熊的尖牙都是如此。它们有时候会被当场杀死，新鲜的肉会立刻提供给那些受伤或困倦的动物。与这项娱乐活动相伴的往往是鞭打盲熊，该项活动由五六名男子表演。他们手持长鞭围成一圈，毫无任何怜悯地鞭打盲熊，由于它被锁链绑着，所以根本无法脱身，它用尽全力和技巧，放倒所有靠近它的人，但它并不主动脱身，而是扯掉了他们手中的鞭子，并且折成了几截。在这些场景以及其他任何地方，英国人都会不停地吸烟。他们是这样吸烟的：用的是黏土烧制而成的烟管，在烟管的一端装上烟叶，烟叶烘晒得极干，很容易捻成粉末。装好烟丝后就点上火，随后把烟吸进嘴里，然后再让烟从鼻孔里喷出来，随之有大量的鼻涕和黏液从鼻腔流出。在这些剧院，麦酒、葡萄酒、坚果以及各种水果，例如苹果、梨等，都会在不同季节大量出售。

在玫瑰剧院的挖掘过程中出土了陶土烟管，这种考古证据表明了吸烟与剧场之间具有很强的联系。在图 1-34 中的烟管流行的时期，吸烟被确认为一种时尚习惯，并在宫廷中受到了沃尔特・罗利（约 1554—1618）爵士的推动，时间大约在 1580 年至 1610 年间。詹姆斯一世在 1604 发起的抵制烟草行动最终彻底陷入失败。在玫瑰剧院和环球剧院出土的其他小文物展现了早期伦敦戏剧观众在剧院的私人生活和公共活动。这些文物也包括骰子、一种修甲器（结合了耳挖勺和牙签的功能）、一枚刻有情爱铭文的指环、一把专舀蜜饯、长柄端顶刻有主人姓氏首字母的餐叉（图 1-35—1-36）。演出期间的吃喝既是剧场经济的关键因素，也是看戏体验的一部分，毗邻剧院的自来水房在观众入场时供应啤酒，而小贩或尚未登台的演员则会挤进院子，向观众兜售食品和饮料，有时候甚至会挤进拥挤的剧院过道。

图 1-35. 从玫瑰剧院出土的指环，上面刻着“PENCES POVR MOYE DV”（但愿你会想着我），1587 年至 1606 年。
金质，高 0.6 厘米，直径 2 厘米。
现收藏于伦敦博物馆。

图 1-36. 从玫瑰剧场遗址发掘出来的骨骰子、柄端镶铜的铁制餐叉以及美骨质美甲器。时间大约在 1587 年至 1606 年间。
两枚骰子分别为 0.7 厘米 × 0.7 厘米和 0.4 厘米 × 0.4 厘米，餐叉长 22.1 厘米，美甲器长 8.8 厘米。

亨斯洛是玫瑰剧院的经理，他既是一位戏剧监制也是一帮狗熊的主人，当然还是一大帮妓女的老板。戏剧和驯兽以类似的方式进行宣传，海报就贴在公共场所，唯一存世之物是一只灰熊的头骨而非莎士比亚的戏剧（图 1-37—1-38）。最好的熊就跟最有名气的演员一样拥有显赫的地位。最著名的熊名叫“撒克逊”（Sackerson），蓄养在泰晤士河畔的巴黎花园，在莎士比亚的《温莎的风流娘儿们》一剧中就曾提及过此熊：

斯兰德　我还是在这儿走走的好，我谢谢您。我前天跟一个击剑教师比赛刀剑，三个回合才一碟煮熟的梅子，结果把我的胫骨也弄伤了。不瞒您说，从此以后，我闻到烧热的肉味就受不了。你家的狗为什么叫得这样厉害？城里有熊吗？

安·培琪　我想是有的，我听见人家讲起过。

斯兰德　我喜欢这一行当，但我也像别的英格兰人一样会很快在这个问题上弄别扭。您要是看见关在笼子里的熊逃了出来，您怕不怕？

安·培琪　我怕。

斯兰德　我现在可把它当作家常便饭一样没有什么稀罕了。我曾经看见巴黎花园。

（1.1.197—208）

亨茨纳不是唯一描述过这种血腥活动的游客。托马斯·普拉特是一位生长在瑞士巴塞尔的人，他在 1599 年造访英国期间也一直在撰写旅行日志。他也详尽地记录了驯熊和斗鸡的场景。他对伦敦的酒吧文化感到好奇和吃惊，妇女在公共场合和男士一样喝酒，或许比男士喝得还要多（图 1-39）。

在这座城市里散布着很多旅馆、小酒馆和露天啤酒花园，这里的许多娱乐活动往往伴随着大吃大喝，无所事事。至于其他方面，例如在我们的旅店，几乎每天都有演员前来造访。尤其奇怪的是，男性和妇女，事实上女性往往比男性更频繁地光顾酒馆找乐子。她们把这些活动视为一种莫大的荣誉，并且会在饮用的葡萄酒里加糖，如果只有一名妇女被人邀请，那么她会带上三四个其他妇女一道前往，她们欢快地相互敬酒，那位女士的丈夫事后会感谢那位邀请他妻子的人，感谢他为她提供了这样的乐趣，因为他们都视此为真正的友善之举。

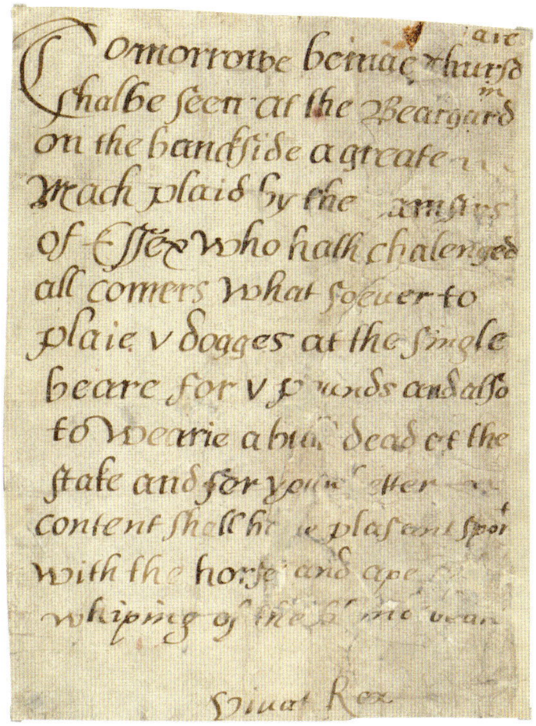

Tomorrowe beinge thursdaie
shalbe seen at the Beargarden
on the bankside a greate
Mach plaid by the gamstirs
of Essex who hath chalenged
all comers what soeuer to
plaie v dogges at the single
beare for v pounds and also
to wearie a bull dead at the
stake and for your better
content shall have plesant sport
with the horse and ape
whiping of the [illegible]
Vivat Rex

“可是我必须像熊一样挣扎到底”

（《麦克白》5.7.2）

图 1-37. 1989 年从环球剧院的遗址出土的一只灰熊的骷髅头，或许是一位雌熊。此熊的牙齿已经被磨平，意在受驯犬训练时减少其攻击性。高 13.5 厘米，宽 20 厘米，长 32 厘米。
现收藏于伦敦德威学院。

“我曾经看见巴黎花园里那头著名的撒克逊大熊逃出来二十次，我还亲手拉住了它的链条”

（《温莎的风流娘儿们》1.1.205—206）

图 1-38. 南华熊园的驯熊广告。约 1603 年至 1625 年。熊是娱乐界的明星，驯熊广告在某些方面类似于戏剧广告。
此为油印广告手稿，25 厘米 × 19 厘米。
现收藏于伦敦德威学院。

普拉特对妇女和犯罪发表了一些特殊的看法：

> 此外，由于这是一座庞大、开放、人口众多的城市，每天夜里都有值班人员在所有的街道上巡逻，各种轻微的犯罪行为都会受到处罚。为了保持良好的秩序，城市卖淫也在惩罚之列，为此还专门建立了一个委员会，一旦发现有卖淫行为，男士就会被判监禁和罚款。那位涉案女子会被送往感化院，地点位于河边的国王宫殿，那里的管理人员会当众鞭打赤身裸体的她。尽管对这些卖淫女的监视非常严密，但她们仍然成群地出没于小酒馆和剧院里。

和所有拥挤的公共场所一样，剧院也是各种轻罪的滋生地。西蒙·福尔曼（1552—1611）是一个著名的占星家和吃香的医生。他在日记中记录了自己与伦敦社会各个阶层的亲密交往，包括妓女和淑女，她们是前来就诊和排遣忧虑的（他有一种利用医患关系优势的倾向）。在 1611 年，他去环球剧院观看莎士比亚的《冬天的故事》（图 1-40）。他通过指出无赖奥托里格斯（Autolycus）如何“假装生病抢走他的全部物品，并且骗走了那位穷人的所有钱财，然后提醒他注意假冒乞丐或者可怜的扒手”来引出道德方面的思考。

图1-39. 一个寓言场景，艾萨克·奥利弗于1590年至1595年创作。这也许是一则夫妻爱情寓言。托马斯·普拉特（Thomas Platter）记录了伦敦的酒吧文化，在这种文化中，丈夫和妻子与一帮形形色色的人共同畅饮。
羊皮纸卡片上的水彩与水粉画，11.3厘米 ×17厘米。
现收藏于哥本哈根国家艺术博物馆。

莎士比亚戏剧中对假冒乞丐和扒手的生动再现在很大程度上也是对现实的反映，因为这些人物经常出没于剧院周围。在通俗文学中，市场宣传手册生动地描述了那些欺骗受害者的罪犯的技巧和行话。“兔子”就是伦敦街头一个众所周知的行话（图1-41）。

我们在托马斯的日记中发现的最有价值的事情是他对剧院看戏的描述，当然包括对参观莎士比亚环球剧院的感受：

9月21日（9月11日为英国日历）午饭后，约二时，我和我的随行越过泰晤士河，并在一间茅草房里观看了一出反映恺撒大帝的悲剧，演员有15人。演出结束后，他们一起登台跳着绝妙而优雅的舞蹈，这是他们的惯例，其中有两位装扮成了男士，两位装扮成了妇女。

另一次看戏的地点离我们旅馆不远，就在郊区毕晓普门附近。如果我没有记错，那次也是在午饭后。那出戏里提到了多个国家。因此，每天下午两点都有戏上演，整个伦敦有两场戏，有时候在不同的地方会同时上演三场戏，它们互相竞争，那些表演得最好的剧团会吸引大多数观众。这些剧场的结构都是中间有一个凸起的平台，演员们在台上演出，从而使观众都能有清楚的视野。

那时有不同的走廊和座位，然而，更好更舒适的座位自然也会更昂贵。那些乐于站在台下的观众只需支付一便士即可，但如果他想坐着观看就得进入另一扇门，并且还要再支付一便士，而如果他希望坐在最舒适的有坐垫的座椅上观看演出，那么他还得再多支付一便士，并且从另一扇门进入。在那里，他不仅可以看到台上的一切，其他观众也可以看见他。在整个演出期间，食品和饮料会端给在场的观众，那些乐于花钱的观众随时可以得到茶点。演员往往穿着最昂贵、最精美的衣服。因为按照英国人的惯例，那些尊贵的主人或骑士往往会在去世之前把他们最好的衣服送给自己的仆人，由于这些衣服不适合后者穿戴，他们就会把衣服卖给戏剧演员。

那么，他们每天欢快地演戏时都会了解哪些人曾经看过他们的表演。

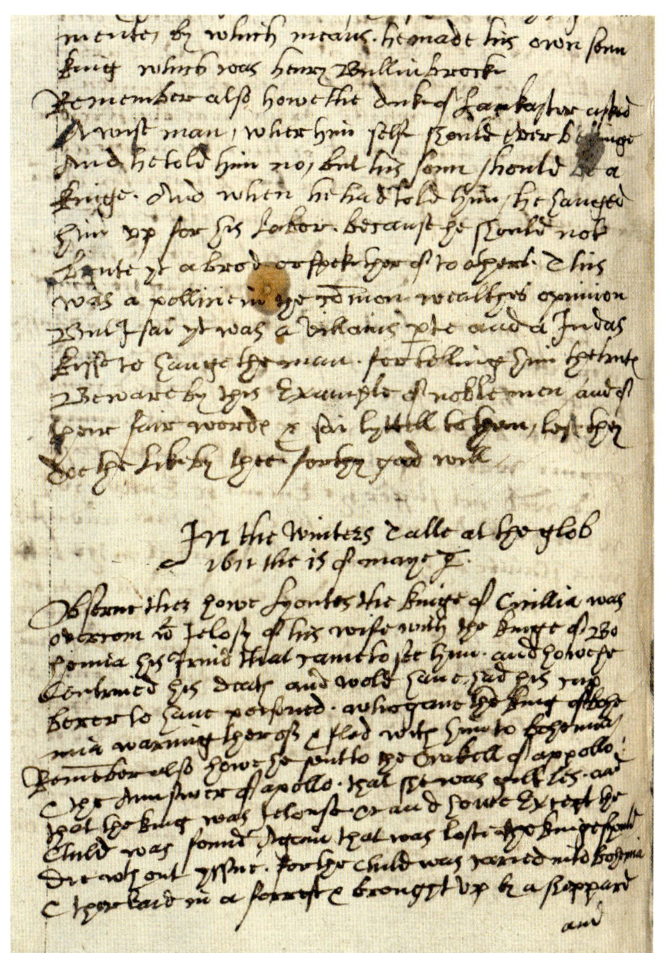

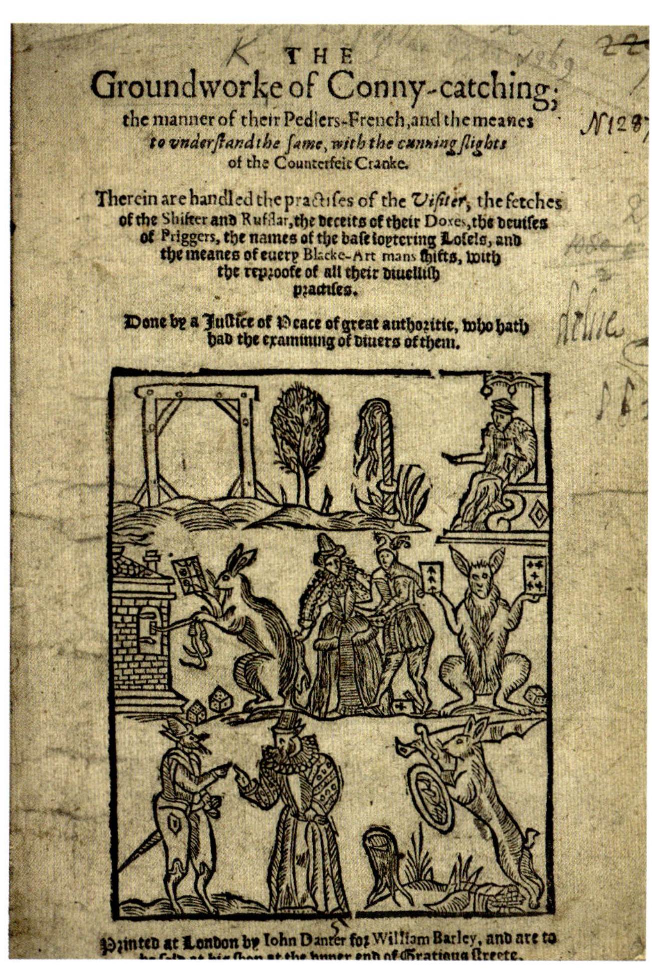

THE

Groundworke of Conny-catching;

the manner of their Pedlers-French, and the meanes to understand the same, with the cunning slights of the Counterfeit Cranke.

Therein are handled the practises of the Visiter, the fetches of the Shifter and Rufflar, the deceits of their Doxes, the deuises of Priggers, the names of the base loytering Losels, and the meanes of euery Blacke-Art mans shifts, with the reproofe of all their diuellish practises.

Done by a Iustice of Peace of great authoritie, who hath had the examining of diuers of them.

Printed at London by Iohn Danter for William Barley, and are to

图 1-40. 西蒙・福尔曼的日记，描述他于 1611 年在环球剧院观看《冬天的故事》的开头部分。手稿，写在纸张上的墨迹，约 30 厘米 × 20 厘米。现收藏于牛津大学图书馆。

“乘人不备，拿些零碎的小东小西”

（《冬天的故事》4.2.24—25）

图 1-41. 舞台上的扒手借鉴了剧院附近的街头生活和反映下层罪犯生活的小册子文学。后者的一个绝佳例子就是这样的小册子，由一位匿名作者依据托马斯・哈曼的《防骗基础手册》（*The Groundworke of Conny—catching*）改编而成，1592 年出版于伦敦。
扉页，18.5 厘米 × 14.5 厘米。
现收藏于大英图书馆。

这些文字的价值远远超过了它对某些细节的说明，包括入场价格（图 1-42）、开场时间、演员服装、结束时的例行舞蹈、不同场馆之间的竞争，等等。普拉特也揭示了戏剧是如何帮助塑造文化身份的。那出“呈现了不同国家”的戏剧展示了戏剧是一个塑造（或颠覆）民族身份的舞台。戏剧在伦敦生活的中心地位可以借由这样一种观点得以体现：要想了解英国人在社交上花费的时间，只需看看他们花在看戏上的时间即可。普拉特暗示，英国人去剧院是为了学习如何表现得像个地道的英国人。他接着记录道，更重要的是，他们通过戏剧了解了世界其他的地区：“通过这些以及其他更多形式的娱乐活动，英国人打发了自己的业余时间，在戏剧中了解了发生在国外的事情。事实上，男士和妇女都会设法造访那些地方，因为大部分英国人都不怎么旅行，但他们喜欢学习外来事物，并在家里自得其乐。”

“让那些只爱热闹的观众听得入了神”

（《哈姆雷特》3.2.7）

图1-42. 陶制钱罐（1550—1650）。水底鱼（泥鳅）是一种鱼，经常匍匐在河流底部，大张着嘴巴凝视着水面——就像站着看戏的观众，他们在进入舞台前的院子时需要支付一便士。
铅釉陶器，高9厘米。
现收藏于大英博物馆。

图1-43. 亨利·乌顿（Henry Unton）爵士，未知艺术家，公元1596年。
与雅克的“七个人生时期”相对应的插图传记。
油画，74厘米 × 163厘米。
现收藏于伦敦国家肖像馆。

从严格意义上来说，这并不完全正确。有些英国人正好相反，他们“旅行得很多”。1596年的乌顿纪念图（图1-43）记载了战士兼外交官亨利·乌顿爵士（1557？—1596）的全部旅行。这幅独特的图案传记得到了乌顿遗孀多萝西·劳顿的许可，并在她1634年的遗嘱中得到了记录。这幅图大体上叙述了她丈夫从生到死的全部人生经历，亨利爵士的画像在中间熠熠生辉，伴随着他一生的功名与最后的去世。在图的右下角，身在襁褓中的他躺在母亲安妮·西摩的怀里。她是前沃里克伯爵夫人，画面地点位于乌顿爵士府。画面显示，他就读于牛津大学奥里尔学院，然后前往威尼斯和帕多瓦，之后为荷兰的莱斯特伯爵（1585—1586）效力。他随后被描绘成出使法国亨利四世（约1589—1610）的外交官，最后卒于法国。其中最细致的描写是运送他的遗体返回沃德利宫的场景，该宫位于牛津附近的法林登，然后是1596年7月8日的葬礼场景以及他在法林登教堂的宏伟纪念碑（左下位置）。不过，最有趣的场景或许是他的灵魂在沃德利宫的再生，他坐在自己的书房里，弹奏着音乐，晚饭后又坐在家里观看墨丘利和黛安娜的假面舞会。从婴儿到学生到游客到战士到外交官到进入坟墓，亨利·乌顿的“十个人生时期”使人想到了眼睛，就像雅克的“七个人生时期”会使人想到耳朵一样。

最顶级的英国旅行者是弗朗西斯·德雷克爵士（1540—1596），他成功获得了与麦哲伦相匹配的历史成就，并且率领船队进行了第二次环球之旅，先后共花了2年10个月时间（1577年12月至1580年9月），这些成就使他成了英

国的民族英雄。

图 1-44 中的银质纪念章是最早的航海地图，制作于 1589 年，或许就是德雷克本人使用的。这是存世不多的几枚之一，这些纪念章的模型上印有制作者迈克尔·墨卡托的签名。他似乎已经十分熟悉德雷克的航海路线，并在上面标了虚线。

德雷克对那种私人化的国家战争十分在行，这种战争被英国人及其盟友视为民族主义和新教尊严的象征，而西班牙人则对此心存恐惧和厌恶。航海途中，他袭击了南美洲西部海岸的许多西班牙港口——包括利马和巴拿马（在纪念章地图上有标示），抢劫了大批西班牙金币和银币。因此，墨卡托选择用从西班牙人手中偷来的白银制作他的地图显然是有道理的。当然，英国对全球海洋霸主西班牙发起挑战也具有极大的象征意义。作为环球旅行者和民族英雄的德雷克也庆祝了这场反对“真正基督教”的敌人——西班牙——的战争。图 1-45 是一幅罕见的德文印刷制品，上面记载着与无敌舰队交战前的情景。1586 年至 1587 年的一首西班牙诗却发表了截然相反的观点，该诗认为德雷克在这次宣传性的战争中表现了他的残忍和路德会教徒的无耻，但即便如此，这次战争也使他成了一位传奇式的人物：

> 哦，凶猛的残暴，疯癫的狂乱；
> 臭名昭著的犯罪，恶魔般的动机。

作为英国的民族英雄，德雷克在洗劫了加勒比海地区返回英国后于 1586 年专程造访了坦普学院。四个法律学院对地理、勘探，以及在加勒比国家和后来发现的美洲建立种植园所带来的经济效益颇感兴趣。坦普学院的兴趣尤其浓厚，因

“她们一个是东印度，一个是西印度，我就在这两地之间开辟我的生财大道”

（《温莎的风流娘儿们》1.3.50）

图 1-44. 福斯塔夫对抢劫和占有的观念类似于银牌背后的思想，该银牌由迈克尔·墨卡托丁 1589 年为纪念弗朗西斯·德雷克环球航行而设计并制作。
银牌的正面和反面，直径 6.7 厘米。
现收藏于大英博物馆。

图 1-45. 16 世纪 80 年代后期，德国人为庆祝新教英雄、自由斗士、西班牙天主教迫害者弗朗西斯·德雷克爵士而制作的海报。
手工着色蚀刻和雕刻画，29 厘米 × 54 厘米。
现收藏于大英图书馆。

为许多西方国家的冒险家都就读于此，其中包括沃尔特·罗利、约翰·霍金斯和马丁·弗罗比舍。图 1-46 中的地球仪在记录莎士比亚时代伦敦的四个法律学院的独特知识文化力量方面具有特殊的意义。

纪念章地图，以及后来的地球仪，原本都是受过教育之人的家当，而这些特殊的地球仪则成了 16 世纪 90 年代宫廷、图书馆、文法学校和大学的实用教具。正如莎士比亚在《错误的喜剧》中所描绘的，使用地球仪成了绅士教育的一部分。在这出戏中，有个人把一位侍女比作地球仪："她的身体像个滚圆的地球，我可以在她身上找出世界各国来。我可以在沼泽边找到爱尔兰，在白垩崖壁边找到英格兰，在呼出的热乎乎的气息里感受到西班牙，在她的鼻子上找到美洲和西印度群岛，她的鼻子上点缀着红玉和玛瑙"（3.2.104—121）。

莫利纽克斯地球仪是第一颗用英文印刷的地球仪。这种地球仪由英国人埃默里·莫利纽克斯和荷兰雕刻师约库道斯·洪第乌斯于 1592 年在伦敦制作完成。这种地球仪是以爱德华·赖特的世界地图为基础，通过墨卡托投影制成，这是莎士比亚在其《第十二夜》（3.2.52—53）中提到的那种"强调了印度的新地图"。它标示了英国探险家近期的航行路线，例如弗罗比舍和德雷克于 1576 年至 1577 年的航线，罗利在弗吉尼亚罗阿诺克获得的英国殖民地。皇家纹章在美洲版图上熠熠生辉。

在意大利大使佩特鲁西奥·乌巴尔迪尼（Petruccio Ubaldini）看来，这个地球仪的意义十分重大。他曾评论说，伊丽莎白一世现在可以"瞧一眼就知道自己凭借海军可以控制多大的世界了"。这个与探险紧密相关的地球仪也与弗吉尼亚新殖民地的种植园关系密切，它可能已经通过某位意欲逼使女王进一步挑战西班牙的探险家送给了坦普学院。这种地球仪是英国不断增长的全球意识的集中体现。

德雷克和他的船员是第一批旅行世界的英国人。此后无人怀疑我们生活在一个圆形的地球上。但是对于托马斯·普拉特所说的那些人——绝大多数没有出国旅行过的伦敦市民来说，

“她的身体就像个滚圆的地球，我可以在她身上找出世界各国来”

（《错误的喜剧》3.2.104—105）

图1-46. 莫利纽克斯地球仪，埃默里·莫利纽克斯和荷兰雕刻师约库道斯·洪第乌斯于1592年在伦敦（更新为1603年）制作完成，并可能通过一位希望扼制西班牙全球扩张的冒险家交给了坦普学院。
版画纸，石膏和印刷纸，镶有木制支座和黄铜镶边，直径为63.5厘米。
现收藏于伦敦坦普学院图书馆。

他们在国内了解异邦之事——世界和人类的奇异与多样性在一颗人造地球仪上交汇，体现在城市南部和东部边缘的多边形剧场建筑群上。伦敦剧场的建筑体现了英国人旅行的感受。英国驻印度莫卧儿王朝的大使托马斯·罗伊爵士对伦敦剧院并不陌生。当他参观了贾汉吉尔宫廷之后，就把那儿的观众感受与自己返回伦敦后的剧场感受做了一番对比，读者可以通过他的描述产生清晰的想象。

> 这座宫殿是一个巨大的庭院，那里容纳了形形色色的人。国王坐在顶部的一个小楼座上，大使、贵族和显要人物坐在最靠近他的位置。头顶有天鹅绒和丝绸华盖，地上铺着精美的地毯。代表上流绅士阶层的人位列第一层，没有贵族头衔的人坐在较低的位置。这样所有的观众就都能看见国王了。这种排列座次的方式使整个剧院显得非常亲近。国王坐在楼座上，贵族像演员一样坐在高台上，普通庶民坐在台下仰视着他们（图1-47）。

大约从1590年至1612年，威廉·莎士比亚为伦敦剧院撰写了剧本。那些反映爱情与死亡、青春与年迈、政治阴谋与跨文化冲突的戏剧迎来了来自多国的旅行者。但它们也代表了众多民族和地方，代表了过去和现在。莎士比亚的观众从戏剧中了解了国外发生的事情或者他们设想发生在国外的事情。1612年的伦敦几乎成了一个世界性的城市，全世界都变成了一个舞台，而舞台也反映了整个世界。

图1-47. 《贾汉吉尔》，马诺哈尔或阿布·哈桑绘制，时间约为1625年。这个当代莫卧儿微型图显示了宫廷看戏的观众的等级状况，托马斯·罗伊爵士拿此与伦敦的剧场舞台和观众做了对比。
用水彩和金粉在纸上绘成，35厘米 × 20厘米。
现收藏于波士顿美术馆。

KYLE
CARICKE
Scot lan de
part of
GALOWAY
CARLIL
CUMBERLAND
WESTMORE LANDE
YORK
LANCASTER
OC. GE
MAN
Anglesey
FLINT
CHESTER
Cheshire
LINCOLN
Rutland
NOR FOLK
SUF FOLK
ESSEX
KENT
OXFORD
BEDFORD
Berkshire
Hampshire
Wight
MIDDLE SEX

第二章

“我现在身处阿登吗？”：国家、乡村风俗

威廉·莎士比亚出生于1564年，大约在4月23日，圣乔治节。4月26日，他在沃里克郡米德兰县埃文河畔斯特拉特福镇的圣三一教堂受了洗。他的父亲是约翰·莎士比亚（约1531—1601），一位手套制造商。他的母亲是玛丽·莎士比亚（约1537—1608），出生名为玛丽·雅顿，是附近威尔姆科特村一位自耕农的女儿。

斯特拉特福镇是诸多各异的民俗文化交汇的十字路口，古老的阿登森林伴于该镇以北，小镇南部有肥沃的农田。从这里不停脚步地走上一天便能到达牛津大学城。小镇东面不远处便是凯尼尔沃思，是伊丽莎白女王最宠爱的莱斯特伯爵罗伯特·达德利（1532—1588）的家乡，也是沃里克伯爵的城堡（已经年久失修）所在地。越过城堡就是考文垂，是英格兰第四大城市。莎士比亚出生之时，那些从中世纪延续而来的古老圣经戏剧——创世纪和大洪水、耶稣受难和大审判等——每年都会在披着盛装的彩车上巡回上演。乡村与城市、旧式农村生活与新的学习手段、演戏的传统和贵族的强大势力并存，莎士比亚戏剧创作中的某些关键要素都来自于他童年时期的成长环境。

几个世纪以来，英国政府和法律部门的管理都依赖于国王或女王以及他们的代表，特别是法官，在全国范围内的巡回审判尤为典型。莎士比亚出生在米德兰巡回审判区的边缘，该区包括北安普敦郡、沃里克郡、莱斯特郡、德比郡、诺丁汉郡、拉特兰郡和林肯郡。牛津巡回审判区则包括牛津郡、伯克郡、伍斯特郡、斯塔福德郡、什罗普郡、赫里福德郡和格洛斯特郡。在莎士比亚生活的几十年里所存世的数百名部舞台剧中，只有不多几部反映沃里克郡和格洛斯特郡生活场景的戏剧是由他创作的。之后，英格兰中部地区开始成为他描写的主要领域。在他对国家的想象中，“莎士比亚的乡村”最终成了“英格兰中部”的代名词。

“把那地图给我”

（《李尔王》1.1.28）

图 2-1. “英格兰和爱尔兰概貌，附毗邻地区”，劳伦斯·诺埃尔绘，约 1564 年，是年莎士比亚诞生。埃文河畔斯特拉特福镇已做了标记。用墨水在羊皮纸上绘成，21.2 厘米 × 30.9 厘米。现收藏于大英图书馆。

莎士比亚的诞生，使得地区和县郡的风土人情以可视化的方式展示出来成为可能。劳伦斯·诺维尔的“英格兰与爱尔兰概览”（图 2-1）是为威廉·塞西尔先生以及后来的伯利勋爵（1521—1598）绘制的，在那上面，埃文河畔的斯特拉特福镇标记在靠近中心的位置。伊丽莎白一世统治 6 年之后，这幅图以莎士比亚那一代人的视角昭示了英国特性和民族特性。它一方面展示了地图绘制的精确程度，另一方面也吸纳了诺维尔实地调查的成果以及别的地图资料，也许还有塞西尔拥有的一些书籍和论文资料。这幅地图提供了丰富的视角信息，这对英国政府而言是非常宝贵的。塞西尔和诺埃尔之间的资助与服务关系如图所示。图中的塞西尔坐在一个沙漏上，双手合抱，表情严肃，仿佛表明他等待地图已经很久了。在左下角位置，诺埃尔神情疲倦地靠在一块刻有他的姓名首字母“LN”的石碑上。一只大狗正冲着他咆哮。据说，塞西尔随身一直带着这种地图的缩小版，该图对早期地图的许多方面做了改进。

不过，就此地图的重要性而言，其制作目的显然胜于其精确度，地图是权力的工具，而非助人在旅行途中辨识方位的。在莎士比亚戏剧中，地图作为道具共出现了两次，从其语境来看，并非寻找道路，而是象征了王国的分裂。一次出现在《亨利四世》上篇部分，叛军提到了地图（“来吧，这是地图：我们是否按我们三方的协定把三方的权益做一个分配？”3.1.69—70），另一次出现在李尔王及其三个女儿的对话中（“把那地图给我”[《李尔王》1.1.28]）。

“在沃里克我有真正善良的朋友”

（《亨利四世》下篇，4.8.9）

图 2-2. 沃里克郡和莱斯特郡的地图，克里斯托弗·萨克斯顿绘，1576 年。手工着色版画，展示了莎士比亚出生的县，首次出版于 1576 年，后由萨克斯顿于 1579 年重新印制，是第一个国家地图集的一部分。
49.7 厘米 × 37 厘米。
现收藏于莎士比亚出生地，埃文河畔斯特拉特福镇的特鲁斯特。

独立的苏格兰王国首次出现在诺维尔的地图中。虽然只是以简略的轮廓勾绘，但是爱丁堡的位置还是比较准确的。这幅地图的绘制意在表达伊丽莎白女王在继承父亲亨利八世的王位以及英格兰和威尔士实现统一之后的君威。同时，该图还详细地显示了“远离塞文河岸的威尔士”（《亨利四世第一部》3.1.75），界定了威尔士北部的卡那封半岛。从此处英国人的视角来看，爱尔兰显然是一个问题，因为它特别提到了盖尔人的土地经营模式以及芒斯特西部那些港口的名称。这幅地图是为塞西尔专门绘制的事实表明地图作为政治和官僚工具的重要性，同时在土地测量方面也十分重要，因为土地是控制民众的手段。另外，地图对塞西尔本人同样至关重要，作为伊丽莎白一世手下的一名重要官员，塞西尔可以借此实现统一国家的理想。

“在沃里克郡我有真心的朋友”，在《亨利六世》下篇（4.8.9）中，沃里克伯爵如是说道。克里斯托弗·萨克斯顿拥有的关于沃里克郡与莱斯特郡的地图（图2-2）是莎士比亚家乡地区最早的精绘地图。这份地图采用了雕刻工艺和人工着色法。1579年，这份地图被作为萨克斯顿的三十四份区域地图之一得以重新印制，以应对首次全国地图册编绘之需。

图 2-3. 伊丽莎白一世（“迪奇雷肖像”），小马库斯·吉尔哈茨（Marcus Gheerhaerts the Younger），约1592年。伊丽莎白一世像一尊女神似的站在地球仪上，她的双脚踩在牛津郡的萨克斯顿地图上。
画布油画，241.3厘米 × 152.4厘米。
现收藏于伦敦国家肖像馆。

NORTHAMPTŌS the 8 of ẏ East hath Miles
In Quantitie supficiall 539 In Circuite 123
In Length from Lincolnshire to Oxfordshire 48
In Bredth from Warwickshire to Bedford 22
N
VIII
W
E
VIII
S
NORTHAMPTŌS much Inhabited with nobilti
Very plesaunt & fertile, ritch in corne, and sheepe
Hauinge Hūtingtō & Bedford East Warwick West
Rutland & Lincoln North Oxford & Buck South

THIS mayden queene, like Debora doth raign,
She by hir wisdom, and hir constant zeale:
In peace, and plentie, doth gods worde maintaine,
Would god I coulde hir vertues all reveale.
TWISE sixteene yeares ẏ scepter in hir hād,
No traitors could, nor forraiē foes wrest out:
Great warres abrode, yet god defends hir land,
Lord let thy Angells, compasse hir aboute.

EDWARD the 3 did add this armes of Frauce
And Henry 5 made Fraunce to Brittaine yeelde
But civill warres, did breede vs this mischaunce,
Smalle gaynes remaynes of that well foughtē feeld
1590
KINGE Henrie 7, from strife the state restorde,
To Henrie eight, he left it in great welth,
He wise and boulde, good happ his fates afford
But in his doughter most Lord bless hir helth

WARWICKS the 9 of the East hath Miles
In Quantitie supficiall 555 In Circuite 122
In Length from Staffordshire to Oxford 37
In Bredth from Lecestershire to Worcester 28
IX
IX
WARWICKS one pte champiō, thother woodlād
Aboundinge with corne & grasse, well Inhabited
Hauinge Lecester & Northā East Worcest West
Lecester & Stafford North Glo & Oxfo South

FROM East to West Londō is most in Length,
The Bredth therof is from the North to South:
What place so fit, for pleasure store & strength,
And for all trades, and trayninge vp of youth.
TROYE
NOVAT
LONDON
FOR fruitfull ground, for river, and good ayre,
For store of welth, of people, and of powre,
Did Troye att any tyme, seeme halfe so faire,
As doth hir doughter Londō att this hower.

THVS much in Miles whole Englād it cōtaines 3486
Thus much in Miles will reatch aboute it rownde: 1890
Hir Length from Lizard point to Barwick strait 334
Twixt Douer Holyhead the bredth is founde 250
THE BRITAIN SEA
AMOGST good neigbors thus doth Englād stand
Each shire presents first letter of hir name
For other worthie places in this land
My fiftie two paticulers haue the same

图 2-4. 绘有英格兰和威尔士地图的扑克牌。在沃里克郡的版图上，斯特拉特福镇被标记为 "S"，由威廉·鲍斯设计，奥古斯丁·里特尔于 1590 年雕刻，这是已知最早的一套绘有英国郡县地图的扑克牌。
手工着色版画，9.5 厘米 × 5.7 厘米。
现收藏于大英博物馆。

在将近两个世纪的历史长河中，萨克斯顿的地图几乎成了所有英国地图的典范，尽管其上没有道路标示，只有河流网络的显示。斯特拉特福镇的重要性在于它横跨了埃文河的一处浅滩。图中可以见到肯尼尔沃斯，它是莱斯特的最初所在地。阿登森林的名称取自凯尔特语。 萨克斯顿地图的问世意味着受过教育的英国人首次对当地与其他地区的关联有了明确的意识，这也是一种清晰的地理和特色意识。

在由小马库斯·海拉特绘制的著名的"迪奇雷肖像"（图 2-3）中，萨克斯顿地图的彩色县区在伊丽莎白女王的脚下显而易见。这幅肖像创作于 1592 年，正是莎士比亚的表演和写作刚刚受到宫廷青睐之际。这是伊丽莎白不多的几幅全身肖像，它可能是由牛津郡迪奇雷帕克的亨利·李爵士（1533—1611）安排绘制的，他于 1592 年负责皇后的娱乐活动。作为女王的护卫，他知道皇后深爱骑士传统，因此在一年一度的女王登基纪念日庆典中安排了骑士格斗项目。他据此着手准备一些恰当的寓言诗来称颂女王。在此幅画作中，伊丽莎白女王站在代表全球的地球仪曲面上，迪奇雷在她的左脚处，脚下踩着牛津。牛津郡通过萨克斯顿的彩色地图得以表现。右侧的十四行诗把王权神授的女王比作大自然本身，她是威严的象征，站在地图上的形象显示她是如何命令她忠诚的臣民——在这种情况下，具体指的是李和他的迪奇雷权力基础——同时也显示了她是如何表现她的民族精神的。

值得注意的是，在全民族的自我想象和神话书写中，这个关键的形象塑造更多得益于移民对英国文化的贡献。马库斯·海拉特是从低地国家迁移至伦敦的移民社区的核心人物。他的父亲老马库斯·海拉特出生在布鲁日，于 1568 年因宗教迫害携小儿子逃往英国。在伦敦，他娶了他的第二任妻子苏姗娜·德·克里茨，她的家人从安特卫普流亡英国。她是女王伊丽莎白一世御用画家约翰·德·克里茨的一位近亲。老海拉特的一个女儿嫁给了在法国出生的英国微图绘画大师艾萨克·奥利弗。同时，小海拉特娶了克里茨的妹妹。他的移民身份并不影响他获得贵族的资助，16 世纪 90 年代，他受到了李的青睐，在 17 世纪的最初几年，他深受国王詹姆斯一世之妻、丹麦女王安妮的推崇。

正当莎士比亚的戏剧开始深入宫廷和普通民众之际，萨克斯顿的地图已经广泛散播，变成了高雅艺术和流行文化的一部分。就在莎士比亚的戏剧事业蒸蒸日上之时，一幅有关英国郡县的扑克牌开始出现在伦敦周围地区。这幅由 52 张散卡构成的扑克牌可以由玩家剪下或粘贴在别的牌上（图 2-4），每张牌上分别印有英格兰或威尔士的某个县的刻绘图。花色相同的扑克牌在地图内框的内容上有所差异，数字从 1 到 13 不等。

图 2-5. 沃里克郡的谢尔顿挂毯地图，可能由谢尔顿（位于沃尔克郡或伦敦）的巴切斯顿织锦工坊于 1588 年织成。这是唯一一幅完全展示英格兰四个中部县区的地图，是为拉尔夫·谢尔登装饰自己在沃里克郡韦斯顿的房子而织成的绵图。左侧为北。
用羊毛和丝绸织成的挂毯，约 390 厘米 × 510 厘米。
现收藏于沃里克郡博物馆。

图 2-6. 拉尔夫·谢尔顿的肖像，“谢尔顿织锦地图”系列的委员，由希洛尼莫·卡斯托蒂斯绘制，约 1590 年。
画布油画，92 厘米 × 77.5 厘米。
现收藏于沃里克郡博物馆。

与其他纸牌游戏中所用的纸牌相比，这副牌可能会令人迷惑。或许这种牌适用于那种对号码的游戏，只需喊出每个县的名称即可。与此相似的现代纸牌就是“顶级王牌”游戏了。在莎士比亚的戏剧中，纸牌游戏的胜负似乎与大小数字有关。在《驯悍记》中，特兰尼奥有这样的台词“我面对一张数字为 10 的牌”（2.1.407）；在《泰特斯安德洛尼克斯》中，亚伦是这样描述坏男孩和他们邪恶的母亲的：“他们这一副好色的天性是他们的母亲传给他们的”（5.1.100—101）。正如在《暴风雨》中那段著名的国际象棋场景所示，在游戏中作弊就是更大规模欺骗的一种特殊隐喻：“她，爱洛斯，竟和恺撒暗中勾结，用诡计毁坏我的光荣，使敌人得到了胜利”（《安东尼和克莉奥佩特拉》4.12.21—23）。

纸牌上的地图都是概略的微缩画，显示了河道、丘陵和林地，主要城镇都以其首字母标示——斯特拉特福镇标记在沃里克郡那张牌上——信息都印在每个县的区域内，距离和当地特产也都做了相应的标示。除了正式游戏的纸牌外，另外还有 8 张介绍性的纸牌。有一张印着女王的肖像，仿照了萨克斯顿 1579 年地图上的那幅肖像；有一张印着英格兰和威尔士的地图；还有一张印着伦敦鸟瞰图，上面刻着：“现在的伦敦堪与巴黎相媲美 / 对于有学问的人，对于勇敢的人，伦敦堪与罗马相媲美、它也可以比肩奥玛斯王国，拥有丰富多样的物产 / 哦，主啊，辉煌的伦敦，永浸在您的福佑之中。”另外一张印有皇室徽标和交织字母的纸牌上刻着：“W.B. 伊奴恩，1590 年。”这些字母标明了纸牌的设计者是威廉·宝厄斯。这些薄薄的卡片是由奥古斯丁·里特尔所刻，他曾刻绘了萨克斯顿 1579 年的四张县域地图。

这件不同寻常的“谢尔顿挂毯”地图是萨克斯顿地图集的派生产物，它展示了 1579 年发布的那一套地图所激发出来的兴奋情绪。沃里克郡地图（图 2-5）使阿登森林变得声名鹊起，并且隐约出现在莎士比亚的想象世界中。这组地图是一套四件的挂毯，展示了英格兰米德兰德县的地域风貌。该组挂毯是 1588 年前后拉尔夫·谢尔顿（1537—1613）为装饰他在韦斯顿的房子命人织就的。他的房子就在沃里克郡龙康普顿附近。这项计划或许只是为装饰房子的某个特殊房间而制定的。这可以解释地图奇特的方向，它可能是为适应房间的墙壁而刻意设置的。两张幸存的地图均遵从了上北下南的原则，这一点和我们期望的一样。但其他两张——这一张以及格洛斯特郡的那张——都遵从了上东下西的原则。这些都是谢尔顿生活过的地方，曾经拥有过的土地，还有一些朋友和亲属关系。整套挂毯总长为 21 米，显示了从东部的伦敦到西部的布里斯托尔海峡的整个英格兰，整体意境非常奇特。这些由织机织成的图画——用羊毛织垂直线（经线），用丝线织横线（纬线）——非凡而与众不同。挂毯地图是非常罕见的。其制作灵感可能来自于展示莱斯特（位于凯尼尔沃思牛津郡和伯克郡之间）所在地的油画布，但是这种挂毯地图质感更加丰富。这种罕见的挂毯是某种独特的热情和个性的表征，使人想起了乡野的自然风貌，莎士比亚对此再熟悉不过了。

图 2-7. “谢尔顿挂毯地图中的牛津郡局部”，显示了拉尔夫·谢尔顿家族徽章，1588 年制。羊毛和丝绸，122 厘米 × 61.5 厘米。现收藏于伦敦维多利亚和阿尔伯特博物馆。

谢尔顿挂毯的来源一直处于争论中。传统的看法是，他们委托威廉·谢尔顿（拉尔夫的父亲）在巴切斯顿的织锦作坊进行制作，整个编织工作可能是由当地人完成的。另一种看法则认为，这些挂毯很可能是由伦敦的佛兰芒编织师傅们织成的。考虑到英国人没有这种纺织技术，所以就需要放弃本国匠人，求助外国师傅。如果他们能够在染色、纺织、刺绣等方面技高一筹的话，这样做是必要的。托马斯·埃利奥特爵士在《那本名为州长的书》中如是指出，言语中流露出一丝挖苦的口吻。

考虑到他生活的时代和地点，影响拉尔夫·谢尔登成长的一个重要因素就是他的天主教信仰。希洛尼莫·卡斯托蒂斯为他所绘的肖像（图 2-6）或许表明了他的这种矛盾心理。这幅画完成于 1590 年左右，展示了身着严肃、昂贵的黑色衣服的谢尔顿在 53 岁时的模样。当时他正好经历了 16 世纪 80 年代的多次软禁，那也是英格兰的天主教徒十分难熬的 10 年。尽管在当地有很大的影响力，但他却竭力与那起“火药阴谋”摆脱干系（第 189 页）。他在挂毯地图上织上了皇室纹章和他自己的纹章，想以此来显示对女王的忠诚，也想展示自己在米德兰德县的地位。他的这些愿望在每幅地图上都能看得出。图 2-7 的牛津郡地图的边界片段细节显示了谢尔顿的纹章以及神话中厄律曼托斯山的野猪，这彰显了英雄的经典过去是如何与当下结合在一起的。

每幅谢尔顿地图都印有一种椭圆形花饰，同时附有《不列颠尼亚》（首版为拉丁文，

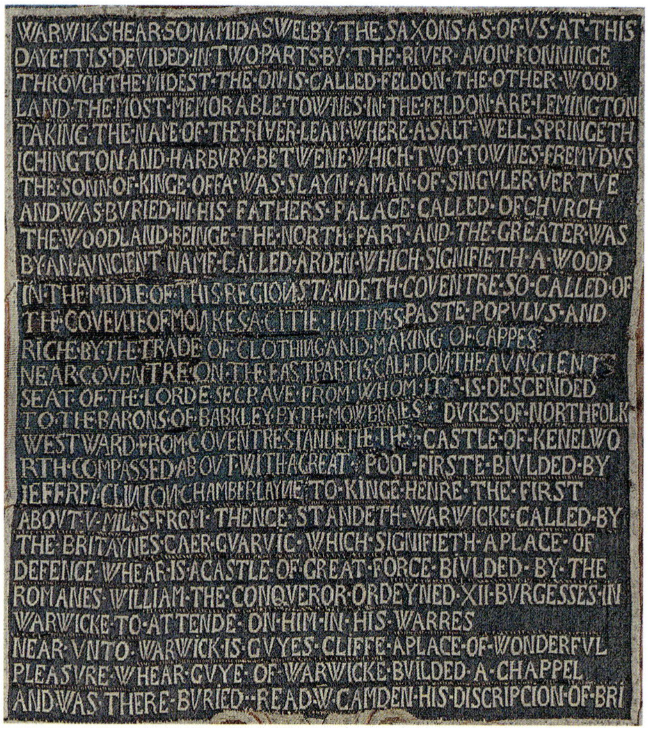

首印于 1586 年，直到 1610 年才译成英文）中威廉·卡姆登广泛的地理调查资料。卡姆登的地理调查资料和萨克斯顿的地图信息经过融合之后织进了挂毯，从而使这些地图成为莎士比亚时代英国地域识别的独特记录。或许深受卡姆登（此人对古老的英国历史着迷）的影响，古遗址出现在沃里克郡地图上，其中包括隆康普顿附近的罗尔莱特石群（Rollright Stones）、布里史林顿的古坟丘以及斯特莱顿罗马大道。沃里克郡的文字（图 2-8）也提到了沃里克的盖伊，一个具有传奇色彩的地方英雄，他与巨人考尔布兰德的战斗在莎士比亚戏剧《约翰王》（1.1.226）和《亨利八世》（5.3.19）中均有所提及。为了证明自己的沃里克郡出身背景，阿登家族声称具有盖伊的血统。

图 2-8. 谢尔顿挂毯中靠近隆康普顿村的地图局部，视野限定在沃里克郡（Warwickshire）境内（图 2-5），显示了描述该县风貌的文本（摘自威廉·卡姆登所编的《不列颠尼亚》）。

莎士比亚对自身处所的感觉始终受房屋和巨大地产的控制。当他年少时，他的家人与兰伯特家的一些亲戚卷入了抵押贷款的纠纷之中，后者生活在希思河畔的巴顿镇，位置在斯特拉特福镇以南几英里处。这是通往隆康普顿的另一个村子，所以他肯定到访过谢尔顿的领地和罗尔莱特石群的地方。这些挂毯通过赋予韦斯顿和谢尔顿其他家族住宅一些个性特征，生动展示了绅士和贵族阶层的场所意识。

图中所选的某些房屋属于天主教徒，即使不属于亲戚，也都跟朋友紧密相关。地图代表了米德兰地区某位受过教育的当地绅士的视角，并非只有天主教的痕迹。这一切仿佛说明这种不屈从权威的家族所构成的亲属关系网络与这种自然风貌交织在了一起。这一切使我们想象出旧式的天主教生活方式在莎士比亚早年生活过的地区是如何盛行。

沃里克郡地图向世人展示了一些小镇的鸟瞰图，这些小镇包括利奇菲尔德、考文垂以及埃文河畔的斯特拉特福本身（图 2-9），同时也显示出了一些小村庄，包括威尔姆科特（阿登家族所在地，莎士比亚母亲娘家的故乡）、斯尼特菲尔德（莎士比亚父亲家族的农场所在地，后来约翰·莎士比亚搬到了斯特拉特福，开始从事手套贸易）、坦普尔格拉夫顿和肖特瑞（此二处皆与莎士比亚之妻安妮·海瑟薇相关）。克利福德钱伯斯是莎士比亚动身前往伦敦时必经的第一个村子，图中显示为毕晓普顿，那里的小教堂曾是莎士比亚结婚时考虑过的地点之一（第 26—27 页）。

这幅地图描绘了几个大型鹿园，例如凯尼尔沃思的女王公园。根据可靠的资料记载，莎士比亚曾在当地显贵托马斯·露西（1532—1600）爵士的查勒科特公园里偷猎过。为

图 2-9. 显示了斯特拉特福镇的“沃里克郡的谢尔顿织锦图”细节（图 2-5）。

了躲避这种罪过的惩罚，他前往伦敦并在那里做了一名职业演员。不管这种说法是否真实，有一点是毫无疑问的，在他的戏剧中，乡村狩猎、偷猎、鹰猎等活动为读者提供了丰富的想象空间。

在 1593 年的时候，莎士比亚的名字已经广为人知。为了防止瘟疫的蔓延，剧院不得不关闭。此时的莎士比亚出版了长诗《维纳斯和阿多尼斯》（第 126—130 页），该诗成为当时最畅销的诗作，不仅因为语言精巧，娴熟地模仿了伟大的罗马诗人奥维德妙趣横生的情爱描写，而且还因为它对原始森林、围猎野猪以及野兔的场景描绘得既清新又生动（逼真）。

绘有狩猎场景的挂毯床帷（图 2-10）似乎也出自莎士比亚时代的沃里克郡的谢尔顿编织作坊。这条床帷颜色鲜艳，几乎没有被使用过。它最初的设计意图是悬挂在厚重窗帘上的，围绕在带大篷的床顶。这可能是一个家庭里最有价值的一件家具了。在这件伊丽莎白时期的床帷上，男性和女性都在狩猎，利用鹰行猎，在一种理想化的自然景观中交谈。我们看到的夫妇似乎都是直接从《皆大欢喜》中走出来的，他们聚集在一棵大树下，身边伴随着一个傻瓜，有风笛的乐声相伴。不同的装饰图案——戏剧感的场景——被装满水果和鲜花的花瓶分开。鲜花和植物构成的边界使画面更加丰富，营造出一种田园牧歌式的生活，这种场景的创作灵感既来源于现实景观又受到了古典文学先贤的激发。

“我记得我在恋爱的时候”

（《皆大欢喜》2.4.38）

图 2-10. 悬挂在贴床顶部的帷幔，往往与窗帘搭配。设计图案为恋人和狩猎场面。或许由巴切斯顿（沃里克郡或伦敦）的谢尔登织锦作坊编织。约 1600—1610 年。
真丝和羊毛织锦，镶有部分银线，
25 厘米 × 534 厘米。
现收藏于伦敦维多利亚和阿尔伯特博物馆。

这种田园传统理想化了的过去乡村，意在批评当下和宫廷的价值观。但是在《皆大欢喜》中，莎士比亚拒绝通过开满鲜花的场景来反映他在阿登度过的童年时光。以狩猎和旧式的殷勤好客为基础的森林秩序与尔虞我诈、阿谀奉承、雄心勃勃的宫廷生活形成了鲜明对照。不过与此同时，乡村生活的艰苦现实也得以彰显。狩猎活动通过鹿和开枪的猎人的视角得以呈现，佃户的困苦以及地主对他的任意摆布都通过柯林（Corin）这个人物得以准确传达。

然而，莎士比亚与很多同时代的人一样，对旧式田园生活充满了强烈的怀旧情绪，那是一个失去的“黄金”时代（从未真正存在过），在那个时代，社会内部的人际关系、人与自然环境之间的关系都处于十分和谐的状态。靠自身规律支配的森林，往往成为这种怀旧的核心所在。约翰逊博士在他 1755 年出版的词典中指出，莎士比亚在其戏剧中九次使用了“现代”这个词。该词源于拉丁语“modernus”，意味着“庸俗，卑劣和普通”。如果这是现代性的定义，那么公爵在《皆大欢喜》中所称的“古老习俗”（2.1.2）似乎就更具有吸引力了。正如在莎士比亚的许多十四行诗中，总有一种“时光残暴”（《十四行诗》19.1）和“世界在变老”的感觉。耶稣会会士约翰·杰拉德在 1609 年的自传前言

中指出，他的自传是在“这个日益衰败和不停喘息的世界里”写成的。

此处并不回避这样一个事实，即娱乐而非生计与自然世界的关系是对社会精英阶层的维护。另一个挂毯片段（图 2-11）显示了一位年轻而衣冠楚楚的绅士身处碧绿的自然世界。他头戴帽子，身穿紧身上衣和宽松短罩裤，一只雄鹰站在他的手腕上，而他的狗则充满期待地仰视着他。他的另一只手里抓着一只猎物，那可能是一只鸭子。这一片段是整个挂毯的边界部分，是用丝绸与羊毛混织而成的，供室内装饰所用，它为整个室内空间平添了一份理想化的狩猎和乡村田园情调。在室内悬挂这种装饰是想展示工人对贵族地位的向往之情。这种装饰与约翰·莎士比亚的地位十分相称，他当时身为地方法院的执行官，相当于埃文河畔斯特拉特福镇的镇长。

但是命运往往变化无常。刚刚升迁至地方政府的最高位置不久，约翰·莎士比亚就遇到了财政困难，他不再参加议会会议。在他的余生中，他始终处于债务和耻辱的阴影之下。在伊丽莎白时代，人们经常生活在疾病、感染和经济动荡的状况下，因此人们具有一种强烈的不稳定感。

图 2-11. 挂毯片段展示了人架鹰牵狗打猎的场景，也许是在巴切斯顿（在沃里克郡或伦敦附近）的谢尔登挂毯作坊编织的。约 1600 年。
丝绸和羊毛，21 厘米 × 23.2 厘米。
现收藏于伦敦维多利亚和阿尔伯特博物馆。

织锦图中的人物与一幅印刷画中的人物有着惊人的相似之处，这幅印刷画常被视为尘世虚荣的象征（图 2-12）。该画的标题为“人生的苦难”，并附有评注：“哎呀，你的地位与尊贵 / 都如虫子、尘土和灰烬，/ 活着就是等待死亡。”

在约翰·莎士比亚蒙受社交耻辱、经济不断下滑的背景下，他的儿子威廉试图恢复家族的财富和名望。无人能预测到他会前往伦敦并通过声誉不佳的演戏来赚钱。他离开家乡时的情况目前无人可知，但是从他少年时期受洗（16 世纪 80 年代初）到首次在伦敦的戏剧界崭露头角（16 世纪 90 年代）的那段“缺失期”的生活仍有许多不同的说法。但是没有哪种说法能比以下两种观点更好地总结他的命运变化了。其中一个可能是杜撰的，另一个则有据可查——偷猎故事以及为家人获得一件军大衣的故事（后者将在本章最后讨论）。两者都涉及乡野的狩猎活动。

查勒科特的猎鹰环扣（图 2-13）是一枚刻着“托马斯·露西爵士……查勒科特”字样的银环，这个环扣常被用来连接固定在老鹰腿上的皮带或系带。

这根皮带往往把老鹰拴在石块或木板上，环扣上面都刻有鹰的名字、鸟冠或

图 2-12. 一位猎鹰行猎者，托马斯·特里维昂的《杂集》，1608 年。
钢笔和墨水，手工着色，42 厘米 × 26.5 厘米。
现收藏于华盛顿哥伦比亚特区福尔杰莎士比亚图书馆。

Behold and see, thy stat and dignitie
is wormes meate, dust and ashes.
The misery of mans life.
Liue to dye.

图 2-13. 银制猎鹰环扣，上面刻有沃里克郡勒科特镇托马斯·露西爵士的名字，是 1551 年和 1640 年间的三位乡绅之一，于 2005 年在当地被发现。直径 1 厘米。
现收藏于沃里克郡博物馆。

鹰主人的纹章及鹰的籍贯等。以这种情况而言，上面刻的是托马斯·露西爵士在查勒科特的住所——这个例子是最近发现的，距现在的韦尔斯机场跑道不到一英里距离。它是三个刻有露西爵士之名的环扣之一（时间介于1551年和1640年之间），第一个是托马斯爵士。莎士比亚被控涉嫌在这位爵士的公园里偷猎，有关这个故事的几个版本在 17 世纪广为流传，使得它比其他一些有关莎士比亚离开斯特拉特福镇的说法更加可信。无论这个故事是真实的还是杜撰的，他在开始撰写剧本之初就展示了上流社会在乡村狩猎的详细内容。他对这些内容如此陶醉，从某种程度上说明昔日的偷猎者变成了戏剧中的狩猎者。

就莎士比亚与鹰猎艺术的关系还有另一个古老的说法。据说当他与怀有身孕的安妮·海瑟薇结婚时，婚礼并未在斯特拉特福或毕晓普顿举行，而是在坦普格拉夫顿进行的。主持仪式的是老牧师约翰·弗里斯，一位玛丽女王统治时期的老古董。在沃里克郡的神职人员眼里，他被片面地视为清教徒，被形容为“宗教信仰不稳定，既不能说教也读不好经文的人，他最精通的业务是治愈那些受伤或患病的老鹰，为此很多人曾登门相求”。因此，与其说莎士比亚的婚礼是在一位老天主教牧师的主持下进行的，还不如说是在当地一位专治老鹰病患的兽医主持下进行的为妥。

莎士比亚在描写鹰猎活动时，只把其作为中世纪性爱语言传统的一部分，但事实上，这种写作是他乡野真实狩猎经历的直接传达。罗密欧把朱丽叶称作他的“或尚未振翅高飞的雏鹰”，而朱丽叶则把他称为一位年轻的雄猎隼或“呼鹰”（《罗密欧与朱丽叶》2.1.211—220）。罗密欧把男人和女人的声音比作银铃，只差了一个半音，此物往往用皮带绑在猎鹰的腿上，能在夜晚的空气里发出响声：“恋人的声音在晚间多么清婉，听上去就像最柔的音乐！”（2.1.217—218）。这声音就像情感一样会被立刻认出来。《驯悍记》中的彼特鲁乔谈到了“如何训练我的野鹰认人”（3.2.156），奥赛罗在怀疑苔丝狄蒙娜的贞节时曾发出誓言：“要是我能证明她是一头没有驯服的野鹰，虽然我用自己的心弦把她系住，我也要放她随风远去，追寻她自己的命运”（《奥赛罗》3.3.290—293）。野鹰是指羽翼丰满之际捕获的野生雌鹰，从而暗示一位桀骜不驯的强悍女性。

能够掌握这些专业术语就是内行的标志。当约翰·杰拉德·SJ以隐蔽的牧师身份抵达英格兰后，他引人入胜地讲述了自己的鹰猎经历，并声称已经失去了他的猎鹰，他的讲述提到了鹰猎术语在当代英国社会的重要用处：

> 我能有此机会自然要谈到狩猎和猎鹰，一个人若没有掌握恰当的专业语言就无法谈论这种活动，除非他熟悉这项活动。正如家父索斯韦尔曾经感慨的，要想对某人的措辞挑毛病实在是一件容易的事。后来，当他与我一同旅行时，他经常会让我告诉他一些正确的术语，因为他担心自己记不住也不知道如何在必要时使用它们。比如，当他遇到一位新教的绅士时，往往会在交谈中面临话题的尴尬，因为他或许十分热衷于谈论那些淫秽下流的内容，要么就是对圣徒和天主教信仰大加挞伐。每每在这样的情况下，他总要设法兜圈子转移话题，抛出有关马或猎犬之类的话题。

这儿有一份《维纳斯和阿多尼斯》相关内容的初版摘录（图 2-14），这首诗奠定了莎士比亚作家的地位，坦率地描述了“那露水满身的小可怜”，那浑身湿透的野兔（703）。沃里克郡和邻近的格洛斯特郡都是著名的猎兔地区。在《温莎的风流娘儿们》中，格洛斯特郡的治安官员斯兰德在谈到培琪的猎狗时说“它在赛狗会里跑不过人家”（1.1.59—60），这些内容参考了一年一度的科茨沃尔德打猎比赛。在这项活动中，用灰狗追捕野兔是最受欢迎的赛事之一。该地区建立了一年一度的乡村运动日，但是只有在 1612 年，即莎士比亚即将走完人生的那一年，罗伯特·多佛才设立了科茨沃尔德奥运会。

“那露水满身的小可怜”

（《维纳斯与阿多尼斯》第703行）

图 2-14.《维纳斯和阿多尼斯》，首先由理查·菲尔德印刷出版，英国伦敦，1593 年。此稿（乃存世孤本）坦率地描写了猎捕野兔的场面。
印刷书籍，约 18 厘米 × 13 厘米。
现收藏于牛津大学图书馆。

VENVS AND ADONIS.

For there his ſmell with others being mingled,
The hot ſent-ſnuffing hounds are driuen to doubt,
Ceaſing their clamorous crie, till they haue ſingled
VVith much ado the cold fault cleanlie out,
Then do they ſpend their mouth's, eccho replies,
As if an other chaſe were in the skies.

By this poore wat farre off vpon a hill,
Stands on his hinder-legs with liſtning eare,
To hearken if his foes purſue him ſtill,
Anon their loud alarums he doth heare,
And now his griefe may be compared well,
To one ſore ſicke, that heares the paſſing bell.

Then ſhalt thou ſee the deaw-bedabbled wretch,
Turne, and returne, indenting with the way,
Ech enuious brier, his wearie legs do ſcratch,
Ech ſhadow makes him ſtop, ech murmour ſtay,
For miſerie is troden on by manie,
And being low, neuer releeu'd by anie.

Lye quietly, and heare a litle more,
Nay do not ſtruggle, for thou ſhalt not riſe,
To make thee hate the hunting of the bore,
Vnlike my ſelfe thou hear'ſt me moralize,
Applying this to that, and ſo to ſo,
For loue can comment vpon euerie wo,

VVhere

一如往常，莎士比亚在《维纳斯和阿多尼斯》中展示了上述两个方面。这首诗显示了他对古典文献的精熟（基于奥维德的《变形记》），并津津乐道于精英人物的各种习俗、语言和服饰。然而同时，该诗通过体悟猎杀野兔的感受，显示了作者对受害者和旁观者独特的同情。我们可以假设，在 16 世纪 80 年代的某个时候，他步行离开斯特拉特福，外出寻找命运的转机和恢复家庭名望的机会。随着 1593 年《维纳斯和阿多尼斯》的出版，这部献给一位伟大贵族的作品被剑桥最聪明的学生和伦敦法学院出身名门的年轻绅士们广泛拜读，因此他才能够租用马匹偶尔回一趟斯特拉特福。无论我们是否相信另一个陈旧说法——他步入戏剧界的首次经历是为一位前往剧院的绅士牵马，他的确向我们展示了他对马的精熟，就像他对打猎十分熟悉一样。

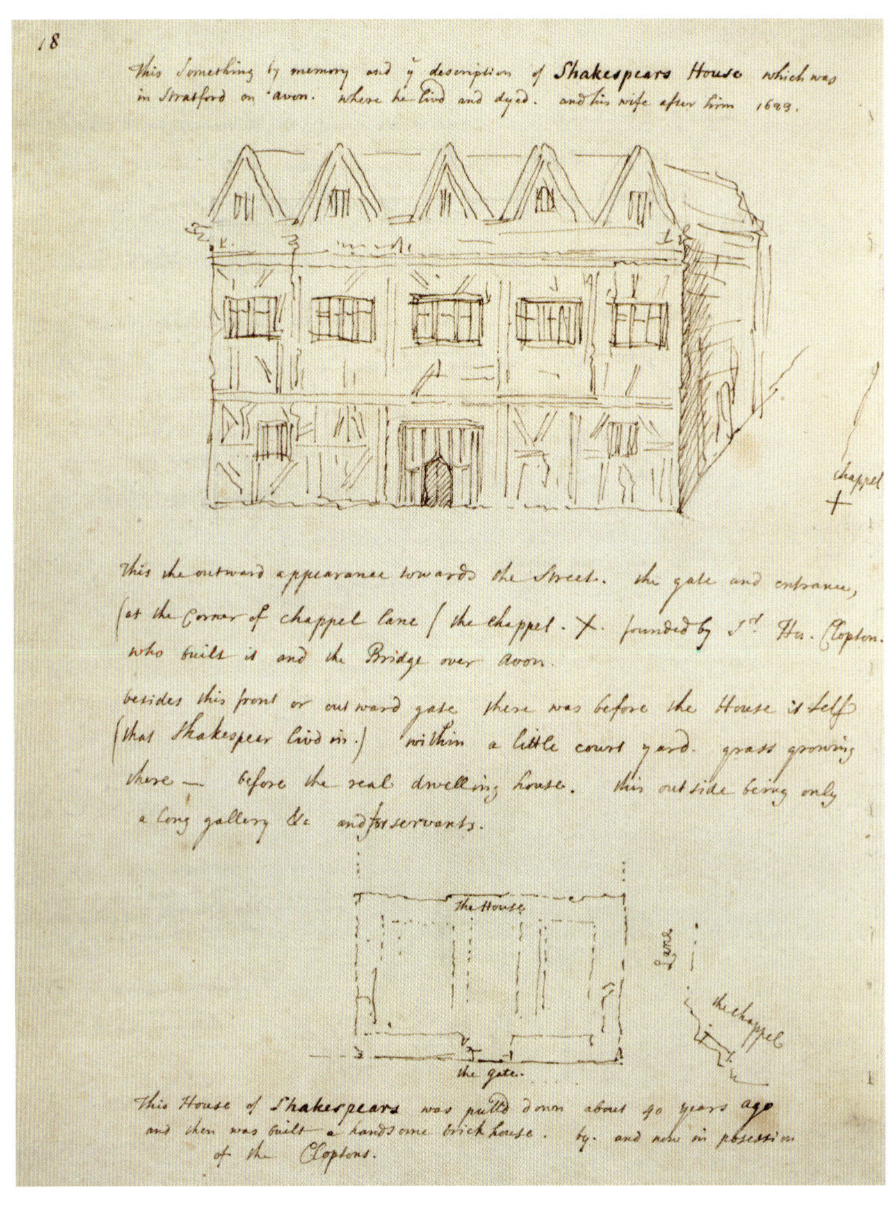

18
This Something by memory and y description of Shakespears House which was in Stratford on Avon. where he livd and dyed. and his wife after him 1623.
chappel
This the outward appearance towards the Street. the gate and entrance, (at the Corner of chappel lane (the chappel. X. founded by Sr Hu. Clopton. who built it and the Bridge over Avon.
besides this front or out ward gate there was before the House it self (that Shakespeer livd in.) within a little court yard. grass growing there — before the real dwelling house. this outside being only a long gallery &c and for servants.
the House
Lane
the chappel
the gate.
This House of Shakespears was pulled down about 40 years ago and then was built a handsome brick house. by. and now in possession of the Cloptons.

图 2-15. 莎士比亚位于斯特拉特福的房子——新寓所，1597 年获得，由乔治·沃图于 1737 年绘制。钢笔和墨水，8.5 厘米 × 14 厘米。
现收藏于大英图书馆。

……他骑的那匹马儿，鞍鞯已经蛀破，两只镫子不配套；那马儿鼻孔里流着涎，上腭发着炎肿，浑身都是疮疖，腿上也肿，脚上也肿，再加上害着黄疸病、耳下腺炎、脑脊髓炎、寄生菌病，弄得背梁歪转、肩膀脱臼、前腿向内弯曲，嘴里衔着只有半面拉紧的马衔，头上套着羊皮做成的缰勒，防那马儿颠簸，不知拉断了多少次，断了再把它结拢，现在已经打了许多结子，那肚带曾经补过六次，还有一副天鹅绒的女人用的马鞍，上面用小钉嵌着她名字里的两个字母，好几块地方用粗麻线补缀过。

（《驯悍记》3.2.43—52）

1597年，莎士比亚已经从其文学创作、戏剧演出等渠道积累了足够的金钱，他的主要收入来自他在剧团的股权收入，于是，他购买了新宅，这是埃文河畔斯特拉特福镇的第二大寓所（图2-15）。而剧院的其他成功人如爱德华·艾利恩——德威学院的创始人，则在伦敦积累了地产和影响力。莎士比亚在伦敦时，经常住在廉价的出租屋里，并用自己的钱去投资房地产，在老家斯特拉特福逐渐巩固了地位。新宅有一个特别精致的花园，有一株为人们交谈提供便利的葡萄藤，即使在莎士比亚去世后这株老藤仍然在。毫无疑问，莎士比亚及其妻子曾雇请过一位园丁打理繁杂的园艺事务。但是他的戏剧却对园艺以及当时所谓的“香草经济”十分敏感。《冬天的故事》中的珀迪塔曾经提到了一种用于种植苗木的锹：“我不愿用我的小锹在地上种下一枝”（4.4.115—116）。我们没有找到那种小锹，但我们可以附上17世纪用于园艺的铁锹和浇水壶的插图（图2-16、2-17）。

图2-16. 用于园艺的排水铲，1700年。材质为铸铁，长110厘米。
现收藏于埃文河畔斯特拉特福莎士比亚故居基金会。

图2-17. 浇水罐，1500年。
铅釉陶器，高31.5厘米。
现收藏于大英博物馆。

“当令的最美的花卉只有麝香石竹和有人称之为自然界私生儿的斑石竹”

（《冬天的故事》4.4.93—94）

“陪着太阳就寝，流着泪跟他一起起身的万寿菊”

（《冬天的故事》4.4.121—122）

图 2-18—2-19. 石竹花和女贞鹰蛾与万寿菊和绿脉粉蝶，雅克·莱莫因，选自 1585 年的签名画册。水彩和躯干着色，紫罗兰花为 21.5 厘米 × 14 厘米，万寿菊为 20.7 厘米 × 14.5 厘米。现收藏于大英博物馆。

珀迪塔在其有关艺术与自然的专题论文中指出，在更简单花卉和那些嫁接杂交而生的花卉之间，她更喜爱前者，从而指出莎士比亚对本地、野生的春天花卉情有独钟。莎士比亚在其诗歌中表达了某种类似雅克·莱莫因（约 1533—1588）在同期的细腻绘画中所表达出的视觉效果。作为大自然的细心观察者，莱莫因及其佛兰芒和法国的基督教移民同伴在伦敦石灰街为现代实证自然历史奠定了基础。莱莫因的靠山玛丽·西德尼（1561—1621）本人就是一位戏剧诗诗人。

植物学家约翰·帕金森，在其《万花园》（1629）中描述了石竹花，可参见莱莫因的精美插图（图 2-18）。他认为这种花是英格兰所有花园中最简单的一种花卉……是一种像女王那样高贵，令人赏心悦目的花……它们在 7 月三伏天绽放，一直开到寒霜逼近的暮秋，或者直到它们完全耗尽自己的生命力，而

“水仙在燕子归来之前就已经大胆绽放，带来了三月的和风与悦目”

（《冬天的故事》4.4.136—138）

“这是表示记忆的迷迭香”

（《哈姆雷特》4.5.180）

图 2-20—2-21. 水仙、迷迭香和拉基蛾毛毛虫，雅克·德莫因，选自签名并标注日期为 1585 年的画册。水彩和躯干着色，水仙 21.7 厘米 × 14.8 厘米，迷迭香 21.5 厘米 × 14.2 厘米。
现收藏于大英博物馆。

这些美丽的花卉通常是通过插枝的方式种植的。但是珀迪塔的花园里并没有这种盛夏时（剪羊毛活动的时间）怒放的花卉，因为她不喜欢嫁接植物。“我不愿意 / 为了给它们插枝（《冬天的故事》4.4.95—96）。”她认为万寿菊（图 2-19）是“仲夏时节为中年男子开放”的花卉，而“水仙 / 在燕子归来之前绽放，带来了 / 三月的和风与悦目”（4.4.123,136—138），因此是一种适合年轻人的花（图 2-20）。同样的感受弥漫在莱莫因植物画册的开篇十四行诗中，这部画册是她在 1585 年献给玛丽·西德尼的，上面有她的签名和日期。写着：Lamoindre fleurette /Nous demonstre un Prin—temps d’Laimmortelles couleurs（“这最不显眼的小花 / 向我们展示了不朽的春色）。奥菲利娅是另一位使莎士比亚戏剧的观众想到“伦敦香草经济”的著名戏剧人物（图 2-21）。

伦敦的剧院大都建在城市的边缘，与大自然十分亲近。如今，这种方式早已不复存在了。花草学家约翰·杰拉德在其著名的《花草》（1597）中指出了伦敦剧院附近一块田地里的特殊双花铁蒺藜，他还指出在威斯敏斯特教堂，乔叟墓的一扇门旁的石缝里长着薄荷类植物。

哈姆雷特残忍地嘲弄奥菲莉娅应该去女修道院，这种说法制造出一种特殊的气氛。在这种气氛中，奥菲莉娅的植物学知识使人想起了古老的宗教和礼仪。现代评论家认为：对伟大的寺院园林和传统园艺的破坏以及对寺院土地的再分配，导致了广大民众对园艺实践和认识的新发展。同时，对于新教教徒而言，花园是净化心灵的地方。同时，价格合理的书籍的日益普及意味着为家庭主妇提供医药服务的手册开始出现。

园艺图案的刺绣也是一种女性艺术。因此，在《仲夏夜之梦》（3.2.204—209）中，海伦娜对荷米亚如是说道：

> 赫米娅，我们两人曾经像两个巧手的神匠，在一起绣着同一朵花，描着同一个图样，我们同坐在一个椅垫上，齐声地曼吟着同一个歌儿，就像我们的手，我们的身体，我们的声音，我们的思想，都是连在一起不可分的样子。

针线活使女性之间结成了紧密的联盟。这番说辞的重点是展示这种联盟如何在争夺男性的过程中被对手瓦解。

怀孕也是一个妇女们相互关心的时期，并由此创造了一个完全女性的世界：在《冬天的故事》的早期场景中，女主人公赫敏的人物形象出色地表达了这一点。一件绣花亚麻外套，无衬里的非正式衣服，在一定意义上就是妇女在怀孕期间在家里穿的便装（图2-22）。这件衣服上用丝线和金属线绣了一个极具英国自然主义特色的涡卷式装饰，上面还点缀着草莓图案——用于苔丝狄蒙娜的手帕——金银花、橡子和豆荚，这既象征了英国花园，也象征了生育。这件特殊的刺绣可能是由专业人士制作，但是采用了国内的针线工艺——一位正在用昂贵的丝线在亚麻布上刺绣的女性物象——象征了女性的美德，并被视为一种国内的道德训导。贾尔斯·弗莱契于1610年所写的诗作《基督维克多和胜利》以寓言的形式诠释了身着上装的莫西形象：

> 用针线细密地绣啊，
> 她亲手穿针引线，
> 整个世界都得以描绘，
> 丝线如此清新，色彩如此明快
> 整个世界似乎都得以重新塑造。

“成熟至上”

（《李尔王》5.2.12）

图 2-22 女式短上衣，亚麻质地，用丝线手工缝制，运用多针脚与卷曲涡形花饰，配有鲜花、水果和坚果等图案。也许为孕妇设计，采用独特的英式刺绣风格，约 1600 年至 1625 年。
丝带为现代制品，长度（领口至下摆）66.5 厘米。现收藏于伦敦维多利亚和阿尔伯特博物馆。

这件夹克的表现手法可能来自于当时刺绣花纹的书籍，其中有些出现在 16 世纪 90 年代。在这种图案书籍中，有一本由雅克·德莫因所绘的名为《花草画法举要》的画册于 1586 年问世。该书以手工套色木刻技法展示了黄花九轮草、万寿菊、金盏花和草莓等植物，并附有该书作者的评注。这些绘图均依次来自已经出版的当地药草植物木刻插图。

妇女在家里也经常穿一些与此相似但却更紧、更合身的刺绣外套，参见肖像插图（图 2-23），新的怀孕肖像风格伴随着怀孕服的产生而逐渐兴起（图 2-24），大约 1595 年左右诞生的海拉特的一幅肖像构成了这种肖像的典范。怀孕服似乎指明了妇女及其丈夫对分娩时母子所处的危险有了崭新的意识，同时也指出了对孩子可能遇到的麻烦的意识以及对孩子的强烈认同感。

当安妮·海瑟薇（1555/6—1623）怀上了第一个孩子苏珊娜后，莎士比亚娶了她。没多久后，她成功地生下了双胞胎朱迪和哈姆尼特。但是此后，莎士比亚夫妇再没有生过孩子。我们不知道这是否是因为他们的婚姻逐渐冷却、他于 1580 年初离家的结果，

图 2-23. 玛格丽特·拉托的绣花亚麻夹克，英国，1610 年至 1615 年；玛格丽特·拉托的肖像由小马库斯·海拉特于 1620 年绘制，图中的她身穿短外套。
外套材质：亚麻布，绣有彩色丝绸，银线兼镀银线。长 51 厘米，宽 60 厘米。
肖像为板面油画，81.5 厘米 × 62.5 厘米。
现收藏于伦敦维多利亚和阿尔伯特博物馆。

图 2-24. 一位佚名女士的肖像，小马库斯·海拉特于 1595 年绘。
板面油画，92.7 厘米 × 76 厘米。
现收藏于伦敦泰特不列颠英国美术馆。

抑或是（更有可能）是她由于生产双胞胎后患上了并发症——在分娩前后的死亡几率增加两倍——这意味着安妮再也不能受孕。如此一来，莎士比亚只有一位男性继承人。在斯特拉特福教区登记簿上记录着哈姆尼特埋葬的日期：1596 年 8 月 11 日。那个男孩夭折时只有 11 岁。

伊丽莎白时代的人随时都有接受儿童夭亡的心理准备。本·琼生就写过一首情真意切的悼亡诗怀念他死去的儿子，莎士比亚在写到麦克德夫听到他“可爱的宝贝们”（《麦克白》4.3.249）被麦克白的心腹杀害时字里行间流露出感人肺腑的力量。与孕妇画像一样，亡故孩子的肖像成为另一种新的风尚。一幅标明日期为 1624 年的英国学校的油画显示了一位 4 岁的亡故孩子，身体周围是绣有鲜花的织物（图 2-25），当他接受亲戚和朋友们的吊唁时，真正的鲜花往往插在头发里，放在脸部周围和衣服里面，或者放在死者手中。这个风俗象征性地诱发格特鲁德对奥菲莉娅之死的描绘：她头戴“梦幻般的花环”（《哈姆雷特》4.6.151）躺在溪水边。

奥菲莉娅的神经错乱与死亡是由哈姆雷特抛弃她造成的，莎士比亚通过戏剧化地表现她对哈姆雷特前去拜访她的经过来反映这位为情所困的年轻人当时衣冠不整的情

“悲伤在屋子里填补了失去孩子的地位”

（《约翰王》3.4.95）

图 2-25. 4 岁夭亡孩子的肖像。佚名英国艺术家绘
板面油画，1624 年。
现收藏于丹佛伯杰收藏馆。

形（2.1.82）。爱情与忧伤的结合更加诙谐地运用在贾克斯（愤世嫉俗的哲学家型抑郁症患者）和奥兰多（坠入爱河者的原型）两人的遭遇上。在《仲夏夜之梦》中，忒修斯提醒我们，“疯子、情人与诗人都是空想的产儿”（5.1.7—8）。

在这幅精彩的肖像画（图 2-26）中，具有哲学头脑的爱情诗人约翰·多恩构成了忧郁情人的典型形象。该画像似乎是一个特别的委托制品，赞助人参与了画像的艺术效果建构，和雅克一样，多恩的情感就是“我自己的忧愁”（《皆大欢喜》4.1.11—12）。这也是英国最早的作者肖像画之一，尽管它是一种融入了 16 世纪 80 年代英国时尚的非常典型的意大利风格画作。

多恩站在昏暗处，他的宽沿黑帽使他的面部更加暗淡，从而突出了他感性的红唇和未戴手套的纤细双手。他的花边衣领敞开着，展示了一种休闲和时尚，这或许和他在诗中所用的双关正好相应（“你虽宽恕却仍未宽恕”[献给神主的歌]）。他的双臂交叉在胸前，流露出忧郁情人的某种不满情绪，在《维罗纳二绅士》中，斯彼德评价范伦泰“像个失意者那样环抱着双臂”（2.1.18）。该画像用拉丁文刻着“CILLUMINA TENEBR [AS] /NOSTRAS DOMINA”（“哦，夫人照亮了我们的黑暗”），这是对《圣经》的“诗篇”所做的亵渎式的戏仿，把爱人当作女神。难怪多恩在他的遗嘱中称这幅画像的主题相当矛盾，甚至有些不以为然，因为“我的这幅肖像画是在黑暗处画成的，那是很久以前的事了，当时我还没有从事这个行当（即神职）”。

“我的忧愁全然是我特有的”

（《皆大欢喜》4.1.1—12）

图 2-26. 约翰·多恩作为一个忧郁情人的肖像，佚名英国艺术家，约 1595 年。
油画，72.4 厘米 × 60 厘米。
现收藏于伦敦国家肖像馆。

莎士比亚有时会沉溺于（但更多的时候是戏仿）与忧郁情人有关的传统模式中。我们会想到《十二夜》中懒洋洋的奥西诺（Orsino），以及《爱的徒劳》中的唐·亚马多（Don Armado）如何把自己打扮成情人时的滑稽形象：“您的帽檐斜罩住您的眼睛，

ILLVMINA
NOSTRAS DOMINA
180

“读书人的忧愁”

（《皆大欢喜》4.1.9）

图 2-27. 爱德华·赫伯特的微型肖像，他是切伯里的首位男爵。艾萨克·奥利弗约 1613 年至 1614 年间创作。
羊皮纸画，18.1 厘米 × 22.7 厘米。
现收藏于威尔士博维斯城堡。

您的手臂交叉在您的胸前，像一头炙叉上的兔子”（3.1.10—12）。

伟大的微图画家艾萨克·奥利弗（约 1565—1617）精通忧郁贵族人物的肖像画创作。他创作了诗人兼哲学家赫伯特男爵（1583—1648）的微型肖像（图 2-27），后者是玛丽·西德尼和彭布罗克家族的亲戚，也是诗人兼牧师乔治·赫伯特的哥哥（1593—1633）。这幅肖像创作于 1613 年至 1614 年左右。然而，此画的风格则十分守旧，也许是想刻意表现一位忸怩自负的靠山，使之成为中世纪骑士崇拜的理想化身。各种忧郁元素尽在此处，与理想化的田园环境、遮阴的树木和小溪相得益彰。托马斯·欧弗伯里爵士指出，若没有树丛的阴影及其附近的潺潺小河相衬，忧郁个体是很难展示出来的。赫伯特侧躺在地上，一只手支撑在脑袋一侧呈沉思状，仿佛躺在一座当代墓碑上，深情地凝视着观看者。他的盾牌上铭刻着“感应巫术”的字样，而且还展示了一颗从火焰或翅膀上升起的心脏，以此作为创造性灵感的象征。他昂贵的花边衣领巧妙地松开了带子，一如多恩的画像，哈姆雷特的装束也是如此，他敞开衣服的姿态表明了他的休闲和忧郁。他穿着昂贵的紧身上衣和马裤，系着吊袜带，脚穿柔软的马靴。身后的背景显示了他饰有羽毛的头盔，最新式的铠甲和坐骑，这都是他用来参加骑士比赛的行头和装备。然而，这幅画像最引人注目的元素是树木及其树皮的超现实再现，林地空地的生动色彩及空旷感。这些表现灵感来自荷兰的风景画技法，在当时的英国算是比较新的艺术了。这种视角革新手法与莎士比亚戏剧和埃德蒙·斯宾塞（约 1552—1599）的诗歌中对景观的生动描绘相得益彰。

这种类型的图像和姿态比上述两种肖像（源于精英文化）具有更广的社会范围意义——独立情况下即可表明。戏剧可以把高雅理想向更广泛的受众传播，但是地方性视觉媒体同样可以达到这种效果，例如锡釉陶瓷——17 世纪 20 年代在英国相对较新的类型。图中所示的瓷瓶（图 2-28）就属于中庸类型，并非贵族特质。它表现了一位戴着大围脖的年轻男子，他穿着意大利式马裤、吊袜带、丝袜和镶有玫瑰花饰的鞋子。他站在那里，一手拿着帽子，另一只手贴在胸口，好像在表达着自己的相思之情，他所表达的内容围绕在他的身体周围：“我不是乞丐。我不向人恳求什么。我所拥有之物，你心知肚明。”然而，并非每个人的解释都是如此，此瓶的前任主人就认为此青年是在要一杯啤酒！这可能是陶瓷画家开的玩笑，因为陶瓷历来是表达讽刺或不敬的媒介，尤其在调侃欲望时更是如此。青年的服装应该是忧郁的黑色，但是由于很难在锡釉陶器上表现黑色，陶工只得改用蓝色代替。在绘图和鲜艳的装饰方面，此瓶的制作既精细又费力，其装饰图案或许来自一幅版画，而瓷瓶的烧制也很到位。它的外形取自德国进口的一只饮水陶壶，加上它上乘的质量，这可能是在萨瑟克的荷兰移民陶工的作品。当时伦敦的代夫特蓝

图 2-28. 绘有忧郁情人肖像的瓷瓶。或许制作于萨瑟克区，约 1620 年。
锡釉陶器，高 32.2 厘米。
现收藏于伦敦维多利亚和阿尔伯特博物馆。

图 2-29. 表情变化过程图，显示她嘲讽、鬼脸和塞住嘴巴的表情，刻在一块 15 世纪的木板质椅托板上或者合唱团的座位上。
现收藏于埃文河畔斯特拉特福镇的圣三一教堂。

陶业刚刚起步，陶瓷画家正在寻找一种英国的视觉风格。忧郁的恋人几乎始终被视为一种典型的英国风格，然而移民工匠再次帮助英国人塑造了国家的自我形象。

虽然他在《皆大欢喜》中通过雅克的形象展示了儒雅的态度和文雅的忧郁，但莎士比亚的想象力其实在其生活在阿登的童年时期就已经得到了锻炼。他以现实主义手法和几乎圣经般庄重的语言塑造了奥兰多乡下的老仆人。莎士比亚在这个人物的塑造中融入了他个人的很多经历。他的喜剧虽然经常把背景设在遥远的地方和环境下，但是莎士比亚却借此揭示了他自己的沃里克郡乡村男孩的出身，自然地运用了方言，引用了民俗风情，反映了英国乡村生活的各种环境所带来的某种极不虔诚却从不伤感的感觉：在《爱的徒劳》（5.2.917）中，沾满油渍的琼翻转她的锅子；在《驯悍记》（2.16—17）中，温考特（斯特拉特福镇外的一个小村子）啤酒店的胖老板是一位化名的真实人物。

后一部戏剧的世界——以一位英国补锅匠被送到一位贵族家开篇，贵族的乡下大宅里装饰着情色挂毯——颇似 15 世纪时期圣三一教堂非常特别的免戒室。在其年轻时期，莎士比亚可能每周都被迫去那里做礼拜。翻椅上刻着疲倦的牧师的画像，他在附属于礼拜堂的小教堂里客串牧师。在这里，调皮的猴子捉弄医生玩，两性之间的战争通过呵斥或无休止的抱怨以及嘲讽得以传达，然后战争得以平息（图 2-29）。一位男子拿一捆棍子枝条拍打一位野蛮女性的光屁股，而一位女人则抓住一位男子的胡须用一只平底锅重重地击打他。在莎士比亚做礼拜的教堂，我们可以看到莱斯特伯爵的纹章（上面绘着用链条捆住的黑熊）——对于造访斯特拉特福和伦敦驯熊场的游客来说，这是一幅熟悉的景象，与剧院一道成为市民争相光顾的场所。

同时也展示了鹰身女妖的异教世界（《暴风雨》中爱丽儿变形的征兆）和诱人的美人鱼。中世纪的树林绿人也在那儿，异教徒的面具上萌发着枝叶、围绕着树叶织成的花环。就像斯尼特菲尔德（Snitterfield）教堂屋顶的巨大横梁，约翰·莎士比亚曾在那里做礼拜，这些木雕证明了附近森林的存在以及沃里克郡古老文化的潜在影响。该免戒室在宗教改革期间得以幸存，这表明了斯特拉特福的保守主义以及旧式宗教方式的持续存在。

旧式宗教与魔法和仙女同时共存。在此处的插图中，罗宾·古德费洛被描绘成一位长着山羊大腿、分趾蹄和兽角的好色之徒，他同时还长着特大的耳朵（图 2-30）。他的脖子上挂着一只狩猎号角。微小的女巫围在他四周欢腾跳跃，而他则挥舞着一根蜡烛和一只扫把。与《仲夏夜之梦》中的顽童相比，这个罗宾形象更加凶恶和严肃，但却揭示了这些人物具有的颠覆力量。该剧中，这种力量与奥布朗相互关联，并且与脾气暴躁的仙女和精灵对农村经济的恶意指摘有所关联：

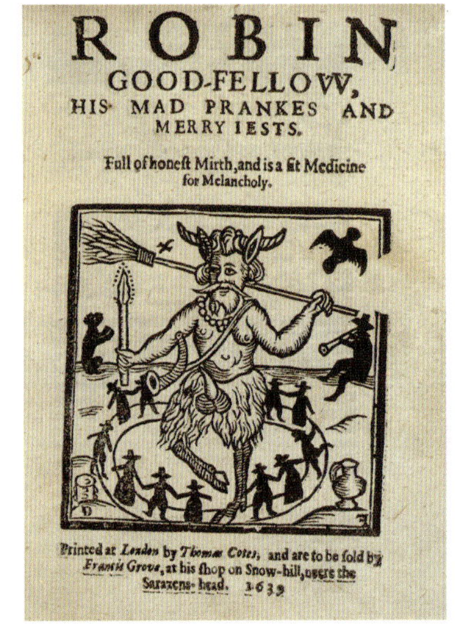
ROBIN
GOOD-FELLOVV,
HIS MAD PRANKES AND
MERRY IESTS.

Full of honest Mirth, and is a fit Medicine
for Melancholy.

Printed at London by Thomas Cotes, and are to be sold by
Francis Grove, at his shop on Snow-hill, neere the
Saracens-head. 1639

图 2-30. 木刻插图，显示了罗宾·古德费洛或顽童的形象，选自《古德费洛，他疯狂的恶作剧与风流俏皮话》，伦敦，1639 年。
17 厘米 × 12.5 厘米。
现收藏于华盛顿特区福尔杰莎士比亚图书馆。

“我把这只鹿角留给你们的丈夫做个纪念吧”

（《温莎的风流娘儿们》5.5.17—18）

图 2-31. 用鹿角和红鹿头骨制成的头饰。公元前 8000 年。出土于斯塔·卡尔群落，约克郡的皮克林谷。
高 15 厘米，长 18 厘米。
现收藏于大英博物馆。

> 牛儿白白牵着轭，农夫枉费了他的血汗，青青的嫩禾还没有长上芒须，便朽烂了。空了的羊栏露出在一片汪洋的田中，乌鸦饱啖着瘟死的羊群的尸体。跳舞作乐的草坪满是泥泞，杂草丛生的小径因为无人行走，已经难以辨清。
>
> （《仲夏夜之梦》2.1.95—101）

在《仲夏夜之梦》和《温莎的风流娘儿们》中，仙女们往往与更加轻快的主题有关：妇女、儿童、人类的愚蠢和无知等喜剧元素。与鹿角相关的场景往往会使人想起性耻辱，而在具有象征关联（温莎大公园里“赫恩的橡树”）的乡村环境下装扮成仙女的孩子们则使《温莎的风流娘儿们》一剧高潮部分的辉煌夜景变成了典范。“我把我的鹿角留给你的丈夫做个纪念吧”（5.5.17—18）。头戴鹿角作为仪式的一部分在英格兰具有古老的根源。图 2-31 显示了一个由红鹿额角制成的头饰，该物 1950 年左右出土于皮克林谷的斯塔尔卡尔，距约克郡斯卡堡以南 5 英里。该物具有中石器时代的特征，取自一只大鹿头骨，经过了燧石工具的加工，它被砍斫、磨光、修剪，然后在颅壳后钻了两个圆孔，这或许是为穿挂皮带之便，在各种仪式活动中僧士可将此头饰缚在头上或者戴在身上。类似的物件往往出现在布罗姆利教区的“鹿角舞”（图 2-32）中，该项活动仍然在每年 9 月的星期一如期举行，地点就在威克河边的这个斯塔福德郡的小村里。届时村民们会使用那些保留在教堂里的古老鹿角。在 1686 年罗伯特描述这些舞蹈之前，这些舞蹈鲜有人提及。但是这些鹿角本身是驯鹿鹿角（根据碳测定其中一只可追溯至 11 世纪）。这种鹿角很可能是从斯堪的纳维亚（Scandinavia）进口的。罗伯特记载的做

图 2-32. 斯塔福德郡布罗姆利男修道院的“鹿角舞”，自 17 世纪以来有所记录的年度活动，该舞使用的驯鹿角根据碳测定可以追溯至 11 世纪。

法很有可能起源于盎格鲁 - 撒克逊人。

从与森林有关的传统来看，头戴鹿角也有一定的渊源：在《皆大欢喜》中，雅克和林农谈论他们将如何向公爵进献一只死鹿（把鹿角顶在头上是他胜利的一部分）（4.2.3—4）。他们唱道：

杀鹿的人好幸福，
既穿皮来又顶角。
唱个歌儿送送他。
顶了鹿角你且莫讥笑，
你未出世它就是冠帽，
你阿爹的阿爹戴过它，
而且你阿爹也顶过它，
鹿角鹿角壮而美，
小瞧取笑可不对。

这使人想起了第一章中图 1-25 有关非洲牛角酒具的箴言警句，该物件的标注日期为“1599 年”，所刻铭文为：“用此角饮水吧，切莫嘲笑它，尽管它像挺起的阳具。”这个牛角也许在终身职位授予仪式上被人使用过。

“绕着一株橡树兜圈子，头上还长着又粗又大的角”

（《温莎的风流娘儿们》）（4.4.27）

图 2-33. 赫恩的橡树，温莎大公园里一棵大树的碎片，在莎士比亚戏剧《温莎的风流娘儿们》中有所提及。该树最终被一场大风吹倒，1863 年维多利亚女王将这一截残片送给了大英博物馆。
高 51.5 厘米，宽 45 厘米。
现收藏于大英博物馆。

在《温莎的风流娘儿们》中，当福斯塔夫戴着鹿角出现在舞台上时，这个舞台形象具有了双重意义。它表现了经典永世神话中极具破坏性的男性欲望（猎人幻化为雄鹿，并被他自己的猎狗撕成了碎片，作为他渴望女神戴安娜的惩罚——第 39 页），但它也暗指了猎人赫恩的本土传统、哑剧表演、戏剧以及习俗的嘲弄仪式。

当女主人培琪计划以恰当的方式惩罚福斯塔夫时，她向丈夫讲述了猎人赫恩（《温莎的风流娘儿们》4.4.24—34）的故事。据说，赫恩是一个熟练的猎人，他从一只恶毒的雄鹿口中救下了国王，然后戴上了雄鹿的鹿角。后来竟被人指控他偷猎，并在温莎大公园的一棵橡树上被绞死，而那棵橡树就成了他的灵魂时常出没的地方。一截“赫恩的橡树”（图 2-33）由维多利亚女王于 1863 年送给了大英博物馆。那棵大树死于 1796 年，在 1863 年的一场大风中被吹倒。维多利亚女王的一只柜子就取材于它，而威廉·佩里利用那棵橡树的木材做了一只盒子，里面装着莎士比亚的一部对开手稿。

佩里在 1867 年写了一本名叫《赫恩的橡树》的书，书封上就有那棵橡树的图片。摆在大英博物馆的那块橡树上就刻着一些文字缩写，而奥兰多则在阿登树上刻着自己心爱之人的名字。

在莎士比亚戏剧之前似乎没有关于猎人赫恩的记载。那么很有可能是莎士比亚创造了一种民间传统。我们需要质疑这种假定，即引用民间传统及古老习俗总会勾起旧时代和昔日失去的信仰。最近有人认为，宗教改革“在熄灭景观传奇的同时又刺激了它的形成”。

莎士比亚唯一的男性继承人哈姆尼特于1596夏天被安葬在埃文河畔的斯特拉特福。令人惊奇的是，此事过后仅仅几个月，约翰·莎士比亚就通过身在伦敦的威廉·莎士比亚第二次尝试获得纹章院对纹章申请的批准，目的就是为了让家族重获绅士地位封号。这个新的身份是建立在莎家在阿登的遗产继承基础上的。但是哈姆尼特夭折后谁来继承这个家族的地位呢？

获得盾形纹章的过程并不容易，尤其是作为纹章官员的威廉·德西克爵士（1542—1612）很有可能会对莎士比亚家族中有一位成员从事庸俗的戏剧演出行业而有所顾忌。约翰·莎士比亚的纹章申请准许文件是由德西克以高级纹章官的身份于1596年10月20日起草的（图2-34）。它在申请中指出：约翰在此前（约1576）已经提出过申请，那是在他被任命为斯特拉特福的法院执行官之后。这份申请准许文件的誊正抄本已经失传，但是约翰的申请已经明确得到了批准，这一点可以通过之后纹章官员就部分准许文件（包括莎士比亚）的合法性而引发的争执得到佐证。后来的官员认为那些纹章申请者要么不具备足够的社会地位，要么就是他们的纹章图案与别的纹章过于接近或雷同。

为了证明申请者的绅士地位，申请人必须重新审视并记录他们的家族血统、住宅和持有的土地。莎士比亚的申请模糊地提到了家族曾经效力于第一都铎王朝首任国王亨利七世，并通过约翰的婚姻建立了与阿登的亲戚关系。德西克宣布自己乐于授纹章和饰章给约翰：

> 兹收讫申请并合理证明，沃维克郡埃文河畔斯特拉特福镇的约翰·莎士比亚之父辈曾忠诚、无畏地效力于最英明的亨利王子七世，并有相关回忆文书为证。此后，原有紧密关系仍未废止。其家族向来口誉俱佳，另申请者约翰曾迎娶维尔姆考特村乡绅罗伯特·阿登之女为妻。

德西克指出，约翰·莎士比亚曾任斯特拉特福镇的治安官，所以他拥有一定土地、房产和500英镑的财富。

而且最重要的是他娶了“备受尊敬的阿登乡绅的一个女儿”。正是以此婚姻为基础，约翰·莎士比亚于1599年提出了拥有家族纹章的申请（图2-35）。他的要求导致有人质疑威尔姆科特的阿登家族与沃里克郡更加显赫的帕克霍尔·阿登家族之间的关系，因此他的申请就被搁置了。

莎士比亚纹章（在弯曲的盾形上镶了一把上乘银质长矛）显示了一个具有骑士风范的倾斜器物，而不是一把长矛。猎鹰饰章抖动着翅膀，做好了起飞的准备，这也暗

“他这个平民真是疯了，捐钱让儿子先做了绅士”

(《李尔王》3.6.9—10)

图 2-34. 约翰·莎士比亚纹章批准文件草稿，1596 年 10 月 20 日。两份草稿中的一份由威廉·德西克爵士起草，时任伦敦纹章院高级纹章官员。手稿，纸张与墨水，29.2 厘米 × 29.3 厘米。现收藏于伦敦纹章院。

指了家族的姓氏。猎鹰还暗示了莎士比亚家族在当前的右翼立场及其准备跻身农村事务的愿望：威廉不再是偷猎者了。座右铭“始终向右”（不会脱离右翼）就是一个大胆的声明，但是这个家族似乎并未真正践行过这个说法。然而，本·琼生似乎就此问题嘲笑过莎士比亚，他在 1599 年的戏剧《每个人都具有幽默》中塑造了一位来自乡下、设法攀附显贵的人，此人名叫索格里阿多（Sogliardo），其座右铭是“无芥末不欢”。

1604 年至 1611 年间，莎士比亚的大部分时间都待在斯特拉特福老家而非伦敦（通常应对有关财产和金钱方面的诉讼）。1612 年，他在首都为贝洛特起诉蒙乔伊的案件作证，在此次诉讼中，他被描述成“一位来自沃里克郡埃文河畔斯特拉特福镇的莎士比亚，年龄 48 岁左右，其身份不是一位伦敦著名、时尚的剧作家，而是一位在老家具有一定财产的绅士（第 13—14 页）”。

次年，莎士比亚在布莱克法尔（Blackfriars）买了一处庄园门房。他在斯特拉特福的“新宅”落成后（第 71 页），他的投资收入、各种委任所得以及他的演出公司（1603

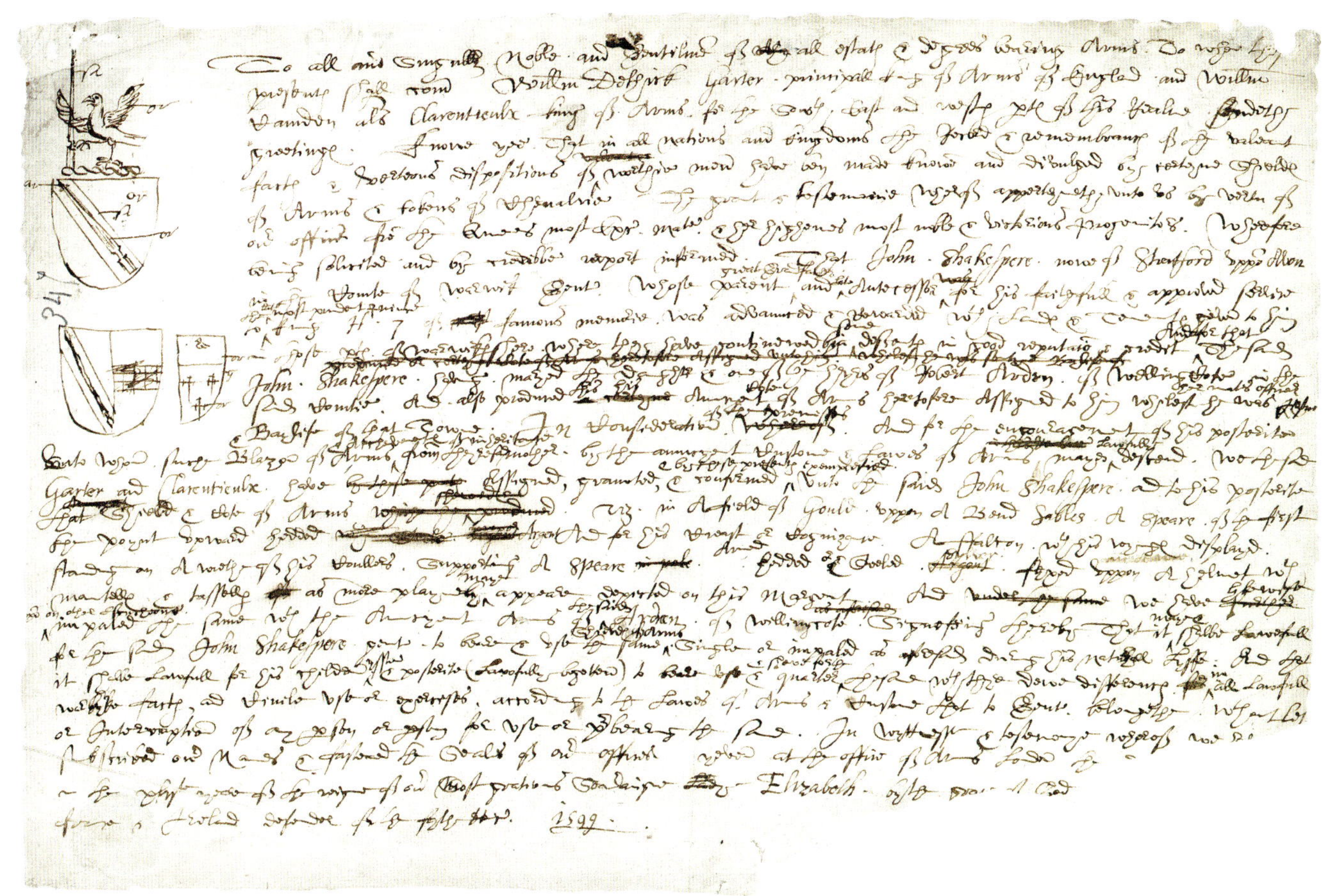

“俺斯赖家从来不曾出过流氓，咱们的老祖宗是跟征服者理查一块儿来的”

（《驯悍记》，序幕部分第1场，第3—4行）

图 2-35. 1599 年例证草稿细节，要求合绘莎士比亚家族的纹章和盾徽。由伦敦纹章院的威廉·德西克爵士起草。
手稿，纸张与墨水，20.5 厘米 × 31.5 厘米。
现收藏于伦敦纹章院。

年的国王班底）的赢利收入，使得莎士比亚自己无论在其家乡还是在宫廷都获得了稳固的地位。

作为什一税持有人，他们来自农产品的收入有助于教堂的运转，莎士比亚有资格被埋葬在斯特拉特福东端的圣三一教堂。家族纹章和饰章都在那里，位于纪念碑上的半身塑像之上。该碑由他的朋友竖立。纪念者视他为一位绅士而非演员。事实上，当国王的班底于 1622 年来到斯特拉特福时，他们肯定想在昔日伟大同事的墓前表达一番敬意，然而具有讽刺意味的是，清教徒把持的镇议会花钱让“国王班底不在镇上的大厅里演出”，故而该次演出地点并不在镇上。

“吾乃理查，汝岂不知？”

（据称由伊丽莎白一世于1601年所作的声明，由威廉·兰巴德记录）

图 3-1. 理查二世登基时的肖像，佚名画家，创作于1394 年 6 月 7 日至 1395 年 12 月 15 日之间。
油画，213.5 厘米 × 110 厘米。
现收藏于伦敦威斯敏斯特教堂。

第三章

“上帝保佑哈利、英格兰和圣乔治！”王权与英国民族

伊丽莎白时期的权威拉丁文词典出版于 1587 年，是年莎士比亚的戏剧事业尚未开始。在此词典中，“遗迹”一词被定义为“对某些重要事情的纪念，例如坟墓、书籍、图片等。它是一座纪念碑、一个象征、一个符号、一份证据、一座遗址、一份记录、一部编年史、一段历史性回忆”。莎士比亚时代的伦敦人身处各种古代遗迹的包围之中，同时也处于集体记忆象征的包围之中。威斯敏斯特教堂的墓穴，圣保罗教堂墓园里的书摊上的编年史册，玫瑰和环球剧院舞台上演出的历史剧，所有这些都服务于同样的目的，向人们展示重大事件的鲜活记忆。

历史的经验及其可能教化当下的教训从很早时期就被灌输给了人们。每个人都被教导要相信包含在《圣经》中的历史，而相信耶稣基督 1600 年降生、死亡、复生的古老故事是实现自我救赎的关键。历史同样躺在教育革命的中心，这个革命就是人尽皆知的文艺复兴人文主义。以人为本的理想就是恢复古代的经典价值观（第 123 页）。

既然罗马人有李维和塔西佗这样的作者为自己的民族撰写的历史，那么英国必须有英国的民族历史。这种需要在国王亨利八世摆脱罗马帝国的行动中显得更加紧迫，当英格兰的文化被天主教欧洲的百年历史传统所切断时，这个民族的过去成了当下建立和确保一个独特国家认同的重要途径。

莎士比亚使其名字成了历史剧的作者。最早提及其戏剧生涯的两份资料分析了其戏剧的循环现象。这些剧目戏剧化地再现了玫瑰战争、王位继承斗争以及兰开斯特和约克郡议会之间为扩大各自影响展开的斗争，这些斗争在前一个世纪分裂了整个民族。

1592 年，一本名为《百万分忏悔买得一分智慧》的小册子问世了，作者是受过大学教育的剧作家罗伯特·格林（1558—1592）。在因贫困而垂死之际，他抱怨道：“一只暴发户乌鸦靠我们的羽毛而变得美丽，用演员的皮包藏起虎狼之心，自以为装腔作势地写几句无韵诗就可以与你们中的佼佼者媲美，他是个十足的打杂者，却自命为举

国唯一震撼剧坛的人物。”剧作家当然是莎士比亚。他无疑成了伦敦戏剧世界的著名人物，并且足以引起格林的嫉妒。打杂者（万金油）——表明他已经赢得了事事能为的声誉：演戏、对现有剧目进行改编（令原作者恼火——“因我们的羽毛而变美”）、亲自撰写诗剧（“以无韵体夸夸其谈”）。真正有趣的细节是其狡猾且不确切的引用，“用演员的皮包藏起虎狼之心”是《亨利六世》中的一处用典，在该剧中玛格丽特女王把一顶纸质皇冠戴在约克公爵理查的头上，他用下述言语回敬了她：

> 法兰西的母狼，你比法兰西公狼还要狠，你的舌头比毒蛇的牙齿还要毒！你对于时运不济者的悲惨境况洋洋得意，有如亚马孙族的泼妇……你这用妇人的皮裹着饿虎之心的刁妇！
>
> 《亨利六世》下篇（1.4.111—115,137）

格林嘲讽莎士比亚的那段引文表明莎士比亚的成功深嵌在他的记忆中。虽然这位来自阿登森林的粗野“暴发户乌鸦”的职业生涯才刚刚开始，但他已经成为著名诗歌语汇的创造者。

同在1592年，另一位剧作家兼小册子作者托马斯·纳什（1567—1601）提及了《亨利六世》上篇的主人公塔尔博特：

> 作古200年之后，塔尔博特又可在舞台上大放异彩。在那位悲剧演员的诠释之下，至少有万名观众（实则数倍于此）会为其掬一把泪，凭吊英灵，想象他鲜血淋漓陡现眼前——念及此景，勇敢的塔尔博特当雀跃不已。

“数倍”这个短语表明该剧已经成了一部十分卖座的热门戏剧，一出必演的剧目。不过，引人注目的是，纳什塑造的勇敢的塔尔博特形象来自对他的坟墓和对他的尸体防腐处理的观察。历史剧显然被想象成了一尊活的纪念碑。塑造了英国历史的王公贵族们早就通过佛龛、墓碑铭文、肖像和绘画等被世人牢记。

这些都是被动的形式，旨在通过过去的教训引起人们沉默的注视和接受。公开演出的剧目都是一些新东西：生动的大型历史事件被积极地重新表现，观众的集体情感被剧情深深打动，从而使他们相信他们自己在那一刻见证了历史。被谋杀的王子鬼魂在剧中担任主角，这一点在《理查三世》中尤其如此。不过，纳什笔下勇敢的塔尔博特纳什的形象表明：莎士比亚戏剧中所有的历史人物都像从他们的坟墓里升上来的鬼魂，就像从他们的纪念碑里跨出来的移动肖像。

莎士比亚的第一个历史剧四部曲——《亨利六世》和《理查三世》的三个部分——随着邪恶国王理查在1485年博斯沃思原野（Bosworth Field）之役的战败，这几部历史剧终于画上了和谐的句号。里士满伯爵凯旋而归，他属于兰开斯特家族，迎娶了约克公爵的伊丽莎白公主，从而统一了贵族并且结束了玫瑰战争。在《理查三世》的最后一场，斯坦利公爵把王冠戴在了里士满的头上，他便成了国王亨利七世，都铎王朝的开创者。该剧以一段演讲结束，在这段演讲中，亨利回顾了成就历史剧四部曲的内乱主题，然后展望了以其妻子伊丽莎白女王为名的黄金时代，并且乐于相信她将母仪天下：

> 英格兰长期陷于癫狂，只弄了个满目疮痍。兄弟之间盲目残杀，父亲一时冲动，杀了儿子，儿子无可奈何又杀了父亲，闹得约克家和兰开斯特家对立，分裂，惨痛地分裂。啊，现在让里士满和伊丽莎白这两个王族的合法继承人按上帝的美好旨意结合起来吧！让他们的后裔用安谧的和平、欢欣的财富和美好繁荣的日子，使未来的时代富裕起来！
>
> 《理查三世》（5.3.390—401）

听了这些台词，莎士比亚的观众们也会对前后两个时期进行回顾和审视：回望那个血雨腥风的历史时期，如释重负地思忖如何依靠都铎的豁免和天佑获得当今的太平盛世，转念又为不确定的未来感到忧虑，因为女王已近垂暮之年，这种局面难以长久。

在完成他的第一部历史剧序列后不久，莎士比亚把创作转向了故事。《亨利六世》的上篇以国王亨利五世的葬礼开始。在常规剧目中已经有一部表现这位国王的古老戏剧，只是这部戏的剧情略过了哈里王子的童年时期，快速地跳到了他在阿金库尔的著名胜利。这样的剧情为莎士比亚的三部剧目（包括《亨利四世》和《亨利五世》两部）提供了充分的创作空间。

但如果他打算写国王哈利父亲的统治，他将不得不从国王离开宝座开始，这一刻也是其统治时期的开始。理查二世是英国最后一任广受认可的合法君主。麻烦在于，根据编年史，他不是一位非常有为的君主。如果神授的统治者无力维持国家的和平与繁荣，那将会有怎样的结局？一位君主受到废黜的情况还有哪些呢？这是一个被反复探讨的问题，首先在印刷物上，然后出现在舞台上。从1399年理查二世被罢免（通过各种形式的起义、政变和暗杀阴谋）到1649年查理一世被斩首。

《官员镜像》（*A Mirroure for Magistrates*，1578）是一部富有影响力的诗集，是通过英国历史上诸位堕落王子和命运不济者的鬼魂之口来讲述的，凡是读过

图 3-2. 威斯敏斯特大厅南端内景，佚名英国或荷兰艺术家，约 1620 年。
钢笔和棕色墨水，在铅笔素描上用棕色颜料涂绘，29.7 厘米 × 19.6 厘米。
现收藏于大英博物馆。

这部诗集的读者可能都会对理查二世产生非常负面的印象：

> 我乃一国之君，受欲望之奴役，对司法、权力以及法律鲜有尊重，
> 我只信赖伪善的马屁精，
> 并以自身之堕落奉迎之：
> 对那些劝诫的智者，我总会退避三舍，
> 我只为快乐原则折腰。

另外，根据其他资料亦显示，理查的“欲望”是同性恋性质的。这无疑对王位的传承造成了影响，虽然他结过两次婚，但一直没有孩子。

与理查在版画上的负面形象相反，在莎士比亚所处的伦敦，各种现有的肖像作品却把他描绘成了一位特别崇高的人物。这部分是他本人所为：为了维护他脆弱的权威，之所以如此，部分原因是因为他继承王位时只有 10 岁，很早就被培养出了王室的气质。他是第一位用油画展示自己崇高威严形象的英国国王，最引人注目的是他加冕时的那幅巨大肖像，此画现收藏于威斯敏斯特教堂（图 3-1）。还有那另一幅极具象征意义的威尔顿双联画，这是一幅便携式画作，可能是理查在前往爱尔兰期间的随身之物。

理查二世对艺术的资助力度十分巨大——他与威斯敏斯特教堂（包括大厅与宫殿）的特殊关系尤其值得一提——有些艺术品在莎士比亚戏剧中仍可见到。一幅创作于 1620 年左右的画作（图 3-2）展示了威斯敏斯特大厅的内景，六位英国国王的雕像于 1385 年被竖立在那里，作为理查二世整修大厅内部的举措之一。

从忏悔者爱德华到理查本人，我们不清楚他到底想要重点表现哪一位国王，但是从总体上来说，这些国王代表了我们的祖先，代表了我们记忆中最深刻的几位英国国王。理查曾宣布他希望把这些国王埋葬在威斯敏斯特教堂。他们在大厅里形成了高等法院和正在开庭的法庭的背景。到 14 世纪末，在威斯敏斯特大厅南端的讲台上一直都有分配好的位置。观众在左侧木制包厢，律师们在前台辩论，从而强调了理查对摆放这些国王雕像的公开和重视。这是重要的政治审判现场，这里也是埃塞克斯伯爵（1565—1601）受审的地方，后来的盖伊·福克斯和庞德·普劳特斯也是在这里审判的。不过，大厅里每天也挤满了书商、裁缝和叫卖货品的小贩。同样在这里，莎士比亚的家庭律师约翰·哈勃恩参与了莎士比亚与兰伯特的案子，这起诉讼涉及 1588 年的抵押贷款和在希思河畔巴顿镇的债务问题。

莎士比亚在塑造理查二世的形象时是否借鉴了他在威斯敏斯特教堂的两幅精彩肖像呢？莎士比亚诗剧中的烈士和受害者形象在很大程度上取材于《施洗约翰下跪图》和《威尔顿圣母子》双板联画，纹章日期为“1395—1399 年”（图 3-3）。这幅画是自我表达的杰作。在理查背后有两位英国皇室的圣人：圣埃德蒙，东英吉利国的最后一位国王（约 855—869 或 870），最后被丹麦人处死；另一位是忏悔者圣爱德华（约 1042—1066）。理查仅仅偏离了画面中心，但是视觉重心仍然在身穿加冕长袍下跪的他身上。11 位天使中的 10 位围在圣母周围，或凝视或用手指着理查。其中有 9 位（包括理查）佩戴着白色雄鹿的饰品。这种大胆的表现方式表明理查蒙受着上帝的支持，意味着天使在某种程度上与他有一定的历史关系：“上帝便会给理查一个天赐的报偿，那就是：一个光耀的天使”（《理查二世》3.2.55—56）。

他胸前佩戴的那枚珐琅质金色纹章诠释了这一套装饰（一只头顶王冠的白色雄鹿和脖子上的一条项链）。

制作于 1400 年左右的邓斯特布尔天鹅饰件（图 3-4）为我们提供了绝佳的启示：为什么威尔顿双联画上的那枚精致白鹿纹章看起来如此逼真？当兰开斯特的亨利从理查手里继承王位后，德·波鸿家族的天鹅就取代了白鹿。根据《理查德二世统治史》（1377—1390）记载，据说理查在 1390 年 10 月的史密斯菲尔德比赛中正式使用了雄鹿纹章，有人认为在他最后的 9 年时间里，他曾到处散发这种纹章。图中这枚白色雄鹿的迷人物件已经失去了鹿角，这表明该物曾长期由理查兹的仆人们佩戴（图 3-5）。徽章是十分时尚的装饰品，同时也是物主身份的象征，这枚 1399 年刻制的扇形徽章就属于理查二世（图 3-6）。同样，

“上帝便会给理查一个天赐的报偿，那就是：一个光耀的天使”

（《理查二世》3.2.55—56）

图 3-3. 威尔顿双联画，个人献给理查二世的便携式祭坛画。
外部绘有理查的纹章及个人徽章图案（头戴王冠、项挂链子的白鹿）。佚名法国或英国艺术家，约 1395 年至 1939 年。
橡木板上用鸡蛋彩绘制，53 厘米 × 37 厘米。
现收藏于伦敦国家美术馆。

藏于索恩博物馆的一枚石膏模型之前是为威斯敏斯特大厅（由理查二世重建）制作，它展示了印有皇家纹章的雄鹿形象。这尊雄鹿模型惟妙惟肖地扑向理查身上的金色长袍。此雕像也以更加粗糙的方式涂绘在一间档案室的壁画中。

然而，威尔顿双联画最诱人的细节体现在一块小小的圆球形物件上。这块物件上绘有一片银色的叶形海洋，上面有一座绿色的小岛，在图案右侧绘着圣乔治旗帜（图 3-7）。这使人想起莎士比亚后来所描述的“这个小小的世界，这枚镶嵌在银色海面的宝石”（《理查二世》2.1.45—46）。正是这个细节已经导致不止一名艺术史学家推测莎士比亚是否曾经见过威尔顿的这块幅双联画，并且设法弄清楚该物件的主人及归属地。即使这种想法十分牵强，但是 1993 年，当这个细节首次在国家美术馆的显微镜下呈现出来时，它还是很能说明问题的。即使现在，这句话仍然能够展示出民族的想象力。刚开始，理查被安葬在赫特福德郡的兰利，但是 1413 年亨利五世把他的遗体运回了威斯敏斯特教堂，并把

图 3-4. 邓斯特布尔天鹅饰件，1400 年产自英格兰或法国。
材料为黄金与珐琅，高 3.4 厘米。
现收藏于大英博物馆。

图 3-5. 理查二世的白色雄鹿纹章，制作年代为 1390 年至 1399 年。
材质为铅合金，长 3.9 厘米。现收藏于大英博物馆。

图 3-6. 理查二世所有的一枚刻有白色雄鹿纹章的占星徽章，1399 年。
材质为黄铜，上有雕刻图案，镀金，高 9.2 厘米。
现收藏于大英博物馆。

“这枚镶嵌在银色海面的宝石”

（《理查二世》2.1.46）

图 3-7. 威尔顿双联画细部（图 3-3），显示了圣乔治旗帜顶部的球状物。

他安葬在那里。这里的附图是理查于 1395 年曾经委托他的妻子波希米亚的安妮修建的（图 3-8）。这是英国第一个夫妻合葬的皇家陵墓。理查兹的塑像显示他身体虚弱、老态龙钟——菲利普·拉金斯在其爱情诗《一座阿伦德尔的坟墓》中有所反映。刚开始时，他们夫妻二人是牵着手的，这一点与理查在 1395 年修建坟墓前的合同要求相一致。亨茨纳在游记中描述过此墓，想必它一定是在观看莎士比亚戏剧之行的途中参观的。有些资料表明理查二世（类似爱德华二世）把他最深的爱给了那些男性伴侣。而莎士比亚的观点则正好相反，他认为他恰当地唤起了国王与王后之间的关系，“手拉着手，我的爱，你和我心连着心”（5.1.82）他在分离时这样说道。她最终流亡法国，而他则被监禁在伦敦塔。

威斯敏斯特教堂的塑画像超过真人大小，以亚麻籽油混合颜料涂绘而成（图 3-1）。它的制作时间是 14 世纪 90 年代中期。14 世纪前后，油画肖像在阿尔卑斯山以北地区是十分罕见的，这种真人般大小的全身正面肖像也不例外。此像身披皇袍，颈戴貂皮领子，头戴皇冠，手拿圆球形器物和权杖。这种反映威严帝王的大型纪念人像是前所未有的。这幅肖像画透露了一种令人不安的因素：这幅画一方面呈现出敢于担当（有所不足）的个体形象，同时又呈现出偶像般的威严。这种双重性为莎士比亚戏剧的关键主题开辟了道路，“国王两具遗体”的创意和各种力量之间的冲突：代表皇室的君主，神在地上的威严代表，作为个人的国王——一个自我，一个名人，一个人类个体。

要成为一位君主，并采取“身体政治”，国王或王后必须经过高度戏剧化的公共加冕仪式。在《理查二世》一剧中，加冕场景是一次非凡的去加冕过程——呈现出同时代许多剧目中都有的那种壮观滑稽场面。引人注目的是，威斯敏斯

“我的爱，手与手分离，心与心相隔”

（《理查二世》5.1.82）

图 3-8. 理查二世和波希米亚妻子安妮在威斯敏斯特大教堂的陵墓，由理查于 1395 年任命修建，雕像由尼古拉斯·布洛克和戈弗雷·普利斯特负责浇铸。按最初的合同约定，这对夫妻应当是手牵着手的，但是这些规定最终都被打破。亨利五世于 1413 年重新把理查二世的尸体安葬于此。现收藏于伦敦威斯敏斯特教堂。

特修道院的交叉路口最初设计为继位的英国国王和王后的加冕地点，而在该剧中，这里却成了众所周知的加冕剧院。

一幅当代绘画（图 3-9）显示了修道院为伊丽莎白在 1559 年 1 月的加冕仪式所做的准备。他们搭建了一个特殊的舞台，舞台中央专为皇后设置了一把椅子。恩膏落座之后，伊丽莎白面对祭坛和爱德华一世（1272—1307）设置的加冕椅，这把椅子的用途是容纳用来摆放从苏格兰带来的一份纪念物斯昆石的。这个仪式本身是一次巧妙的妥协——玛丽女王统治时期的天主教与伊丽莎白拟引进的新教之间的妥协，她的王冠是由一位天主教主教用拉丁文宣布授予的，但随之而来的

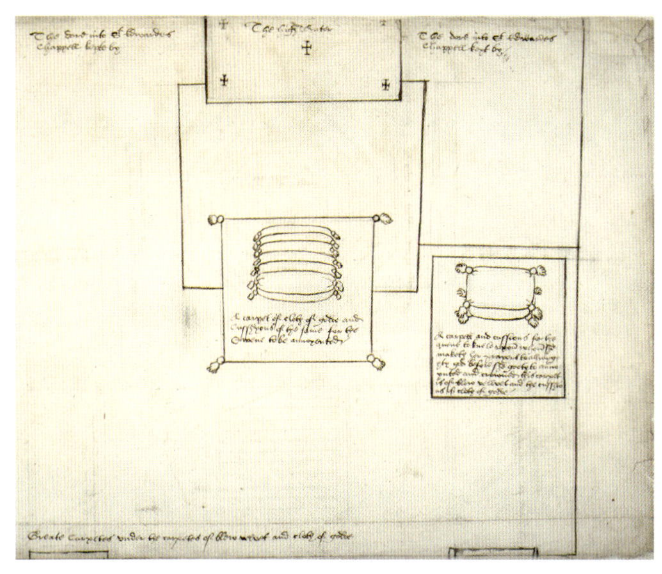

图 3-9. 该图是 1559 年伊丽莎白一世在威斯敏斯特教堂举行加冕仪式的舞台设计图。
铅笔和墨水在纸上绘制，28.7 厘米 × 38.1 厘米。
现收藏于大英图书馆。

各项仪式都分别用拉丁语和英语宣读两次。45 年以后，詹姆斯一世的加冕礼第一次全部用英语进行。对神圣王权象征力量的理解，对借上帝之名代表民众而制定的道德契约的理解，使得理查的王位废除在莎士比亚的戏剧中具有了更加震惊的效果。

从 14 世纪 90 年代起，理查的画像在某种意义上也是王权偶像逐渐膨胀的体现。也就是说，它是刻在国玺上的缩小版的英国国王和王后偶像力量（王权力量的象征工具）的体现。理查表示了他对国王特权以及威斯敏斯特大教堂墓碑上拉丁文铭文中王权象征的强烈关注。铭文说明了他对那些违反王权的人态度恶劣。众所周知，他对距离和身份地位极其敏感，1398 年，有人对他在臣子面前展示这种无声的王权与威严做了描述。如果他盯着某人看，那人不得不躬身下跪。理查对威斯敏斯特教堂明显偏爱有加，对忏悔者爱德华的坟墓尤其如此。有人认为这幅画意在表达理查永远活在神圣的唱诗班，而且有记载表明直到 1631 年它还一直挂在那儿，虽然其拘谨和神职特点或许会使它更适合皇家宫殿而非威斯敏斯特教堂。

在莎士比亚戏剧中，有关这幅画一直放在威斯敏斯特宫的争论得到了威廉·拉姆巴德的进一步证实。他指出，伊丽莎白一世的文物专家拉姆利（约 1533—1609）爵士发现它被固定在一间地下室房门的背面，于是他把它带到了女王面前。拉姆巴德在记录中说，好像这一切真的发生了。1601 年 8 月 4 日，一场揭露真相的交谈就在东部格林尼治的女王枢密院开始了：

> 因此，女王陛下以理查二世的口吻发话了。"我是理查，你还不认识吗？"
>
> 威廉："这种邪恶的想象力是由一位最残酷的绅士确定并做出的。它是陛下最赏识的人啊。"
>
> 女王："能够忘记上帝的人也会忘记他的恩人，这种悲剧在开放的大街和房子里出现过四十次。"……然后看着理查二世，她问道，"我所见的是否是真实的景象，还是他的面貌和本人生动的表征？"
>
> 威廉："两者都不是，只是普普通通的人。"
>
> 女王："拉姆利阁下，一位文物爱好者，发现了它固定在地下室房门的背面，他把那幅画交给了我，并且祈祷我能够妥善保管它，企望我能把它添列在其祖先和后嗣的行列中，我会吩咐我寓所的管家兼威斯敏斯特教堂画廊的守护者蒂奥·克尼沃把它拿出来，让你瞧一瞧。"

图 3-10. 伊丽莎白"加冕肖像"，佚名艺术家。
可能是遗失原作（约 1559 年）的复本，根据树木年轮分析为 1600 年左右。
油画，127.3 厘米 × 99.7 厘米。
现收藏于伦敦国家肖像馆。

学者们往往错误地认为：伊丽莎白在这里提到了莎士比亚戏剧团排演的《理查二世》，该剧是受埃塞克斯伯爵的追随者委派演出的，演出时间就在伯爵发动政变的前夜，只是这一计划最终未能成功。与此相反，他们较少关注伊丽莎白对拉姆利公爵的提及，同时也没有关注拉姆巴德对那幅画作的真伪以及理查二世的逼真再现所发表的言论。

伊丽莎白一世加冕肖像（图 3-10）的创作时间在 1600 年左右（按树木年轮分析法对画作进行测定），现在看来，该画复制了诺丁汉维尔贝克修道院的早期微型肖像画。跟理查的油画一样，它显示了同样的正面表现技法，以及将肖像和偶像威严紧密结合的理念。后者可能源于对前辈统治者的复杂想象，采用的是一种目前已经基本失传的密封金属模和照明微缩技法。该画作的表现形式虽然传统，但是理查二世的形象仍然具有英国国王特有的标志性特征（从严格意义上而言）。从拉姆巴德的话中获悉，拉姆利勋爵的信息——曾经委托创作了一幅有所变化的理查二世肖像副本。这表明，在 16 世纪 80 年代，英国皇室人员的肖像日益受到民众的欢迎，当时正是英国外受西班牙威胁，内受天主教不同政见势力影响的时期。因此，国家的认同和国内民众的团结就显得至关重要了。

拉姆巴德的言语还表明，现存于威斯敏斯特教堂的理查二世的油画作品在莎士比亚戏剧创作时期就已经广为人知了。

拉姆利使位于达勒姆郡的拉姆利城堡变成了一座尊奉先贤、怀念那种荣耀不再的天主教血统的万神殿。1590 年的一份库存清单记录了自诺曼征服以来的 16 位先王雕塑，这些可能都是绘画作品，包括一幅展示首任拉姆利男爵的肖像，他跪在理查二世的面前接受议会的书面授命："理查二世向拉尔夫递交议会授命，后者为首任拉姆利男爵（图 3-11）。"詹姆斯一世并不赞成拉姆利对宗谱的痴迷："我并不认同亚当斯的另一个名字是拉姆利。"

拉姆巴德在言语中提到理查二世肖像的表现技法为当时的普通画匠所熟悉。这很可能是国王头像的标准绘画模式，因此就像酒吧招牌一样普通。

毕竟，正是理查国王在 1393 年通过了一项法案，强制小酒馆和旅馆张贴一个标志，以区别于官方酒馆。其中有一个最流行的标志在莎士比亚时期和我们所处的时代仍然可见，那就是理查本人的徽章：白鹿。在莎士比亚时期的伦敦，从修道院到剧场再到酒馆，王权标志和象征无处不在。

戏剧具有一种特别丰富的能力，它能够同时传达一些相互矛盾的信息。英国的神学思想继之于弥尔顿，历史概念得益于莎士比亚，这种非正统的源头自然引

图 3-11. 首任勋爵拉姆利跪在理查二世面前接受议会的文书，未知佚名艺术家。1580 年至 1590 年。画布油画，219.5 厘米 × 152.5 厘米。现收藏于达勒姆郡的拉姆利城堡。

来多方诟病。《理查三世》是莎士比亚核心剧目中最为大众耳熟能详的剧作之一，即使很多人从未读过剧本。理查“下定决心做个恶棍”（《理查三世》1.1.30）这一形象长期存在，再次证明了戏剧具有比文字记载的历史更加令人难忘的力量。两个电影版本的成功——首先是 1955 年的劳伦斯·奥利佛爵士，其次是 1995 年的伊恩·麦肯勒斯爵士在法西斯横行的 20 世纪 30 年代创作的眼花缭乱的更新版本——都确保了戏剧持续不断的生命力。

但是现实中的理查三世同样魅力十足，历史学家仍然对这个人物是否是个恶棍的问题争论不休。就他亲自下令在伦敦塔杀害王子一事更是争论的焦点。毫无疑问的是，都铎王室之所以丑化他，主要目的在于使其对手——未来的亨利七世——成为一个英雄和圣人。托马斯·莫尔爵士是以《国王理查三世的历史》一剧开始创作生涯的，写作地点就在里士满之子（亨利八世）的宫廷。莎士比亚是在亨利八世小女儿的市民剧院里完成创作的，他在其戏剧中把理查塑造成了一位名垂千古的驼背阴谋家。

理查的声誉起落通过这幅由研究收藏协会提供的画作（图 3-12）清晰地展示出其画像波动。这是都铎王朝宣传画的典型例子，大概创作于 16 世纪中叶。理查被刻画成一位手持断短剑的篡位者——可能是一把代表国家、代表王室权威的短剑，它也是破碎王权的象征。这个象征物的意义是由一把长剑所赋予的，时间在 1473 年至 1483 年间，与大英博物馆藏的威尔士王子切斯特郡伯爵的佩剑（图 3-13）相关。（图 3-14）铜质手柄处的徽章表明这把剑只可能属于两位都叫爱德华的威尔士王子中的一位：未来的爱德华五世（约在 1483 年 4 月至 6 月），在 1473 年成为威尔士切斯特郡的伯爵；另一个爱德华（约 1473—1484）是理查三世的儿子，他在 1483 年获得双重爵位。1475 年，身为威尔士王子的爱德华五世在切斯特参加了一次盛大的游行活动，期间他随身佩带了一把长剑。那把剑很可能就是图中这把剑。当理查通过一连串的反问来坚持他对王权的掌控时，莎士比亚却通过这样一把剑来展示其背后的象征性力量。

椅子是空的吗？宝剑未曾挥舞？
国王死了吗？帝国未被侵占？
除了我们，还有哪位约克郡的继任者活着？

“每个故事都谴责我，说我是个歹徒”

（《理查三世》5.3.199）

图 3-12. 理查三世与断剑的肖像，佚名艺术家，1500 年中期。
橡木面板油画，48.5 厘米 × 35.5 厘米。
现收藏于伦敦古物学会。

此处的理查三世肖像展示了一个罪恶君王的形象，创作时间更接近于莎士比亚而非理查。从政治上来看，都铎王朝的画匠把理查三世塑造成一个无赖，目的是为了证明1485年亨利七世在博斯沃思建立新王朝的英雄之举。画作中的理查（经过了重绘）左肩和手臂十分瘦削，恰如托马斯·莫尔在他的《历史》中所描述的那样，这表明该画几乎是莫尔那本出版于 1557 年的著作的插图：“随后，他卷起了左臂的双重袖子，露出了干瘪、瘦小的手臂，再没有人的手臂会是如此模样。”约翰·劳斯在 1485 年至 1491 年间撰写的《英格兰国王》一书中提及过他抬起的是右肩而非左肩：“他身材瘦小，面容扁平，不平衡的双肩左低右高。”在这幅画作中他就是这副模样，该画或许属于亨利八世的个人收藏，存放在白厅宫里，并于 1542 年编入目录。这种身体的轻微畸形很有可能是都铎王朝时期的画匠添加的，因为在那个时期这种特殊的类型成了 16 世纪国王的典型形象。也许是为了避免从道德上描写理查的险恶人品，莫尔才刻意用身体左侧的畸形来表现他（“险恶”这个词来源于拉丁语的“左侧”）。我们不知道从什么时候起，这种表现理查内心邪恶的方式开始进入公众视野，理查早期的肖像创作于 1510 年左右，同样收藏在古物协会（图 3-15），该作品是在他本人统治时期（1483—1485）结束不久的一幅真迹，是一幅罕见的没有任何畸形特征的作品。

16 世纪中期的古物画像以浓墨重彩的方式有趣地反映了理查的声誉变迁，进一步削弱和减少了理查身体的畸形和品性的负面影响。这也许是在 18 世纪完成的，肯定在 1828 年交至古物协会之前。这种改造或许是在贺拉斯·沃波尔出版《对理查三世生活及统治的历史性疑惑》（1768 年）一书后开始的，因为该书在恢复理查声誉方面起了很大作用。

“我的剑难道没有用？国王已死了吗？王国无主了吗？”

（《理查三世》4.4.484—485）

图 3-13. 威尔士王子切斯特郡伯爵之佩剑。制造地可能是德国，剑柄装饰可能在英格兰完成。1473 年至 1483 年。
钢、铜合金、搪瓷和铅，长 181.4 厘米。
现收藏于大英博物馆。

图 3-14. 剑柄详图。图 3-13 显示的威尔士王子切斯特郡伯爵的搪瓷徽章。

图 3-15. 理查三世的肖像，未知艺术家，或许创作于 1510 年后不久。
橡木面板油画，39.5 厘米 × 28 厘米（含画框）。
现收藏于伦敦古物学会。

跟理查二世一样，理查三世也有自己的纹章标记。“白野猪”是理查三世的个人徽章，在当代文学中被频繁提及。

这个身份标记可以解释威廉·柯林勃恩刻于圣保罗大教堂门上的粗俗诗句：“公猪，阿猫，老鼠，还有我们的阿狗 / 公猪治下的英格兰。” 理查三世的身份识别与野蛮野猪的和谐共鸣对于都铎王朝的读者和剧院观众而言具有一种特殊的政治含义。

理查使用“公猪”作为自己的徽章标记，并且把它送给自己的仆人和支持者作为制服上的徽章。根据对皇室衣橱的记载，这种徽章是为了庆祝他的加冕礼而制造的。

“最凶狠的野猪”

（《理查三世》4.5.2）

图 3-16. 理查三世的野猪徽章，15 世纪后期。2003 年发现于东萨苏塞克斯郡的契丁利。银鎏金，3.2 厘米 × 2.35 厘米。现收藏于大英博物馆。

图 3-17. 理查三世的野猪徽章，约 1470 年至 1485 年。2009 年发现于莱斯特郡的厄普顿附近。银鎏金，长 2.8 厘米。现收藏于莱斯特博斯沃思战场遗产中心。

1483 年 8 月 31 日，理查三世为其儿子爱德华授予了威尔士王子的头衔。为此，他下令制作了 13000 枚“白野猪”服饰徽章——也许专为约克教堂举行的就职仪式而为。野猪徽章多为铜合金，铅、锡铅合金制品在纽约约克郡以及理查最喜欢的米德勒姆城堡和伦敦都有所发现。

由贵重金属制成的野猪徽章是在最近才发现的。图 3-16 中的银鎏金徽章是在东苏塞克斯的契丁利（Chiddingly）发现的，然后因为 1996 年的《宝藏法》由大英博物馆收藏。这只野猪徽章上刻了一只突出的獠牙，竖起的鬃毛和卷曲的尾巴，此猪前腿缺失，相关部位是挂徽章的别针。徽章可能是别在帽子上的。2009 年，一只银鎏金野猪徽章（图 3-17）在一处受管制的考古发掘现场被发现。该徽章可能由理查麾下的一名骑士所佩戴。该遗址据称是理查三世在波斯沃斯战役中阵亡的确切地点。当时他的战马陷在泥里（“马！马！我愿以我的王国来换一匹战马”[5.3.361]）。这枚徽章在靠近一处中世纪沼泽的地方被发现。这个发现地点位于莱斯特郡厄普顿镇的一块私人农田，这个名为芬恩巷的地方距离博斯沃思战场博物馆只有两英里，到现在为止一直是那场战役的官方遗址。这枚徽章被博斯沃思战场遗产中心所收藏，有关博斯沃思战役的确切交战地点仍然存在着争议。

一枚 15 世纪的宗教游行十字架，上面刻着“旭日”的约克家族纹章（图 3-18），于 1788 年左右在当时认为是博斯沃思战役的交战遗址被发现，当它首次于 1811 年公布于众后引起了学术界的广泛兴趣。经过多年的分裂和内战，以及亨利七世在博斯沃思战役中的胜利，英国迎来了伟大、崭新的时代。至此，都铎王室作为英格兰救世主的观念开始根深蒂固地深入到民族意识之中——这在很大程度上是莎士比亚历史剧不断巡演的结果。

《亨利五世》——莎士比亚系列戏剧（始于《理查二世》的高潮剧目）——在 19 世纪成为英语爱国主义的同义词。一位英俊潇洒的年轻国王排除万难终获

“约克之子”

(《理查三世》1.1.2)

图 3-18. 刻着约克家族“旭日”徽章的宗教游行十字架，在圆形饰物的背面刻着福音象征物，15 世纪，1485 年前。
青铜鎏金，58.4 厘米 × 27.9 厘米。
现收藏于伦敦古物学会。

惊人的军事胜利，他通过纯粹的语言力量鼓舞士兵，使其勇往直前。这些短语已经具有了传奇色彩："再向那一个缺口冲啊，好朋友们，再冲一次"（3.1.1）；"上帝保佑哈利、英格兰和圣乔治！"（3.1.34）；"我们这些少数人，我们这些幸运的少数人，我们这一支兄弟的队伍"（4.3.62）。然而，莎士比亚在16世纪90年代创作的其他所有历史剧都描绘了一个因派系纷争而四分五裂的英格兰，举国上下对王位的合法继承充满焦虑，而在这出剧里，整个英格兰却显得既团结又所向无敌。

僧侣们曾经在威斯敏斯特教堂吟唱赞美诗来庆祝亨利五世在1415年阿金库尔战役中的胜利。亨利捐资重建坦普学院，并重新把理查二世安葬在圣爱德华教堂。他还亲自立下遗嘱，要求把他的墓安置在圣爱德华教堂的东端——忏悔者爱德华被视为后来诸位国君的守门者——上面有一座小礼拜堂，是其做弥撒的地方。这些现在还在那儿。当你踏上台阶走进亨利七世礼拜堂时，你可以在北侧的回廊清晰地看到一尊雕刻艺术品，表现了骑着战马的亨利，背景则是士兵的营帐（图3-19）。镶有纯色脑袋的银鎏金墓穴肖像已经于1467年被人盗取了一部分，但是覆盖肖像的银板也于1546年被人剥离并盗走，现在只剩下木芯了。一只崭新的脑袋和双手是路易莎・博尔特在1971年用聚酯树脂制成的。奥利菲尔（Olivier）亨利五世的名声由此产生，以致后来有人声称（错误地）这尊肖像的双手事实上是仿照劳伦斯・奥利菲尔的手而制成，表达了想要把奥利菲尔的赛璐珞形象强加于亨利雕像上的一种愿望。

当你站在亨利五世的礼拜堂时，你正好位于一根栗木横梁之下，横梁上悬挂着他的陪葬物品，在教堂的各个位置都可清晰地看到。"这些陪葬物品"是一只带有顶饰的头盔和其他铠甲，是按照亡故骑士的葬礼仪式安排的，之后便永久地悬挂在他的墓室上方。这个仪式举行的确切时间可以回溯至1376年，"黑王子"的葬礼在坎特伯雷大教堂举行。从1422年11月6日至1972年（拆下来放在修道院博物馆中，以便更好地保护它），亨利五世的陪葬品一直悬挂在威斯敏斯特大教堂的横梁上，并且有人在1682年做了如下记载："此马鞍是这位英雄般的王子在法国战争中的所用之物，同时还有他的盾和其他战争用具。"

这些物品包括一只斜面头盔，用于骑兵格斗（图3-20），该头盔最初镶有纹饰，可能是英国皇家纹章上的豹形图案。虽然该头盔用于骑兵格斗之用，但它上面仍然安了一只往横梁上悬挂的挂钩。原先环绕在纹饰周围的那些丝绸飘带看起来和亨利五世小礼拜堂里的那只雕纹头盔上的飘带十分相似，从而把这尊永久的纪念碑与亨利的葬礼联结在一起。这只盾牌（图3-21）可能曾经属于亨利五

图3-19. 亨利五世骑马率众腾跃一条小溪的雕刻作品，身后是部下的营帐，威斯敏斯特教堂内亨利五世礼拜堂的外侧，角度位于亨利七世礼拜堂的入口回廊。时间可能在1422年左右。现收藏于伦敦威斯敏斯特教堂。

“击破的头盔”

（《亨利五世》开场白第18行）

图 3-20. 与亨利五世葬礼（1422 年）相关的头盔。
15 世纪初期。
钢铁及铜合金，高 42.5 厘米，宽 25.4 厘米。
现收藏于伦敦威斯敏斯特教堂博物馆。

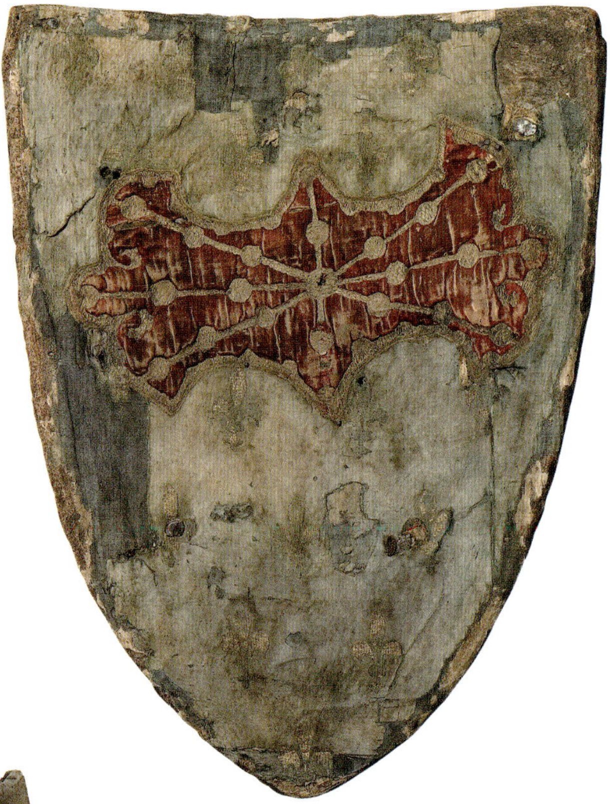

“要不然就把我这副骨头葬在一只破瓮里，没有墓碑，也没有任何纪念物”

（《亨利五世》1.2.231—232）

图 3-21. 与亨利五世的葬礼（1422 年）相关的盾牌（后视图）。英格兰，14 世纪左右。
材质为椴木和织物，高 61 厘米，宽 39.4 厘米。
现收藏于伦敦威斯敏斯特教堂博物馆。

图 3-22. 15 世纪初期的马鞍，也许与亨利五世的葬礼（1422 年）有关。
材质为木、麻布、皮革，高 39.3 厘米（前），高 33 厘米（背面），长 67.3 厘米，宽 54.6 厘米。
现收藏于伦敦威斯敏斯特教堂博物馆。

“他砍缺打弯的宝剑”

（《亨利五世》第五幕，开场白第18行）

图 3-23　宝剑，也许与 1422 年亨利五世的葬礼有关。可能制造于 15 世纪或 16 世纪初的英格兰。材质为钢铁、木材，全长 89.5 厘米，刀身长 73 厘米。
现收藏于伦敦威斯敏斯特教堂博物馆。

世的父亲亨利四世，时间应该在 1403 年他与纳瓦拉结婚前后。当时，那件颜色鲜艳的丝绸衬里已经有些年月了，可能是中国人专为海外市场定制的物品。有人专为亨利的葬礼制作了四只马鞍，图中所示（图 3-22）几乎肯定是其中之一，虽然这可能不属于陪葬品。

现在，它已经缺少了 1723 年描述的那种饰有金色鸢尾花图案的蓝色天鹅绒，它或许是法国纹章，适合一位在法国历经磨难、娶了一位法国公主的国王。这把 15 世纪或 16 世纪初期的剑（图 3-23）只在 1869 年露过面，它或许不是陪葬品的一部分，虽然它很可能与修道院的埋葬有关。亨利陪葬品的详细内容无法确定，尽管那只盾牌和头盔在 1707 年就悬挂在修道院了。不过，这两件物品的组合在今天仍然给人一种世俗的感受：“看到亨利五世与头盔和利剑紧密相连不禁使我们为之动容，但对于那些了解并且崇拜这位国王的人或者在不久就随他而去的人而言，这个胜利纪念物通过展示那位勇敢王子的光辉形象必定会唤起一种更加深厚的情感共鸣。”

因此，莎士比亚在《亨利五世》第五幕的开场白中把随葬品的相关内容“他那击破的头盔和砍缺打弯的宝剑”（开场白唱 18）写了进去。有人认为，莎士比亚于 1599 年参加了埃德蒙·斯宾塞的葬礼，他很可能在忏悔者埃德蒙的墓室之外看到了这些随葬品最初的摆放位置。不过，他有没有看到并不重要，那些东西一直就在那儿，这是人尽皆知的。这或许表明莎士比亚通过戏剧想象了亨利在法国的惨败，从而向其听众表达了自己的观点：“要不然就把我这副骨头葬在一只破瓮里，没有墓碑，也没有任何纪念物”（1.2.231—232）。这些与亨利相关的物品自 1422 年起就躺在修道院里，在历史的回廊里产生了一种特殊的共鸣，成为伦敦人熟悉的英国中世纪的历史遗迹。莎士比亚通过他的诗性语言，以隐喻的方式把它们从教堂搬上了舞台，从修道院搬到了环球剧场院，实现了从神圣到世俗的转化。这种将文物与文字紧密结合的方式塑造了英国民族在历史上的英雄形象。

尽管莎士比亚的戏剧《亨利五世》象征性地将四个岛国团结了起来，让英国人（高厄）、苏格兰人（杰米）、威尔士人（弗鲁爱林）和爱尔兰人（麦克摩里斯）同处于法国战场，不过根据 1599 年的真实历史记载，情况并不像戏中所演的那样令人愉快。

威尔士最后一位获得英国认可的独立王子名为林维·AP.格鲁弗德（Llywelyn AP Gruffud），在 1282 年被爱德华一世率领的侵略军所杀死。爱德华一世举行盛大仪式确立英国王位的继承人，并授予威尔士王子称号。根据莎士比亚时代的编年史，爱德华二世（约 1307—1327）因疏忽未曾给自己的儿子授予这个头衔，这是他所犯的众多过失之一。但是爱德华三世（约 1327—1377）恢复了这一头衔，并给长子取名为威尔士亲王之黑王子。根据威廉·卡姆登的《不列颠尼亚》记载：

> 国王爱德华二世并未给他的儿子爱德华授予威尔士亲王的头衔，只是授予了切斯特及厄尔弗林特伯爵的头衔。根据笔者对历史资料的了解，爱德华正是通过这个头衔才正式进入国会，当时他才 9 岁。国王爱德华三世首次为长子爱德华添加了黑王子（即康沃尔及厄尔切斯特伯爵）之名，并在国会的认可下郑重授予他威尔士亲王的头衔，他头戴一顶华贵的帽子和花冠，手指上戴着一枚金戒指，手握一枚银饰。

黑王子（1330—1376）是原来英勇的威尔士亲王。他在克雷西战胜了法国军队，赢得了那场实力悬殊的战斗，他是亨利五世在阿金库尔战役大捷的原型人物，也是历史剧《爱德华三世》（约 1592—1594）的原型人物。在《爱德华三世》中，莎士比亚在几个场景中反映了这一历史事件，因此成为《亨利五世》的原型人物。从都铎时代的历史学家的视角来看，英格兰的不幸始于登基未成的黑王子之死。这意味着王位传给了他的儿子，一个未成年人：理查二世。由于理查没有儿子，所以当时也没有威尔士王子，因此亨利·布林布鲁克（Bullingbrook）继承了理查的王位，成为亨利四世。他的儿子蒙默思郡的哈里王子，即未来的亨利五世，在 1399 年秋季被授予威尔士亲王的头衔，但是次年，欧文·格林杜尔的追随者宣告他为威尔士亲王，以此来显示对英国的蔑视。几年以后，国王亨利四世镇压了欧文的反抗，摧毁了威尔士独立的希望。

莎士比亚在《亨利六世》上篇描写了格林杜尔叛乱以及英国北部曾经帮助亨利四世继承王位、之后又与之作对的诸位伯爵。从某种程度上来看，哈里·斯泼和格林杜尔都是继承人的竞争对手，因此他们必须臣服于真正的威尔士亲王以及英国未来的国王才行。最终，哈里王子获胜，并把自己从一个耽溺于酒肆的无业游民转变为英勇的骑手。他成了黑王子的转世化身，并为未来在阿金库尔战役的获胜做好准备。

威尔士亲王亨利（后来的亨利五世）统治卡玛森时期的印玺（图 3-24）。该印玺表明亨利在欧文·格林杜尔的起义被瓦解之后强烈维护权力的态度。它也展示了戎马征战的亨利形象以及包括英格兰皇家纹章在内的战马装饰。

> 我见到小哈里头上戴着面甲，胯上系着护腿，打扮得英姿飒爽，像是脚上生翅的麦鸠利。他轻轻一跃就上了马背，有如从云端飘落的天使，要

图 3-24. 卡玛森统治时期威尔士亲王亨利（后来的亨利五世）的印玺，英格兰，1408 年至 1413 年。材质为青铜，直径 7.1 厘米（不包括耳）。现收藏于大英博物馆。

“以高超的骑术让世界眼花缭乱”

（《亨利四世》上篇 4.1.115）

> 驯服性烈如火的天马，要以高超的骑术让世人眼花缭乱。
>
> （《亨利四世》上篇 4.1.109—115）

在都铎王朝时代，女王伊丽莎白之父亨利八世，早已正式联合了英格兰和威尔士，但他唯一的儿子爱德华六世（约 1547—1553）却成了一名少年国君，当时他由于年少尚未获封威尔士亲王的头衔。

当然，伊丽莎白女王没有继承人。那么，这是伊丽莎白统治颇似理查二世的另一个方面：未授威尔士亲王头衔给任何人。蒙默思的黑王子和哈里王子都成了戏剧舞台、编年史和肖像图集青睐的对象，因为当时没有与他们比肩的英雄，他们正伺机登上王位。这就是为什么在 1610 年的夏天，人们会举国欢庆国王詹姆斯之子——16 岁的儿子亨利被授予威尔士亲王的原因之一。因此，2 年之后，当这位民众寄予厚望的典范人物突然去世时，举国上下无不悲痛哀悼。

尽管如此，在女王伊丽莎白统治的后期，威尔士依然相对稳定。爱尔兰的情况则有所不同。在《亨利五世》最后一幕的开场部分，合唱团在唱词中不仅提到了过去——亨利五世葬礼的陪葬品，而且还提到了当下：

> 恰如我们仁慈女王手下的那位将军，要是他在不久的将来从爱尔兰归来，在他的剑尖上挑着被镇压下去的“叛乱”，那时候会有多少人离开安静的城市出来欢迎他！
>
> （《亨利五世》第五幕，开场白第 30—34 行）

这是莎士比亚戏剧作品中最具体、最能使人产生共鸣的主题性用典了。在 1599 年夏天，在环球剧场院的舞台上，合唱团明确提到了当时发生在现实世界中的事情：埃塞克斯伯爵身在爱尔兰，遭遇了蒂伦郡第二任伯爵休·奥尼尔（约

1550—1616）领导的反抗英国统治的叛乱。

尽管莎士比亚历史剧的背景主要是英法百年战争以及英国国内的玫瑰战争，但是与此背景相反的是，有几部历史剧却以爱尔兰的九年战争（1594—1603）为背景。

在《亨利五世》中，爱尔兰人麦克摩里斯所说的话具有非同寻常的时代政治意义：

> 弗鲁爱林：“麦克摩里斯上尉，我想，你瞧，倘若你不见怪的话，你这个民族里并没有出多少……”
>
> 麦克摩里斯：“我的这个民族？我的这个民族怎么啦？真是恶棍、混蛋、无赖和流氓。我这个民族怎么啦？谁敢对我的民族说三道四？”
>
> （3.2.88—91）

“我的国家是什么？”

（《亨利五世》3.2.90）

此外含蓄地表明：爱尔兰人承认自己的国家已经被英国占为殖民地。在该剧的后面部分（4.4.3）皮斯托（Pistol）不确切地引用了一首盖尔语歌曲《姑娘，我的宝贝》，或许表明某种被挪用的盖尔文化是伦敦戏剧世界的一部分，不管人们对此的认识有多么模糊。

在莎士比亚的历史剧中，爱尔兰对英国统治的强烈反抗被不断提及。在《亨利五世》中，法国皇太子多芬说：“你骑马的时候就像一个爱尔兰轻步兵，褪掉你的法国式宽松裤，只留下贴肉紧裤”（3.7.38—39）。在《亨利六世》中篇中，温彻斯特间接提到了“野蛮的爱尔兰轻步兵”（3.1.310），而金雀花王朝的理查（约克公爵）则把杰克·凯德的

图 3-25. 洛瑞·奥格（Rorie ge），一位粗野的轻步兵，也是一位战败的叛军士兵，在森林里与群狼为伴，选自约翰·德瑞克所著的《爱尔兰形象》之插图 11。伦敦，1581 年。
木刻，17.9 厘米 × 31 厘米。
现收藏于爱丁堡大学图书馆。

普通反叛比作摩尔式的和爱尔兰式的（3.1.360—370）。

在同一出剧中，同一位使者把约克公爵描述为“最近刚从爱尔兰回来，率领一支由爱尔兰步兵组成的强大部队，耀武扬威地向这个方向开来”（4.9.24—26）。同样在《麦克白》中，步兵与保镖的结合从爱尔兰换到了苏格兰。“那残暴的麦克唐纳不愧为一个叛徒……已经征调了西方各岛上的轻重步兵”（1.2.11—15）。在《理查二世》中，国王把他的意图转向了“我们的爱尔兰战争”，“我们必须扫荡那些毡帕包头的粗野的爱尔兰步兵，这些人有如毒蛇猛兽，所到之处连别的毒物都无法存活”（2.1.156—159）。

那么，什么是“轻步兵”？在约翰·德里克（John Derricke）所写的《爱尔兰形象》（*The Image of Irelande, with a discoverie of Woodkarne*）（1581）一书中，附有如图3-25所示的插图，这是霍索恩登郡的诗人威廉·德拉蒙德赠给他的母校爱丁堡学院的。这幅插图展示了爱尔兰叛军及其被英军镇压的情形。叛军领导人托洛·黎纳·奥尼勒及其他轻步兵向伊丽莎白政府派驻爱尔兰的代表亨利·锡德尼爵士（1529—1586）投降是该幅插图的焦点所在。那些身在树林中的轻步兵的命运通过一系列粗糙的木刻画得以体现，这些木刻形成了一种具有讽刺意味的连环漫画。这些轻步兵都是爱尔兰流浪者，当时活跃在苏格兰和英格兰接壤地带。鉴于16世纪晚期的爱尔兰手工艺品极其罕见，这本书颇具讽刺意味地成了我们研究该时期爱尔兰服饰、习俗和生活的最佳资料。这幅由爱尔兰逃犯德里克制作的木刻作品展示了他身披破烂的斗篷，在森林中战栗的情景。他身后嗥叫的群狼呼应了他当时的困境。下面是一首打油诗的最后一段：

> 哦，可悲下场你已见到，雄心早已穿过九霄，
> 受蛊惑的自尊只会，在眼睛里微微闪现，
> 此乃反叛的归宿，唯有祈祷永远不变，
> 切莫再行妄动，与我们的女王作对。

叛军的斗篷类似于一种爱尔兰裹毯或者hiberne的东西，该词为拉丁文。在莎士比亚的时代，人们对这种毛茸茸的羊毛毯十分熟悉。这些东西往往在爱尔兰加工并出口至其他国家。它们是由粗糙的羊毛制成，其早期形式是格子呢。这些做工粗糙的爱尔兰裹毯或披风被英国人视为奢侈品，并被当作毛毯来使用。在一些大户人家，仆人们会披着一条爱尔兰裹毯被放在重要客人的床上。在本·琼生的《爱尔兰假面舞会》（1613）中，爱尔兰裹毯所蕴含的文化和政治关联表现得十分明显：漫画式的爱尔兰人像蜕掉老皮一样脱下裹毯，成为“新生的”生灵，他们全都戴着面具，被英国人踩在脚下。

在面对爱尔兰各种棘手问题时，伊丽莎白对那些土生土长的盖尔人的关注远不及对那些在12世纪随着诺曼入侵而定居在此的“老英国人”的关注。那些变为本地人的

Facere et pati Fortia
Ætatis suæ 43
Ao D° 1594

“我在沼泽边找到了它”

（《错误的喜剧》3.2.107）

图 3-26. 托马斯·李上尉，小马库斯·海拉特于1594 年创作。
画布油画，230.5 厘米 × 150.8 厘米。
现收藏于伦敦泰特不列颠英国美术馆。

殖民者经常会成为统治者担心的对象，如果新一代英语人与奥尼尔叛军沆瀣一气该如何是好？

在图 3-26 中，这尊令人称奇的肖像把托马斯·李（1551 或 1552）塑造成了一名前往爱尔兰寻求财富的冒险家（就像许多当代的英国绅士）。

1599 年，反叛分子奥尼尔企图发动政变反对伊丽莎白一世，埃塞克斯出兵实施镇压，却在爱尔兰遭遇了灾难性的打击。受此牵连，托马斯·李于 1601 年同埃塞克斯一道被执行绞刑。这尊肖像的创作日期为 1594 年，是年他接受了双重间谍的质询。李与阿尔斯特族长休·奥尼尔的交往过程用拉丁文标签记录在利维的一棵大树的左上角上。他当时担任了调停英格兰和爱尔兰双方的调解人，但是这份便条的紧急程度是毋庸置疑的。与敌人交友是非常危险的。

这幅肖像的作者海拉特表现了一种融英国与爱尔兰文化为一炉的服饰，而且有趣的是，除了长矛和裸露的双腿之外，即使当今的批评家们也无法就该幅讽喻画像包含的爱尔兰元素达成共识。画中人物勇敢地行走在沼泽之中——这使人回想起《错误的喜剧》中人们在全球漫画式的交往（3.2.107）中寻找爱尔兰元素的情景。在卢卡斯·德·海尔斯的《英格兰、苏格兰及爱尔兰概观》（1573—1575）（图 3-27）中，李的服装与一对男子（别称为“粗野爱尔兰人”）的服

图 3-27. 爱尔兰男子与妇女，该男子被称为“粗野的爱尔兰人”，来自卢卡斯·德·海尔斯的插图手稿《英格兰、苏格兰及爱尔兰概观》，1573 年至 1575。
笔、墨水和水彩，躯干着色，31.7 厘米 × 20.4 厘米。
现收藏于大英图书馆。

“在他的剑尖上挑着被镇压下去的叛乱”

（《亨利五世》，第五幕，开场白第32行）

图 3-28. 罗伯特·德弗罗，埃塞克斯第二任伯爵，背景中的远处有加的斯、亚速尔群岛和爱尔兰。在 1599 年爱尔兰战役和 1600 年埃塞克斯沦陷期间由托马斯·考科逊绘制。
版画，33.2 厘米 × 26.3 厘米。
现收藏于大英博物馆。

“长了像将军那种样式的胡子”

（《亨利五世》3.6.60）

图 3-29. 罗伯特·德弗罗，埃塞克斯郡的第二任伯爵，小马库斯·海拉特绘。1596 年至 1599 年。
板面油画，110 厘米 × 80.5 厘米。
现收藏于剑桥大学三一学院。

装呈现出有趣的相似性。

精密的手枪、头盔和白底黑线刺绣衬衫都具有欧洲大陆或英国风格，但是圆盾和长矛或许被刻意带上了盖尔人的印记。不难看出，这是一幅英国人在爱尔兰的肖像画作，这种模糊的民族身份问题似乎一直存在。正如艾埃塞克斯手下一位上尉抱怨的：“令人遗憾的是，当我身在英格兰时，人们常把我看成爱尔兰人，当我身在爱尔兰时，人们却把我看成英国人。”

不管莎士比亚对爱尔兰盖尔人的态度如何，他对跟随艾埃塞克斯前往爱尔兰的英国士兵的同情却是不容置疑的，在《亨利五世》的一段舞台解说词中有这样一句话：“国王及其可怜的士兵登台”（3.6.67.1）。在征兵最甚的伦敦，人们的爱国热情尤为高涨，不过即使在柴郡也盛传着一句新的谚语：“宁可在家里吊死也比像狗一样死在爱尔兰强。”像皮斯托这样的战争老兵往往会铤而走险去犯罪，1601 年，埃文河畔斯特拉特福当局试图驱逐一位曾经参加过爱尔兰战争、名为刘易斯·吉尔伯特的士兵，他象征了爱尔兰战争在精神和身体方面带给士兵的巨大创伤。

莎士比亚把伦敦民众的反爱尔兰情绪直接运用在对艾埃塞克斯伯爵领导的镇压运动的描绘中。艾埃塞克斯对通过肖像画和版画进行宣传和提升自我非常在行(图3-28)。如图3-29所示的艾埃塞克斯半身肖像画存世量极大，品质和规格各异。它们都是画坊的批量产品，用于赠送给艾埃塞克斯的朋友、客户和社交界的各种熟人。当莎士比亚把艾埃塞克斯与亨利五世从法国凯旋（称其为“所向披靡的恺撒”）做比较时，他表达了希望艾埃塞克斯从爱尔兰班师的愿望，希望他能够“举利刃以克叛军，躬诚心以效女王”。但是他并不肯定：“如果时运相济他或许能够遂愿”（《亨利五世》第五幕，开场白第 28—32 行）。这样的时刻并不多见，就像电影中的凝固画面，这出历史剧戛然而止，剧作家、演员和观众都屏息静立，期待着同时代各种事件的一一涌现。

EARL OF ESSEX.

LONDINIVM
Maximus hic Rex est
Vluce serenior ipsa
Principe quæ talem
Cernit in Vrbe ducem
Cuius Fortunā superat
sic Vnica Virtus. Vc
PAR DOMVS HAEC COELO SED MINOR EST DOMI N
1 2 3 4 5 10
5 10
S H Excud:

第四章

“小心3月15日”：罗马的遗产

现在我们已经无法确知 1599 年夏位于萨瑟克区的环球剧院开场剧目是哪一出，但有两个剧目极有可能。一是《亨利五世》，它的开场白有意地提到在剧院光秃秃的戏台上，能否再现气势磅礴的战争场面。另外一出便是《裘力斯・恺撒》。但不管怎样，宫务大臣剧团（Chamberlain’s Men）选择上演了一部以过去为背景、但与现代有关的剧目。就像英国人看重他们自己的历史一样，张伯伦勋爵剧团非常关注古罗马对世界的影响。的确，自从该剧在环球剧院开演以来，观众们就可以看到泰晤士河对岸古罗马影响力的象征，即被莎士比亚称为“裘力斯・恺撒建起的丑陋高塔”（《理查二世》5.1.2），人们曾错误地以为伦敦塔由裘力斯・恺撒所建。此外，如皇家凯旋仪式这样的公众事件曾有意地以罗马为原型。《亨利五世》第五幕的合唱词设想了埃塞克斯伯爵（Earl of Essex）从爱尔兰凯旋归来，伦敦市民在街边列队欢迎“征服者恺撒”（《亨利五世》第五幕，开场白第 28 行）的情形。像亨利五世出兵法国一样，恺撒征服了高卢人，埃塞克斯伯爵出兵征讨盖尔爱尔兰人。

1604 年 3 月 15 日，为庆祝詹姆斯一世登基，举行了一场最高规格的盛大凯旋仪式，国王随着队列从（伦敦）塔出发前往伦敦市中心，期间要经过七座凯旋门，那些凯旋门是史蒂芬・哈里森设计的，除其中两座由“外邦人”——荷兰商人和意大利商人捐建外，其余均由伦敦市政府出资修建。本来，凯旋仪式是为了庆祝 1603 年 3 月詹姆斯一世加冕，但由于瘟疫暴发不得不延期。这些拱门虽然只是临时搭建的舞台设施，但非常雄伟壮观，有着浓厚的象征主义意味，流露着对皇家的恭维。

图 4-1. 门头题有“Londinium”（伦敦）的《凯旋门》中的彩色插画，画中的拱门为 1604 年为纪念詹姆斯一世登基所建的七座凯旋门之一。作者为史蒂芬・哈里森。选自 1604 年伦敦出版的《凯旋门》第三版，印制于 1618 年以前。26.8 厘米 × 23.1 厘米。现收藏于大英博物馆。

位于凡车迟（Fenchurch）大街的第一座拱门是伦敦本身的代表，门头上用拉丁文写着“LONDINIVM”（朗蒂尼亚姆）。与这个门匾相配的铭文在1604年版的《凯旋门》一书中解释了这座拱门的设计理念，它是和“这座城市雄伟的宫殿、塔楼、尖塔等相配的……这些造型象征着额头的王冠，或象征着这座伟大壮丽的建筑上的城垛”（图4-1）。在那个象征“英国王权”的人物下面，泰晤士河及这座伟大的城市也被拟人化了。随着君主加冕游行的临近，由爱德华·艾伦（Edward Alleyn）扮演的伦敦之王向国王和民众发表演讲。托马斯· 德克尔目睹了这一场景，并和本· 琼生用文字记载了下来，把当时的场景描述为“人山人海，连街面都看不到了，妇女和孩子挤满了每一扇窗户”。在詹姆斯一世时期的伦敦，凭想象力再现罗马帝国，这已几臻完美。

莎士比亚很早就对古罗马产生了兴趣。除了有关玫瑰战争的系列剧，他早期的另一部票房冠军是《泰特斯·安特洛尼克斯》，那是一部充满血腥的悲剧，可能是根据稍早一些的乔治·皮勒（George Peele）的戏剧改编而成，杜撰了罗马帝国晚期罗曼人与哥特人之间的战争历史。《泰特斯·安特洛尼克斯》于1594年发表，是莎士比亚最早以印刷版本形式出现的剧作。它利用了经典的背景，旨在探究当时关于已经驾崩的伊丽莎白的一些问题：王位的继承、复仇的伦理、内部人与局外人、文明与野蛮。

在莎士比亚及其观众的心目中，把一出剧同时置于古罗马和中世纪的英格兰及现在是能够做到的。在现存的莎士比亚戏剧插图中，称为时间类并（temporal syncretism）的现象是显而易见的。据信，这幅插图是亨利·匹查所作，收藏于朗丽特行宫（图4-2）。关于这幅插图的诸多方面存有激烈的学术争议：创作日期（也许是1594年，即该剧本出版当年）；插图本身和下面的配文之间是什么关系（配文是剧本中节选的对话，但又做了一些添加）；插图是旨在表现剧中的一个场景呢，还是多个场景；插图是对剧本和剧中角色的一个综合呢，还是象征性地再现；插图是观看剧目后的回忆呢，还是读了这些配文之后的联想。尽管这些问题仍无定论，但可以肯定的是：匹查构思这部戏剧场面的过程中，将罗马配饰（托加袍、月桂冠）、中世纪特色的要素（盔甲、塔摩拉长裙）以及伊丽莎白时代的服装和道具（长筒袜、戟）融汇在一起，并未有不和谐之处。现代的舞台剧导演让莎士比亚剧中的一个角色穿着伊丽莎白时代的衣饰，一个角色穿着罗马人的服饰，另外的两个又打扮成现代的形象，这样的导演会指着这幅画，称折中主义是有先例的。不论在舞台上还是这个时代人们的心理剧场中所揭示的东西都将在第五章中展开论述，就像以威尼斯城为代表的古罗马世界其实就是现代伦敦的一面镜子。匹查插图中的物证与曾让18、19世纪莎士比亚剧作的编辑苦恼不堪的时代错误不谋而合，在《裘力斯 ·恺撒》中出现了有正反两页的书、打鸣钟，还提到了烟囱帽，这种错误并非莎士比亚对古代史无知，而是因为剧中的罗马就是伦敦。

图4-2. 观看《泰特斯·安特洛尼克斯》后的回想录手稿，由亨利·匹查于1549年（不确定）所作。
用钢笔、墨水在纸上撰写，29.6厘米 × 40.3厘米。现收藏于威尔特郡朗丽特行宫。

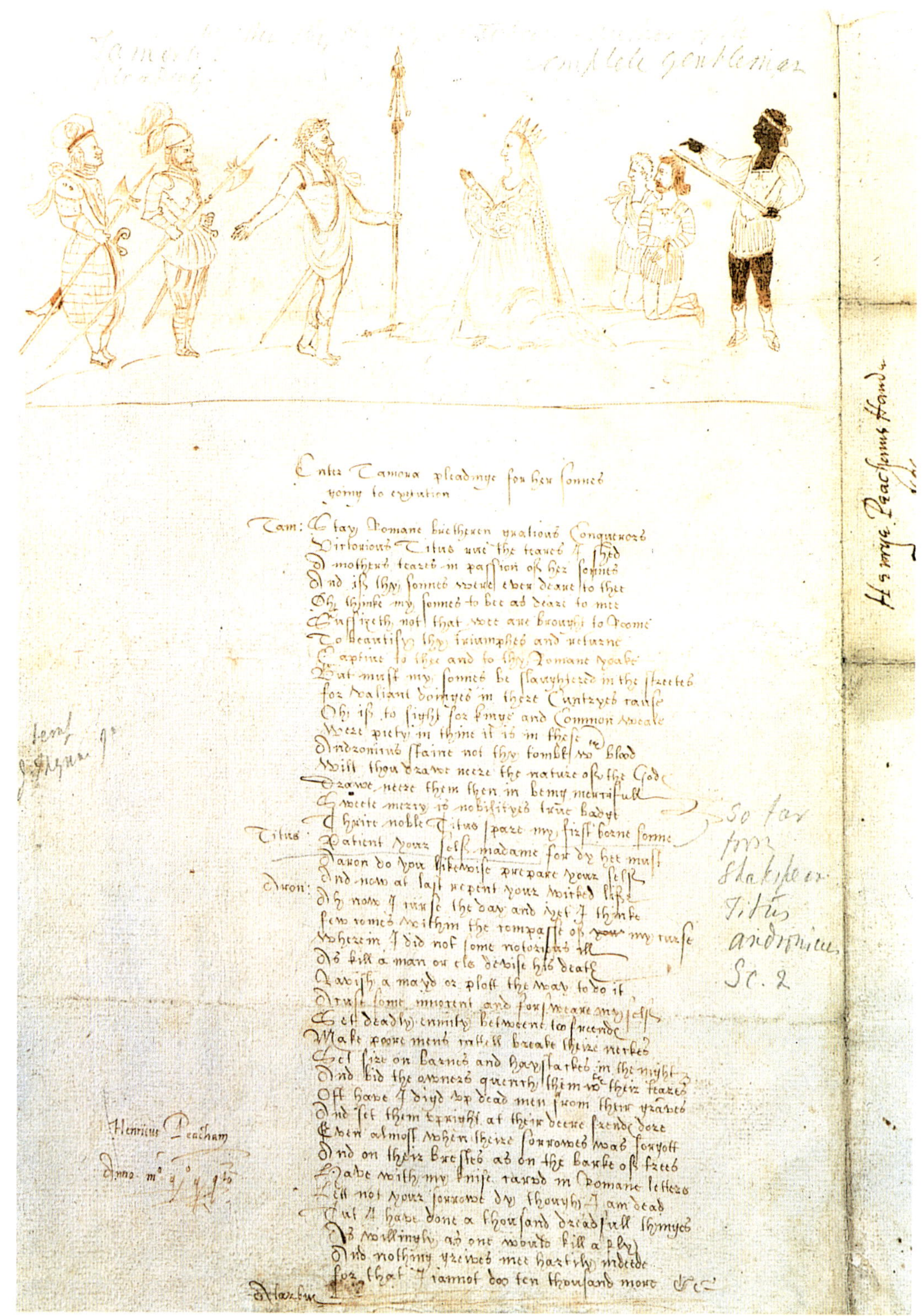
Henry Peachams Hand
So far from Shakspear Titus andronicus Sc. 2
Henricus Peacham

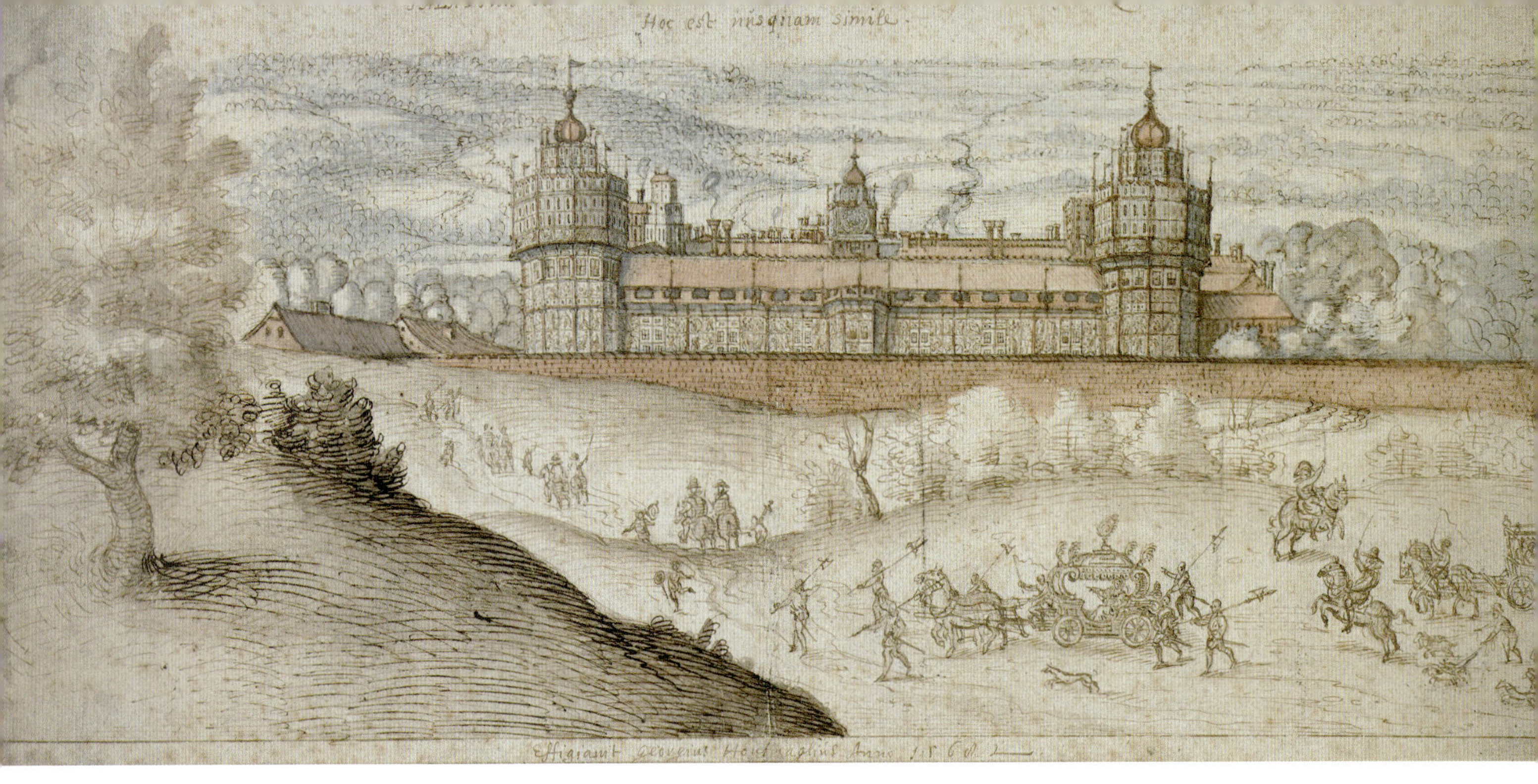
Hoc est nusquam simile
Effigiavit Georgius Houfnaglius Anno 1568

图 4-3.《伊丽莎白一世移驾无双宫》，约瑞斯·霍芬吉尔创作于 1568 年。
由钢笔和棕色墨水绘成，兼用灰棕色、蓝色及红色水彩，21.6 厘米 × 45.6 厘米。
现收藏于大英博物馆。

在莎士比亚时代的英格兰，透过历史的镜头解读当下是教育与精英文化的核心。约瑞斯·霍芬吉尔（Joris Hoefnagel）1568 年创作的绘画表现了经典的浪漫主义视角，设想了伊丽莎白一世女王移驾无双宫（Nonsuch Palace，图 4-3）的盛况。画面的前景中，女王坐在车辇中，手执长矛的士兵簇拥着，我们可以看到后面的宫殿，宫殿外围是树木和田地。林木环抱的宫殿外墙铺贴着粉饰灰泥板（stucco panels），精雕的深灰色石板饰边，图案镀金颇为显眼。装饰图案面积达 2055 平方米，以自由奔放的艺术形式描绘了罗马皇帝、经典神话当中的神祇、大力士赫拉克勒斯的生活场景。他们最初的姿态是用赫夫纳格尔水彩展现的。1599 年秋，伊丽莎白女王正是在这座王宫中临朝听政，当时，埃塞克斯对自己发动的灾难性的爱尔兰战争（第 113—116 页）感到厌恶和迷茫。因此，在没有任何通报的情况下，他便闯入了女王内宫，当时女王来不及戴好假发、化好妆、穿好王袍。本·琼生（Ben Jonson）在《辛西娅的狂欢》（1600）中再现了发生在伊丽莎白寝宫中的这一幕："敢于挑战神祇 / 貌似并非罪过？"这次非同寻常的邂逅就发生在充满浪漫古典主义色彩的无双宫，这是一处绝佳的场景，让人想起了阿克泰翁（Actaeon）偶遇戴安娜（Diana）的逸事（39 页）。

我们在这里看到的无双宫墙上罗马战士灰泥浮雕像（图 4-4），便是古典主义传统的生动体现。这些灰泥浮雕大都出自意大利摩德纳人尼古拉斯·贝林之手，他曾是法兰西弗兰西斯一世国王在枫丹白露的宫廷画师，但后来失宠投奔于亨利八世。他的变节成了都铎王朝文化宣传攻势的重拳。赫夫纳格尔在他的绘画中详细地展现了无双宫的浮雕：英国王宫中的这些绘画蕴涵着一种民族自豪感，堪与欧洲大陆文艺复兴时期的伟大建筑相媲美。

图 4-4. 雕有手持矛盾的罗马士兵的粉饰灰泥板，由摩德纳人尼古拉斯·贝林于 1541 年至 1547 年间创作，出土于无双宫遗址。戴维·奥纳做了修复性绘制。
高 136.8 厘米。
现收藏于英国伦敦博物馆。

虽然“文艺复兴”是 19 世纪创造的一个词，但在 16 世纪时，通过新生的古典主义，同样可以表明文化和政治的伟大成就这一理念已然深入人心。教育就根植于这种人文主义理想中，即以古为鉴教人理性、雄辩、美德与才略。莎士比亚古典主义教育的基础可能是在文法学校奠定的，但也许他在 6 岁左右就开始通过学童用的文字板学习“字母”（《维罗纳二绅士》2.1.20）了。这种文字板由一个木架构成，掀开角质保护层，将一页印有文字的纸张钉在木架上面即可，尽管这种文字板曾经非常普遍，使用率极高，但这种学习工具保存下来的数量极少。本书插图（图 4-5）展示的是一张 17 世纪时印有字母和《主祷文》的纸张，由于压在已经扭曲并且污损了的角质保护层下，已很难被取出来了。作为英国第一代完全在新教信仰和礼仪熏陶中成长起来的学童之一，威廉·莎士比亚的同时代人，在学习母语基本知识的同时，也在吸收所属宗教的基本教义。

由于他父亲在镇议会任职，莎士比亚获得了到埃文河畔斯特拉特福镇国王新文法学校（King’s New Grammar School）接受免费教育的机会。文法指拉丁语文法，也就是年幼的莎士比亚从早到晚、一周六天、年复一年学习的东西（虽然周四和周六只有半天）。图 4-6 所示为罕存的 16 世纪早期标准拉丁语文法，供爱德华六世在文法学校专用，莎士比亚将从文法学校开始，展开对拉丁语最初的研究。

莎士比亚师从西蒙·亨特（Simon Hunt）及后来的托马斯·詹金斯（Thomas Jenkins）。虽然后者是从伦敦来到斯特拉特福，但他的名字表明他出身于威尔士。

在《温莎的风流娘儿们》中，一位名叫休·埃文斯（Hugh Evans）的威尔士裔校长在给一个聪明伶俐，但有点儿厚颜无耻的男孩教授拉丁语，那个孩子的名字叫威廉，这个名字很难说是随意选取的。那一幕戏揭示了莎士比亚日复一日地通过死记硬背和英拉双语互译学习拉丁文的过程。学会文法基础后，威廉得用拉丁语造句。一幅奥维德作为拉丁语教师上课的漫画（图 4-7）从学生的角度，生动描绘了这一学习过程。这幅漫画被收入了 16 世纪末版的《变形记》中，有点儿像莎士比亚同时代的人用作教科书的那个版本，也许那幅漫画就是根据那种教科书的扉页复制的。那本书中的注释、钢笔的大量使用、教科书使用者的题字以及那位校长穿着的衣服上的细节，表明这是一幅 17 世纪晚期的绘画，或许是这本书在苏格兰的学校使用时绘制的，但学习的方法和实质感受，因时间和地点有些微变化。

当过瓦工学徒的本·琼生嘲笑莎士比亚“拉丁文不咋地”，但在伊丽莎白文法学

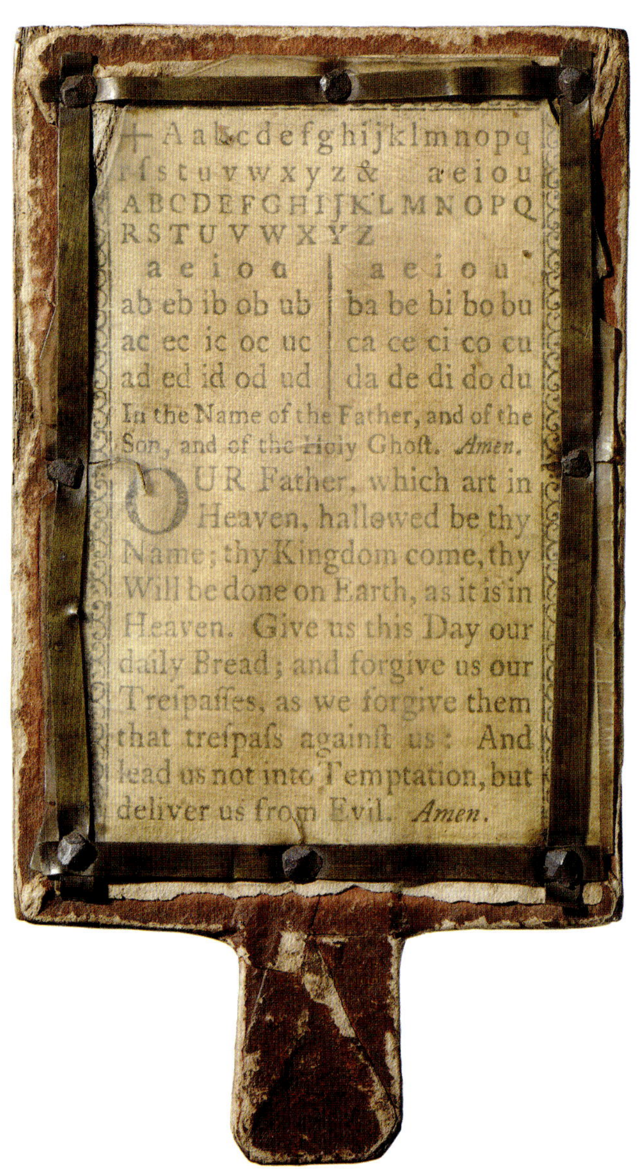

“小学生忘记了字母”

（《维罗纳二绅士》2.1.20）

图 4-5. 学童用文字板，制作于 17 世纪晚期，附有一张印有字母和《主祷文》的贴纸，上面覆有角质保护层，并用铜条固定起来，长 10.3 厘米。现收藏于大英博物馆。

校的几年，学到的拉丁语足够莎士比亚受用一辈子了。正是在课堂上练习用拉丁语写信、饰演历史人物和神话人物的经历，使莎士比亚初涉戏剧艺术。通过向维吉尔和奥维德这样的古罗马伟大作家学习，激起了他的创作欲望：创造诗歌意象，创作爱与死亡的故事，塑造令人难忘的人物形象，使想象中的世界赋予生命。

在没有我们现在称之为大众媒体的情况下，要把重大的政治理念传达给公众，主要的两个场所就是讲道台和剧院。这两大场所都依赖于语言的艺术。拉丁语文法学校的终极目的是使孩子们精于修辞，使用有说服力的措辞进行论辩。修辞意味着学习如何组织话语，如何琢磨隐喻，如何培养用对称的言语构成精妙的修辞手法。文法学校中的修辞学本意是让孩子们为服务教会或国家的生活做好准备，但现实中，这些聪明人中最聪明的一些人，如克里斯托弗·马洛和威廉·莎士比亚，却投身于新生的娱乐业。演讲术既适合政治亦适合戏剧。演员与政客有共同之处：都是靠鼓动民众吃饭的。戏剧中的演说与政治宣教最相似的地方——伊丽莎白一世曾急切地“将教堂的讲道台当作一种宣传工具”——在《裘力斯·恺撒》中布鲁图斯（Brutus）对罗马民众的著名演说中得到了完美的体现，“各位朋友、

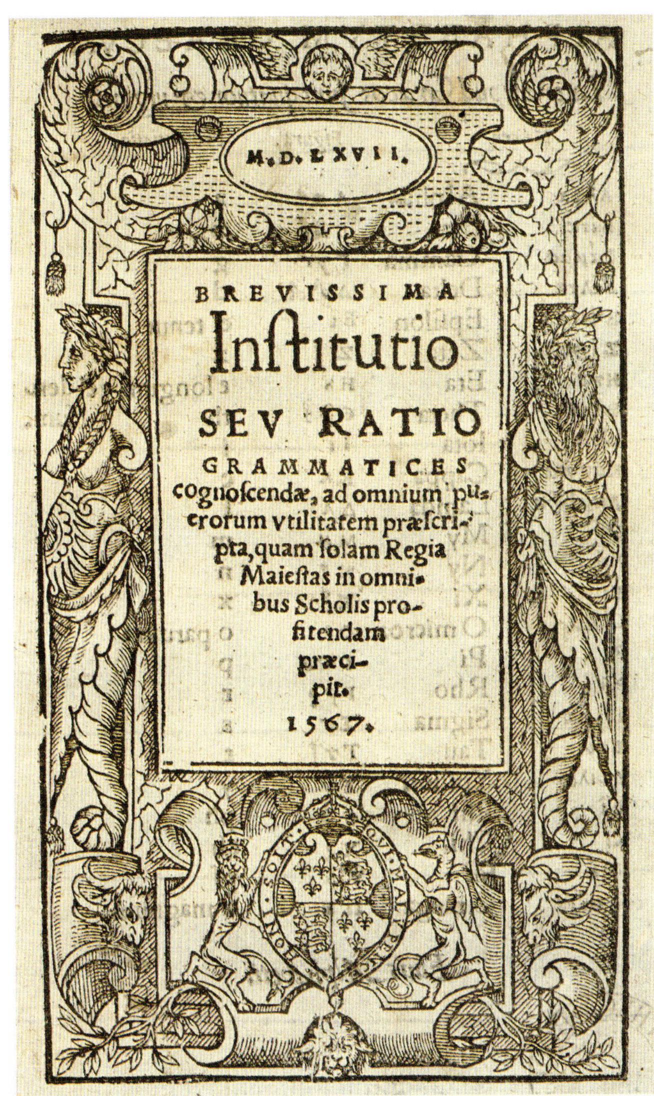

M.D.LXVII.

BREVISSIMA
Institutio
SEV RATIO
GRAMMATICES
cognoscendæ, ad omnium pu-
erorum vtilitatem præscri-
pta, quam solam Regia
Maiestas in omni-
bus Scholis pro-
fitendam
præci-
pit.
1567.

“请你记住了，孩子；‘对格’：

hing, hang, hog”

（《温莎的风流娘儿们》4.1.33）

图 4-6.《语法简介》，威廉·莉莉，伦敦，1567 年。罕存的最早出版的爱德华六世钦定小学标准拉丁语教材。《温莎的风流娘儿们》中威尔士牧师休·爱文斯爵士考威廉拉丁语功课的内容就是基于这本教材。

印刷书籍，18.5 厘米 ×13.4 厘米，19 厘米 ×14.3 厘米（合上）。

现收藏于牛津大学图书馆。

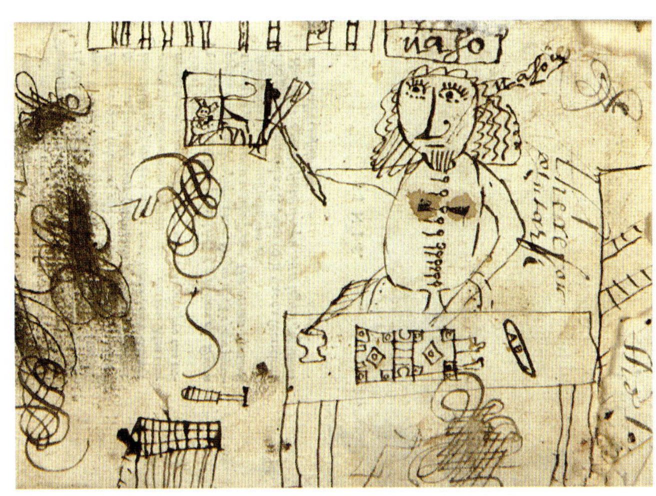

“‘称呼格’是怎么变的，威廉？”

（《温莎的风流娘儿们》4.1.35）

图 4-7. 讽刺漫画，描绘了一位进行课堂教学的拉丁语教师，由一位 17 世纪的学童用钢笔所画。

摘自奥维德所著《变形记》复本。

纸质钢笔画，7.6 厘米 ×11.9 厘米。

现收藏于伊顿公学图书馆。

“您爱观画吗？我们可以马上给您拿一幅阿多尼斯的画像来，他站在流水之旁”

（《驯悍记》序幕2.43—44）

图 4-8. 《维纳斯和阿多尼斯》，提香工作室 1554 年作。这幅画现有三十余种不同版本，有油画和版画，有些是提香真迹，有些是提香工作室其他人员所作，还有一些为后世之仿作。画布油画，177.9 厘米 × 188.9 厘米。现收藏于伦敦国家美术馆。

各位罗马人、各位同胞，请你们听我说”（3.2.70），而这段演讲就是在“教堂的讲道台”上进行的（3.1.245）。

奥维德的《变形记》对莎士比亚的想象力产生了巨大的影响，这是其他任何一本书都无法比拟的，莎士比亚绝大多数的神话形象都源自此书。长篇叙事诗《维纳斯与阿多尼斯》就是根据奥维德著作中一个家喻户晓的故事创作而成，该诗在当时被不断地传颂，1593 年莎士比亚借此名声大振（第 68—69 页）。维纳斯是性欲的象征，阿多尼斯虽然有美貌但不愿放浪（他宁愿去狩猎）。在《驯悍记》序幕中，一位男仆空口许诺克里斯托弗·斯莱让他见识一下国王的画廊，饱饱眼福。

> 您爱观画吗？我们可以马上给您拿一幅阿多尼斯的画像来，
> 他站在流水之旁，
> 西塞利娅（Cytherea，即维纳斯）隐身在芦苇里，
> 那芦苇似乎因为受了她气息的吹动，
> 在那里摇曳生姿一样。
>
> （《驯悍记》序幕）

在描写维纳斯和阿多尼斯故事的油画中，享誉欧洲、被经常复制的最著名油画作品出自提香手笔。此处见到的插图（图 4-8）是 1554 年左右某个画坊的临摹品。尽管该画作并非至美，但它足以证明我们的观点：这个故事家喻户晓，广受赞誉。虽然有人认为，此画可能只是提香留在画坊供人临摹的草图，但未上油色前的草图和阿多尼斯的头像是提香真迹。与莎士比亚一样，提香借用了奥维德的神话故事，并对一些要素做了改动：维纳斯试图挽留阿多尼斯一幕，便不是直接借用原诗中的场景。而且，将从他处获得的主题进行创造性地融合，这在文艺复兴时期的艺术和莎士比亚戏剧创作中比比皆是。例如，扭曲腰身的维纳斯源于著名的罗马大理石浮雕《波利克里托斯的床》，大受收藏家和顾客的青睐。莎士比亚的叙事史诗《维纳斯与阿多尼斯》与这幅画均特别强调维纳斯极力挽留阿多尼斯的情节，这一情节是奥维德神话故事中没有的。这可能表明，莎士比亚曾看到过流行于 16 世纪 90 年代前后、描绘维纳斯与阿多尼斯的诸多绘画或版画当中的其中一幅（图 4-9）。但同样有可能的是，画家和诗人是独立创造出这个形象的。

不论是在绘画还是写作中，对原作稍加变化或发挥都是重要的创造性模仿。

这幅画是一种新型神话绘画的缩影，该类绘画曾是时尚的贵族家庭必不可少的装饰品。上流人士的画廊里常需要这样的一件艺术品装点门面，就像他差人为他创作的生动感人、辞藻华丽的诗篇一般能给他带来愉悦。英国的主顾们也不例外，很可能英国 16 世纪晚期的文物中就有不少这类主题的画作。

图 4-9. 古里奥·萨诺托于 1559 年 9 月 21 日创作的提香作品版画。
竖版版画，53.8 厘米 × 41.5 厘米。
现收藏于大英博物馆。

这幅画中阿多尼斯的面部很可能是提香亲笔所画（图 4-10），阿多尼斯的形象看起来非男非女。当时的一位观察家，路德维克·多尔斯（Ludovic Dolce）曾在 1554 年写给阿莱桑德罗·科塔里尼（Alessandro Contarini）的一封信中写道：

> 描写阿多尼斯故事的这幅画是大名鼎鼎的提香在不久前绘制的，呈送给了英格兰国王（即西班牙国王腓力，他因与玛丽女王联姻，故成为英格兰国王）。还是先来说说画中人吧！提香把他画成了一个 16 到 18 岁男孩，身材匀称、俊美、迷人，任何一个部位都显得轻盈灵活、精致，高贵的皇室血统尽览无遗，从他的神情中我们可以看出，这位伟大的画师极力想要表现一位迷人的绝色佳人，尽管融入了男性的面部特征，但既不显得阳刚也不过于阴柔。我要说的是，这是一位具有某种男性美的佳人，或者说是一位集女性多种美于一身的男子，或者说是二者的融合。这虽然有点儿让人费解，但却给人一种愉悦感，尤其（如果普利尼的记载可信的话）

“众仙姬失色，好男儿自愧”

（《维纳斯与阿多尼斯》9）

图 4-10. 图 4-8 中阿多尼斯的面部放大图。

受到了阿波利斯（Applles，古希腊画家）的赞誉。

阿多尼斯这种模糊了两性界限的美在《变形记》中得到了进一步展现。维纳斯给阿多尼斯讲述亚特兰大（Atalanta）的故事时说：“当希波墨涅斯看到亚特兰大的容貌和胴体——像我的身体一样，或者像你的，阿多尼斯，如果你是女人的话——他惊呆了”（《变形记》10.578—580）。莎士比亚对在他剧中扮演女角的男演员具有的阳刚与阴柔之美产生了兴趣（《驯悍记·序幕》1.126—127 和《维罗纳二绅士》4.4.142—156），并在阿多尼斯身上大量倾注了这种特质：“众仙姬失色，好男儿自愧”（《维纳斯与阿多尼斯》9）。可以这样认为，他的这首诗是专门献给亨利·里奥谢思利，即南安普敦伯爵三世的，他有一种兼具阳刚与阴柔之美（图 4-11）。如果莎士比亚早期的十四行诗是为南安普敦伯爵所写的话，那么这一主题就极有可能得到进一步展现：“你有女人般的美丽脸孔，由造物主亲手塑就，你的美，使我把你当作热爱的情妇兼情郎”（《十四行诗》20.1—2）。

“我已做的一切属于您；我该做的一切属于您；凡为我所有者，也就必定属于您”

（《卢克丽丝受辱记》献辞）

图 4-11. 南安普敦伯爵三世，亨利·里奥谢思利肖像。图 4-12 所示为着戎装的南安普敦伯爵。
作者：佚名。创作年代为 1660 年。
画布油画，204.5 厘米 × 121.9 厘米。
现收藏于伦敦国家肖像画廊。

南安普敦伯爵白皙的面庞、波浪卷发和阴柔气质与其雄才大略融于一体。此画约绘于莎士比亚寻求戏剧创作赞助人时，画中的他身着铠甲，威风凛凛，彰显着王室气派。在这幅肖像中，南安普敦伯爵戴着铠甲领圈，胸甲放在左边地上，插着羽毛的头盔置于其右侧的桌子上。有人认为，这幅肖像作于 1600 年前后，当时他是埃塞克斯伯爵圈子内的一位关键人物。

画中的铠甲保存了下来（图 4-12）。过去一直认为，这副铠甲为弗兰德人所制，抵得上号称“铠甲大师”的安特卫普匠人制造的一大堆铠甲。但是最近的研究表明，这副铠甲源自法国。有可能是在 1598 年这位伯爵出访巴黎期间所获。整件铠甲表面大面积的精雕细刻（图 4-13）、阴影底色及树叶饰边的做法似乎都是当时典型的法国特色。

文艺复兴时期艺术与诗歌的重要主题之一就是维纳斯与马尔斯之间的争斗，即欲望与责任、追求爱情与追求荣耀之间的冲突。阿多尼斯宁愿狩猎——模拟战斗的一种形式——而不愿与爱神维纳斯嬉戏调情、虚掷岁月，这便是该主题十分有趣的体现。莎士比亚于 1594 年写给南安普敦伯爵的第二首诗《卢克丽丝受辱记》，探究了这种冲突更为阴暗的另一层面。莎士比亚不再借鉴措辞优美的奥维德诗歌，转而取材于李维的政治史。士兵柯拉廷向罗马王子赛克斯忒斯·塔昆涅斯吹嘘自己的妻子卢克丽丝守身如玉，这可捅了篓子。塔昆遂前去证实柯拉廷所言虚实，他的花言巧语未能诱惑卢克丽丝，遂强暴了她。因蒙羞受辱，卢克丽丝自杀。为了复仇，柯拉廷纠集其他士兵，在路西斯·裘涅斯·布鲁图斯的带领下，欲推翻塔昆王朝建立罗马共和国。

南安普敦伯爵是莎士比亚寻求的第一位戏剧创作的赞助人，从莎士比亚题写给他的献词（图 4-14）中可以看出，莎士比亚已经接近过这位赞助人，并从他那儿获得了好处。“拙作惠蒙嘉纳，缘于您的厚爱，而并非不才粗陋的诗行有何价值。我已做的一切属于您；我该做的一切属于您；凡我所有者，也就必定属于您。”如果说第一首诗极尽阿谀奉承之能事，但冒险含蓄地影射了南安普敦伯爵有阿多尼斯之美貌，第二首诗更

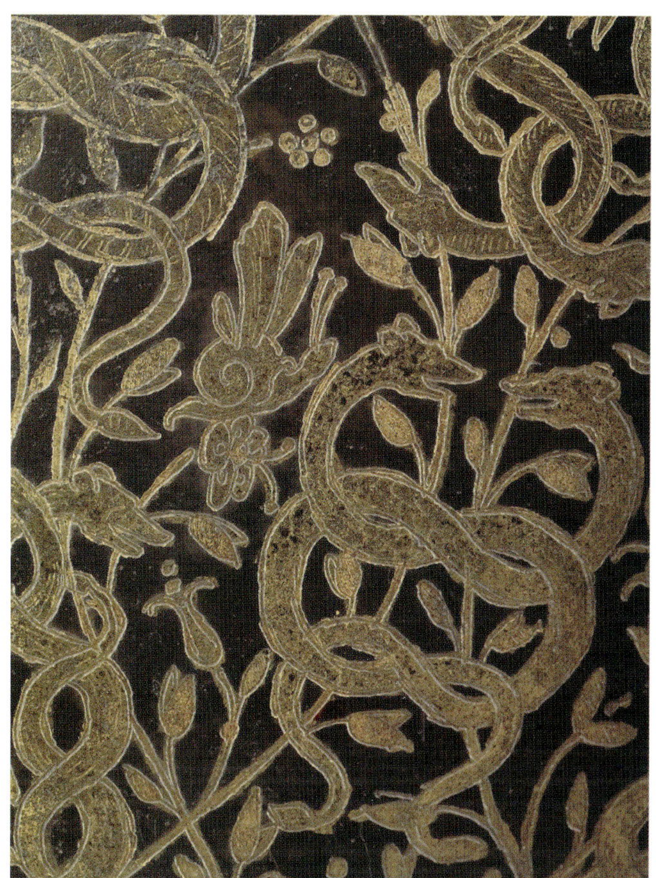

图 4-12. 南安普敦伯爵三世，亨利・里奥谢思利的三片式铠甲。
可能出自法国，为 1598 年伯爵出访巴黎期间所获。图 4-11 所示即为他戴着铠甲领圈，胸甲放在左边地上，头盔置于身侧桌子上。
铠甲为钢制，镀金、蚀刻。高（从头盔顶端至护膝底部）136 厘米。
现收藏于英国利兹皇家军械博物馆库。

图 4-13. 图 4-12 铠甲上的蚀刻装饰图案细节。

“我对阁下的敬爱是没有止境的”

图 4-14. 莎士比亚在其诗歌《卢克丽丝受辱记》中为南安普敦伯爵撰写的献词。1594 年理查・菲尔德为约翰・哈里森（John Harrison）承印。17.8 厘米 × 11.6 厘米。
现收藏于伦敦不列颠大英图书馆。

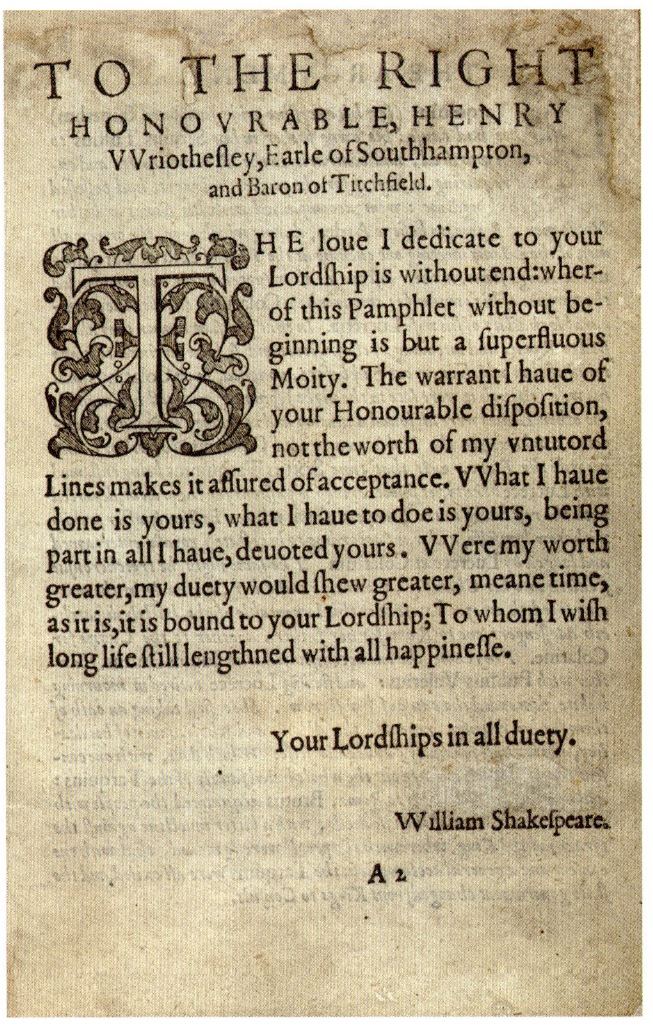

TO THE RIGHT HONOVRABLE, HENRY VVriotheſley, Earle of Southhampton, and Baron of Titchfield.

THE loue I dedicate to your Lordſhip is without end: wherof this Pamphlet without beginning is but a ſuperfluous Moity. The warrant I haue of your Honourable diſpoſition, not the worth of my vntutord Lines makes it aſſured of acceptance. VVhat I haue done is yours, what I haue to doe is yours, being part in all I haue, deuoted yours. VVere my worth greater, my duety would ſhew greater, meane time, as it is, it is bound to your Lordſhip; To whom I wiſh long life ſtill lengthned with all happineſſe.

Your Lordſhips in all duety.

William Shakeſpeare.

A 2

多的是向权贵表忠心，更让人想起了武器与铠甲的重要，不论是长时间地偏离了主题描写一幅关于特洛伊战争的画，还是栩栩如生地描写塔昆的弯刀重击燧石打出火花点燃象征着炽烈欲望的火炬形象（第 176 页），如果《维纳斯与阿多尼斯》是献给情郎南安普敦伯爵的话，那么《卢克丽丝受辱记》便是写给士兵南安普敦伯爵的。

16 世纪 90 年代某个时候，也许在南安普敦伯爵的图书馆，也或许是由于从校友理查・菲尔德那儿得到了一本打折的书，莎士比亚开始研读普鲁塔克所著、托马斯・诺斯爵士翻译的《希腊罗马名人传》（图 4-15）。普鲁塔克书中的每一篇传记前言都是以一幅硬币大小的名人肖像起首，“古罗马硬币的币面，非常罕见”（莎士比亚戏剧《爱的徒劳》5.2.629）。货币和奖章一类的证据在英国已经开始被当作历史原始资料，而意大利很早就如此了。《裘力斯・恺撒》是莎士比亚严格根据普鲁塔克的传记创作的三部戏剧中的第一部，第二、第三部分别是《安东尼与克莉奥佩特拉》和《科里奥兰纳斯》（*Coriolanus*）。尽管故事内容主要以普鲁塔克的传记为基础，但许多人物形象元素都是莎士比亚的原创。裘力斯·恺撒被描绘成一位脾气暴戾、已过盛年的人，那位老侍女几乎低声暗示了伊丽莎白女王在垂暮之年非常害怕被人谋刺，事实果真如此？由于未能从普鲁塔克的书中找到历史确证，就将各种弱点——耳聋、不善游泳、摇摆不定而且敬畏迷信——归于布鲁塔斯，这是否体现了一种微妙的政治意图，即不再过度地将那位蓄谋行刺的士兵视为偶像，而视其为普通之人？

构成这部剧的故事情节都是具有划时代意义的历史事件，在伊丽莎白时期的英国，凡是受过教育的人都对此十分熟悉。公元前 44 年 3 月 5 日，裘力斯·恺撒遭到 23 个谋反的士兵刺杀，他们对这位大权在握的罗马将军、政治家十分愤慨，因为有传言说他还希望当皇帝——在罗马共和国的意识形态中，这是一个令人厌恶的概念。其中的一位刺客，马科斯· 裘涅斯·布鲁塔斯（ Marcus Junius Brutus）曾被恺撒视为心腹。在莎士比亚的《裘力斯·恺撒》中，恺撒感到被人背叛的情节在设计的台词中有所记录。“是你，布鲁特？”（3.1.84）。这次谋刺引发了旷日持久的内战，其间盖乌斯·屋大维（Gaius Octavius）（之后是罗马帝国开国之君奥古斯都）与马克·安东尼（Mark Antony）同刺杀者发生了战斗并且打败了他们，但后来他俩兵戎相见，最终导致了罗马共和国的垮台。

在现代人的眼里有悖常理的是，布鲁图斯本人竟决定通过制造钱币纪念恺撒被刺事件，在金币上铸造恺撒的头像、谋刺日期、刺客的匕首及自由民的无檐毡帽，象征着罗马摆脱暴政（图 4-16）。这枚金币是在布鲁图斯及其他谋反者于公元前 43 年至前 42 年间铸造的，当时他们成立了流动铸币厂，并在此期间逃离罗马前往希腊。在这枚金币上，布鲁图斯被称为 BRVT IMP，IMP 是他们率领的军队对将军们赋予的头衔——最高统治者 imperator 的缩写。通常这枚金币的重要价值——及其全新的肖像学价值——在文物界得到了认可，公元 2 世纪的卡西乌斯·迪奥（Cassius Dio）称：“布鲁图斯在这些金币上铸上了自己的肖像、一顶无檐毡帽和两把匕首，这些东西和金币上的铭文象征着他和卡西乌斯解放了祖国。”

这种银币异乎寻常地多，但金币样本却极其罕见。有趣的是，金币是打孔的。经仔细分析后发现：极有可能在金币铸出后，立刻就打了孔。如果是这样的话，它就有了新的重大价值，因为这种金币必须打了孔才便于佩戴在脖子上当作挂饰。佩戴这样的金币可能象征着对谋刺者及其壮举的鼎力支持。由于这种金币很值钱——大约相当于一位普通罗马军团战士一个月的军饷——拥有这种货币的人极有可能非富即贵，且支持谋刺者。很容易使人联想到这枚金币曾经为其中一位谋刺者所有并佩戴过。

THE LIFE OF
Marcus Brutus.

A **M***arcus Brutus* came of that *Iunius Brutus*, for whome the auncient Ro-
manes made his statue of brasse to be set vp in the Capitoll, with the
images of the kings, holding a naked sword in his hand: bicause he had
valliantly put downe the Tarqvines from their kingdom of Rome.
But that *Iunius Brutus* being of a sower stearne nature, not softned by *The paretage of Brutus.*
reason, being like vnto sword blades of too hard a temper: was so sub-
iect to his choller and malice he bare vnto the tyrannes, that for their
sakes he caused his owne sonnes to be executed. But this *Marcus Bru-*
tus in contrarie maner, whose life we presently wryte, hauing framed *Brutus maners.*
his manners of life by the rules of vertue and studie of Philosophie, and hauing imployed his
B wit, which was gentle and constant, in attempting of great things: me thinkes he was rightly
made and framed vnto vertue. So that his verie enemies which wish him most hurt, bicause
of his conspiracy against *Iulius Cæsar*: if there were any noble attempt done in all this conspi-
racie, they referre it whollie vnto *Brutus*, and all the cruell and violent actes vnto *Cassius*, who
was *Brutus* familiar frend, but not so well geuen, and condicioned as he. His mother *Seruilia*, *Seruilia M. Brutus mother.*
it is thought came of the blood of *Seruilius Hala*, who, when *Spurius Melius* went about to
make him selfe king, and to bring it to passe had entised the common people to rebell: tooke
a dagger and hid it close vnder his arme, and went into the market place. When he was come
thither, he made as though he had somewhat to say vnto him, and pressed as neere him as he
could: wherefore *Melius* stowping downe with his head, to heare what he would say, *Brutus*
C stabbed him in with his dagger, and slue him. Thus muche all writers agree for his mother.
Now touching his father, some for the euil wil & malice they bare vnto *Brutus*, bicause of the *Brutus parentage by his father.*
death of *Iulius Cæsar*, doe maintaine that he came not of *Iunius Brutus* that draue out the Tar-
qvines: for there were none left of his race, considering that his two sonnes were executed
for conspiracie with the Tarqvines: and that *Marcus Brutus* came of a meane house, the
which was raised to honor and office in the common wealth, but of late time. *Posidonius* the
Philosopher wryteth the contrarie, that *Iunius Brutus* in deede slue two of his sonnes which

“罗马古币的面貌，很罕见”

（《爱的徒劳》5.2.629）

图 4-15. 印有布鲁图斯头像的金币，选自普鲁塔克所著的《希腊罗马名人传》（1579，伦敦）。该书由托马斯·诺斯（Thomas North）翻译，每篇传记前都有一幅类似这枚金币的头像。后来由莎士比亚的朋友理查·菲尔德再版印刷，他也是《维纳斯与阿多尼斯》及奥维德的《变形记》拉丁文版出版商。
印刷书籍，31.8 厘米 × 21 厘米。
现收藏于伦敦不列颠大英图书馆。

“小心3月15日”

（《裘力斯·恺撒》1.2.21）

图 4-16. 纪念谋刺裘力斯·恺撒的金币。由布鲁图斯及其他谋反者成立的流动铸币厂铸造，当时他们已经逃离罗马前往希腊。这种金币是打孔的，也许是其中的一位谋刺者或他们的直接支持者在谋刺事件发生后作为一种象征物佩戴的。制作年代：公元前 43 年至前 42 年。直径 2.01 厘米。
现收藏于大英博物馆。

莎士比亚可能并不知道这些，但他清楚在古罗马时代利用金钱收买人心的重要性，马克·安东尼告诉罗马民众，他为每一位公民留下了 75 枚银币，以此来收买民众对恺撒派的效忠，而布鲁塔斯和卡西乌斯闹翻，部分原因正是因为“一些黄金”（《裘力斯·恺撒》3.2.239 和 4.2.134）。

在莎士比亚所处的时代，节假日民众没有工作的羁绊，经常会有暴动发生。在《裘力斯·恺撒》的开头，穿着各色衣服的工人走上街头，使人联想起政局不稳和社会动荡。《科里奥兰纳斯》的开头也是一幕危机四伏的社会动荡局面。在该剧中，一群底层民众——情绪激动、易受人操纵，但仍是一股不可轻视的势力——在后来的场景中一直都很显眼。“抛掷他们汗臭的睡帽 / 把他们令人作呕的气息散满在空气之中 / 科里奥兰纳斯的流放”（4.6.157—160）。这种帽子是当代才有的，并非罗马时期的（图 4-17）。伦敦编年史记录者约翰·斯图（John Stow）说亨利八世时期，年轻人中流行这种针织帽。后世一幅描绘 1555 年火烧殉道者约翰·罗杰斯（John Rogers）的木版画中，就出现了头戴这种帽子的一群人（图 4-18）。后来，这种时尚过气了，随之毛纺产业也衰落了。为了提振毛纺业市场环境，当局在 1571 年实施了一项法令，强制要求所有年满 6 岁的人于周日及节假日戴这种羊毛帽。莎士比亚的叔叔因为没按法令要求戴这种帽子而受罚——法令的实施受到地方警察的监督，皇家公告也常提及此事。因此，莎士比亚在《爱的徒劳》中提到“普通的王法帽”（5.2.300）就没什么奇怪的了。该法令于 1597 年废止，但科里奥兰纳斯再次提及王法帽，说明在雅各宾早期这种帽子仍然是常见的节假日装扮。匠人和学徒戴的这种羊毛帽代表那些没鉴赏能力的低俗观众，他们坐在天井中，也就是剧场中身份最低者的看戏区域。

在《裘力斯·恺撒》第二幕刚开始，布鲁图斯纠结于是否参与谋刺恺撒，以致夜

“普通王法帽”

（《爱的徒劳》5.2.300）

图 4-17. 作品名称：男士羊毛针织帽。1571 年英格兰实施了一项法令，强制要求所有年龄超过 6 岁的人于周日和节假日戴这种羊毛帽。羊毛针织、毛毡加丝混编，直径 24 厘米。现收藏于大英博物馆。

不能寐。他让身边的侍童看一看日历以确定明天是不是 3 月 1 日。侍童自言自语地把要做的事情理了个头绪（2.1.51），他想起了曾推翻塔昆祖先的事迹，做出了一个决定，侍童回来报告说已经是 3 月第 15 天了，不是第一天。布鲁图斯很满意，3 月 15 日，正是占卜者嘱咐恺撒要当心的日子。布鲁图斯相信所有的预言都很灵验。但为什么他最初的直觉竟把日期弄错了整整两个星期？在现代人看来，这似乎是个令人难以置信的错误，但在莎士比亚生活的年代，日历并不是固定的：日历是依政治和宗教方面的压力而定的，长久以来一直有讹误。

一个太阳年大约是 365.25 天。最初的罗马历法将一年分为 12 个月，一年总计有 355 日，在 2 月与 3 月间偶尔会有为期 22 日的闰月。公元前 45 年，裘力斯·恺撒经过验算改进了历法，推出了被称为儒略历（Julian Calendar）的历法：一年有 365 天，每 4 年的 2 月末多加一天。公元 325 年，在尼西亚大公会议（the Council of Nicaea）上，基督教会采用了儒略历，以保证世界各地在同一时间庆祝复活节。但这并未能完全解决问题，因为一个太阳年并不完全是 365.25 日，约少 11 分钟，也就是说每四个世纪儒略历就会多出约 3 天。这一难题在 1582 年，也就是莎士比亚结婚那年，在教皇格里高利十三世（Gregory XIII，约 1572—1585 年在位）颁布的训令中得到了解决。格里高利历法改革提出了新的计算复活节的方案，从 1582 年 10 月份去掉 10 天，并重新修订了闰年制。这一系列改革措施得到了天主教会的认可，但遭到了新教徒的抵制。

伊丽莎白女王的国务大臣，新教徒弗朗西斯·沃尔辛汉姆爵士（Sir Francis Walsingh）领到了在外交联络方面进行改革的任务，他要求宫廷占星师约翰·迪伊（John Dee）对此发表意见。

作为回应，迪伊写了专题论文，在论文的序言中他清楚地表达了制定新的基督教

The burning of Maister Iohn Rogers, vicar of Saint Pulchers, and Reader of Paules in London.
Lord receiue my spirite,

“今天是放假的日子吗？”

（《裘力斯·恺撒》I.1.2）

图 4-18. 圣幕教区牧师梅斯特·约翰·罗杰斯受火刑。1555 年在都铎王朝玛丽女王统治时期，约翰·罗杰斯因传播异端思想被绑上火刑柱，围观的人群就戴着这种羊毛帽。在《裘力斯·恺撒》一剧中，布鲁图斯恳求民众不要把他（恺撒）的尸体砍成碎片喂狗，这一幕将观众带回到处决叛国者的现场，见到令人反胃的酷刑，如当众施以绞刑、开膛破腹、分尸。本图摘自 16 世纪的一部木刻画集《福克斯殉道者名录》。
12.6 厘米 × 17.4 厘米。
现收藏于大英博物馆。

Primi Quatridui Mysterium

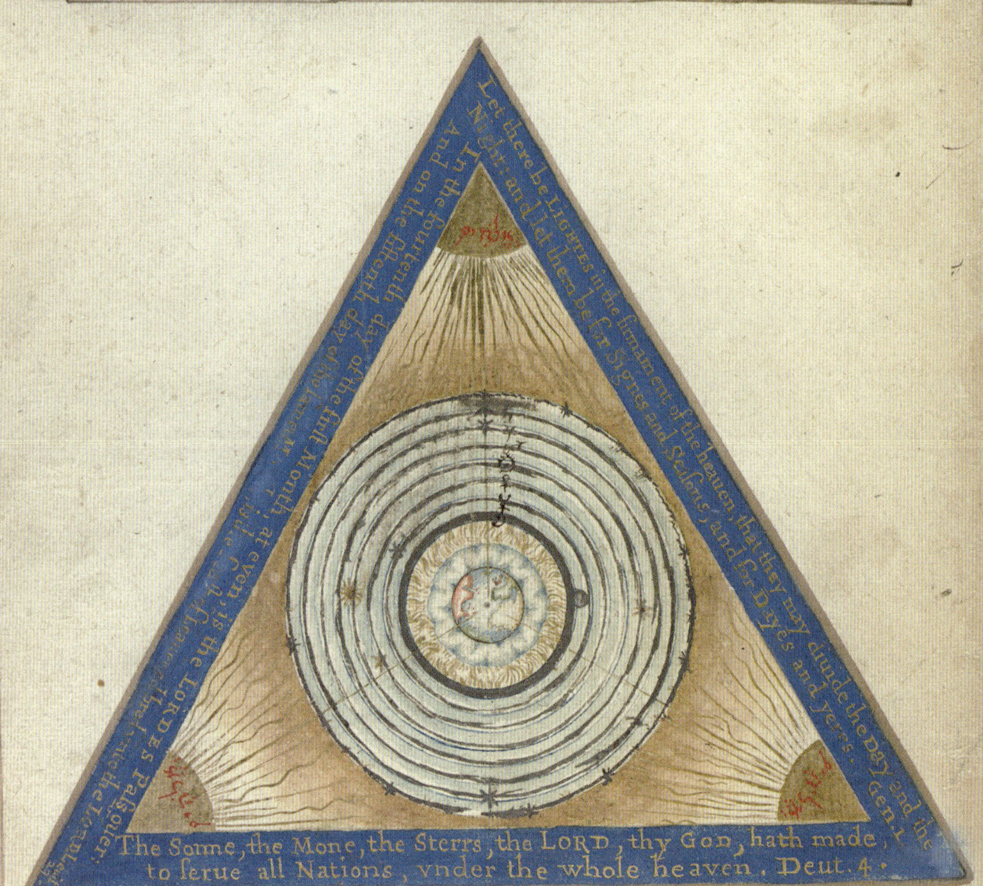

“孩子，明天不是3月1日吗？”

（《裘力斯·恺撒》2.1.40）

图 4-19. 作品名称：约翰·迪伊关于历法改革的专题论文卷首插画，绘于 1583 年。
29.4 厘米 × 22.9 厘米，31.9 厘米 × 22.9 厘米（合起）。
现收藏于牛津大学图书馆。

历法的抱负（图 4-19）。论文的序言具有象征寓言的形式，包含着宇宙、国家和个人的意义。其标题《前四天的奥秘》指上帝创造光——太阳、月亮、星星——区分光明与黑暗，划分白昼夜、四季与年岁。这是创世纪第一章第 14 节记载的奥迹，三角形的边沿上用黄金铭刻着旧约经文。图中上帝（即希伯来人的“埃洛希姆”）的神光闪耀，穿过穹苍，照耀在整个宇宙的中心地球上，神光在北极交汇，似乎是神灵助佑迪伊探索北极的计划，在伊丽莎白女王治下建立一个崭新的大英帝国。迪伊是这个雄心勃勃计划的制定者，他的这一角色在这幅图样中也得以体现，这个图样构成了一个“δ”(Delta)，“δ”是希腊字母表中的第四个字母，迪伊非常喜欢这个字母，因为这个字母一语双关，也代表他本人。

他的论文最后是一首请愿诗，恳求女王将英国历法修改为 11 天而不是 10 天。在诗中，他将伊丽莎白称为新恺撒，称自己为新索西琴尼（Sosigenes）。

反对 10 天而改为 11 天主要基于政治方面的考量，这有利于保持英国公教会独立于罗马天主教会的身份。迪伊认为罗马人的儒略历法是错误的，自己的算法才是正确的，历法应统一起来。迪伊梦想有朝一日不列颠帝国将会成为现实——一个“无与伦比的海岛王国”（他如是称之）将会贯通世界，与强大的古罗马相媲美。一个世界，三种不同的历法（儒略历、格里高利历及迪伊主张的“伊丽莎白”万年历），将会给生活带来许多潜在的实际问题。但他确信自己的历法最终会被证明是正确的，他的历法方案将会被全世界采纳。这一全新而精确的伊丽莎白历法将是伦敦子午线的依据，成为精确无误、完美有序的世界新秩序的时间和宇宙的核心，新教和大不列颠将主宰整个潮流。1884 年，正是大英帝国如日中天之时，国际上将格林尼治镇确定为本初子午线经过之地，从某种意义上说，迪伊的预言是正确的。

实干派勋爵伯力（Lord Burghley），即伊丽莎白女王的宰相，认为采纳新的历法是上策，但应通过磋商说服罗马教廷改为 11 天，而不是 10 天。然而主教们拒绝做出任何变动，因为教皇是反基督的，与他商榷是不可能的，而且英国与罗马教廷做出的任何改革不应有任何瓜葛。结果是英国独立于格里高利历法之外 170 多年。因此，1599 年时，罗马的日期与伦敦的日期是截然不同的，正是这种差异，莎士比亚剧中的布鲁图斯才拿不准日期。

事实上，历法之争是教权与政权角力的一个方面。尽管伯力希望采纳格里高利历，但他的改革方案未被采纳。

这表明在莎士比亚时代的英国教会仍然把持着相当大的政治权力，即使含蓄地将罗马历史与时政做类比时，剧作家们都得小心翼翼。由于畏惧克莉奥佩特拉女王贪图男色勾引一位士兵而“抛弃江山”的故事会使人联想起伊丽莎白女王与埃塞克斯伯爵的情事，作家福尔科·格列维尔（1554—1628）毁掉了自己创作的以安东尼和克莉奥佩特拉为主题的剧本。只有在伊丽莎白驾崩之后，莎士比亚的演艺公司才把克莉奥佩特拉的故事推上舞台。我们在这儿看到的这两张扑克牌（图 4-20）表明 17 世纪 40 年代的欧洲已将这两位古今闻名的女统治者放在一起做类比了。不论从何种意义上来讲，尽管莎士比亚没有直接地把克莉奥佩特拉与伊丽莎白女王相提并论，但还是会让观众想到二者的相似之处：男性世界中绝对的女性统治者，女王与国家之间的密切关系。说到克莉奥佩特拉指的就是“埃及”，而伊丽莎白在她著名的蒂尔伯里（Tilbury）演说中，将自身比作英国的政体：“我明白自己身为柔弱女子之身，但我有王者的雄心和勇气，而且还是英格兰的君王。”

不论是克莉奥佩特拉还是伊丽莎白，为了神化女王的身份，都把自己与女神联系在一起——伊丽莎白将自己与众多女神联系在一起，如戴安娜（Diana，贞洁的象征）、阿斯特莱亚（Astraea，妙龄的、正义的象征）。终身未婚的伊丽莎白女王是许多肖像画和诗作中重要的形象（第 37 页及图 1-27），在这枚著名的金质纪念章中（图 4-21）她被喻为传说中浴火重生的凤凰。基督徒会把凤凰重生与基督的复活和纯洁联系在一起。挂件背面是一只在烈焰中飞升的凤凰，凤凰上方是伊丽莎白女王名字的缩写字母组合图案，正上方是王冕，但 1574 年制的银质挂件上，拉丁版的神话传说让人觉得“这

图 4-20. 一副“女王的游戏”扑克牌中的两张，克莉奥佩特拉手握一条毒蛇角蝰，写着：“埃及女王：赢得了恺撒的宠爱。”而伊丽莎白一世那张写着：“英国女王：治国有方。”斯特法诺·德拉·贝拉（Stefano della Bella）于 1644 年绘刻。
伊丽莎白一世 8.9 厘米 × 5.5 厘米，克莉奥佩特拉 8.7 厘米 × 5.5 厘米。
现收藏于大英博物馆。

个不幸的英国人”很可怜，因为英国人的凤凰（他们的女王）在死后未能复活。另有一种挂件，上面写着：“这只纯洁的凤凰是一众之重，英国的荣耀。”

在男性主导的世界，对这两位女王而言，巧妙地处理她们的公众形象都很重要，但同时也存在着极大的差异。与伊丽莎白相比，克莉奥佩特拉认为自己是生殖女神，并被奉为完美的母亲、妻子、主宰自然和魔界的女主——伊西斯（Isis）的化身。克莉奥佩特拉在罗马人的心目中就是阿弗洛狄忒（Aphrodite）。在一款据信出土于埃及的希腊式金挂件（图 4-22）上，阿弗洛狄忒坐在高背王座上，由长翅膀的小爱神厄洛斯（Eros）陪伴，优雅地侧颈凝望着自己的香肩，轻薄的束腰长裙从肩头滑脱，紧贴双峰。这枚勾人欲念的精致像章使人想起，普鲁塔克和莎士比亚描述克莉奥佩特拉在游船上，小爱神厄洛斯般的侍童们为她扇扇子（2.2.222—237）的形象。

图 4-21. 作品名称：“凤凰宝石”挂件。正面为伊丽莎白一世头像，背面为浴火重生的凤凰，凤凰头顶是女王的名号字母组合图案。作品产于 1570 年至 1580 年间的英格兰。黄金、珐琅，6.1 厘米 × 4.6 厘米（包括挂环）。现收藏于大英博物馆。

克莉奥佩特拉的真实形象仍是个谜。根据与货币上的头像对比，有一尊大理石头像似乎与她很相像，但经过与硬币上的头像比对，那尊头像可能是她的一位随从在罗马模仿克莉奥佩特拉给她自己仿制的头像（图 4-23）。那尊头像的确与硬币上女王的侧面像非常相近，但头像却具有罗马人随意简洁的特点，而且还没有佩戴王冠和徽章，这与我们了解到的克莉奥佩特拉的性格及其帝王身份格格不入。

克莉奥佩特拉的魅力及其不合常理之处（莎士比亚在其剧作中大书特书）正是她作为女神与荡妇的双重身份。在现代初期的俚俗语言中，“女王是娼妓的代名词”，克莉奥佩特拉成了“女王”和“荡妇”的代表，既是至高无上的君王又是欲壑难填的淫妇。克莉奥佩特拉和安东尼（2.5.21—26）在一起时，性感的女扮男装不由得让人联想起当代的娼妓，让人想起她的口才和说话时专注的神情。在莎士比亚戏剧的灵感之源《安东尼传》（*Life of Antony*）中，普鲁塔克着重强调了克莉奥佩特拉说话时的声线和优雅的仪态。这很可能成为图利娅（Tullia）的仰慕者描写她的典范，她是 16 世纪罗马名妓阿拉贡人图利娅：“与人谈笑或与人谈辩正题时，她的谈吐如此优雅、舌灿莲花，如克莉奥佩特拉再世，所有听她讲话的人都神魂颠倒。”

16 世纪一幅妓女的画像很显然假借了克莉奥佩特拉的形象，普遍认为是帕里斯・波登所作（图 4-24）。文艺复兴时期一些头名妓女都以古典的、高级妓女为榜样打扮自己。但她们更是主宰自己和当时世界的女性，非常了不起。她们中的几位——如图利娅和维罗妮卡・弗兰科（Veronica Franco）——展现了她们精于随着知识的不断传播而赚钱获利的才能，因为印刷品成本越来越低廉，意大利本国语也新晋为一种高贵的语言。即使没有接受过古典教育的女性，也可以像受过拉丁语教育的贵妇一样发表自己的信件，还可以发表诗歌与散文。

波登以古典手法创作的那幅无名威尼斯妓女的肖像画非常特别。画中的她衣着精

图 4-22. 希腊风格的阿弗洛狄忒和厄洛斯像章，克莉奥佩特拉喜欢把自己与希腊神中的爱神阿弗洛狄忒联系在一起，裘力斯·恺撒曾让人把一枚黄金制作的克莉奥佩特拉像放在维纳斯（罗马神话中爱神的名字）神庙之中。产于公元前200年至前100年的埃及。
材质为黄金，直径4.4厘米。
现收藏于大英博物馆。

图 4-23. 一位长相酷似克莉奥佩特拉的女性头像。产地为罗马，时间为公元前50年至前40年。该雕像与克莉奥佩特拉的硬币画像十分接近，却没有皇家王冠或徽章，故此尊雕塑可能代表了一位模仿克莉奥佩特拉的罗马女性。
雕像材质为石灰石，高28厘米。
现收藏于大英博物馆。

致奢华，接待要客的内室很可能是她的闺房，富丽堂皇。所有的细节都体现着这些信息：墙上挂着边框镀金、饰以浮雕的皮革板版画，铺着精美的桌布，刻有古典人头像的镀金镜框，蕾丝饰边的床单，以及X结构座椅——这种座椅容易让人想到高贵的王子和教皇。奢华的丝绸长裙和所有的佩饰——高底鞋、王冠状头饰、珍珠项链、粗实的金链、镶嵌着宝石的手镯——显示着她的霸气和社会身份。显得非常性感，但同时又显出一种高贵、受过良好教养的自信和无拘无束的果敢，这些都会让人把她与文艺复兴时期意大利名妓联系在一起。桌上的王冠使人想起她就是埃及女王的化身。就像剧中的克莉奥佩特拉一样，这位妓女貌似也在宣称：要为爱情而死，紧握在她手中的那只角蝰（毒蛇），好似她的战利品一般。

《自杀的克莉奥佩特拉》这幅画具有象征意义。在图4-25中，16世纪的画家、锡耶纳艺术家内罗尼把自杀的场景设想成当时的意大利室内环境，就像在莎士比亚戏剧中一样，创造性地营造了一种古今并存的幻觉。克莉奥佩特拉的姿态使人联想起古典的雕塑，的确，她上身的姿态就是模仿了著名的罗马雕塑《阿里阿德涅》（*Ariadne*），仅仅因为其慵懒的形象，戴着蛇形的、曾被误以为是一只角蝰的手镯，即可认定这尊雕像就是以克莉奥佩特拉为原型的。教皇儒略三世（约1550—1555）专门把这尊雕像放在梵蒂冈贝尔韦德庭院的一个房间内，被称为克莉奥佩特拉宫——关于那个房间的诗篇不断产生，唯一的改变只是到了18世纪末，改名成了阿里阿德涅宫。乔治·艾略特在其伟大的小说《米德尔马契》（1871—1872）中提到小说中的女主人公多萝西娅穿着贵格派的淡灰色丝绸长裙，阿里阿德涅——当时人们把她当作克莉奥佩特拉——斜躺在那儿，大理石般光润的胴体流露出妖艳妩媚的神态，衣服包在她的身上，像花瓣一般熨帖、柔和——完美地描绘了那尊妩媚的人像。

克莉奥佩特拉是古典悲剧中的女主角，她与文艺复兴时期意大利时尚女性之间的关联在此处见到的16世纪浮雕中，同样显而易见（图4-26），它们展现的克莉奥佩特拉手握角蝰（毒蛇）、袒胸露乳、以古希腊风格融合了古代与现代时尚服饰的细节。她垂死之时表现出的优雅与坚韧，在剧中得以浓墨重彩地渲染，在16世纪30年代圭尔奇诺精美的画作（图4-27）中得以再现，泰然自若、恬静安详又不失风韵。尽管这些栩栩如生的类比令人惊叹，但这种艺术传统并未能再现舞台上的克莉奥佩特拉"无限多变"（《安东尼与克莉奥佩特拉》2.2.272）的方方面面。原因之一是，模仿她的女性都是白人。据史实记载，克莉奥佩特拉生于马其顿托勒密王朝，因此从严格意义上来讲，她并不是埃及人，更不是"黑人"。但莎士比亚很少将其与她的血统和出生地联系在一起：在他的想象中，北非炽烈的阳光赋予了她"茶色的前额"（1.1.6）。

从剧中的对话来看，她也被比作"吉卜赛人"（1.1.10）。一位与莎士比亚同时代的

图 4-24.《扮成克莉奥佩特拉的女人》，帕里斯·波登于 16 世纪初作于威尼斯。
布面油画，146.5 厘米 × 126 厘米。
现收藏于巴尔的摩沃特斯艺术馆。

“干得很好，一个世代冠冕的王家之女是应该堂堂而死的”

（《安东尼与克莉奥佩特拉》5.2.368—369）

图 4-25.《克莉奥佩特拉之死》，巴特洛米奥·内罗尼（亦称里西欧）于 1550 年至 1573 年间创作。
使用钢笔、棕色墨水混合灰棕色淡彩作于黑色石灰石上，40.4 厘米 × 26.8 厘米。
现收藏于大英博物馆。

人，也就是未来的坎特伯雷大主教，在 1599 年出版的一本具有世界影响力的书中，对二者之间的联系做了分析：

> 尽管埃及这个国家所处的气候和毛里塔尼亚一样，但那儿的居民却不是黑人，而是褐色人种，或者说是茶色的。这正是人们看到的克莉奥佩特拉的肤色。
>
> 她以色诱赢得了裘力斯·恺撒和安东尼的宠爱。这种肤色的吉卜赛流浪者（他们通过各种手段使自己成为流浪者）以埃及人的名义在世界各地闯荡，他们是冒牌的埃及人，许多国家视其为流氓团伙，敬而远之。

“丧钟是情人的掐捏/痛但向往”

（《安东尼与克莉奥佩特拉》5.2.331—332）

图 4-26. 刻有自杀的克莉奥佩特拉像的宝石，图中的克莉奥佩特拉既是勾引男人的荡妇，又是古代女杰，奇特地将古与今融合在了一起。16 世纪初叶后期创作于意大利北部。
红条纹玛瑙，高 3.5 厘米（上图），高 4.3 厘米（下图）。
现收藏于大英博物馆。

“茶色”就是橙棕色，与日晒有关，但与毛里塔尼亚摩尔人的黑色皮肤有明显的区别。正是声称来自埃及的吉卜赛人的肤色。因此，伊阿古（Iago）以黑非洲人的人种特征侮辱奥赛罗，罗马人则轻蔑地称克莉奥佩特拉为吉卜赛人，把她与这个因好逸恶劳、飘忽不定、鸡鸣狗盗、装神弄鬼、油嘴滑舌、制造假劣——这正是莎士比亚笔下克莉奥佩特拉当朝时期的特色——而闻名的部族联系在一起。

吉卜赛人经常被人与乞丐联系在一起，克莉奥佩特拉自相矛盾的地方就在于，她集君主与乞丐这两个截然相反的极端于一身。

安东尼以声称“可以量深浅的爱是贫乏的”（《安东尼与克莉奥佩特拉》1.1.15）开始了他的旅程，而克莉奥佩特拉认识到粪秽的大地既“养育了乞丐，也养育了恺撒”（5.2.8），以此结束了她的旅程。

由于她不愿屈尊向恺撒乞求，而是迎接像乞丐一样的小丑，买下角蝰（毒蛇），打算把它揣在怀里照料。似乎拒绝向恺撒投降的主要原因是不愿当众受辱：

> 放肆的卫士们将要追逐我们像追逐娼妓一样；歌功颂德的诗人们将要用荒腔走韵的谣曲吟咏我们；俏皮的喜剧伶人们将要把我们编成即兴的戏剧，扮演我们亚历山大里亚的欢宴。安东尼将要以一个醉汉的姿态登场，而我将要看见一个逼尖了喉音的男童穿着克莉奥佩特拉的冠服卖弄着淫妇的风情。
>
> （5.2.254—261）

“流氓”是主教艾伯特（Abbot）曾用在吉卜赛人身上的字眼，1599 年在一场清教徒反对戏剧表演，被称为“打倒戏剧演员”的论战中，这个词又被用来咒骂戏剧演员。克莉奥佩特拉对戏剧表演严苛的批评，成了莎士比亚最大胆的自我暗示：他是炙手可热的格律诗人，他的演员都是急性子，都是随时上台狂欢的滑稽剧演员。安东尼的扮演者是经常喝得烂醉的理查·博巴奇，而扮演“逼声尖叫的克莉奥佩特拉”的演员——完全知道这些年轻的男演员有时会被当作演员们的妓女——是博巴奇男扮女装的学徒，是个十八九岁，最多二十出头的小伙子。由于现在这个角色已经被当作莎士比亚剧中，扮演成熟女演员的最佳男性成年演员，这样的做法是经过深思熟虑的，但这也表明莎士比亚笔下的克莉奥佩特拉，体现了在现代早期种族、肤色和性别特点的流变方式。

“我心里怀着永生的渴望”

（《安东尼与克莉奥佩特拉》5.2.326—327）

图 4-27. 《克莉奥佩特拉》，乔万尼・弗朗西斯科・巴比耶里（亦称圭尔奇诺）于 17 世纪 30 年代晚期作。
红色粉笔，29.2 厘米 × 21.5 厘米。
现收藏于大英博物馆。

“旅人称道威尼斯的话可以移赠给你：威尼斯，威尼斯，未曾见面不相知”

（《爱的徒劳》4.2.73—75）

图 5-1.《威尼斯鸟瞰图》，雅科波·德·巴尔巴里创作于 1498 年至 1500 年间。
木刻版画，134 厘米 × 280 厘米。
现收藏于大英博物馆。

第五章

“人口稠密的美丽城市”：伦敦人眼中的威尼斯

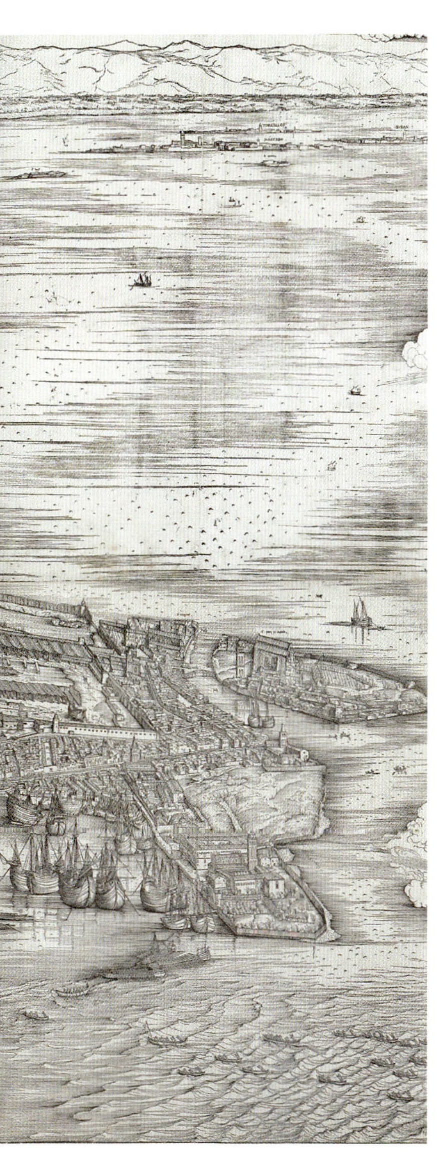

> 你会看到一座美丽的城市，富裕、奢华、繁荣、设施齐全、美女们随处可见、人口众多，各种商品丰富充裕。
>
> （摘自约翰·弗洛里奥 1578 年著《弗洛里奥的第一批成果》第八章）

意大利是莎士比亚想象中最重要的地方之一。在意大利，威尼斯对英国人有着特殊的吸引力。这是一座美丽的城市，社会开明，且因海上贸易而富裕，各种文化在此交汇，这里成为时尚创意的发源地。但这里的道德观念却颇具争议，在威尼斯，伦敦人看到了自己的欲望、恐惧和未来。

“旅人称道威尼斯的话可以移赠给你：威尼斯，威尼斯，未曾见面不相知。”《爱的徒劳》（4.2.73—75）（图 5-1）霍洛芬尼（Holofernes）引用的这句尽人皆知的习语，常被用于口语学习。16 世纪晚期的服饰类书籍，目的是将全世界不同文化汇集于全球一家剧院的有限空间内，与这类书籍一样，谚语集曾是系统地学习知识的工具。一则谚语能够即刻勾勒出一座异域城市的风土人情的基本轮廓。在给“外国”或“异域”下定义的过程中，英国人开始认识到自己是一个民族。

莎士比亚借鉴的这本谚语集很可能就是《弗洛里奥的第一批成果》（1578），该书声称对意大利语和英语做了完美的归纳。作者弗洛里奥在伦敦是外邦人，靠给贵族当私人语言教师维持生计，莎士比亚很可能是在南安普敦爵士家中遇见了他。霍洛芬尼，《爱的徒劳》中的迂腐学究，并未引用谚语的后半句“但见到你的人却付出了高昂的代价”。然而，在莎士比亚关于威尼斯的剧作，如《威尼斯商人》和《奥赛罗》中，大量剧情流露着英国人对威尼斯这座典型的摩登都市的爱恨情仇。

威尼斯与伦敦之间有一种感觉上的相似，即二者对外来者都具有吸引力、拥有繁荣的海上贸易和熙熙攘攘的人口。威尼斯在英国人的脑海中扮演着许多角色：抵挡奥斯曼土耳其帝国的堡垒、教皇的批评者。这在欧洲信奉新教的人眼中成了额外的优势。

图 5-2. 玻璃水罐，饰白色藤条斜纹图案。威尼斯穆拉诺镇，1550 年至 1600 年间制作。
高 27.5 厘米。
现收藏于大英博物馆。

“威尼斯的繁荣，完全倚赖着各国人民的来往通商”

（《威尼斯商人》3.3.33—34）

图 5-3.《威尼斯鸟瞰图》，奥多阿多・菲亚莱蒂于 1611 年创作。
画布油画，215.9 厘米 × 424.2 厘米。
现收藏于波克郡伊顿公学。

翻译了《威尼斯 1599 宪法专题论文》的刘易斯・刘克诺给英国人描绘了一幅高度理想化的威尼斯市政府运作图：拥有法定的财产或社会秩序，人人享有明确的权利，社团拥有特定的功能。这是一个僵化的社会体系，每个人，包括每个经过严格区分的外来者，都应当知道自己在法律的框架内享有的地位。只有这样，才能维系社会和谐。无论莎士比亚是否读过刘克诺的书，他都对威尼斯的法律体系有足够的观察和了解，所以才能想象出一起私人诉讼案——勃拉班修因苔丝狄蒙娜起诉奥赛罗的官司——在土耳其威胁进犯塞浦路斯领土边境之际审理的情形。

产于威尼斯穆慕拉诺岛的水晶玻璃举世闻名，许多游客慕名参加一年一度的海亲节（La Sensa），一睹最新的款式和工艺。试吹玻璃早在 1611 年之前就成了游客的旅行计划，托马斯・科亚特（Thomas Coryat）从英国萨默塞特步行到达威尼斯后，就曾一试身手（图 5-2）。这座城市总是不缺被惊得目瞪口呆的朝圣者和旅行者，但直到 16 世纪最后几年，艺术家对其城市空间、建筑物和绘画的鉴赏才逐步展开，成为他们旅行观光的一部分，艺术家们以美学的眼光走近欧洲城市，这后来发展成了英国贵族子女遍游欧洲大陆的教育旅行。在英国，亨利・沃顿（Henry Wotton）爵士很大程度上一直是威尼斯藏品鉴赏领域内的领导者，1604 年他被任命为改革后的英国驻威尼斯特使。在 1604 年 4 月 22 日的一封信中，沃顿提到了一位画师兼版画复制师——奥多阿多・菲亚莱蒂（Odoardo Fialetti），他师从著名画家丁托列托（Tintoretto），生活在威尼斯。菲亚莱蒂的画展现了沃顿接见时任威尼斯总督莱昂纳多・都纳托（Leonardo Donato）派来的拜谒者的情景，并将它作为纪念品送给了特使。他还为沃顿创作了好几任威尼斯总督的画像，这些画像同样都成了重要的旅游纪念品。其中最令人印象深刻的是带有菲亚莱蒂签名、加注创作日期的《威尼斯鸟瞰图》（图 5-3）。此图以较早时期的威尼斯全景图为基础——不仅仅包括雅各布・德・巴巴里的《威尼斯鸟瞰图》——将早期现代威尼斯全景展现在观众面前，与外国权贵、商贾、游客和外来者见到的威尼斯一模一样。整个画面从阿森纳一直延伸到犹太人聚居区。菲亚莱蒂还添加了一些人物、船只、贡多拉（威尼斯平底小船）和渡船（图 5-4），这些为大众服务的渡船至今仍在大运河地区运营。鲍西娅从贝尔蒙的别墅启程去威尼斯和夏洛克打官司前，当她准备装扮成律师的形象时，错误地把定期往来于各个小岛之间的渡船称为渡轮，“你就赶快带着它们到码头上，乘公共渡船到威尼斯去”（《威尼斯商人》3.4.53—55）。

沃顿对他得到的这幅壮丽的威尼斯图很是自豪。他请人制作了一幅牌匾

图 5-4.《威尼斯鸟瞰图》（图 5-3）中显示渡船的细节图。

（现已失传）用拉丁文撰写铭文以纪念他将此画赠予伊顿公学，他曾于 1629 年被选任为伊顿公学教务长。铭文是献给威尼斯和伊顿公学的颂词：“亨利 · 沃顿，三任驻威尼斯特使，曾在伊顿公学的怀抱中快乐成长，任教务长十数载，与同人们度过了一段愉快的时光，他于 1636 年在同事的写字台旁悬挂了这幅水上之城的精美画作留作纪念。”萨缪尔 · 佩皮斯于 1665 年撰写的这份铭文完美地记录了英国人对威尼斯的眷恋，一直悬挂在学院大厅里，时至今日依然保存在伊顿公学。

莎士比亚——跟其他剧作家一样——把威尼斯当作伦敦的一面镜子。这样一来，剧作家们就会产生一定的心理距离，便于深入查究伦敦观众们关注的问题。其中一个问题就是性交易及其对社会产生的广泛而重大的影响。威尼斯让伦敦人首先联想到的就是随处可见的性交易：声名远播的威尼斯美女、无数在街头公开拉客的娼妓和荒淫的威尼斯人妻子。这就是《奥赛罗》不言自明的社会背景，“纯洁的苔丝狄蒙娜”（2.3.296—297）（图 5-5）一直超然于伊阿古、罗德利哥和凯西奥反复说笑的淫荡之词，但在剧中后半部，娼妓和贤妻这两个截然不同的范畴在她身上融为了一体。妓女也就是凯西奥的情妇比恩卡在贯穿全剧的性交易中是个关键的要素。伊阿古评论道：

“纯洁的苔丝狄蒙娜”

（《奥赛罗》2.3.296—297）

图 5-5《一位名叫贝拉·纳尼的威尼斯贵妇肖像》，画中人的珍珠项链和发式表明她跟苔丝狄蒙娜一样刚刚成婚。保洛·委罗内塞于 1560 年绘制。画布油画，119 厘米 × 103 厘米。现收藏于巴黎罗浮宫。

在威尼斯她们背着丈夫干的风流活剧，是不瞒天地的；
她们可以不顾羞耻，干她们所要干的事，
只要不让丈夫知道，就可以问心无愧。

（《奥赛罗》3.3.225—227）

一张 1578 年的威尼斯版画正好迎合了威尼斯女人们的窥视癖。画中贡多拉小船上的遮棚可以打开，旁人能看到躲在里面搂颈亲热的情侣（图 5-6）。这幅画深深地吸引了一位德国学生，他临摹了这幅画并将其收入自己 1588 年制作的纪念册《遮帘与全世界》中（图 5-7）。然而，在他的临摹画中，那对情侣并没有拥吻，而是为一个弹鲁琉特琴的人伴唱。这一独特的修改美化了威尼斯人传达给游客的城市形象，也正是游客心目中的样子。管理这座城市的重要机构，威尼斯十人议会为贡多拉小船里妓女们的种种丑态感到忧虑，1578 年他们开始巡视监管城内大小水道。奥赛罗指责苔丝狄蒙娜通奸行淫，他曾歇斯底里地说道：“我还以为你就是那个嫁给奥瑟罗的狡猾的威尼斯娼妇哩”（《奥赛罗》4.2.98—99）。

“干她们所要干的事，只要不让丈夫知道，就可以问心无愧”

（《奥赛罗》3.3.326—327）

图 5-6.《在贡多拉船上拥抱的情侣》，多纳托·贝尔泰利 1578 年创作于威尼斯。版画，宽 25 厘米。现收藏于纽约公共图书馆。

图 5-7. 图 5-6 的版画经临摹修改后收入艾科普莱彻·科勒的友情相册。创作年份为 1588 年。金水彩画，19.4 厘米 × 14 厘米。现收藏于伦敦不列颠大英图书馆。

图 5-8.《守四旬斋的威尼斯淑女》，西萨尔·维塞利奥 1590 年作于威尼斯。
木刻画，15.3 厘米 × 9.5 厘米。
现收藏于伦敦不列颠大英图书馆。

图 5-9. 上釉玻璃高脚杯，上绘一位身着日耳曼锁子甲的威尼斯女子，该画根据一幅威尼斯版画而作（图 5-8 和图 5-14）。1590 年至 1600 年间创作于威尼斯或北欧。
吹塑玻璃，珐琅镀金。高 21.5 厘米，直径 12.6 厘米。
现收藏于大英博物馆。

威尼斯的色情交易在光天化日之下明目张胆地进行。一份 1570 年印制的分类目录上列出了 215 名接客妓女的名字、价位和交易地点。目录最上面的是高级妓女，下面的则是在自己的住所单独接客的妓女，《奥赛罗》中的妓女比恩卡好像就是从事这一行当的。还有许多妓女在威尼斯众多的妓院中卖淫。公开的性交易模糊了社会差异。科亚特（Coryat）习惯了英国人男子扮演女角的风俗，看到女性上台演戏，他惊呆了。亨利·沃顿爵士于 16 世纪 90 年代到威尼斯时，区分不出哪些是品行端正的已婚妇女，哪些是街头妓女，这让他很是好奇。英国旅行家菲尼斯·莫里森（Fynes Moryson）特别提到："贞洁的和不忠的妇女都是'妖媚之辈'，一个个打扮得花枝招展。"

“把你的手帕借我一用”

（《奥赛罗》3.4.50）

图 5-10. 一方手帕的细部，手帕主人可能为女性也可能为男性，绣有忍冬青和葡萄藤图案及两个大写字母“EM”。1600 年左右创作于伦敦。亚麻制，丝绸刺绣镶边，饰镀银蕾丝，37 厘米 × 37 厘米。现收藏于伦敦维多利亚与阿尔伯特博物馆。

正如西萨尔·维塞利奥（Cesare Vecellio）在其 1590 年的《服装录》（图 5-8）中记载的那样，即使最细微的动作和特征都具有重大的意义。维塞利奥对威尼斯的妓院和婚礼仪式津津乐道，但对妓女们非常刻薄，她们靠伊阿古口中所谓的“一副皮囊”度日，仿效高贵淑女的着装。但在公共场合她们吵吵闹闹的声音便会出卖她们，一番争吵后，让凯西奥忧虑的是如何安慰比恩卡，担心“她会沿街谩骂”（《奥赛罗》4.1.163）。在继维塞利奥出书之后，贾科莫·弗兰科于 1609 年编著了《威尼斯女人的服饰》一书，被广泛传阅。这种有形可见的威尼斯妇女的典型形象在北欧被广泛传播、模仿和收藏，最终形成了一个局外人观察威尼斯社会的图片库（图 5-9）。这些画面中的妓女恰如其分地表现出了纯洁的苔丝狄蒙娜与伊阿古逗笑时流露出的活泼与独立。《奥赛罗》中所有的女性都被打上了妓女的烙印。伊阿古对女性的描述让苔丝狄蒙娜甚为愤怒：

> 得了，得了，你们跑出门来像图画，走进房去像响铃，到了灶下像野猫；害人的时候，面子上装得像个圣徒，人家冒犯了你们，你们便活像夜叉；叫你们管家，你们只会一味胡闹，一上床却又十足像个忙碌的主妇。
>
> （《奥赛罗》2.1.121—123）

妓女们不戴手套，但会巧妙地利用她们的双臂，用精美的手帕作佩饰（图 5-10）。手帕——爱情信物、时尚佩饰——在伦敦和威尼斯一样，是道德品行的象征。伊丽莎白一世与她的宠臣莱斯特爵士罗伯特·达德利之间的一个小插曲就表明了这一点。1565 年打完网球，莱斯特仅是抓起伊丽莎白的手帕擦了一下胳膊肘，就接到了诺福克公爵的挑战书，要与之决斗以捍卫女王名誉。这就是《奥赛罗》中对苔丝狄蒙娜的手帕着迷和不断转手的背景。伊阿古一说起“绣着草莓图案”的手帕，就让奥赛罗崩溃了（《奥赛罗》3.3.479）。

威尼斯女人还因为染发而出了名，染发在当时可是惊世骇俗之举。女性金黄色的头发令威尼斯人着迷，对于待嫁闺中的女性尤为时髦，卷曲的刘海和披肩波浪卷儿金发是结婚礼服的必须陪衬。鲍西亚“光亮的长发”就像是传说中的金羊毛（《威尼斯商人》1.1.171），作为理想的威尼斯贵族新娘的特征，她的金色长发在这一点上是否具有特殊的重大意义呢？

“可是自从她无心对镜、懒敷脂粉以后，她的颊上的蔷薇已经不禁风吹而枯萎，她的百合花一样的肤色也已经憔悴下来，现在她是跟我一样的黑丑了”

（《维罗纳二绅士》4.4.136—140）

图 5-11. 贵妇戴的面罩，16 世纪到 17 世纪贵族女性在外出时戴这种面罩防晒。面罩系带上有一颗玻璃珠，佩戴者需用牙齿衔住玻璃珠，面罩才不致掉落。作品来自英国南安普敦郡，发现时面罩是对折的，隐藏在一幢 16 世纪的建筑物墙内。图中所示面罩于 2010 年发现。
天鹅绒夹丝，压制纸内衬。高 19.5 厘米。
系私人收藏。

“光亮的长发”

（《威尼斯商人》1.1.171）

图 5-12.《漂染头发的威尼斯女人》，1590 年创作于威尼斯。
木刻画，15.3 厘米 × 9.6 厘米。
现收藏于大英图书馆。

描述苔丝狄蒙娜时用了“fair（可人儿）”这个词（《奥赛罗》4.4.228），这个词指的就是发色金黄、皮肤白皙的美女（图 5-5）。时尚、高贵的欧洲女性不愿晒黑，有时候在夏日外出时就戴上面罩。2010 年 6 月在南安普敦郡一幢 16 世纪的建筑物墙内发现的面罩就是绝佳的例证（图 5-11）。

染发是当时女人们的消遣，周末下午她们常常会坐到房顶平台上，也就是被称为柱承式阳台上漂染头发。我们看到维塞利奥的画中有一位妇女，旁边放着一双软木高底鞋（图 5-12）。这种高底鞋被当作套鞋来穿，但因为这种鞋是根据奥斯曼土耳其人在公共浴室中穿的拖鞋仿制的，便会让人产生性的联想。威尼斯新娘们得受不少苦才能学会如何穿着这种鞋子走路和跳舞，目的是要在婚礼上炫耀自己的舞技。跳舞与创作音律一样，对于一位新娘来说是令人艳羡的、上流社会的技艺。这一点在奥赛罗的口中得到了印证。一想到苔丝狄蒙娜的德行，他便感到极度痛苦。

“您穿上了一双高底软木鞋，比我上次看见您的时候更苗条得多啦”

（《哈姆雷特》2.2.376—377）

图 5-13. 高底软木鞋，1600 年制作于威尼斯。鞋面为打孔的小山羊皮（非对称）。长 24 厘米，23.5 厘米；鞋底最高处约 19.5 厘米，18 厘米。现收藏于伦敦维多利亚与阿尔伯特博物馆。

谁说我的妻子貌美多姿、爱好交际、口才敏慧、能歌善舞、弹得一手好琴，决不会使我嫉妒；对于一个贤淑的女子，这些是锦上添花的美妙的外饰。

（《奥赛罗》3.3.206—209）

但这正是要害，因为这些技艺被认为是区别高级妓女与普通娼妓的标准。

作为来自英国的游客，科亚特可没有时间学穿高底鞋。看到一位穿着高底鞋的妇女在小石桥的台阶上摔倒时，他无动于衷，没拉她一把，“因为她穿的这种鞋子简直就是轻佻（我实话实说）、荒唐的玩意儿，她不摔倒才怪”（图 5-13）。科亚特很可能意识到，这种摇摇晃晃的厚底鞋与低俗品位相关，但是皮尔托·伯特利（Pietro Bertelli）约于 1588 年创作的一幅版画（图 5-14），彰显了这种鞋子给人带来的诸多困惑。它的设计初衷很可能就是把威尼斯妓女当作招徕游客的广告。版画中一位衣着光鲜的威尼斯女人将头发辫成牛角状，好似纯洁女神戴安娜头戴的新月，所以这种发式在 16 世纪 80 年代到 90 年代非常时髦，但却被讥讽为“乌龟”角。她手持价值不菲的扇子，项戴珍珠项链，手拿香帕，站在眼熟的威尼斯水景之中，头顶的爱神丘比特显得多情，而她斜视的表情至少也具有挑逗的意味。

图 5-14. 《妓女与盲眼的丘比特》（带翻片的版画，画中的裙子可掀起），皮尔托·伯特利于 1588 年创作。
雕版蚀刻版画，14 厘米 × 19.1 厘米。
现收藏于纽约大都会艺术博物馆。

“我怕他们都要说我的坏话呢”

（《维罗纳二绅士》2.7.61）

图 5-15.《妓女与盲目的丘比特》，未名艺术家。模仿了皮尔托·伯特利的画作（图 5-14）。选自米歇尔·拜尔福特的友谊纪念册。创作时间为 1596 年至 1599 年间。
手稿。16 厘米 × 27 厘米。
现收藏于苏格兰爱丁堡国家博物馆。

当观画者掀起她裙子的前摆时，高底鞋和当作底裤来穿的男式马裤就露出来了。一位苏格兰人在 1596 年至 1599 年间进行了遍游欧洲大陆的教育旅行（Grand Tour），他把这幅版画复制了一份，并收入了他的纪念册中，作为到访这座城市的永久纪念（图 5-15）。当茱莉亚决定启程前往米兰寻找莎士比亚《维罗纳二绅士》中的海神普罗透斯时，她的女仆露西塔建议她穿上男士马裤和遮阴片（15 世纪和 16 世纪男人马裤两腿分叉处的小袋）。茱莉亚惊呆了，说：“我这样冒险远行，世人将要怎样批评我？我怕他们都要说我的坏话呢”（《维罗纳二绅士》2.7.59—61）。她是诸多男扮女装饰演的女角之一，即由年轻男子扮成姑娘的形象。这种男扮女装或女扮男装的尝试，会让人感到惊讶与愉悦，尤其是女扮男装会给人带来极大的愉悦感，即使女人只是如伯特利版画中的那样，穿了男性的贴身衣服。

“我的确欣赏你可爱优雅的拖鞋”

（《爱的徒劳》5.2.677）

图 5-16. 一双高底凉鞋，1600 年产于威尼斯。木料、天鹅绒、皮革、银丝饰面，长 20.5 厘米，宽 10.7 厘米，高 9 厘米。
现收藏于伦敦维多利亚和阿尔伯特博物馆。

在《哈姆雷特》这部讲述哈姆雷特成长经历的剧中剧里，有一个饰演王后的小伙子，哈姆雷特拿他穿高底鞋这事儿来取笑他，这就是来龙去脉。高底鞋作为贵族精英的佩饰，对莎士比亚的观众来这可能并不陌生。英国诗人福克兰夫人（1585—1639）在她的传记中就提到，她穿过一双高底鞋，很矮，一段时间后变得很肥大了。1591 年，伊丽莎白一世命人特制了两双精美的高底凉鞋，露脚趾，银丝饰面，可能与此处插图所示的这双鞋（图 5-16）相似。类似的意大利款式，确切地说就是威尼斯款式的鞋子，在图 5-17 丹麦安妮公主的肖像画中也能见到。图中的安妮公主手持一把意大利羽扇，和图 5-18 中威尼斯扇子很像，她还穿着一件昂贵的意大利丝织长裙，裙子上印着相同的孔雀翎图案，其丈夫詹姆斯国王曾这般形容她，与“我们的人间朱诺”这样的女子非常般配。

图 5-17.《丹麦安妮公主》，小马科斯・吉拉尔茨于 1611 年至 1614 年间创作。
画布油画，221 厘米 × 131 厘米。
现收藏于贝德福特郡沃本大教堂。

“丢了扇柄”

（《温莎的风流娘儿们》2.2.7—8）

图 5-18. 一把羽扇的扇柄，与图 5-17 中的扇子扇柄类似。1550 年产于威尼斯。
镀铜，长 17.8 厘米，宽 8.2 厘米。
现收藏于伦敦维多利亚和阿尔伯特博物馆。

“让汹涌的波涛披戴着我的绸缎绫罗”

（《威尼斯商人》1.1.35）

图 5-19. 图中所示为丝绸长裙织物面料，上有孔雀翎图案，与图 5-17 中丹麦安妮公主所穿相像，威尼斯商人萨莱尼奥担心船只失事会将船上的丝绸制品损毁。1600 年至 1620 年间制作于意大利。
长 142.5 厘米，宽 49 厘米。
现收藏于伦敦维多利亚和阿尔伯特博物馆。

现存的图 5-19 中所示的丝绸凉鞋就是这种类型。虽然安妮公主并不热衷于意大利，特别是威尼斯奢侈品，但其肖像画却表明她是个极其喜爱意大利的人，因为画中有一句意大利语格言，意为“我的伟大来自上方”。她聘请了意大利人约翰·弗洛里奥做她女儿伊丽莎白公主的私人教师。弗洛里奥 1611 年编著的意英词典就以女王安娜的名字命名为《女王安娜新辞海》。

除了奢侈品与不拘一格的艺术，威尼斯在英国人的想象中还与商业财富联系在一起：“大批陌生的外国人汇集到这里……似乎整个威尼斯城就是面向全世界的常见的大市场。”作为一个典型的沿海开放城市，“威尼斯的繁荣，完全倚赖各国之间的来往通商”（《威尼斯商人》3.3.33—34），威尼斯也因此而驰名。商业需要融资，而威尼斯人解决融资问题的方案——曾令英国评论家和基督教批评人士震惊——就是向犹太人求助。虽然基督教徒也放高利贷，但放高利贷仍然被认为是犹太人的专长。

高利贷——以高息放款——在当代英国人的思维中与犹太人脱不开干系，因为虽然高利贷在 16 世纪末期的英国已经非常普遍，但说到高利剥削，还是让人联想起遍布欧洲各地的犹太高利贷者。虽然犹太人很有用，但他们和娼妓却经常被当作不能进入上流社会的粗俗人，出了事他们就成了替罪羊。旅行作家萨缪尔·普查斯写道：在意大利“从事娼妓交易的人和做生意的犹太人”为了赚钱，遭受了野蛮的、残忍的对待，威尼斯被认为是最明显的例子。在威尼斯社会，犹太人被允许公开宣讲他们的信仰，但他们只能在威尼斯社会之内得到认可，不能被当作威尼斯社会的一部分，且被限制在一个隔离的、条件尚可的社区之内。这跟生活在伦敦的一小群伊比利亚犹太人的情况截然不同，伊比利亚犹太人被当作改变了信仰的人（马拉诺），他们的基督教信仰总是受到质疑，认为他们在偷偷地信奉犹太教。事实是，由于他们西班牙或葡萄牙裔犹太人的身份，让他们更加令人怀疑，被认为是受到指派潜伏在法庭和市府任高级职位的间谍。1290 年首次在欧洲出现了驱逐犹太人的事件（第 159 页）。结果是，在这一期间，英国也没有公开承认犹太人社区。

在威尼斯，宗教信仰的皈依跟在伦敦一样，是个重大问题。莎士比亚两部与威尼斯有关的剧作《威尼斯商人》和《奥赛罗》都是皈依题材的戏剧，剧中人物被迫改变宗教信仰或宗教身份。这两部戏考虑了各种差异与不同——宗教的、国家的、种族的和性别的，而且也担忧遇到这样的差异会对一个社会的价值观念带来怎样的考验、威胁和转变。

到了 16 世纪末期的英国，“若非接纳外来者和由此而来的与世界各地的来往交流，安特卫普和威尼斯是绝对不可能如此富裕和知名的”这一事实得到了广泛的认可。人尽皆知且经常备受英国人赞誉的一点是：威尼斯为外邦人赋予了明确的法律地位，使友

"我们的部落"

(《威尼斯商人》1.3.101)

图 5-20. 印有犹太物理学家伊利亚·德·拉迪及其母亲莉卡肖像的铜质奖章。1552 年产于意大利威尼托。
铸铜，直径 4 厘米。
现收藏于大英博物馆。

好共处成为可能。1552 年，图 5-20 中的奖章可能产自意大利威尼托区，它不仅是意大利文艺复兴时期第一枚纪念犹太人的奖章，而且是最早的欧洲犹太人的肖像。奖章上的那个人——罗马天主教物理学家、天文学家的名字伊利亚·德·拉迪——与"EBREO"（即犹太人）这个词被自豪地放在一起。奖章中母子俩被放在一起，有力地证明了基督教背景下的犹太血统和家族关系——该家族两代人都曾担任教皇的御医。

像这样的事情在 16 世纪 50 年代的伦敦是不可能发生的，当时的伦敦人很难与"外邦人"共存。到了 16 世纪 90 年代，与外邦人共存仍然是个具有严重争议的问题。1593 年，本地手工业者和外来移民的关系处于高度紧张态势，常有污蔑性的文字出现在伦敦城内荷兰人的教堂大门上。反外国人的人把外国人比作传说中掠夺成性的犹太人，一封污蔑荷兰人的信中写到："跟犹太人一样，你们要把我们生吞活剥了当面包吃。"

1290 年英国驱逐犹太人事件是一件丑恶的罪行。1066 年犹太人随着"征服者威廉"来到英国，为国王筹钱放贷。他们是一群实用主义的外邦人，在金钱方面的才干是久经考验的。虽然犹太人占人口总数不到 1%，但据估计，他们拥有的财富在 12 世纪末期就占到了英国流动资产的三分之一。因指控犹太人在欧洲杀人祭神的圣威廉姆案促使反犹运动突然爆发。1144 年（图 5-26）在英国诺维奇郡（Norwich），据说有个名叫威廉姆的基督教男孩被犹太人谋杀，并用他的鲜血烤制面包。随后欧洲大陆也纷纷指控犹太人杀人祭神，如 1475 年意大利特伦托的西蒙案（Simon of Trent）处决并屠杀了不少犹太人。越来越大的来自政府的压力和民间反闪族人的思潮在 1290 年爱德华一世发布《驱犹法令》后达到了顶点。直到 1656 年得到奥利弗·克伦威尔（Oliver Cromwell，1599—1568）的正式许可，犹太人才再次获准进入英国。

图 5-21 所示的青铜油灯可能是制作于驱犹事件之前，中世纪犹太人用的安息日油灯。在布里斯托尔皮特大街一座 13 世纪的新泽西居民区遗址中出土的一盏油灯和这盏

“我们神圣的国家”

（《威尼斯商人》1.3.35）

图 5-21. 安息日油灯，1200 年至 1300 年间制造，1717 年发现于温莎城。
青铜制，高 13 厘米，宽 16.2 厘米。
现收藏于伦敦古文物研究者学会。

很相似。安息日油灯是犹太家庭祭献仪式中的关键器物，在周五傍晚、安息日前夜或当日以及其他一些重要的节日，家庭主妇们就会点起油灯，她们在犹太家庭中扮演着至关重要的角色，特别是在置办饮食的传统中起着至为重要的作用，这种饮食和烹饪传统使犹太人世世代代保持着一种身份认同感。在杰西卡的母亲莉娅去世后，她的责任在《威尼斯商人》中得到了普遍的认可，失去杰西卡，对于夏洛克来说，就是失去了他的犹太人子孙。我们在此见到的木刻画展现的是一位衣着讲究的妇女在降福安息日油灯，画中还写有意第绪语（属于日耳曼语族）评论（图 5-22），画中的油灯与图 5-21 中的那盏英国油灯相似。该版画印于 1600 年的威尼斯，是从一本记载犹太人风俗习惯的书中摘选而来的。如果对那盏灯的鉴定正确的话，它比任何文字都更能说明鲜为人知的英国犹太社区的真实情况。

继再次征服西班牙后，1492 年格兰纳达驱犹事件导致整个欧洲地区出现了强迫改变宗教信仰和抢先移民的现象。那些改变了信仰或祖先改变了信仰的犹太人被称为马拉诺人，但他们的基督教信仰和政治操守总会受到质疑，因为人们认为他们的入教誓词是假的。没有其他任何地方能更清楚地看到葡萄牙马拉诺人纳斯家族因使用他们的希伯来文名字而遭遇的命运。

约瑟夫·纳斯（卒于 1579 年）一直公开承认自己是犹太人，后来他当上了纳克索

“杰西卡，我的姑娘，留神照看我的房子”

（《威尼斯商人》2.5.16—17）

图 5-22.《点安息日油灯》，1600 年作于威尼斯，选自《风俗录》。这本《风俗录》是我们了解当时犹太人生活状况的重要文字资料。该书是一名信奉基督教的印刷商从内部聘请了一名画师创作而成。那位画师也是基督徒，但不懂犹太教祭献仪式细节，该书是为威尼斯的德系犹太人用意第绪语写成的。这些复杂而精致的木版画与莎士比亚戏剧一起展现了犹太人家庭生活的图景。
木版画，7 厘米 × 9.5 厘米
现收藏于牛津大学图书馆。

斯岛（Naxos）公爵和基克拉迪群岛公爵，为奥斯曼土耳其帝国效力，当时的英国在土耳其政商活动日益频繁。图 5-23 中 16 世纪 50 年代的意大利奖章上印刻的是约瑟夫的嫂子格瑞西娅·纳斯（Grazia Nasi），这枚奖章可能是在她的婚礼上授予的。她是位年轻时尚的贵族小姐。奖章表明她也是犹太人，因为她的名字是以犹太人引以为傲的希伯来文写成的，这在欧洲的勋章上是史无前例的。纳斯家族在跨国政治与贸易方面拥有诸多渠道，如与伦敦的马拉诺人社区有联系。所有的马拉诺人都被认为参与跨国阴谋，是冒牌基督徒，骨子里仇视西班牙人。这种是非不分的影响力太强大了，1594 年伊丽莎白女王的御医罗德里格·洛佩兹（Roderigo Lopez）被指控试图投毒弑君而受审处死，因为他是马拉诺人。洛佩兹因“给西班牙国王（图 5-24）搜集谍报”被投入大狱。按照马洛的《浮士德博士》（约 1592）记载，由于洛佩兹在伦敦名气太大，以致在他被处决之前花了很长时间核实他的姓名。他被处决使得马洛的《马耳他的犹太人》演出解禁，然而却放纵了更大范围的反犹浪潮。一些披露洛佩兹忙于策划阴谋的出版物在赞成英国人特殊的国民性格以及摆脱内忧外患方面具有持久的生命力。

1600 年前，许多英国清教徒将自己视为生活在犹太人领地里的上帝选民，当牧师兰西洛特·安德鲁斯（Lancelot Andrews）号召一年一度纪念粉碎“火药阴谋”（Gunpowder Plot）时，他称这是“我们的逾越节”。1616 年，他引用《以斯帖记》中的圣经故事，

“漂亮的异教徒，可爱的犹太人”

（《威尼斯商人》2.2.10）

图 5-23. 格瑞西娅·纳斯铜质像章。帕斯托利诺·德·帕斯托利尼于 1558 年至 1559 年制作，也可能由法拉拉所作。
直径 6.6 厘米。
现收藏于大英博物馆。

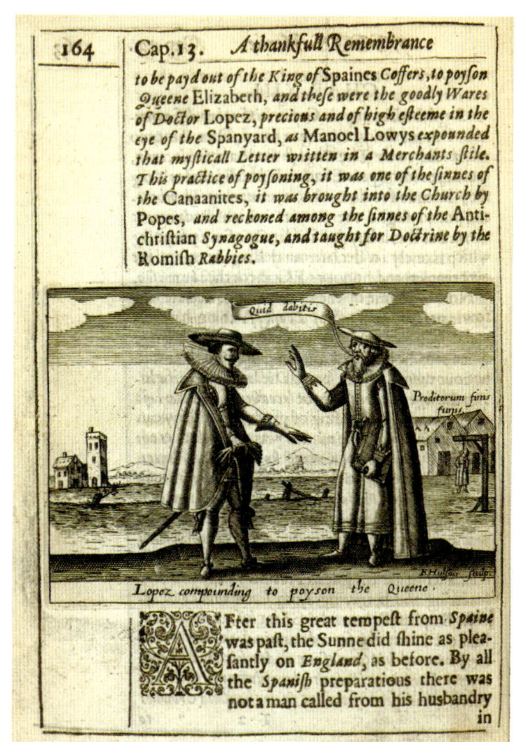

164 Cap.13. *A thankfull Remembrance*

to be payd out of the King of Spaines *Coffers, to poyson Queene* Elizabeth, *and these were the goodly Wares of Doctor* Lopez, *precious and of high esteeme in the eye of the* Spanyard, *as* Manoel Lowys *expounded that mysticall Letter written in a Merchants stile. This practice of poysoning, it was one of the sinnes of the* Canaanites, *it was brought into the Church by* Popes, *and reckoned among the sinnes of the* Antichristian *Synagogue, and taught for Doctrine by the* Romish *Rabbies.*

Lopez compounding to poyson the Queene.

AFter this great tempest from *Spaine* was past, the Sunne did shine as pleasantly on *England*, as before. By all the *Spanish* preparatious there was not a man called from his husbandry in

“恶棍犹太人”

（《威尼斯商人》2.8.4）

图 5-24.《洛佩兹配制毒药谋害女王》，德里希·冯·胡尔森 1627 年创作于伦敦。
印制书籍，20 厘米 × 14.5 厘米。
现收藏于大英图书馆。

作为他布道的主引文，回忆詹姆斯国王在1600年的格瑞刺杀阴谋中幸免于难之事。以斯帖是个年轻的犹太姑娘，她向波斯国王亚哈随鲁苦苦求情，从而保全了她的族人免于哈曼（Haman）的屠杀敕令。这种身份认同感大都基于对希伯来文精髓的重新研习，而研习的目的本是为了更恰当地理解《圣经》。新教在英国被确立为国教之后，在牛津和剑桥大学设立了钦定讲座教授教职，促进希伯来文的研习。对《旧约》进行重点研究成了回归古代价值的一个步骤，并在亨利八世离婚案及其确立王权的过程中产生了政治效用。犹太律法的贡献在1545年的勋章铭文中得到了体现（图5-25），他被称为“神圣的头脑”。1611年钦定版《圣经》的出现促使25位英国的希伯来语研究者投身于翻译技巧的探索之中，这是对希伯来语学术研究的一种推动。但是对希伯来语的真正兴趣却扎根于基督教的意识中，尤其体现在新教及其优越性中。

17世纪后期，希伯来文成了两种核心的《圣经》语言之一，对希伯来文的尊重，进而导致宽容地对待犹太人，但在莎士比亚生活的时代，反闪族人的思潮依然存在。即使是犹太人被暴力驱离之后，在很长一段时间，依然有人指控犹太人祭神杀人，专门为不识字的人画教堂墙上的历史故事和牧师的布道演说，推波助澜地助长了这种指控（图5-26）。到了16世纪，犹太人和非犹太人放高利贷已成了普遍现象——莎士比亚的父亲约翰就被指控放高利贷——随着借贷被广泛地认可，成为巩固生意的必要手段，人们对高利贷的态度也发生了转变。但在普通人的脑海中，尽管犹太人在英国已经消失300年了，但一说到金融压榨，人们就会想到犹太高利贷者。民间的偏见在反闪族人的传说故事、民谣和谚语中依然存在。托马斯·科亚特（Thomas Coryat）在后一枚像章上写道：“看起来像个犹太人（有时候指一个饱经风霜、面庞扭曲的家伙；有时指一个精神错乱、极端愚蠢的人；有时指牢骚满腹的人），有趣的是，这种定型观念不由得让人想到满怀仇恨的夏洛克。”然而，科亚特也强调说，他在威尼斯犹太社区见到的犹太人都是“非常优雅、和蔼可亲的”。

莎士比亚在他的剧作中引用了不少贬损犹太人的谚语，这样做的目的是想表明，他描述的夏洛克在一定程度上是源于语言文化中的犹太人形象。但夏洛克的台词却对他的犹太人身份非常重要，如听到他的女儿拿老婆的戒指换了一只猴子时，他稀奇古怪地感叹道：“那是我的绿玉指环，是我的妻子莉娅（Leah）在我们没有结婚的时候送给我的。”

很显然，莉娅的戒指并不是婚戒。犹太人的婚戒是不嵌宝石的，因为在婚礼之前，戒指上黄金的价值就已经被估定了。无论如何，莎士比亚和他的观众不可能知道犹太人的婚戒长什么样子。而莉娅的戒指是莎士比亚的观众常见的那种，而非爱情信物。产自波斯和西藏的绿宝石因产自异域、色泽独特且具有驱魔辟邪的功能而受人追捧，

图5-25. 亨利八世御赐勋章，上面刻有希伯来语、拉丁语及希腊语文字。1545年制造。
材质为金，直径5.4厘米。
现收藏于大英博物馆。

“你们已经把残虐的手段教给我，我一定会照着你们的教训实行，而且还要加倍奉敬哩”

（《威尼斯商人》3.1.37）

图 5-26 十字梁隔屏画，描绘诺维奇的圣威廉被犹太人谋杀祭神的场景。创作年代为 15 世纪初。木板油彩画。
现收藏于诺福克郡洛登圣三一教堂。

人们认为佩戴绿宝石可以保护视力，免受中毒和溺水，还可以预防骑马跌落之祸。当时的论著也称绿宝石有助于保持夫妻关系和谐，这也许是因为莉娅的礼物让人产生了这样的联想罢了。16 世纪时，小戒指上镶嵌绿宝石说明这种戒指和珊瑚饰物一样，是适合孩子们佩戴的辟邪之物。其他的戒指说明绿宝石在 16 世纪的文化中通常是爱情和婚姻的信物。

夏洛克在某个晚上弄丢了自己和女儿的威尼斯达克特金币后的反应清楚地表明他最在乎的是什么，他气急败坏地当众咆哮：“我的女儿！啊，我的银钱！啊，我的女儿！”（《威尼斯商人》2.8.15），这句话引用了马洛所著《马耳他的犹太人》中的恶棍巴拉巴斯（Barabas）的话，只是稍加修饰而已。瑞阿尔托（Rialto）既是威尼斯的一个交易市场也是一幢建筑物，像提起瑞阿尔托一样，提起达克特金币（图 5-27），就会让莎士比亚戏剧的观众想起威尼斯，但莎士比亚戏剧对夏洛克的描述大部分是明显失真的。与服饰这类明显的外在标记相比，莎士比亚对城市社会中犹太文化和基督教文化之间的交流更感兴趣。因此，把凯列班腥臭的斗篷称为犹太粗布长袍，而把夏洛克的“犹太粗布长袍”（1.3.103）视为明显差异的标志时，就颇令人迷惑了（《暴风雨》2.2.31）（第 245 页）。也许事实是这样的，这种外套是扮演外邦人的一种舞台道具，其联想意义比较宽泛，可以让人想起地中海市场里做生意的里范廷犹太人，也可让人想到爱尔兰那些身着破烂长袍、瑟瑟发抖的盖尔族游民（第 112 页）。将夏洛克描述为一个在威尼斯社会自由活跃，而非局限在贫民窟的人物形象时，莎士比亚创造了一个更加令人不安、深入人心的舞台形象，莎士比亚戏剧的观众也会把他与伦敦城里那些富足、社会地位优越、身居显位的马拉诺人联系起来。

图 5-28 中的普林节经卷说明，意大利的犹太人融入了身边的基督教圈子，这是一个非常有趣的现象。普林节的故事来源于圣经《以斯帖记》，是一个重大的历史事件，每年普林节犹太教堂都会进行纪念活动，届时会宣读从简朴的经卷中选择的经文。但到了 16 世纪后期，意大利人家中已经用上了装帧精美的经卷，这些经卷边沿会雕刻纹饰，虽然与神圣的经文内容没有关联，但完整地展现了当时流行的各种风格奇异的装饰手法。此处所示为幸存下来的、约 1573 年制作的三份经卷之一，这份经卷的边饰由安德里亚·马拉利（Andrea Marelli）设计，他是一位基督徒，他设计的这种图案是用

“我的女儿！啊，我的银钱！啊，我的女儿！”

（《威尼斯商人》2.8.15）

图 5-27. 黄铜天平与砝码，古拉姆·德·尼夫1600 年至 1654 年间造于阿姆斯特丹。
木材和黄铜材质；天平高 15 厘米，宽 11 厘米；装砝码的盒子长 15 厘米，宽 9 厘米。
达克特金币，直径 2 厘米，威尼斯总督阿德里亚·格里提于 1523 年至 1538 年间造。
现收藏于大英博物馆。

在拉丁语书中的。《以斯帖记》经卷似乎是一个犹太人出资委托特制的：印在专用的厚羊皮纸上，经卷的边沿可能是罗马书商制作的，而后再在上面雕上字。将当时的经典主题改编以适应私人仪式的这份自信佐证了当时文化交流和社会互动的水平，否则，这一点在 16 世纪是很难记载的。这不禁让人想到，除非在一个更广阔的社会背景之下，不然意大利犹太人的独特之处是无法被人理解的——这正是莎士比亚的直觉。

莎士比亚探究了题目所指的信奉基督教的安东尼奥与犹太商人夏洛克之间刻骨铭心的仇恨和偏见，他表明这些力量是具有破坏性的。夏洛克不愿“陪你们吃东西喝酒做祷告”（《威尼斯商人》1.2.25—26），使商业与基于共同价值的文明产生了分歧。正是现实中犹太人与穆斯林教义之间的割裂，才在整个欧洲基督教社群中激发了强烈的敌意。最令人胆寒的是，夏洛克恳求得到常见的人性化对待，但结果是他从憎恨犹太人的基督徒那儿学会了复仇，这在剧中安东尼奥的台词中一览无余：“你们已经把残虐的手段教给我，我一定会照着你们的教训实行，而且还要加倍奉敬哩”（《威尼斯商人》

“我清静的屋子”

（《威尼斯商人》2.5.34）

图 5-28. 家庭中使用的《以斯帖记》经卷中的画，1573 年安德里亚 · 马拉利在意大利用希伯来语撰写，经卷边沿手刻彩绘。
羊皮雕刻与水彩画，17 厘米 × 28 厘米。
现收藏于大英图书馆。

3.1.48—49）。莎士比亚把犹太人深重的复仇心理展示给了基督徒观众。夏洛克深藏于内心的复仇心理，要比马洛笔下的巴拉巴斯粗野的叫骂更让社会感到不安。当鲍西亚进到审判室后，她小心谨慎地问谁是商人、谁是犹太人，这也许表明她是在拖延时间，或是想说明他们二人长得很像，或者在提醒观众威尼斯的司法应该是不论民族与宗教差异的。夏洛克固执地坚持法律的字面意思：“我一定要照约实行”（3.3.5）。如果威尼斯基督徒蓄奴，仅仅是因为他们花钱买了奴隶的话，那么为什么他们要争夺他的卖身契呢？鲍西亚紧抠法律字眼抗辩，契约上明确地写着取一磅肉，一滴血也不许溅出来。仁慈、宽厚的基督徒不过如此，当夏洛克被贴上外邦人或流浪者的标签后，仁慈的本质就变味儿了。如果改变宗教信仰就得“刻意地宽恕不公，如果不公有利于和平的话”。莎士比亚通过这种方式表现了威尼斯人极其圆滑的形象。

在莎士比亚的印象中，犹太教是一支恪守传统宗教礼仪和法律的宗教，这种印象是他在教堂里聆听主教版旧约《圣经》和加注版日内瓦《圣经》时留下的。夏洛克为

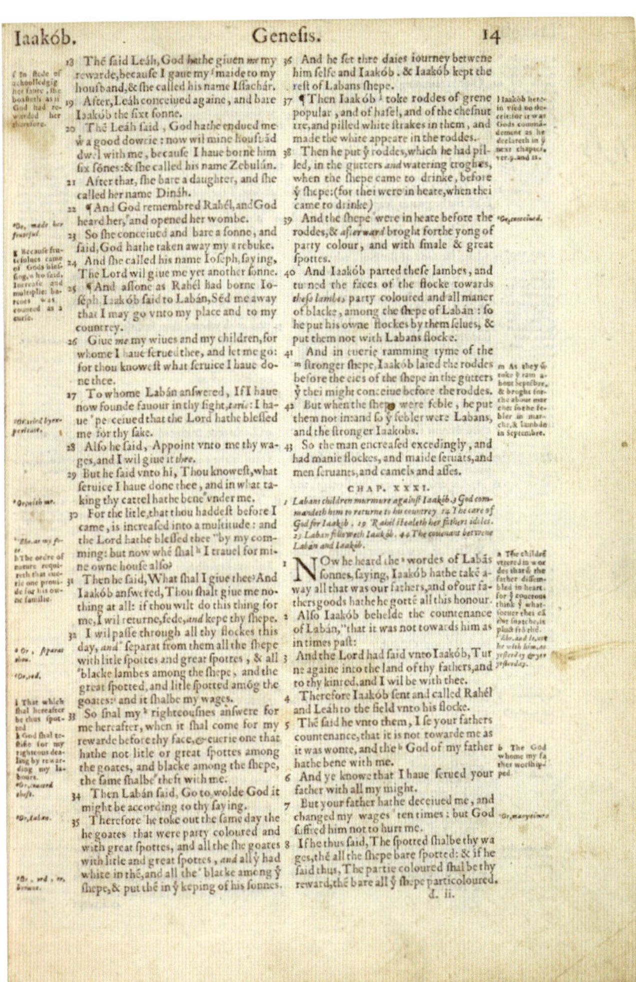

放高利贷辩护，认为放高利贷合乎律法（Tora），即《圣经·旧约》之前五卷，这完全与犹太传统相关：

当雅各（Jacob）替他的舅父拉班（Laban）牧羊的时候——
这个雅各是我们圣祖亚伯兰的后裔，
他的聪明的母亲设计使他做第三代的族长，
（《威尼斯商人》1.3.61—64）

新教派对此断章取义，把雅各欺骗拉班的故事拿出来大书特书，加尔文教派的日内瓦《圣经》对此还有详细的评论（图5-29）。公羊和母羊交配时，拉班就拿着有条纹的木棒在这些牲畜前面挥舞。按照古老的民间传说，这样会刺激母羊产下有斑纹的小羊羔，这些羊羔就都归雅各所有，而不是拉班的。夏洛克用这个故事暗喻他的生财之道，虽说是使了些手段，但对他来说本身是合乎律法的，是上帝许可的。雅各有没有收利息呢？问问安东尼奥吧。

不，不是取利息，不是像你们所说的那样
直接取利息……
（《威尼斯商人》1.3.66—67）

在夏洛克割肉的契约、祭神杀人和割礼的内涵意义揭示之前，夏洛克这种拐弯抹角的说法也许会引起观众不安的猜疑。他们早已对高利贷感到焦虑不安了。

“当雅各替他的舅父拉班牧羊的时候——”

（《威尼斯商人》1.2.61）

图5-29.《创世纪》（30.31—43），选自威廉·惠丁汉、安东尼·吉比、托马斯·桑普森等人翻译、出版于日内瓦的《圣经》（1560年）。
印刷书籍，26厘米×19厘米。
现收藏于大英图书馆。

莎士比亚笔下的夏洛克是个滑稽的人物，这个人物形象利用了轻松戏谑的艺术手法，常同威尼斯和喜剧艺术联系在一起。这是一种程式化的利用丑角或“面具”进行的即兴创作，由在欧洲各国首都巡回演出的剧团演员表演。1600年之前，喜剧是一种遍布欧洲的艺术形式，莎士比亚肯定知道这个套路：雅克在他人生的七个阶段中，说到了如何利用《喜剧》中一个常见人物形象在第六个年龄阶段时切换场景的方法。

第六个时期变成了精瘦的趿着拖鞋的龙钟老叟，
鼻子上架着眼镜，腰边悬着钱袋；
他那年轻时候节省下来的长袜子套在他皱瘪的小腿上显得宽大异常；
他那朗朗的男子的口音又变成了孩子似的尖声，

像是吹着风笛和哨子。

（《皆大欢喜》2.3.161—166）

“精瘦的趿着拖鞋的龙钟老叟，鼻子上架着眼镜，腰边垂着钱袋”

（《皆大欢喜》2.7.161—162）

图 5-30. 戴假面的人物像施釉玻璃杯，1600 年产于威尼斯或北欧。
玻璃、施釉、镀金，高 19.2 厘米，直径 12.2 厘米。
现收藏于大英博物馆。

“老叟”似乎正是莎士比亚描写的一尊珍贵的珐琅玻璃杯（威尼斯产或按照 16 世纪末威尼斯传统制作）上的形象，这是最早对演出中面具的描述（图 5-30）。“喜剧”（commedia）是一种以放荡、淫秽表演为主的、独特的戏剧形式，主要在威尼斯狂欢节及意大利其他城市的剧院或大街上演出。由于外国艺术家热衷于用图画或文字形式描写演员和观众，所以关于威尼斯狂欢节的出版物得以广泛传播（图 5-31）。

莎士比亚笔下的犹太人夏洛克，似乎具有“老叟”的一些性格特点：孤僻，视财如命，豢养着一个刻薄、懒惰的仆人，还有一个渴望逃避专横跋扈的父亲的女儿。当他收到基督徒的邀请外出吃饭时，夏洛克劝女儿杰西卡说：“留心照看门户”（《威尼斯商人》2.5.17）。他曾经的仆人朗斯洛特提醒说街上将举行假面化装舞会。夏洛克便劝说女儿不要学威尼斯人的习惯，把脖子伸出窗外看街上的假面化装舞会，这样一来就会被普通老百姓看到，应该把“我清静的屋子”的门窗关上（2.5.34）。伦敦的观众可能把狂欢节视为放纵和出轨的好时机。一幅展现威尼斯狂欢节的雕版画（图 5-32）上用拉丁文写着：“如果他们避开灯光，那么他们会干什么呢？”杰西卡利用狂欢节做掩护，趁晚上夏洛克不在家，打扮成小伙子的形象跟人私奔了。

这部戏剧涉及了各种交通方式和商品。戏剧一开始就提到威尼斯商人萨拉里诺对他的商船忧心忡忡，“我价值连城的安德鲁号”已经失事了，这一细节让整个主题回溯到了 1596 年至 1597 年末，因为那艘船确有其事，那是一艘在加的斯俘获的西班牙船只（《威尼斯商人》1.1.28）。夏洛克盘点了商船面临的许多威胁，如海盗——这一威胁对英国商人变得越来越常见——及各种自然灾害，从某种程度上来说，这会在伦敦观众中产生共鸣。安东尼奥的一艘商船后来倾覆了，“那地方的名字好像是古德温”（《威尼斯商人》3.1.3），古德温是肯特郡海岸附近一处凶险的海滩。莎士比亚笔下的安东尼奥（与现今富有的威尼斯商人不同的是）显然没有投保，使他遭受了毁灭性的损失。

对当时的伦敦观众而言，贩卖人口是事实，曾导致非常危险的后

“脸上涂得花花绿绿的傻基督徒们”

（《威尼斯商人》2.5.31）

图 5-31.《意大利人的狂欢节》，阿伦特·范·博尔滕 1588 年至 1633 年间创作于荷兰。
钢笔画，用棕色墨水和棕色水彩在黑色石灰石板上绘制，44.3 厘米 × 61 厘米。
现收藏于大英博物馆。

果。仆人朗斯洛特与一个非洲黑人女奴有了风流韵事，最终导致女奴怀孕，那个胎儿的命运正如塔莫拉在《泰特斯》中的那个混血儿一样，太过于棘手而无法在剧中解决，因此被放在了舞台之外。夏洛克并未深究黑白种族的是非问题，而是用雄辩的口才呼唤黑白种族通婚的合法性：

> 你们买了许多奴隶，
> 把他们当作驴狗骡马一样看待，
> 叫他们做种种卑贱的工作，
> 因为他们是你们出钱买来的。
> 我可不可以对你们说，让他们自由，叫他们跟你们的子女结婚？
>
> （《威尼斯商人》4.1.91—95）

考虑到当时的伦敦马拉诺人具有伊比利亚人的血统，尤其（并非仅仅）会使人联想到当时伦敦蓄养黑奴的问题，莎士比亚却把批评奴隶制度的话语权给了夏洛克，这可能会使伦敦的观众颇感惊讶。夏洛克很清楚，不管他们口头上显得多么有同情心、多么宽容，但绝对不会有威尼斯白人基督徒同意跨种族通婚这种事情。即使（也许是因为）这样的事一直在他们周围发生，伦敦人也不会容忍。在 16 世纪 70 年代，有据可查的明显跨种族婚姻只有四起，但可以确定的是，在现实生活中白人与黑人之间确实

图 5-32.《威尼斯人在台阶上的狂欢节》，老彼得·德·乔德于 1595—1598 年间创作。
木刻画，37.4 厘米 × 50.2 厘米。
现收藏于阿姆斯特丹博物馆。

存在性爱关系或婚姻关系，《泰特斯》和《奥赛罗》对此进行了描述，但都是虚构的。跨种族结合在当时是件新鲜事物，所生的孩子的肤色对环境决定肤色的理论提出了挑战，正如 1578 年乔治·贝斯特曾这样写道：“我亲眼见过一个像炭一样黑的埃塞俄比亚人，勾搭了一个白皙漂亮的英国女人为妻，还生了个小崽子，虽然孩子生于英国，妈妈是英国人，但从头到脚都跟他爹一样黑。”

第六章

尊贵的摩尔人

奥赛罗是个杜撰的人物，在他身上融合了北非摩尔人、奥斯曼土耳其人和撒哈拉以南非洲人的基本要素，这也说明莎士比亚对摩尔人、土耳其人和黑非洲人的特征进行了深入的研究。事实上“摩尔人”这个定义很不恰当，会让当时的人产生这样的联想：舞台上的摩尔人历史与现实中的历史实际上没有什么关联，这让莎士比亚及其他剧作家有了相对的自由，可以放手描写外邦人摩尔人。

莎士比亚在《泰特斯·安特洛尼克斯》中塑造了亚伦这样一个颇有心计的恶棍形象，他没有什么人性，连尚在襁褓中的亲生子都不去保护。亨利·匹查的绘画（图4-2）象征性地展现了对《泰特斯》的整体理解，画面最右边的那个黑非洲人就是亚伦。在匹查的设想中，亚伦由一位“戴黑面具”的演员饰演。《威尼斯商人》中的摩洛哥亲王代表温文尔雅的北非人，他们是未来的盟友，掌握着非洲的黄金，这是一个完全不同的人物形象。摩洛哥亲王出场时，正如舞台说明中描述的是“一个皮肤黄褐色的摩尔人，全身白衣”，莎士比亚凭空杜撰了一些准确的细节。在塑造奥赛罗时，每一个细节也在向当时的观众传达这个人物形象的联想意义。

苔丝狄蒙娜是清白的，并没有与人通奸，但奥赛罗却因此谋杀了她，当他发现真相后决定自杀，奥赛罗选择自杀的武器这一场景最能体现这一点：

> 我还有一柄剑在这屋子里，那是一柄用冰泉的水所浸炼的西班牙宝剑。
>
> （《奥赛罗》5.2.288—289）

“尊贵的摩尔人”

（《奥赛罗》3.4.20）

见180页的图6-9。

自杀用的武器经过精挑细选，非常符合使用目的，并且显得身份高贵。莎士比亚在此提到了一柄西班牙剑，轻巧而细长，其品质久负盛名。宝剑产自西班牙托莱多，那儿的宝剑在出口贸易中非常赚钱，但受到严格的监管，1567 年颁布的皇家法令规定托莱多出产的宝剑必须“显示铸剑师的字号”，旨在控制假冒伪劣刀剑的制造和销售。德国索林根打造刀剑的铁匠经常在他们自己造的刀剑上打上假冒的托莱多字号，以提高卖价。目前存世的宝剑往往由假冒的托莱多剑锋和德国、法国或英国制作的西洋花式剑柄组合在一起打造而成。图 6-1 所示的西班牙剑非常罕见，是一柄正宗的托莱多宝剑，约铸于 1590 年，剑身上有一位知名铸剑师的字号，“弗朗西斯·鲁伊斯”，但剑柄是法国铸造的。这种轻巧而细长的宝剑与荣誉观紧密相连——也许与意大利人“荣誉谋杀”（指男性成员以“捍卫家庭荣誉”为由，杀害被他们认为与男子有“不正当关系”的女性家庭成员，在伊朗、阿富汗、土耳其、巴基斯坦等地区，社会默许家族男性成员以武力对待拒绝接受婚姻安排、提出离婚要求、遭受性侵的女性亲人。这些社会认为，处决令家族蒙羞的女性成员是天经地义的事）联系在一起——另一柄配德国剑柄的西班牙宝剑锋刃上铭刻的意大利文就说明了这一点：“使命所在，毫不犹豫。”

图 6-1. 印有托莱多铁匠弗朗西斯·鲁伊斯签名的宝剑，剑柄可能由克劳德·萨维尼于 1590 年在法国制造。
钢铁，剑柄上包裹镶嵌着银色的链条，长 111 厘米。现收藏于伦敦维多利亚和阿尔伯特博物馆。

莎士比亚并非仅仅让观众想起那柄宝剑具有杀人的能力，而是着重强调奥赛罗所选的是西班牙佩剑。西班牙佩剑曾是时尚的代表，托莱多字号是莎士比亚及其观众熟知的品牌。莎士比亚时期的英国，许多时尚人家会摆出探险者的画像（举例见第三章，图 3-29）。在这些肖像画中，可以见到那种轻巧而细长的佩剑。莎士比亚同时代的罗伯特·格林曾经指出，英国的刀剑商人可以轻易地把假冒的西班牙佩剑卖给一位没有疑心的客户，称“有一柄新剑，刚刚上光，保证是正宗的土耳其或托莱多货”。存世的剑刃上铭刻的字号往往会显示多家著名的铸剑产地——例如米兰和托莱多——但即便是这样一柄剑，对于易上当受骗的英国买家而言，也是好得不得了。

奥赛罗的佩剑也许是一件一眼即可识别的舞台道具，但莎士比亚并不满足于此，他有意地把那柄宝剑平凡的名字“西班牙剑”改为更具有诗意的名字“西班牙之剑”，因为奥赛罗精心挑选的那柄宝剑会在当时的观众中产生共鸣。高品质西班牙宝剑要经过一道所谓的“冰泉水浸炼”的工艺，由于制作宝剑所用的钢经过淬火、回炉、冰水浸炼后会变硬，最后变得非常坚韧。莎士比亚也许认为，从阿尔卑斯冰川流出的因斯布鲁克（Innsbruck）冰河水尤其适合淬火之用。或许“冰泉之水”是“因斯布鲁克”的印刷错误，原因是斯布鲁克亦因出产精良兵器而闻名于世。不论怎样，这些都为奥赛罗挑选自杀利刃增添了几分浪漫主义色彩。

奥赛罗对美德的不信任转变为一种“变身土耳其人”式的种族与宗教焦虑。当他打算自杀时，他从一位崇高的摩尔人变成了一位“包着头巾、凶恶的土耳其人”，并在自杀前以第三人称自称为一条“行了割礼的狗”，他的自杀几乎是一种法庭式的暴力，因为他对自己实施了惩罚，并且当着观众的面以基督教的教义确保了这种自虐的实施。

作为一名前基督教的背叛者，他遭受了“双重罪谴”（《奥赛罗》4.2.41）。他对佩剑的精挑细选，暴露了他的穆斯林身份，因为东方文化传统崇尚锋利、精准与做工精良的剑锋，而非装饰花哨的剑柄。

正是基于这种原因，《威尼斯商人》（2.1.25—32）中的摩洛哥亲王以其半月曲剑起誓。奥斯曼土耳其帝国舰队的最高指挥官阿里·帕夏（Ali Pasha）佩带的半月曲剑，是奥地利人唐·胡安（Don John）在 1571 年勒班陀（Lepanto）战役中缴获的战利品之一。这柄剑现存于马德里，上面刻有精美的阿拉伯文（图 6-2），但剑柄已经遗失了。当时德国人制作了一幅阿里·帕夏的海报，表明在敌人识别他的身份时，他的佩剑成了关键的要素（图 6-3）。基督教世界与伊斯兰世界之间的宗教战争，在 17 世纪早期的《奥赛罗》中

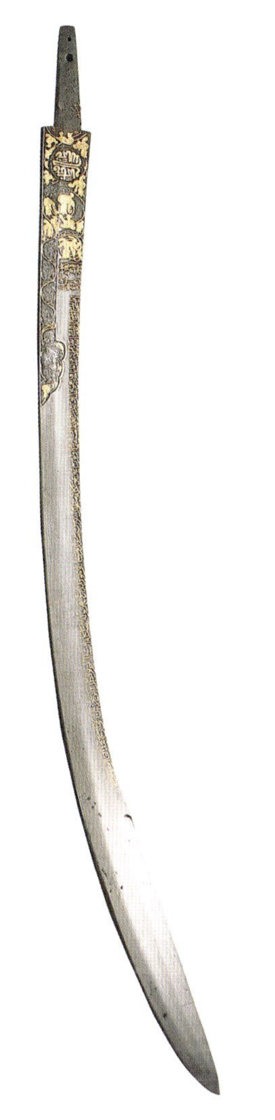

图 6-2.《阿里·帕夏的半月曲剑》，奥地利在 1571 年勒班陀战役中缴获土耳其帝国舰队最高指挥官的战利品。
钢制嵌金，长 88.5 厘米。
现收藏于西班牙马德里皇家兵器博物馆。

“以这柄宝剑起誓”

（《威尼斯商人》2.1.25）

图 6-3. 罕见的德国海报（1571 年），海报中正前方是阿里·帕夏的生前肖像，佩带着半月曲剑（图 6-2），后方是他被枭首示众。
木刻凸版印刷蜡纸画，经手工着色，42.6 厘米 × 33 厘米。
现收藏于伦敦维多利亚和阿尔伯特博物馆。

“不，我说的话儿千真万确，否则我就是个土耳其佬”

（《奥赛罗》2.1.125）

图 6-4.《朝拜圣婴耶稣和童贞玛利亚的武士》，维琴佐・卡泰纳在 1520 年之后不久绘制。画布油画，155.3 厘米 × 263.5 厘米。现收藏于伦敦国家美术馆。

得到了体现。詹姆斯一世曾赋诗（在他登基之后重印）纪念勒班陀战役，称这场战争为“受过洗礼的民族 / 与被阉割过，裹着头巾的土耳其人之间的战争”。莎士比亚在奥赛罗本人的自述中明显地应和了这一点。甚至连奥赛罗这个名字都能让人想起奥斯曼土耳其王朝的创立者奥斯曼一世（Othman I）。很容易看出《奥赛罗》是一部关于宗教皈依的戏剧，对英国观众而言，“摩尔人”这个词主要是一个宗教称谓，而不是区分种族的字眼，宗教皈依对欧洲基督教世界与奥斯曼帝国之间的关系是至为重要的问题。

正是在这种文化背景下，维琴佐・卡泰纳（Vincenzo Catena）那幅神秘莫测的画别有深意，画中一位武士谦逊地跪在圣母玛利亚和圣婴耶稣面前（图 6-4）。也许回溯到 16 世纪 20 年代时，有一种专门挂在尼斯楼堂馆所的门廊或大厅中的绘画形式，正是历史悠久、名声在外的威尼斯还愿画。画面中央的人物显然是个武士，因为他穿戴护胫甲和胸甲，他头戴的丝巾并不是穆斯林男子头巾，但与大约同时期一幅弗兰德人（Flemish）微型人像画中的非洲黑人戴的头巾很像。在 1511 年的《大赛图卷》（图 6-5）中，约翰・布朗克（John Blanke）戴着的头巾与这条方巾一模一样。据记载，他是一个号手，效忠于亨利八世。约翰・布朗克，这个黑人号手穿着皇家仆役的服装，跟其他的

图 6-5. 非洲黑人号手约翰·布朗克的微型肖像，选自 1511 年《威斯敏斯特大赛画卷》。
牛皮纸金银及颜料画，1813.5 厘米 × 37.5 厘米。
现收藏于伦敦军事学院。

图 6-6. 马笼头（包络马头的缰绳的一部分）与图 6-4 中的马笼头相似。西班牙格兰纳达纳斯里德皇家工坊创作于 15 世纪末。
紫铜镀金彩釉，长（最大处）38.6 厘米，宽 21.4 厘米。
现收藏于大英博物馆。

白人乐手一样，他吹奏的小号下面悬挂着亨利七世的徽章。尽管他与别人一样穿着制服，但不同的是，他显然是得到了官方的批准，戴着华丽的丝绸头巾，算是一种特殊的标记。

卡特纳（Catena）武士华丽的佩饰和山羊胡，表明他可能是摩尔人或富有的穆斯林，从他穿戴体面的威尼斯随从和披挂着精美饰品的马匹（图 6-6）可以看出他是个位高权重的人物。那些精美的马饰与格兰纳达摩尔人的纳斯里德（Nasrid）皇家工坊制作的饰物相似。他携带的弯刀和压印的皮革钱袋可能也是摩尔人的风格。虽然，他几乎是匍匐在圣母玛利亚和圣婴耶稣的脚下，右手放在胸口致敬，但这显然不是皈依基督教的形象。如果是的话，我们可能会见到一位保证人，把皈依者带到玛利亚和耶稣面前。但我们在此见到的圣约瑟夫多少有点儿不以为然的样子。这幅画似乎是一幅肖像画，因为这位具有圣职授予权力的武士出现在画作的中央位置，是整幅构图的焦点。在他头部正后方，隐约有一座教堂矗立在远方，他的弯刀与一只小白狗并置在一起，代表着忠诚与可靠。如果这不是一幅还愿画，那或许就是一幅肖像画，肖像主人公宣扬了基督教的正统性，并且希望增强自身的信德。对这位武士的身份推测良多——但没有一个令人信服的——试想一下他在威尼斯帝国东、西边境地带，在为数不多的几个人中间，他会是谁呢？其中一个说法是，他也许是阿尔巴尼亚雇佣军的一位指挥官；也许是一位在伊斯坦布尔任职的威尼斯显贵家族的成员，且与穆斯林有紧密的联系；也可能是一个被当时的威尼斯人既爱又恨的人。

虽然这幅画的创作时间比《奥赛罗》或莎士比亚的素材来源（乔万尼·巴蒂斯塔·吉拉迪·钦提奥［Giovanni Battista Giraldi Cinthio］于1565年创作的《百则故事》［*Gli Hecatommithi*］）早得多，但它却打开了一扇独特的窗口，了解威尼斯帝国边境危机四伏这一特殊的历史背景，莎士比亚为奥赛罗简略地勾勒出了这一历史背景的大致轮廓，是对《百则故事》的补充。该作品再现了奥赛罗生活的时代的方方面面——特别是与穆斯林世界的紧密关系——这与众不同，但也带来了许多无法回答的问题，对宗教和种族认同提出质疑，这正是莎士比亚戏剧的一大特征。如果通过这幅画，我们看到的是公开表示信仰，而不是改变信仰，那么这幅画就恰好印证了奥赛罗持守基督教信仰的事实，奥赛罗曾打断正在吵架的蒙太诺（Montano）和凯西奥（Cassio）说："难道我们变成野蛮的土耳其人了吗？……为了基督徒的面子，不要再这么粗野地吵架了！"（《奥赛罗》2.3.152—154）奥赛罗是个领受了洗礼的摩尔人，他跟马拉诺人（第160页）一样，在伦敦也被当作皈依了基督教的人。他的忠贞和基督教信仰总是值得怀疑的，或者至少是不坚定的，因而被当作"一个到处为家、漂泊流浪的外邦人"（《奥赛罗》1.1.143—144）。

莎士比亚对"外邦人"产生了特别的兴趣，这在《托马斯·摩尔》的手稿（第15页）中得以体现，在这些被普遍认为是莎士比亚的手稿中，他认为英国人绞尽脑汁地想弄明白区分外邦人和异教徒有什么意义。英国人脑海中的外邦人和陌生人的形象是通过看戏形成的。这是一种双向的交际。不论奥赛罗、克莉奥佩特拉还是亚伦，这些黑人角色在舞台上具有何种象征性意义？这些戏剧的主题都表明：欧洲人与非洲人在现实中的交往促成了那一时期"白人"文化的定义。

在莎士比亚时期，人们认为北非穆斯林与撒哈拉以南非洲黑人是截然不同的。虽然他们的穆斯林身份都会引起这样或那样的偏见和恐惧，但北非黑人却被视为能够对抗西班牙和奥斯曼土耳其的潜在盟友，是非洲金矿的守护者。16世纪晚期，一支由17位"尊贵的摩尔人"组成的摩洛哥（Moroccan）外交代表团对伦敦进行了为期半年的访问，伦敦市民（第34—35页）表现出一种仇视、恐慌和艳羡的复杂心态。这一历史事件随后被搬上了戏剧舞台。当时的评论人士称"他们穿着奇特，行为怪异，离群索居，在自己的住所内宰杀牲畜……他们宰杀任何动物时都面朝东方"。第一章提及的摩洛哥大使阿卜杜勒－瓦希德·本·马苏德·本·穆罕默德·阿农的肖像很独特，是那次伦敦之行期间的作品。他和他的代表团成员极有可能在皇宫观看了莎士比亚剧团演出的戏剧，给莎士比亚及其剧团演员们留下了北非人高贵的印象，这一印象融入了《奥赛罗》的创作之中。伊丽莎白一世曾与摩洛哥进行过反西班牙的联合军事演习，这是一步妙招，她主动示好将穆斯林当作潜在的全球盟友，因为她和她的臣民想要在全球做生意。

自 16 世纪始，非洲黑人通过各种途径来到英国，通常需要借道葡萄牙、西班牙或意大利，从 16 世纪中叶起，他们才从非洲直接前来。一位有详细历史记录的访英黑人名叫德德里·雅克华（Dedery Jaquoah），他位高权重，是几内亚胡椒海岸某个国王的儿子。1611 年，他在一个与其父亲有生意往来的英国商人的陪同下来到伦敦，学习英国人做生意的方式和习俗，并接受洗礼。由于商业及宗教方面的重要原因，他受洗一事在伦敦被当作一个重大的公共事件并被记录了下来。

舞台之外，在伦敦剧场周边及更远的地方，撒哈拉以南非洲重要人物的到来还影响了语言本身。在 15 世纪时的欧洲，"黑"与"白"逐渐成了常用的指称肤色的词汇，黑色皮肤在当时被认为是迷人、性感、具有异国情调的。与白色皮肤相比，黑皮肤也颇受人垂青。1491 年伊莎贝拉·德斯特（是位曼图亚公爵夫人）寻找一位年轻的黑人女奴，她希望那个姑娘"尽可能地黑"以衬托她自己白皙的皮肤。当时的绘画常把肤色白皙的女神、贵妇和统治者与黑人女仆或男侍放在一起，很大程度上都是出于相同的原因，即以黑人之美衬托白人之美。1605 年版的《黑色的假面舞会》中，丹麦安妮公主想在宫廷中"扮演黑人"演戏，表明这种宫廷时尚的流行程度（第 220 页）。有一幅画是纪念亨利·安通爵士（Sir Henry Unton）的，画中的黑人孩子与白人孩子成对出现在假面舞会上（图 1-43），这种表现法与莎士比亚《奥赛罗》中黑人与白人对话的台词结构有相似之处，通过对比凸显白人。还有一种习俗，即通过反义词让人想起相应的事物，因此给非洲黑人取各种能够体现白色概念的名字，如约翰·布朗克（John Blanke）、左安·布扬克（Zuan Bianco）、吉安·布朗克（Jehan Blanc）。

在欧洲绘画和文学中，将这种新的元素与真实的黑人联系在一起的手法令人颇感困惑。这可能归因于欧洲宫廷的嗜好，也可能是因为与非洲有实际的往来，或是因为奴隶贸易。最新的档案研究表明，伊丽莎白女王时期伦敦有 20 万人，主要有奴隶、仆役、自由民，其中非洲黑人可能有 900 人，他们大多是家奴、伶人、工匠或是娼妓。他们大多聚集在郊区，在剧场常能见到不少黑人。西蒙·福尔曼（Simon Forman）住在伦敦桥附近菲尔伯特巷内，他的日记中提到，1597 年"在皮尔斯（Piers）先生家见到一个叫博洛妮（Polonia）的黑人女仆，年仅 12 岁"，她"非常胆怯，内心充满了忧伤"。博洛妮被她的英国雇主带到了福尔曼面前。福尔曼的描述使人想起了杜里埃的一幅素描画，1521 年杜里埃给一个时年正值 20 岁妙龄的非洲女黑奴（图 6-7）画了一幅素描像，并用她的名字给这幅细致入微的画命名为"凯瑟琳娜"（Katherina）。她当时在葡萄牙政府安特卫普总办吉奥·布兰多（Joao Brandao）手下服役，在福尔曼的日记中，描写了他画下"他（布兰多）的非洲女黑人"的过程。

1521

图 6-7.《凯瑟琳娜的肖像》，阿尔布莱希特·杜里埃于 1521 年创作于佛罗伦萨。
银尖笔画法，20 厘米 × 14 厘米。

英国宫廷是非洲黑人活动的中心，他们在伊丽莎白王室及位高权重的朝臣家中随处可见，如女王的宠臣罗伯特·杜德利（Robert Dudley）和她的心腹仆从威廉·西塞尔（Willian Cecil）家中。通过与探险家和支持商业投机的宫廷酒店的接触，莎士比亚发现英国商人把奴隶当作商品买卖。1565 年英国探险家约翰·霍金斯（John Hawkins）又添了一个黑人奴隶，“用绳索捆着，连同黄金臂环和耳环被当作抵押品和俘虏”，这说明他参与到了赚钱的奴隶贸易中。虽然从伊丽莎白执政时起，1596 年到 1601 年连续三份公告将非洲黑人视为不法分子，被勒令驱逐出境，但在英国律法中，黑奴的法律地位模棱两可。他们被当作奴隶与囚禁在西班牙监狱中的英国俘虏做交换。1601 年的公告——也许当时还在起草阶段——旁敲侧击地称“大量的黑人”已经“潜入这个王国”，他们是被我们的敌人西班牙驱逐的异族人和外邦人。据说他们大多数是“信异端者，根本不知道耶稣基督和福音为何物”。欧洲人轻易地把万物有灵论者或信奉伊斯兰教的黑非洲人等同于奴隶是有用意的。因此，驱逐他们便成了一种合情合理的民族清洗和宗教清洗的手段，在收成欠佳、流民四起及失业率居高不下时，更是一种必要的手段。

从这样的历史背景来看，我们该如何理解奥赛罗在讲述追求苔丝狄蒙娜的过程时，说“被卖身为奴，这便是我的补赎”这句话呢？“赎金”指赎回自由之身的费用，有时基督教传教活动密切关注的事情便是赎身。勃拉班修（Brabantio）喜欢渲染这种联系，称如果奥赛罗对苔丝狄蒙娜的痴情没有受到质疑，就意味着“奴隶和异教徒都要来主持我们的国政了”（《奥赛罗》1.2.117）。伊阿古——这个响亮的名字是以桑迪伊阿古·玛塔莫罗斯（Santiago Matamoros）或摩尔人刽子手圣·詹姆斯（St James）的名字命名的——说他会让奥赛罗否认他的基督教信仰。但他是什么时候受洗的？第一种可能的情况是奥赛罗的父母被摩尔人或北非巴巴利（Barbary）海盗奴役，并信奉基督教，后来被基督教徒赎回摆脱了奴役。在信奉基督教的欧洲人中，特别是在地中海地区，这是很常见的经历，在莎士比亚生活的年代，在大西洋沿岸更是愈发常见。至少莎士比亚的观众听惯了海盗袭击这样的故事，以及海盗袭击给被俘者及其家庭造成的巨大影响。

第二种可能的情况是，奥赛罗也许是个穆斯林奴隶，作为赎身的一个步骤，他接受了洗礼成了基督徒，但鉴于奥赛罗曾提到“被傲慢的敌人俘获”（《奥赛罗》1.3.151），所以这种推测不大可能。伦敦人也知道，由于黑奴通常是成年之后才受洗的，“一个服侍奥德曼·班奇（Alldemane Banynge）先生、名叫朱利安

“被傲慢的敌人俘虏为奴，然后遇赎脱身”

（《奥赛罗》1.3.152）

图 6-8. 非洲黑人头像鼓风器，产于 16 世纪的威尼斯。
压纹浮雕、镀金、有铜锈，高 25.4 厘米。
现收藏于大英博物馆。

图 6-9. 非洲黑人男子肖像画（细节），画中人物是个信奉基督教的侍臣，扬·莫斯塔特创作于 1525 年至 1530 年间。
板面油画，30.8 厘米 × 21.2 厘米。
现收藏于阿姆斯特丹国立博物馆。

（Julyane）的黑奴就是这种情况。1601 年 3 月 29 日，他在伦敦受洗时已经 22 岁了”。非洲裔婴幼儿的受洗仪式及奴隶子女的浸礼仪式也会被记录下来，并取非洲人名和英国人名合成的名字。

虽然在欧洲的黑非洲人并非都是奴隶，但欧洲人一直将他们归为此类。图 6-8 中 1500 年左右威尼斯制作的人形鼓风器展现了常见的黑非洲人给人留下的印象。鼓风器的造型是一个非洲年轻小伙的半身像，他身着柔软的束腰外衣，衣领紧贴至脖颈，属于 16 世纪威尼斯服饰风格。其中一只耳环尚存，另一只则遗失了，但耳洞尚在。佩戴耳环使人联想到了非洲黑人，特别是黑奴。这只人形鼓风器里面可能会灌满水，一般会放在火前，蒸汽就从吹火男孩噘起的口中喷向火苗，使火烧得更旺。这个鼓风器造型显示的男孩到底是个奴隶还是个当家仆的自由民？我们无法确知。在文艺复兴时期，有很多非洲黑人在威尼斯劳动，其中有奴隶、获得自由的奴隶以及家仆——意大利其他港口城市、宫廷及城市家庭中也有他们的身影。不论是奴隶还是自由民，他们的差事通常都是料理家务。威尼斯的一些图片和文字资料显示，很多黑人曾充当贡多拉船夫。古罗马青铜器上描绘非洲黑人时，常见的造型即是头像，这种方式在意大利文艺复兴时期制作青铜油灯时又流行了起来，我们看到的这只人形鼓风器便是刻意地利用了这种手法。类似的非洲人肖像——不论是古代的还是文艺复兴时期的——都倾向于用夸张或歪曲的手法表达和贬抑画中人物，视他们为私人财产。

因此，一位信奉基督教的非洲黑人侍臣肖像画（图 6-9）显得令人颇感意外。此画为扬·莫斯塔特（Jan Mostaert）于 1520 年至 1530 年间创作，据记载莫斯塔特当时在梅赫伦奥地利玛格丽特女王的宫廷当画师，尽管作品可能是在比利时安特卫普创作的，与葡萄牙和非洲有着千丝万缕的联系（见图 6-7），但画中人物的姿态和神情显然是欧洲风格的，与同时代一种知名的肖像画类型吻合。一只手戴着精致的手套，搭在一支轻剑上，另一只手放在用银线绣着鸢尾花图案的钱包上，这也许能够证明与法兰西瓦卢瓦王朝的国君有一定的关联。但这幅肖像画中唯一特殊的细节是缝在他帽子上的大徽章，这枚徽章对画像中的人物意义重大，是用来识别他的身份的。那是一枚朝圣纪念徽章，说明画中人曾前往比利时哈儿朝拜著名的黑圣母像。这种由铅或银制作的徽章常在圣地售卖，朝圣者会买一两枚徽章戴着，自豪地回家。莫斯塔特对这枚徽章的描绘非常细致，以致图中天使手里拿的经卷上写的“万福玛利亚”几个字也能识别，圣母御座上的“哈儿”这个地名也可以看到。

“不会否认他受过洗”

（《奥赛罗》2.3.307）

图 6-10. 朝圣者佩戴的黑圣母玛利亚像章，比利时哈尔，系图 6-9 中不知名的侍臣佩戴之物。可能在 16 世纪初期产于比利时或荷兰。
材质为银，直径 3.8 厘米。
现收藏于大英博物馆。

现有三枚银质朝圣徽章存世，其中一枚藏在大英博物馆，跟莫斯塔特画中人物戴的那枚一模一样（图 6-10）。这枚徽章说明他信奉基督教，官阶较高，由于这个朝圣地让人联想起哈普斯堡王朝，尤其是瓦卢瓦王朝。他会不会是一位来自黑非洲的权贵，

图 6-11. 刚果驻罗马教廷大使尼—温达的画像，拉法里奥·西亚莫西于 1608 年创作。蚀刻版画，27.5 厘米 × 19.7 厘米。现收藏于大英博物馆。

临时待在欧洲，信奉了基督教，穿着欧洲人的服饰呢？这在当时是常有的事。阿方索一世 1506 年登基（约 1506—1543）成为信奉基督教的刚果国王之后，许多刚果年轻人被派往葡萄牙和罗马读书。1608 年，信奉基督教的刚果驻罗马天主教教廷大使尼 - 温达穿着欧洲服饰的画像，被刊登在了意大利和德国的各种报章杂志中（图 6-11）。显然，出版商认为有一大批消费者会对非洲黑人的出现与时事新闻同样感兴趣。一份德国报纸这样报道他出使罗马的情况：

> 他是刚果王国第四任信奉基督教的国王埃尔瓦多（Alvardo）派遣的第一位驻教廷（Papal Throne）大使。刚果是非洲最偏远的国家，盛产黄金……刚果不用金币而是用贝壳做货币。因为地处埃塞俄比亚境内，四周全是沼泽，这个国家的居民肤色非常黑，恰如这位大使一般，虽然大使到罗马时的穿戴跟画像中的一样，但刚果居民一般只披一件棕榈叶做的斗篷，其他部位都裸露在外。

VERITAS
DE TERRA
ORTA EST
ET IUSTITIA
DE COELO
PRSPEXI
T

图 6-12. （威尼斯共和国）总督帕斯卡勒·西科贡纳颁发给汤马索·摩洛希尼·德拉·萨巴拉担任克丽玛市兴政官、元帅的委任状。创作于 1580 年至 1600 年间。
板画水彩画，22 厘米 × 15 厘米。
现收藏于大英图书馆。

莫斯塔特画像中的人物是位外交官还是出生于欧洲并信奉基督教的黑二代呢？那枚徽章表明他很可能是宫廷朝圣团的随行人员，因为他的穿着是一种贵族或皇家规定仆人穿的制服。遗憾的是，记载前往圣地朝圣的书籍，在相关时间段内并无相关内容，因此他的身份依然是个谜。但他的出现带来了一个全新的概念——“欧洲黑人居民”——其重要意义不可低估。

恰如钦提奥（Cinthio）的 *Hecatommithis* 中的摩尔人，莎士比亚的奥赛罗最初在剧中被饰演为一个非常值得信赖的人、一位“高贵的摩尔人”，并且深得威尼斯未婚女子青睐，最终被委以重任前往边疆抗击土耳其人。奥赛罗称他赢得了勃拉班修（Brabantio）——即苔丝狄蒙娜（Desdemona）的父亲、威尼斯共和国议员——的信任。他说：“她父亲喜欢我”（《奥赛罗》1.3.142）。钦提奥（Cinthio）的故事有一定的现实依据，因为黑非洲人的确在文艺复兴时期的意大利军队中深得信赖，被委以重任。威尼斯日记作家马林·萨努多（Marin Sanudo）记录了 1495 年埃塞俄比亚人、“最勇敢的非洲黑人”约翰（John）指挥威尼斯军队与法国人作战并阵亡的情景。16 世纪著名画家提香（Titian）曾为劳拉·蒂安提（Laura Dianti）画过像，她是费拉拉公爵（Duke of Ferrara）阿方索·德·伊斯特（Alfonso d’Este）的夫人，画中的劳拉左手搭在一个黑人童仆肩头。

1587 年，一份威尼斯颁发给汤马索·摩洛希尼（Tommaso Morosini）的委任状似乎表明，官方和公众对黑非洲人的观念发生了转变（图 6-12）。委任状的插图中，原本应该出现一位接受委任状的威尼斯共和国的白人官员，但却印上了一位黑非洲男子。这似乎印证了奥赛罗在威尼斯共和国深得信赖并被委以重任的事实，但相同之处仅此而已。也许这份委任状是摩洛希尼花钱买的，或者可能通过关系对装帧设计做了手脚。虽然插图中现实的黑人并不是汤马索·摩洛希尼·德拉·萨巴拉（1546—1622）本尊，但这位威尼斯贵族还是通过插图中人物的穿戴昭示着自己的存在，家族式先驱官的颜色是金色和蓝色，用这两种颜色作的画使他的名字具有双关作用，摩洛希尼也就是摩尔，代表着意大利语中的摩尔人（Moor）。

虽然对这幅画作的阐释尚无定论，但该画本身却令人惊奇。画中没有出现常见的正义与和平女神、玛利亚、耶稣圣婴、骑着飞狮的圣马可（St Mark），相反，这位非洲黑人似乎成了真理与正义的见证人。整个画面背景仍然具有基督教意味，因为画中的一段文字节选自《圣经·诗篇》（84.12），“真理始自大地，正义从天上俯瞰”。真理女神右手擎一颗心，似乎是要交给正义女神称量，这也许是源于《圣经·传道书》第十章，第二节（“智者的心居右，愚者的心居左。”）插图中的黑人男子巨头凝视着真理女神，面带似欲辩解的神情。尽管我们也许永远也无法找到对这幅画的可靠的阐释，

“被这福玻斯热情的眼光烧灼得遍身黝黑”

（《安东尼奥与克莉奥佩特拉》1.5.33）

图 6-13. 刻有非洲黑人妇女半身像的玛瑙浮雕。1600 年产于意大利北部或布拉格。
嵌在现代金戒指上的玛瑙，长 2.1 厘米。
现收藏于大英博物馆。

但毫无疑问这幅插画传达着严肃的寓意，展现了一个事实：非洲黑人出人意料地融入了威尼斯官方的视觉传达体系。

17 世纪前后欧洲雕塑艺术表现出了对黑人的审美情趣，且不断发展达到新的高度。在类似宝石浮雕这样的小型雕塑作品中，各种玛瑙棕色和黑色的纹理层次被巧妙地利用，栩栩如生地呈现了非洲黑人的形象。图 6-13 中的这尊雕塑是用于嵌在胸针或戒指或放在珍奇柜内当作样品展示的，这尊大理石雕塑是尼古拉斯・科迪埃（Nicholas Cordier）于 1610 年左右在罗马根据一些精美的原型（图 6-14）创作的。科迪埃重新恢复了古罗马雕塑风格，有时候甚至把古罗马时期的雕塑残片融入新的作品之中。他创作了一尊摩尔女性半身像（现收藏于罗马鲍格才画廊），1613 年发表的一首诗指责他没有赋予这尊女性雕塑白皙的面容。美女怎么能是黑人呢？本书插图中这尊用一种称为比焦・莫拉托（bigio morato）的黑色大理石雕刻的头像，也许遭到了同样的批评。科迪埃的这尊代表作，让人想起了庄严优雅的古希腊、古罗马青铜雕塑及大理石雕像原型。雕像人物眼眸周围的白色大理石愈加凸显了他紧张凝视的神情。

图 6-15 中的摩尔人头形镀金银杯被有意地设计成威严的武士形象。德国金匠向来有制作镀金银质先驱官饮酒樽的传统，他们制作的酒樽形状怪异复杂，常作展示之用，偶尔也会用于正式的宴会。这只酒樽由纽伦堡一流的金匠克里斯托弗・雅姆尼策尔（Christoph Jamnitzer）在 1595 年至 1600 年间制作，萨克森选帝侯克里斯钦王二世与丹麦海德薇格的婚礼上可能用的就是这尊银杯。银杯上的半身像非常独特（中空可以打开），能从人像头部直接喝酒或使用翻转的杯盖喝酒，该银杯采用了非洲黑人的头像。有一只发箍和一枚保存完好的耳环，可能是戴在先驱官雕像（摩尔人头像的雕塑）上的，与佛罗伦萨库奇家族的盾形纹章一样，说明塑像人物可能是个奴隶。他黝黑的皮肤和头部枝状饰上的水晶宝石，使镀金的酒樽底座和细部装饰形成了鲜明的反差。这枚枝状饰品模仿了文艺复兴时期欧洲宫廷流行的一种羽毛帽上的珠宝装饰，而且会让人联想到印度、土耳其以及非洲的异国情调（图 6-16）。雅姆尼策尔的这尊半身像整体上具有雕塑特有的气势和姿势，特别适合用作奖杯，也许它就是 1602 年为庆祝克里斯钦的婚礼而在萨克森举行的宫廷锦标赛上使用的奖杯。

“说你这位女婿长得黑，远不如说他长得美”

（《奥赛罗》1.3.308）

图 6-14 非洲黑人上身像。尼古拉斯・科迪埃 1610 年作于罗马。
黑白大理石，高 34 厘米。
现收藏于德国德累斯顿州立艺术收藏馆。

在描绘非洲人时，不论是在艺术品还是在戏剧中，欧洲人通过表现他们与非洲人的差异来凸显自己。尽管这些都是独立构思的艺术作品，但它们仍然基于欧洲人与非洲或非洲人的实际接触，不论其遭受的误解或者操控程度如何，事实就是如此。莎士比亚利用威尼斯这座开放的现代城市作为戏剧的背景，探索英国人在全球扩张时代面对种族和宗教身份以及信仰变迁而产生的焦虑。

图 6-15. 摩尔人头像酒樽，克里斯托弗・雅姆尼策尔 1602 年制作于德国纽伦堡。
银质浮雕，部分镀金，镶水晶，高 52.2 厘米。
现收藏于德国慕尼黑巴伐利亚国家博物馆。

图 6-16. 带战利品装饰的帽顶珠宝，产于 17 世纪初期的德国或荷兰。
黄金、珐琅、镶钻石、红宝石和翡翠，长 8.59 厘米。
现收藏于大英博物馆。

King James 1st

第七章

“悖逆的罪与行邪术的罪相等”：苏格兰戏剧

1603年3月，詹姆斯一世顺利即位，举国欢腾（图7-1）。有位法国评论家在回顾伊丽莎白执政末期镇压叛乱和政治动荡时，把当时的英国描述为“只有在彻底混乱和毁坏的国度才能见到这样一个极度恐怖与血腥的悲剧场面”。

詹姆斯一世是一位老练的男性统治者，有两位子嗣待继大统，在经历了一位独身女性40多年的独裁之后，詹姆斯一世曾颇受拥戴。伊丽莎白当政时，禁止公开讨论一切有关王位继承的问题。约翰·芬顿（John Fenton）表达了当时国人的心境：

> 我必须承认在伊丽莎主政期间
> 我们从来没有享受过快乐的时光……
> 现在，我们可以自豪地夸耀我们不再恐惧什么，
> 我们拥有了新王和新王的继承人。

在几十年愈演愈烈的紧张局势和教派分离之后，在整个宗教领域，不论是天主教徒还是长老教会员，均是詹姆斯国王的臣民，仰赖新的英格兰教会最高领袖的领导，期冀着全新的开始。面对若干不可调和的棘手事项，詹姆斯宣布要走一条艰难而且危险的道路，寻求建立一个团结而宽容的国家——他的伟大贡献之一就是使英国具有了被称为“大不列颠”的新的国际身份，英格兰、苏格兰、爱尔兰、威尔士实现了统一，首次服膺于同一位君主的统治。人们开始认同这个新的国家，这个踌躇满志的帝国第一次出现了激动人心的生机。

1603年5月19日，莎士比亚的演艺剧团被正式宣告成为“国王的班底”，可以“自由地利用并发挥艺术天赋表演喜剧、悲剧、历史剧、幕间幽默短剧、寓言剧、田园剧、舞台剧等以飨我的忠实臣民，当我们心情愉悦想要看戏时，能给我们带来快乐与享受”。这段话证实了莎士比亚剧团在英国的显赫声誉和地位。国王的班底被视为皇家公务人

图7-1. 戴羽毛头饰的詹姆斯一世，由老约翰·德·科里兹（John de Critz the Elder）画室绘制。约翰·德·科里兹是被荷兰驱逐的新教徒，前往英国定居，1605年被任命为詹姆斯一世的高级画师，1611年被封为“詹姆斯一世御用画师”。1606年国内外都需要新君的官方画像，德·科里兹遂受聘为詹姆斯绘制全身肖像，并被认为开创了官方肖像画的先河，直到1618年保罗·范·索莫成为国王御用画师，他创立的肖像画范式才被弃用。此处见到的半幅版画像将詹姆斯表现成了一位具有诗赋和文学理想的学者型国王。
板面油画，56厘米 × 43厘米。
现收藏于英国苏塞克斯帕海姆庄园。

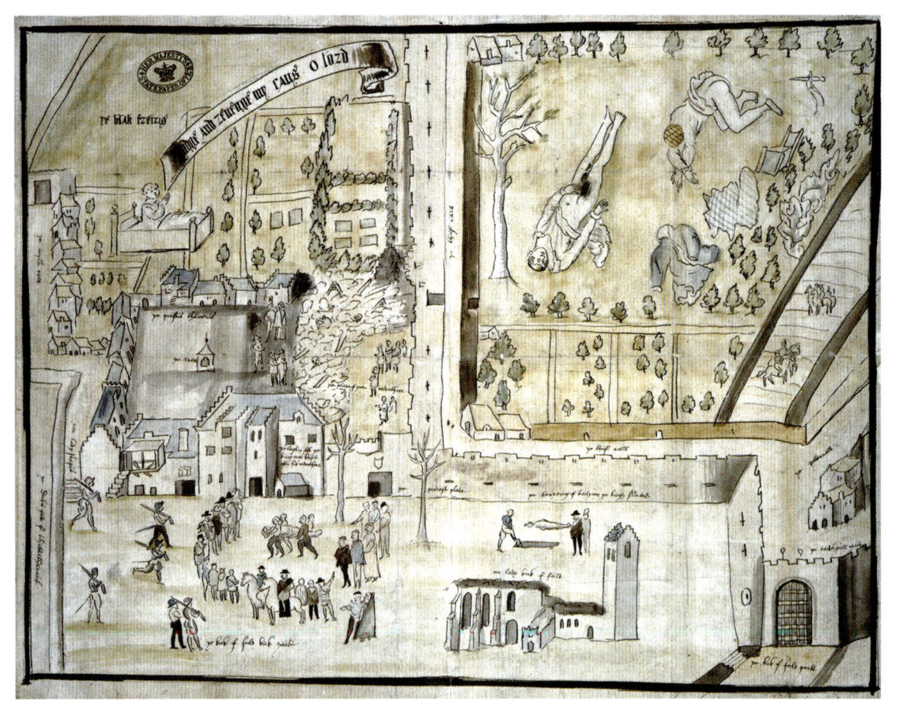

图 7-2. 1567 年 2 月 10 日在爱丁堡柯克场刺杀达德利伯爵，事件发生后此画便被送给英格兰重臣威廉·塞西尔。
钢笔画，44 厘米 × 52.3 厘米。
现收藏于伦敦克佑国家档案馆。

员，享有正式的身份，是不拿酬金的贴身近侍。这是一份荣誉职位，享有此荣誉者有权穿着特定制服列队出现在朝会上，还可以在重大外事活动中担任招待员。莎士比亚在《麦克白》中营造的危机四伏的世界就反映了他的宫廷生活经历。身为国王近侍，当着国王的面，看着麦克白把国王邓肯的鲜血抹在被下了麻药的侍臣身上，构陷他们弑君的可怕剧幕，这些场景写得极为生动。莎士比亚早在《哈姆雷特》中就表达了宫廷生活受到监视和极度不安的情绪，因为随时就有密探藏在墙幔后面。不过，他撰写这出剧时，他本人正是国王的贴身侍臣。这一点是否会让演员（若不是观众的话）在演宫廷剧时心惊胆战，或更加具有演戏的优势？

詹姆斯一世国王对他的统治并非绝对自信。1566 年，他还在娘胎里时就险些被其母亲的情夫利奇奥（Riccio）谋杀。几个月大时，又躲过了生父杜德利伯爵（1545—1567）的谋杀（图 7-2）。他的母亲——苏格兰女王玛丽一世，由于参与了这起谋杀而被废黜。1567 年詹姆斯继承了苏格兰王位，时年仅 1 岁。他还躲过了 1600 年的高里阴谋（Gowrie Conspiracy），据传那是一起企图刺杀他的阴谋——尽管具体细节仍是未解之谜，此后，他又躲过了 1603 年的称为次要阴谋和主要阴谋的谋刺企图，主要阴谋试图将他的表兄弟阿尔贝拉·斯图亚特（Arbella Stuart）（1575—1615）推上王位。莎士比亚剧团曾排演 1604 年的高里阴谋事件。付出了一定的代价后他们才知道，直接描写这类谋刺君王的戏剧是超越当时的政治底线的，因此这出戏在票房大卖过两场之后，就被封杀了。轰动一时的 1605 年火药阴谋，也称火药叛国阴谋最终落败——这是一起由天主教极端分子策划，计划用火药炸死国王、王室成员、国会议员和法官的恐怖活动——为莎士比亚的《麦克白》（涉及“可怕的骚乱和混乱的时局”）提供了基本的故事背景（《麦克白》2.3.52）。

这是莎士比亚唯一一次使用“骚乱”这个词，也正是在这出剧目中，他将“刺杀”这个词引入英语文学中（《麦克白》1.7.2）。

然而，火药阴谋案的重大意义得以明确地解答，毫无疑问它永久性地改变了不列颠民族的心理，断绝了任何将天主教复辟为国教的可能性。传教士兰西洛特·安德鲁斯（Lancelot Andrewes）在1606年11月5日的一次著名讲道中称其为“我们的逾越节”（our Passover），是在上帝直接干预下的一个民族的得救，这需要以犹太人庆祝逾越节的方式“世世代代、年复一年地颂谢”。火药阴谋败露后的一年内，出现了许多民谣、海报、戏剧和布道演说，在随后的几十年内，它们与挫败西班牙无敌舰队的凯旋事件一道，以文字和绘画的方式被广为传颂。每一次事件中，国王都被提升到了民族拯救者的高度，受神庇佑，受命于天。这两起事件被视为新教抗击威胁英格兰生存的国际天主教的民族胜利。

盖伊·福克斯（Guy Fawkes）灯笼是一件世俗遗物，现收藏于牛津市阿什莫尔（Ashmolean）博物馆，它带我们走近火药阴谋事件的真相和它留给我们的遗产（图7-3）。在大众想象和同时代的印象中，福克斯与这盏灯笼联系在一起，还有许多据说与他有关的灯笼也都存世至今。据说图7-3中的这盏灯笼便是1641年牛津大学布雷齐诺斯学院的罗伯特·赫伍德（Robert Heywood）赠送给牛津大学的。其父正是逮捕了福克斯的太平绅士，当时福克斯即将在威斯敏斯特宫地下室引爆炸药。这盏灯笼曾陈列在牛津大学图书馆，是英国历史的证据。自其馈赠之时直至19世纪80年代被转赠给阿什莫尔博物馆，它还是英国人反天主教会和排斥天主教徒的宣言书。类似的普通灯笼被奉为至宝或偶像保存——也不管是否真的与福克斯有关——此事足以说明火药阴谋事件在英国人心目中的重要地位。

莎士比亚肯定不会对火药阴谋事件的直接影响熟视无睹，因为事件的主谋凯斯比（Catesby）、特雷瑟姆（Tresham）、文图尔（Winter）都和他的故乡斯特拉特福镇有牵连，因为他们曾藏身于一幢离斯特拉特福镇不远的科洛普顿（Clopton）的一所宅子里，阴谋策划者很快被缉拿归案，并对他们展开审讯，新闻报道利用全国上下对天主教的仇视和极度恐惧，对此事件大肆渲染。不仅在英国，连国外的公众都对这些事件紧追不放，但在报章杂志中以文字或图片直接报道这些事件是非常危险的。几乎整个1606年都处于高度紧张的气氛之中，1606年3月伦敦周围流传着一个谣言，称詹姆斯国王在巡猎时被人谋害了。威尼斯大使评论道：“这个消息在整个城内散布，引发了惊人的骚动。人人都拿起了武器，商店关门，喊起了反对天主教徒、外国人和西班牙人的口号。”——也就是说，通常被当作怀疑对象的这三类人被一起喊打。詹姆斯得知这个传言后，立刻返回伦敦，敲响钟声，燃放烟花庆祝他安全无恙。本·琼生（Ben Johnson）曾写过一首纪念这起事件的诗，“1606年3月的第22天，听到了他已亡故的谣传，有人幸灾乐祸”，诗的结尾写道：

“一个可怕的声音，预言着将要有一场绝大的纷争和混乱”

（《麦克白》2.3.52）

图7-3. 盖伊·福克斯灯笼，原本有一个小窗，关闭后可将灯笼内灯烛的亮光完全遮蔽，1641年作为“火药阴谋”纪念物赠予牛津大学。
材质为铁皮，高34.5厘米。
现收藏于牛津大学阿什莫尔博物馆。

对我们而言，一切依然浮现在眼前，回荡在耳侧，
并非在意你的险境，而是我们的恐惧。

也许琼生这个感伤的回答能够解释1606年刊登其中八名阴谋策划者的那期报纸源自荷兰而非英国的原因了（图7-4）。由于欧洲出版商和伦敦印刷行业有紧密的联系，那份报纸肯定是想讨好英国乃至欧洲大陆的读者。

1606年，对阴谋策划者当众施以绞刑、剖腹和分尸，场面十分骇人。耶稣会在英

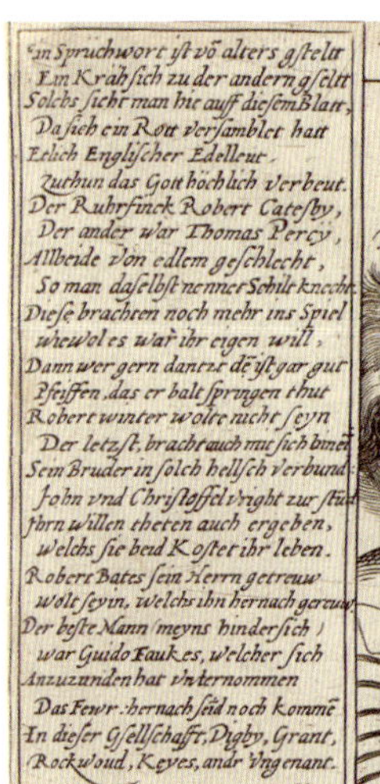

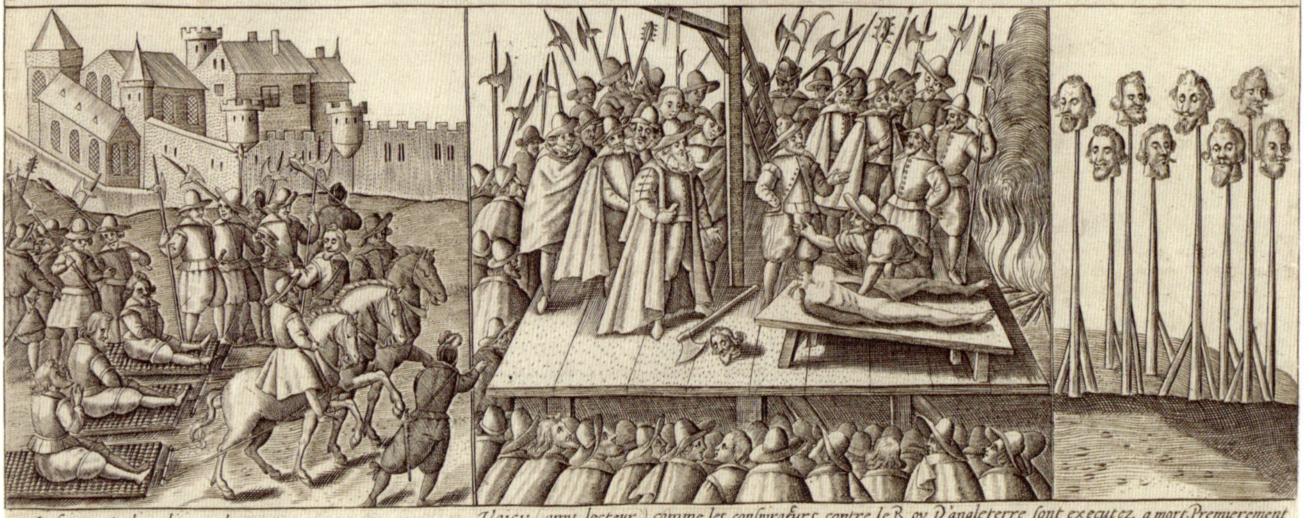

图 7-4.一份1606年的德国报纸，刊登了火药阴谋11位策划者中的8位及其被执行死刑的场面。雕版画，25.5厘米 × 30.6厘米。现收藏于大英博物馆。

“啊，进来吧，暧昧含糊的家伙。”

（《麦克白》2.3.6）

图 7-5. 耶稣会传教士亨利·加内特，被称为“教皇的宠儿”，图中他手捧着教皇的赦免状，赦免他参与谋刺一位受过敷油礼（在宗教仪式上涂油是神化或任圣职的象征）的国王的指控。这是一幅匿名的反天主教海报，可能是 1606 年 5 月 3 日加内特在伦敦主教府外，圣保罗大教堂的墓地上（火药阴谋的策划者也是在此被处死的）被执行死刑后几天内印制的。
木刻印版，凸版印刷机印制，29.5 厘米 × 16.5 厘米。
现收藏于大英博物馆。

图 7-6. 图 7-5 中海报的另一面，为火药阴谋主犯盖伊·福斯特（拿灯笼者）和罗伯特·凯斯，摘自《托马斯·特维列恩爵士全书》（1616 年）。
现收藏于英国白金汉郡沃姆斯利图书馆。

格兰的头领亨利·加内特（Henry Garnet）经过大肆宣传的审判之后，于 5 月 3 日被处死，审判期间他利用双关语企图避免做伪证的指控，这是一种耶稣会士玩的文字游戏，被称为“语义双关”。《麦克白》就倾向于用这种手法，“女巫”三姐妹在发布预言时就使用了这种模棱两可的手法，使麦克白误以为可保护他免遭报应。审判加内特时，只要他一使用模棱两可的双关语，就会被大声呵斥，指其油嘴滑舌、心术不正。莎士比亚在喝醉的看门人那一幕戏中对此做了回应，戏中的看门人似乎就是加内特的化身，他的台词和绰号怎么听都像是个耶稣会士。这种反天主教的讽刺之词与当时报章杂志对天主教徒的描写和意图传达的精神实质是吻合的。“哼，一定是什么讲起话来暧昧含糊的家伙，他会同时站在两方面，一会儿帮着这个骂那个，一会儿帮着那个骂这个；他曾经为了上帝的缘故，干过不少亏心事，可是他那条暧昧含糊的舌头却不能把他送上天堂去”（《麦克白》2.3.6—8）。

1606 年至 1607 年间出现的一幅英国海报非常独特，可以肯定它是在加内特被执行死刑之后的几个月内制作的，可能是最早以图片形式详解火药阴谋案的英国出版物。直到 1612 年，才有别的出版物出现。在此见到的这份印刷品（图 7-5），其中的一份是一幅海报，登载了阴谋策划者的画像，将加内特描述为“教皇的宠儿”，手里拿着教皇赦免他叛逆行为的赦免状。这幅海报没有标注日期，但题写了加内特被执行死刑是在“五月的第三天”，因此，这份海报可能是发生在1606年5月3日处死加内特后的几天内。加内特受审并被执行死刑引发了不少民谣传唱，这幅海报表明类似的讽刺作品有相当广泛的反天主教受众，与波特（Porter）的演讲词相得益彰。对当时的观众来说，把《麦克白》中说话模棱两可的那个人与加内特联系在一起是件很容易的事。

多年来，不论是在英国还是在国外，不论是新教还是天主教圈子内，他仍然是民众心目中的一个主要人物，1608年托马斯·科亚特（Thomas Coryat）在德国科隆（Coolgne）见到加内特的画像在销售时，称其为“我们英国著名的耶稣会士亨利·加内特”。

火药阴谋在政治方面的巨大影响在《麦克白》的情节结构中得以体现，麦克白夫人喜欢夜晚，因为夜晚会隐蔽谋刺邓肯的恶行：“让我的锐利的刀瞧不见它自己切开的伤口，让青天不能从黑暗的重衾里探出头来，高喊‘住手，住手’！”（《麦克白》1.5.50—52）。最后一句话是围观加内特绞刑的人群对绞刑吏的呵斥，他们冲向悬在绞刑架上的加内特，拉扯他的双腿以加速其死亡，这是百姓对被处决的叛国者少见的怜悯之举。加内特被当作政府打击的对象，进一步得到了人们的同情，耶稣会神父杰拉德特别提到：“当他被剁成碎块，肠子被扔进火里，心脏被剖出来，拿给围观的人看，并按惯例高喊‘看看叛徒的心长啥样！’时，却没有一个人鼓掌叫好，也没有人高喊‘上帝保佑我王’，这与以往类似砍头剜心的场面是截然不同的。”

爱德华·奥德科（Edward Oldcorne），另一位因为信仰问题被怀疑参与了“火药阴谋”

“出来，可恶的浆块！现在你还会发光吗？”

（《李尔王》3.7.88—89）

图7-7. 银质遗骨盒，制作于1606年前后，用来盛装耶稣会神父真福爱德华·奥德科（Edward Oldcorne）的右眼，是他在伍斯特市被处决后，被人挖走的。17世纪时，这件遗物被偷偷带到法国圣奥梅尔耶稣会学院，1794年被送回斯托尼赫斯特学院。
材质为银，直径4.6厘米。
现收藏于英国兰开夏郡斯托尼赫斯特学院。

图 7-8. 1606 年 1 月 30 至 31 日处决火药阴谋案 8 位策划者的画面，背景是一座假想的城市，是交付费舍尔印刷厂付梓印刷的草图，再现了行刑场景，背面是反天主教宣传文字。克拉斯·让斯于 1606 年创作。
钢笔、棕色墨水、褐色水彩、转印线条，23.9 厘米 × 34.2 厘米。
现收藏于大英博物馆。

并被处死的耶稣会士，却没有得到类似的仁厚待遇。1606 年 4 月 7 日他在伍斯特被吊起来、活生生地开膛破肚，分尸四块。他的尸块被放在坛子里煮烂，然后被钉在长竿上示众，人群当中有个人从烹煮尸块的坛子里掏掉了他的右眼。那只可怕的残损的眼球，被放在这件银质遗骨盒（图 7-7）的嵌孔内公开展示，这件遗骨盒大约就是当时为此专门制作的。

奥德科的眼球十分生动地激起了民众对当时可怕的处决现场的想象，成了人们趋之若鹜的展品，观看的人比剧场看戏的人还多（它具有免费的优势，而看戏至少要花一便士），行刑时手段非常残忍，将人类必死的命运和肉身的脆弱淋漓尽致地展现在围观者面前。《李尔王》中的康沃尔（Cornwall）在挖葛罗斯特伯爵（Earl of Gloucester）的眼睛时，从中得到了强烈的快感，这似乎归因于他见识过酷刑和当众执行死刑的场面，“出来，可恶的浆块！现在你还会发光吗？”（《李尔王》3.7.88—89）。看来似乎是莎士比亚创造了英语当中“眼球”这个词（《暴风雨》1.2.356）。行刑者当中的一些人平常的营生是屠夫，经常把肉块拿到人群面前。克拉斯·詹斯兹·维斯切（Claes Jansz

“要求分到一点余泽，沾染您的气息、血色、遗物和饰章”

（《裘力斯·恺撒》2.2.93）

图 7-9. “加内特麦秆”，版画，画中的麦秆上奇迹般地保留了耶稣会士亨利·加内特的面部形象（图 7-5）。1610 年出版于德国科隆的亲耶稣会书《辩解文》的标题页，作者是安德里亚·安迪奥·乔纳斯。

版画，11.5 厘米 × 8.3 厘米。

现收藏于大英博物馆。

Visscher）对 1606 年 1 月 30 至 31 日在圣保罗教堂庭院里对“火药阴谋”的八个策划者执行死刑的场面所绘的画作背景并不是伦敦，而是一座假想的城市（图 7-8）。尽管场景是虚构的，但对反叛者行刑的细节却足够真实，欧洲人都很眼熟。类似的血腥场面在舞台上演时，伦敦人期望演得够逼真，乔治·皮勒（George Peele）的戏剧《城堡之战》（*The Battle of Alcazar*）（约 1591）中，有三个剧中人物被开膛破肚的场面，这需要为每个演员准备“三小瓶血和一只羊的下水（器官和内脏）”。

莎士比亚在剧中提到过公开处决的惯例，那是一种酷刑和震慑。在当时更宽泛的文化中，尤其是在 16 世纪 90 年代恐怖高峰时期（对天主教徒尤其如此），表述酷刑的语汇是很容易辨识的。

在《罗密欧与朱丽叶》中，朱丽叶的父亲凯普莱特逼迫她嫁给帕里斯时说：“你要是不愿意，我就把你装在囚笼里拖到（圣保罗教堂）那儿去”（《罗密欧与朱丽叶》3.5.159），意思是说，他要强行把她带到行刑的地方，就像当时的绘画和报纸中描述的囚犯被拖去处死那样。肢刑架——用于刑讯逼供的刑具——在戏剧中经常提到。在《威尼斯商人》中，鲍西亚质疑巴萨尼奥对她的表白。“嗯，可是我怕你是因为受不住拷问的痛苦，才说这样的话。一个人给绑上了刑床，还不是要他怎样讲就怎样讲？”（《威尼斯商人》3.2.33—35）。在《李尔王》中，肯特说到垂死的李尔王：“他将要痛恨那想要使他在这无情的人世多受一刻酷刑的人”（《李尔王》5.3.332—334）。时间越长，被撕扯得越长。将一个抽象的概念（此例中是指在残酷的世界中生命的极度痛苦）与非常具体的形象（在刑具上被拉扯的身体）配搭，莎士比亚的比喻非常生动形象。

莎士比亚在一个引人入胜的场景中提到了当时的情形和对遗物的采集过程，裘力斯·恺撒想象了他本人遭受暗杀以及浑身鲜血迸流的情形。德西乌斯宽慰他说，他的幻觉“表示伟大的罗马将要从您的身上吸取复活的新血，许多有地位的人都要来向您要求分到一点余泽，沾染您的气息、血色、遗物和饰章”（《裘力斯·恺撒》2.2.91—93）。饰章在此象征先驱官的制服，这种制服是有权的贵族首领的追随者或家人穿戴，用以表示效忠的。天主教对这句话做出了强有力的回应并强调：“不论天主教会内还是教外，都不可能忘记中世纪的那段历史，不可能忘记回忆那段往事带来的恐惧。”一位现代学者如是说。

意识到百姓对加内特（Garnet）怀有同情和民众的情绪不安，当权者设法实施了管制，阻止天主教信徒捡拾任何纪念 1606 年 5 月 3 日加内特行刑的物件。尽管如此，耶稣会神父杰拉德对行刑事件的记述，详细地描述了加内特的头颅被扔到一只筐里时，砸起了筐里的一根麦秆。沾着血渍的麦秆飞起落到一位旁观者天主教徒约翰· 威尔金森（John Wilkinson）的手里，杰拉德解释说，就这样他“神不知鬼不觉地得到了那份纪念物”。随着时间的推移，鲜血凝固了，“神奇地形成了加内特神父的肖像”，“加内特麦秆”成了一件珍贵的遗物，政府不惜代价地搜寻它并诋毁其真实性。那只麦秆及麦秆的形象很快成了欧洲神学界争议的话题。1606年至1607年间，让·威里克斯（Jan Wierix）制作的“麦秆”版画被复制成各种印刷品，强调天主教的主张，驳斥新教徒。图7-9中的画面是从原件的背面复制的，所以我们看到麦秆叠加在耶稣会标识IHS（耶稣的姓名字母组合）之上，这是一本亲耶稣会的书《辩解文》（*Apologia*）的标题页，由安德里亚·安迪奥·乔纳斯（Andrea Endaeon—Joannes）于1610年所著。这个版画是有记载的、根据原本制作的六个不同版本之一。麦秆本身有着曲折的历史，1606年11月25日，坎特伯雷大主教和班克罗夫特大主教要求逮捕宣扬神奇麦秆的裁缝，公开搜寻麦秆。麦秆被人藏了起来，后被偷偷带出英国，带到了法国列日，由耶稣会士保管，到了法国大革命期间，由于社会动荡，最后不知所踪。

根据报纸记载，在1606年的英国，那根麦秆的影响及其所激发的情绪一直存在，而且随着《麦克白》的首次演出，这种影响更加明显。这也可以解释《麦克白》中邓肯被弑杀后，波特在关键时刻发表的演讲暗中指涉了加内特，该剧虽然经过审查，但是这种指涉依然清晰可辨。

“来到货郎这儿”

（《冬天的故事》4.4.323）

图7-10. 货郎箱（1600—1630），19世纪中期发现于兰开夏郡萨莫尔斯伯里庄园一个被墙封堵起来的小隔间内，里面装满了天主教神父的法衣和做礼拜用的器物（包括上图念玫瑰经时用来数算经文念诵遍数的念珠），曾是一代又一代经过乔装打扮、隐藏了身份的天主教神父们用过的。木制、小马皮、印刷纸内衬，长85厘米，宽37厘米。现收藏于英国兰开夏郡斯托尼赫斯特学院。

“一条鱼在海岸上出现”

（《冬天的故事》4.4.278）

图 7-11. “关于一条怪鱼最离奇但真实的报道”（1604 年）
木版画，17.5 厘米 × 13.5 厘米。
现收藏于英国艾伯瑞斯特维斯威尔士国家图书馆。

由于耶稣会士的身份，亨利・加内特在英国一直处于东躲西藏、隐姓埋名的状态。受审时他的化名被列了一长串，“不是叫威利（Whalley）就是叫达西（Darcey），不是叫罗伯茨（Roberts）就是叫法尔默（Farmer），或者就叫菲利普斯（Philips）”。莎士比亚出乎意料地在《麦克白》（2.2.3—4）看门人那一幕中，提到过“一个农夫因极度绝望上吊自杀了”，那个农夫很可能就暗指化名的加内特。耶稣会神父过着提心吊胆的生活，政府不厌其烦地追捕他们，利用害怕报复的心理，把容留他们的社区隔离开来。但神父们得到了一般信徒的支持，特别是反抗英国国教情绪强烈的地区的极大支持。图 7-10 中这只经过非同寻常经历幸存下来的箱子，现被收藏于斯托尼赫斯特学院，它使人想起耶稣会神父们东躲西藏的生活，兰开夏郡一代又一代的耶稣会神父们装扮成游商货郎的模样，带着这只箱子去赶集。货郎们打着尽人皆知的鼓点，在无人监管的小路上轻车熟路地行走，这种小路甚至覆盖到了偏远的农村地区，形成了网络。莎士比亚把货郎描述为“在宴会里、市集上，到处向人兜卖”的人（《爱的徒劳》5.2.337—338）。

反天主教的作家萨缪尔・哈斯内特（Samuel Harsnett）挖苦那些到处漂泊的天主教神父说，他们像“补锅匠和婊子一样狼狈为奸……成天四处游荡，贩卖廉价的小玩意儿”。图中的这只箱子是货郎常放在驮马背上的那种，但更常见的是背包。17 世纪早期的货郎箱非常稀有（天主教神父用过的货郎箱更加稀有），在某种程度上，货郎箱和《冬天的故事》中的窃贼奥托里古斯（Autolycus）用的背包相似。奥托里古斯宣称“我是做床单买卖的”（《冬天的故事》4.3.23）——就是卖那些他偷来的、春日里别人晾在篱笆上的东西。奥托里古斯带着不少东西，正是当时货郎行当里常备的东西，存货清单上列得很清楚。他叫卖的东西有求爱用的礼物、床上用品、别针、有关畸形婴孩和神鱼的曲谱，售卖每样东西时都会讲个与之相关的低俗、搞笑的段子。奥托里古斯提到的民谣之一讲述了“一条鱼在海岸上出现……有人认为那条鱼是个女人，因为不愿与爱她的人交欢，被变成了一条冷冰冰的鱼儿”（《冬天的故事》4.4.278—282）。这张报纸最近被证实恰是当时的报纸（图 7-11）。

然而，斯托尼赫斯特之箱显得尤为特别，因为它装着一些打了补丁的天主教法衣，这些衣服是从妇女服装、手帕等改来的，主要在私下里做弥撒时当圣餐布用。箱内还装着一个简单的念珠、一个祭坛用石料和一只小小的锡铅酒杯，这些物件和另一个安全的天主教基地里装在一个斗篷里的物件是一样的。那个地方位于斯特拉特福镇上的克洛普顿楼附近，那些物件是格兰特家族在盖伊·福克斯于 1605 年 11 月份被捕后装进箱中的。此处展示的这个箱子是在 19 世纪中叶一座十分著名的天主教宅院里的一间屋子里发现的。那座宅院就是兰开夏郡普雷斯顿附近的萨默斯伯里府，在伊丽莎白和詹姆斯一世统治的后期，那座房子对于天主教神父来说就是一个安全的避难所，因此，有人认为箱中之物或许与耶稣会会士埃德蒙·阿罗史密斯有关，此人于 1628 年在当地被捕并在兰开斯特被处死。没有任何东西比这个货郎箱更能清楚地证明当时的天主教神父们在夹缝中生存的状态。

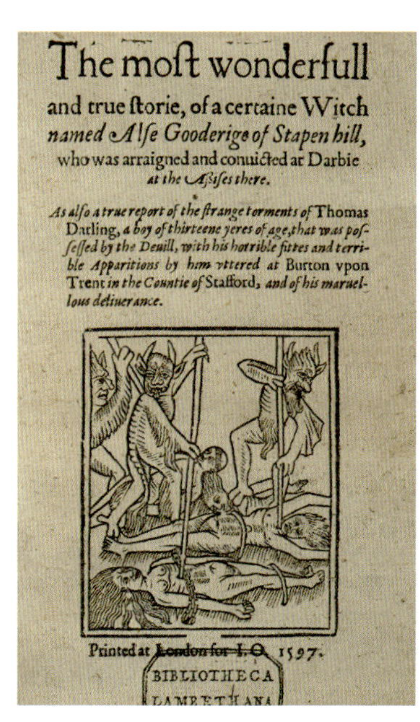
The most wonderfull and true storie, of a certaine Witch named Alse Gooderige of Stapen hill, who was arraigned and conuicted at Darbie at the Assises there.

As also a true report of the strange torments of Thomas Darling, a boy of thirteene yeres of age, that was possessed by the Deuill, with his horrible fittes and terrible Apparitions by him vttered at Burton vpon Trent in the Countie of Stafford, and of his marueilous deliuerance.

Printed at London for I. O. 1597.

图 7-12.《一个名叫艾尔斯·古德里奇女巫的奇异真实故事》。根据庭审中目击者的证词和供述，该书记录了魔鬼附身和驱魔的情况。这是 1597 年至 1604 年理查·班克罗夫特担任伦敦主教期间，搜集的关于巫术的小短文之一。他认为这是关于重大的宗教政治事件必要的文献资料，也是他 1610 年兰贝斯宫图书馆建馆收藏品的一部分。
印刷书籍，17.7 厘米 × 13 厘米。
现收藏于伦敦兰贝斯宫图书馆。

在加内特受审期间，耶稣会会士经常被当作男巫对待，兰西洛特·安德鲁斯（Lancelot Andrewes）在 1606 年“火药阴谋”一周年的布道中声称，他们炮制了一场地狱般邪恶的阴谋，这样的阴谋只有魔鬼和魔鬼的同伙才能策划得出。巫术被政治化了，与巫术有别但又有关联的是魔鬼附身的问题，在詹姆斯即位后的一系列高规格场面、煽情的宣传册和伦敦的布道宣讲中，对这一问题的争论甚嚣尘上（图 7-12）。人们知道詹姆斯本人懂巫术（第 198 页），1597 年他还写了一篇关于巫术的专题论著《恶魔学》（*Daemonologie*），1603 年登基后重印了两次（图 7-13）但詹姆斯对魔鬼附身的说法表示怀疑时任伦敦主教的萨缪尔·哈斯内特提出了更为严厉的质疑。1603 年，哈斯内特的《严重欺诈行为之宣言》刊印，揭露称耶稣会士和清教徒牧师这类宗教极端分子，将驱魔咒语和剧场演出结合在了一起，他的言论挑起了激烈的争论。哈斯内特书中有关魔鬼附身后说的那些装神弄鬼的话被莎士比亚借用在《李尔王》中，直接引用了虚构的妖精的名字：“地狱里的魔王是一个绅士；他的名字叫作摩陀（Modo），又叫作玛呼（Mahu）”（《李尔王》3.4.117—118），以此表现埃德加装疯的情景。这也许与莎翁本人出生于斯特拉特福（Stratford）镇有关，因为其中一个被哈斯内特严厉抨击的牧师理查·德比戴尔（Richard Debdale）是离斯特拉特福镇不远的肖特利镇人，有可能是莎士比亚的同族亲戚。

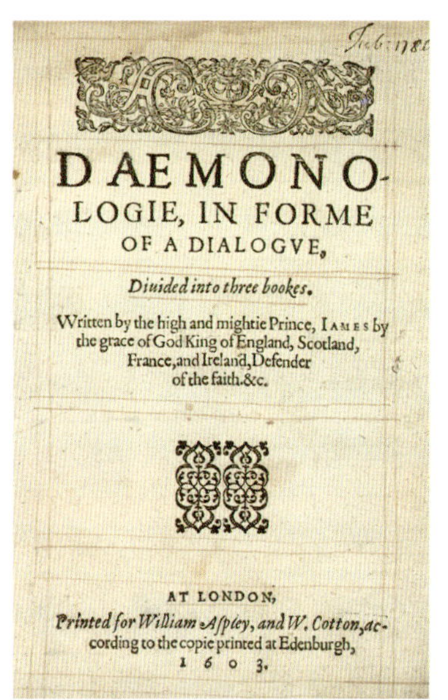

DAEMONO-
LOGIE, IN FORME
OF A DIALOGVE,
Diuided into three bookes.
Written by the high and mightie Prince, IAMES by the grace of God King of England, Scotland, France, and Ireland, Defender of the faith. &c.

AT LONDON,
Printed for William Aspley, and W. Cotton, according to the copie printed at Edenburgh,
1603.

图 7-13. 詹姆斯六世和詹姆斯一世所著的《恶魔学》（*Daemonologie*，1603）标题页。詹姆斯关于巫术的专题论著详细地叙述了一系列庭审的细节，其中他既是所谓的受害者，又是讯问者、法官，更是1590年至1591年在北贝里克郡（North Berwick）追捕巫师过程当中的鬼神学家。
书页尺寸：17.1 厘米 × 12.5 厘米；书本（合上）尺寸：17.5 厘米 × 13.3 厘米。
现收藏于牛津大学图书馆。

1605年11月9日"火药阴谋"被发现后，詹姆斯在议会演讲中，显示出他对忠实的天主教信徒的中立态度和宽容。他认为阴谋事件是一小撮受到教唆的、孤立的狂热分子所为。关于巫术，他在自己可怕的人生经历中形成了自己的观点（虽然有些勉强）。詹姆斯认为现实中存在巫术，而且巫术与反对国王的叛乱有联系，这个观点源自坊间所传的、针对他本人和王后（即丹麦安妮公主[Anne of Denmark]）的那一场邪魔阴谋（见下文）。他对巫术的理解与政治内讧和政治阴谋有密切关联。当时这种观点深植于人们的内心，并声称以《圣经》为典据，"悖逆与行邪术同等"这句话就是1611年钦定版《圣经》对这个问题的解释（《圣经·撒母耳记》［上］）。在詹姆斯六世治下的苏格兰，对巫术的指控往往指向统治集团内部的政敌，例如，高里阴谋就是有人借机指控高里伯爵，结果是，由国王的班底表演的戏剧《高里阴谋》最终或许蜻蜓点水般地触及到了巫术。

"船儿虽未遭灭顶，风雨飘摇难依凭"（《麦克白》1.3.25—26）。图 7-14 中的木船模型是16世纪末17世纪初制作的用于还愿的供品，可能是为庆祝1590年苏格兰国王詹姆斯六世与新娘丹麦公主安妮结为伉俪并平安返回苏格兰而制作的。船尾上部刻有镀金的代码 C4，代码正上方是安妮的哥哥丹麦国王克里斯蒂安四世的王冠，这意味着与皇家婚礼有关。这艘船还有一个离奇的故事。1589年6月，安妮公主已经被许配给了詹姆斯，但一连串可怕的风暴却挡住了这对恋人成婚，直到1589年10月他们才在奥斯陆举行了第一次婚礼仪式，1590年詹姆斯在安妮的家乡丹麦举行了第二次婚礼。此时，丹麦海军上将蒙克（Munk）把这对夫妇遇到的风暴和企图使他们溺亡的阴谋归罪于丹麦巫师，此举致使六位丹麦巫师因参与所谓的阴谋于1590年5月被处以极刑。

类似的谣言也开始在苏格兰流传。当时主管苏格兰随行使团的海军上将弗朗西斯·博斯维尔（Francis Bothwell，1562—1612）是詹姆斯的堂兄弟，也是王位强有力的竞争者。在1590年5月詹姆斯和安妮返回苏格兰几个月后，有人指控博斯维尔实施巫术。1590年11月艾格尼丝·桑普森在受审讯时"供认"，在詹姆斯率娶亲使团离开苏格兰期间，北贝里克郡（Berwick）由13个女巫组成的团伙，在魔鬼撒旦的直接参与下，密谋反对詹姆斯。1591年12月27日，博斯维尔（Bothwell）试图抓住詹姆斯，杀死他的重臣约翰·梅特兰（John Maitland，1537—1595），此事落败后，他便走上了永久逃亡之路，但其同伙被逮住，以叛国罪被施以绞刑。詹姆斯曾写信给伊丽莎白一世，称自己是个幸运儿，躲过了一场魔王撒旦策动的政治谋杀，魔王煽动他的喽啰（企图用非法手段弑君谋逆）。

这种罪名经过了人们的道听途说或者一些小册子的广泛传播，有份叫作《苏格兰新闻》（1591年）的小册子绘声绘色地描述了北贝里克郡女巫事件（图7-15）。艾格尼丝·桑普森声称：

陛下在丹麦时，她……抓来一只猫，替它施了洗，然后把一具男尸的主要部位和数个关节，绑在那只猫的每个部位。那天夜里，她们所有女巫都坐着筛子出海，把那只猫送到海上……然后把那只猫留在苏格兰利斯镇前面。如此这般之后，海上果然出现暴风雨，强烈程度是前所未有的，这场暴风雨造成一艘船覆灭……控词中还提到了那只受洗的猫，认为它是陛下的船离开丹麦时其他船只遭遇逆风的罪魁祸首……艾格妮丝·桑普森进一步指出，若非陛下的信德战胜女巫的邪意，陛下绝无可能平安地乘船归来。

“船儿虽未遭灭顶，风雨飘摇难依凭”

（《麦克白》1.3.25—26）

图 7-14. 木船模型，船模是 16 世纪末 17 世纪初制作的用于还愿的供品，制作的目的是为了庆祝 1590 年苏格兰国王詹姆斯六世与新娘丹麦安妮公主结为伉俪并平安返回苏格兰。这只船模可能挂在戴维·林德森牧师的教堂中。戴维·林德森是爱丁堡利斯镇南部的一位牧师，曾在挪威为詹姆斯和安妮主持婚礼。
木质，高 65 厘米，长 64.5 厘米。
现收藏于爱丁堡苏格兰国家博物馆。

“我助你一阵风”

（《麦克白》1.3.12）

图 7-15.《苏格兰新闻》，展现了好几个场景，包括四个女巫在搅动一口大锅施展魔法，她们制造的暴风使左边的大船倾覆。
木刻版画；书页尺寸：18 厘米 × 12.9 厘米；书本（合上）尺寸：18.7 厘米 × 13.4 厘米。
现收藏于牛津大学图书馆。

故事本身有一张木刻版画配图，画面显示了若干场景，其一为四个贝利克郡女巫在搅动大锅施展魔法，她们制造的暴风使左侧的船只倾覆了。《苏格兰新闻》详细描述了女巫的不轨行为，也许就是莎士比亚笔下女巫三姐妹（也称命运三姐妹）的所作所为，如女巫甲称，她要我坐在一张筛子里追上他去(《麦克白》1.3.9)。尤菲姆·麦卡兹(Euphame MacCalzean)也在北贝里克郡案中受到指控，说她坐在筛子里到了海上，唤起了暴风。在《麦克白》中，女巫甲说她拿着“一个在归途覆舟殒命的舵工的拇指”（《麦克白》1.3.29—30），这与艾格尼丝·桑普森供认的“拼合”死尸等诸如此类的行为相印证。

施巫术在当时被认为是重罪，会受到相应的惩罚。道德败坏者、破坏和平或行为不端者将会受到苏格兰地方教会理事会指控，然后再在其脖颈上套上图 7-16 中带锯齿的“女巫铁领”（即铁项圈）。吵架者、造谣生事者往往会受到这样的惩处，而受害者往往是妇女。传统上认为，这种刑具是用来折磨和惩罚女巫的，但新近的研究并未证实这一点。这种铁项圈是为数不多能够确切说明用于巫术的公共藏品之一。铁项圈上有一个环，可用一根链子把它缚在墙上或大门上。

“你们要是用刀剑刺我们，我们不是也会出血的吗？”

（《威尼斯商人》3.1.44）

图 7-16. 人们认为女巫被剑刺的时候是不流血的。页首图片所示为铁制箝口器，也被称为“口衔”或“女巫笼头”。两片铁皮上都有链子，用以在公开场合固定女囚。上方及右边图片所示：套在女巫脖颈上的铁项圈，她们受到苏格兰地方教会理事会的指控。17 世纪初期的苏格兰东北部法夫地区制造。
铁项圈直径 15.5 厘米，口衔高 19.2 厘米。
现收藏于爱丁堡苏格兰国家博物馆。

不论是在苏格兰还是英格兰，都会在公开的、特定的场所对罪犯实施刑罚，如在苏格兰的过路收费亭边——通常是针对初犯者。但在苏格兰，在开庭审判之前，长老会将与负责监管“迷信异端”的刑事法庭合作办案。这个铁项圈出自 17 世纪苏格兰法夫地区的雷迪班克。项圈上的锯齿可能并非意在伤人，而是为了表明戴这种东西的人是女巫，因为人们认为用刀剑刺女巫时，她们是不流血的。由于人们普遍把犹太人与女巫相提并论，犹太人夏洛克在提起这种迷信时坚称自己的民族是仁慈的，与女巫完全不同：“你们要是用刀剑刺我们，我们不是也会出血的吗？”（《威尼斯商人》3.1.44）。铁制箝口器，也被称为“口钳”或“女巫笼头”，使用时把箝口器塞入受刑妇女口中，压住她的舌头使其禁声。铁制箝口器下方所示为铁项圈，便于在示众的场合缚住女囚。

鉴于在《麦克白》创作期间，巫术会引起强烈的政治反响，莎士比亚对巫术持审慎的、甚至有些模棱两可的态度。他创作的女巫三姐妹并非是女巫的原型，只是神秘的古希腊罗马神话中和《圣经》中的古代女预言家（sibyls）——也或许有点儿像《何林塞的史记》中的木刻版画上与麦克白相遇的三位衣着考究的女性（图 7-17），也与 1611 年西蒙·福曼关于《麦克白》的记述中魅惑的仙女类似。古老的预言和催眠似的符

图 7-17.《麦克白与班柯巧遇命运三姐妹》。摘选自 1587 年出版于伦敦的《何林塞的史记》。这套昂贵的三卷本著作是莎士比亚创作《麦克白》《李尔王》和《辛白林》的素材之一。
木刻版画，7.8 厘米 × 13.8 厘米。
现收藏于美国华盛顿特区福尔杰莎士比亚图书馆。

咒令莎士比亚痴迷：

姊三巡，妹三巡，
三三九转
蛊方成。

（《麦克白》1.3.36—38）

这种咒符深深地根植于当时的民间传说当中。控告艾格尼丝·桑普森的起诉状记载了她的天主教传统祈祷文，和充当女巫兼接生婆时念的其中一支押韵的符咒。这支符咒曾被用来给人祛病，解除疼痛，通过念诵符咒让疾病和疼痛首先转入她的身体，然后像电流一样把病痛导入地下：

滚出我的肉与骨
钻入石与土

莎士比亚笔下的命运三姐妹只是顺便提及欧洲民间传说中的女巫，认为这些妇女损害或者威胁受害者的生命和财产，她们因此受到法律的指控。图 7-18 和图 7-19 中的物品是极其罕见的遗存，证明苏格兰民间传说中巫术的力量。在达尔基斯（Dalkeith）村发现的这颗插针的牛心是少见的符咒，与 16、17 世纪被审讯的女巫有直接关系，并被当作女巫供词中经常提到的那种符咒。《麦克白》命运三姐妹中的其中一位在出场时刚刚“杀猪”回来（《麦克白》1.3.2）。雷金纳德· 司各特（Reginald Scot）在其 1584 年的《发现巫术》（*Discovery of Witchcraft*）中解释说，处于社会边缘、孤独无依的妇女可能会迫于生活压力沦为乞丐，如果乞讨时被拒，“有时她就会诅咒这个，有时会诅咒那个，诅咒户主家的一切……包括猪圈里的猪崽”。 这正是莎士比亚在《麦克白》中详细记录的女巫甲与水手妻子之间的对话，“给我吃一点，”我说。“滚开，妖巫！”“那个吃鱼吃肉的贱人喊起来了”（《麦克白》1.3.6—7）。在畜牧业为主的农业社会，这样的符咒是极易引起激烈冲突的。图 7-18 显然是用来保护牲畜的反制咒，与口述符咒和祈祷文配合使用，人们认为这种符咒可以保护家畜免于疾病。女巫用的施咒骨（图 7-19）一般是用鹿或羊的骨头制成，穿插进一块打孔的泥炭木中，这样的选材是利用了泥炭木与骨头的黑白反差。这种驱邪符咒及其符咒文化成了文化遗产的一部分，至今依然留存在欧洲许多社群的记忆中。

魔幻思想在莎士比亚的世界里随处可见，这是一种超越具体的巫术或神秘信仰的思想。驱邪符和与之相关的口述符咒，使我们得以深入观察人与物之间的关联。图例中的这枚被称为格伦诺奇魔法石（Glenorchy Charmstone）的珠宝（图 7-20）在很长一

“我刚杀猪回来”

（《麦克白》1.3.2）

图 7-18. 插针的牛心，是 18 世纪初叶中期，被用作反制女巫对牲畜诅咒的符咒。该物由沃尔特·司各特（Walter Scot）爵士发现，当时它被砌在一处牛栏的墙内，于 1827 年被赠予苏格兰文物学会。
长 8.5 厘米，宽 7 厘米。
现收藏于爱丁堡苏格兰国家博物馆。

“一次没有名义的行动”

（《麦克白》4.1.49）

图 7-19. 女巫的施咒骨，由鹿或羊骨制作，穿插在一块泥炭橡木块中。据称该藏品来自阿盖尔郡因弗雷里的舍拉河谷。
藏品长 11 厘米。
现收藏于爱丁堡苏格兰国家博物馆。

段时间内都被阿盖尔郡（Argyllshire）的坎贝尔（Campbell）家族用作护身辟邪之物，是血统和权力的象征。人们认为它可以反制巫术，治疗人畜疾病，这正是女巫甲“我刚杀猪回来”的又一例证。这枚魔法石综合使用了多种神奇的原材料：水晶石（认为纯净的水晶石本身具有治愈疾病的功效）、白银（认为具有药效）及辟邪的珊瑚石。水晶的形状可能会让人想起它曾放在圣骨盒里，在这样的盒子里，它向人展示了一种神奇魔力的转换：圣骨盒的神秘转向这些自然神物。

一枚人称“博罗琪尔胸针”（图 7-21）的物件是五枚有名的“圣骨盒”胸针之一，是马克维尔·坎贝尔斯（MacIver Campbells）家族的传家之宝。他们是苏格兰高地博罗琪尔一个权势显赫的家族。胸针上嵌着一颗水晶石，可能是某个古老而地位显赫的家族的遗存物。上面刻有“值得拥有天堂”的字样，这说明该枚驱邪符使用时需浸入水中，画十字，以祈福避灾。浸过的水变成了圣水，可分给患病者或牲畜饮用，以治疗疾病或反制巫术。在因魔鬼附身而发疯的可怜汤姆（Poor Tom）出场前，莎士比亚在李尔王的弄人的台词中提到了圣水的功效：“啊，老伯伯，在一间干燥的屋子里求点儿圣水，不比在这没有遮蔽的旷野里淋雨好得多吗？老伯伯，回到那所房子里去，向你的女儿们请求祝福吧；这样的夜无论对于聪明人或是傻瓜，都是不发一点慈悲的”（《李尔

“迷信的诉求”

（《麦克白》1.3.140）

图 7-20. 格伦诺奇魔法石，其拥有者为苏格兰阿盖尔郡格伦诺奇和布拉德班家族，曾用来治疗家畜疾病和瘟疫，可能正是 1640 年的《泰莫斯黑皮书》（*Black Book of Taymouth*）中记载的那只符咒物。白水晶嵌在白银与珊瑚构成的基座上。
作品高 7 厘米，宽 4.5 厘米。
现收藏于爱丁堡苏格兰国家博物馆。

图 7-21. 博罗琪尔胸针。这枚胸针嵌在一枚水晶石内，上面刻有“值得拥有天堂”，其所有者为苏格兰博罗琪尔的马克维尔·坎贝尔斯家族，是个反符咒，用以对抗疾病，防止向人及动物施巫术。标有 VS，为格拉斯哥金匠威廉姆·斯多克的字号。
作品直径 13.8 厘米。
现收藏于爱丁堡苏格兰国家博物馆。

王》3.2.10—12）。一般情况下，莎士比亚会通过一些民间习俗使人物形象变得更加复杂。在一部批评阿谀奉承和虚情假意的戏剧中，“求”圣水就是道德腐坏的逆喻。

图例所示的另一枚胸针是某个家族作为传家之宝的四枚胸针之一，常佩戴在斗篷上佩戴。洛赫比伊胸针（Lochbuie Brooch，图 7-22）和洛恩胸针（Brooch of Lorn，图 7-23）非常相似，可以肯定它们出自 1600 年左右同一位苏格兰银匠之手。两枚胸针正中间，都是依天然形状磨圆的水晶石，具有迷人的品质，对着光线转动会由不透明的乳白色变得清晰透明，从蓝灰色变为紫红色。两枚胸针的中间、水晶石下方，均有一处放置圣物的区域，也许是用来放祈祷文、碎骨、皮肤或人体组织的地方，这些东西会让佩戴胸针的人与某位贤者或圣徒的关系更为亲近。

每一枚胸针都与其所有者的家族历史紧密相连，可以说它们代表了苏格兰高地人独特的历史。西部高地、高地和一海之隔的阿尔斯特是盖尔人居住的边陲地区，是苏格兰和英格兰王国结盟约定的詹姆斯一世的领地，但这些地区尚不文明，难以控制。这三枚胸针代表詹姆斯在苏格兰西部高地和西部岛屿发现的桀骜不驯的“野蛮人”，因为这些胸针代表着佩戴者的身份和权力，也是仅存的最后几枚中世纪权势家族胸针。《麦克白》快结束时，正直的马尔康（Malcolm）说到了苏格兰发布的一项新命令，也许对詹姆斯一世有着特殊的意义：“多承各位拥戴，论功行赏，在此一朝。各位爵士国戚，从现在起，你们都得到了伯爵的封号，在苏格兰你们是最初享有这样封号的人”（《麦

图 7-22. 洛赫比伊圣物胸针，专为迈克利家族制作。该胸针材质为银，镶有当地的珍珠和古老的水晶石，旋开可见内部，现为中空。
直径 12.2 厘米。
现收藏于大英博物馆。

图 7-23. 洛恩胸针在设计和结构上都与洛赫比伊圣物胸针（图 7-22）相似。它们或许出自同一位工匠之手。据传该物是由洛恩家族的麦克杜格尔在 1306 年的达利战役中从罗伯特布鲁斯手中获得。我们所看到的这枚胸针可以追溯至公元前 1600 年。
水晶镶在嵌有珍珠的银质针座上，高约 40 厘米，宽 10 厘米。
现由位于奥本杜诺利的麦克杜格尔信托机构收藏。

克白》5.7.107—109）。从苏格兰语伯爵的称呼“thanes”变为英语称呼“Earls”，象征着苏格兰与英格兰的合并，这同步反映在了剧中——马尔康与忏悔者英国国王爱德华结盟——在该剧首次公演时，当时正是詹姆斯继苏格兰斯昆宫与英格兰威斯敏斯特宫大统之时。

通过反衬手法，莎士比亚塑造了一个善良、正统、高贵的帝王形象。对女巫的描写就是这种手法之一，以女巫的阴险恶毒反衬正统与合法。麦克白与命运三姐妹隐秘而不可告人的关系反衬光辉神圣的忏悔者国王爱德华，后者能奇迹般地治愈淋巴结核病人：

> 可是上天给他这样神奇的力量，
> 只要他的手一触，他们就立刻痊愈了。
> 自从我来到英国以后，
> 我常常看见这位善良的国王显示他的奇妙无比的本领。
> 除了他自己以外，
> 谁也不知道他是怎样祈求着上天；
> 可是害着怪病的人，
> 浑身肿烂，惨不忍睹，
> 一切外科手术无法医治的，
> 他只要嘴里念着祈祷，

用一枚金章亲手挂在他们的颈上，
他们便会霍然痊愈；
据说他这种治病的天能，
是代代相传世袭罔替的。
除了这种特殊的本领以外，
他还是一个天生的预言者，
福祥环拱着他的王座，
表示他具有各种美德。

（《麦克白》4.3.159—176）

图 7-24. 金币，因其正面是天使长米迦勒的形象，又被称为“天使金币”。据说国王的手触摸一下淋巴结核病人的喉咙，疾病即可祛除，这种金币曾是国王触摸淋巴结核病人时用作符咒的东西，图中的这枚金币上被打了孔，戴在脖子上，很显然不是当作货币来用。几乎可以肯定，这枚金币是 1605 年至 1606 年间发行的，是詹姆斯一世在白厅为淋巴结核病人触摸疗病仪式上的那枚。
作品直径 2.6 厘米。
现收藏于大英博物馆。

这枚“金邮票”（gold stamp）是一枚被称为“天使金币”的英国古金币，特点是金币正面是天使长米迦勒（Archangel Michael），背面是国家之船，最初由爱德华四世（在位时间 1461 年至 1470 年和 1471 年至 1483 年）于 1461 年开始铸造。詹姆斯一世发行了少量的“天使金币”，作为某些仪式的纪念品。这种金币很可能也作为纪念之用，因为金币是用高纯度的黄金铸造的，上面没有国王的头像，这是它与大多数普通金币的不同之处。在英格兰这是最常见的金币，在莎士比亚剧中提到过数次。天使长米迦勒的肖像也特别适合用作辟邪币。米迦勒的肖像代表了合法继承大统的英格兰国王或女王，因此它能够祛病驱魔，并且金币本身也被当作具有治病愈人功效的护身符或符咒。图 7-24 所示为一枚辟邪币，几乎可以肯定，1605 年至 1606 年间詹姆斯一世在白厅为人抚触治疗淋巴结核病时使用的就是这枚金币，但国王本人也对这种具有迷信色彩、变戏法似的手段存有疑虑。金币上的拉丁语铭文指出上帝的意图：“这是耶和华所做的，在我们眼中看为稀奇”（《圣经·诗篇》，118）。驻威尼斯大使在写给家人的信中记录了 1604 年詹姆斯一世触摸病人治愈结核病一事，但心存怀疑地补充了一句：“效果尚待观察”。

《麦克白》以戏剧的形式表现了詹姆斯一世对自己的身份和合法继承王位的权利缺乏自信（图 7-25）。他的母亲来自斯图亚特家族，是信奉天主教的苏格兰玛丽女王，1587 年被伊丽莎白一世斩首，天主教徒视其为殉道者。詹姆斯本人是新教徒，斯图亚特家族成员，也是英格兰新的王朝之主。他在执政初期曾试图让其臣民相信他不是外国人，而是正宗的新教徒、都铎家族的后裔。詹姆斯一世不仅通过玛格丽特·都铎来强调自己的王权，而且还刻意强调自己的威尔士王室血统来强化这一点。民众普遍认为，班柯之子弗雷斯娶了威尔士王子的女儿，因此才与王室血统有了关联，班柯之子也就成了斯图亚特家族的创立者。这种实用的王族血统虚构相当于斯图亚特王朝的护教论者海克特·博伊斯（Hector Boece）。

图 7-25.《麦克白》，摘自爱丁堡荷里路德宫英国国家艺术画廊收藏的真实与传说中的苏格兰国王系列画像。小雅各·德·维特创作于 1684—1686 年间。
画布油画，79 厘米 × 81 厘米。
现收藏于爱丁堡皇家画廊。

85. MACBETHVS. 1040.

“班柯的后裔会不会在这块国土上称王？”

（《麦克白》4.1.110—111）

图 7-26. 莱特宝石金像，嵌钻彩饰詹姆斯一世金像，内附国王之微型肖像，由尼古拉斯·希利亚德绘制。该金像制作于英国伦敦，1610 年至 1611 年间被赠给托马斯·莱特，以感谢其修撰詹姆斯一世的家族宗谱，他从神话传说中印证不列颠的奠基人是布鲁图斯至詹姆斯一世。
作品高 6.5 厘米，宽 4.8 厘米。
现收藏于大英博物馆。

不过，正是詹姆斯一世的私人教师乔治·布彻南所著的《苏格兰史》（1582 年）将麦克白描写成一个“深谋远虑、精力充沛、野心勃勃”的天才。同时他也强调，对麦克白传说的改编与其说是反映一段历史，不如说是为了舞台表现而为之。在《麦克白》中，莎士比亚巧妙地设计了班柯和弗列安斯这两个人物形象，并把他们描绘成了受到误解的人物。麦克白设法谋杀了班柯，但弗列安斯逃过了一劫，而且他的后代成了苏格兰未来的君主。为此，他从霍林斯赫德的《编年史》中，或者是从乔治·布彻南的《苏格兰史》中借鉴了故事情节和基调，为国王重新改写了历史，将皇家宗谱从班柯和弗列安斯开始，一直延续到詹姆斯本人。

莱特宝石（图 7-26）有力地证明在詹姆斯一世统治早期，在构建不列颠民族认同中做出的重要贡献，也表明这枚宝石背后有着强大的政治意志。莱特宝石金像边上嵌着许多钻石，约为 1610 年的制品，地点就在伦敦。这颗宝石上镶嵌着英格兰国王尼古拉斯·希利亚德·詹姆斯一世的头像。1610 年 7 月 12 日至 1611 年 4 月 14 日之间，国王

图 7-27. 戴着莱特宝石的托马斯·莱特，创作时间为 1611 年 4 月 14 日。
板面油画，57 厘米 × 44 厘米。
现收藏于萨默塞特陶顿博物馆。

将这枚宝石赠给了萨默赛特郡莱特加里镇的托马斯·莱特（图 7-27），以感谢他撰写了一部伟大的族谱，族谱中将詹姆斯称为布鲁图斯的后裔、神武的勇士、不列颠帝国的缔造者（图 7-28）。莱特私自借用了蒙默思·杰弗里所著、被称为“英国历史”的《不列颠诸王史》（约 1136）中的嘉尔弗雷迪（Galfridian）神话。该族谱原有九页，但其中四页已经遗失，剩下的边角也已缺损。其中一页追溯了斯图亚特（Stuart）家族的谱系，几乎阐明了（对詹姆斯具有重大意义）他与班柯、弗里安斯的血统关联，并且因弗里安斯与威尔士公主的婚姻与威尔士皇室有了血缘关系。从詹姆斯登基写起，莱特花了 7 年时间潜心著述这份族谱。在 1610 大功告成之年，《不列颠》（1586）一书的作者威廉·卡姆登及其他一些史学作家，揭穿了詹姆斯身世的神话，但在朝廷内，这份宗谱吸引了不少眼球，派上了大用场，以至于卡姆登明确表示想求得一份。莱特宗谱被复制了一份，在白厅公开展示，1611 年几个看过宗谱的评论家大加赞许。到后来因为观看的人用指头摸来摸去弄得污秽不堪，詹姆斯遂命人进行了雕刻和印刷，但是没有印刷本幸存下来。我们唯一的记录是莱特尚未写完、没有详细解释的副本。

由于这枚宝石价值不菲、出身显赫，一个侍臣在朝堂上当着众多外国使节的面展示过它，詹姆斯在国内外的地位也由此得到了进一步巩固。莎士比亚似乎对这一点非常清楚，仿佛他是内部知情人似的。当女巫姐妹告诉麦克白诸王的血缘关系时，剧情

TO THE HIGH AND MIGHTY AND MOST KENOW
NED MONARCH IAMES BY Y GRACE OF GOD K
EPITAPHIUM HENRICI OCTAVI
EPITAPHIUM HENRICI SEPTIMI
Saxons
Your Highnes most loyall Subiect THOMAS LYTE
BRITTAINS MONARCHIE
The Saxons arive out of Germanye in the ayde of Hengest against the Brytaynes
Woden
Frea
Genealogia Saxonum
Mercia regni
Northumbers
Insignia Richardi

图 7-28. 英国帝王世系表（1605），详细显示了英格兰王国（左）和不列颠王国（右）世系。托马斯・莱特作。该作品发现于萨默赛特加里庄园（Cary）。这份宗谱写在羊皮纸上，素色，尚未写完，可能是 1610 年 8 月 12 日在朝堂上呈给詹姆斯国王的那份宗谱的副本。上呈这份宗谱具有极其敏感的政治意义，莱特得到了国王的封赏，赐给他一枚镶满钻石的国王金像。拉德、李尔和他的女儿葛莉尔、里根和考狄利娅（都是莎士比亚作品中耳熟能详的名字）均出现在宗谱（右图）的细部中。
羊皮纸、钢笔、墨水（共 5 页，现存 4 页），189 厘米 × 212 厘米。
现收藏于大英博物馆。

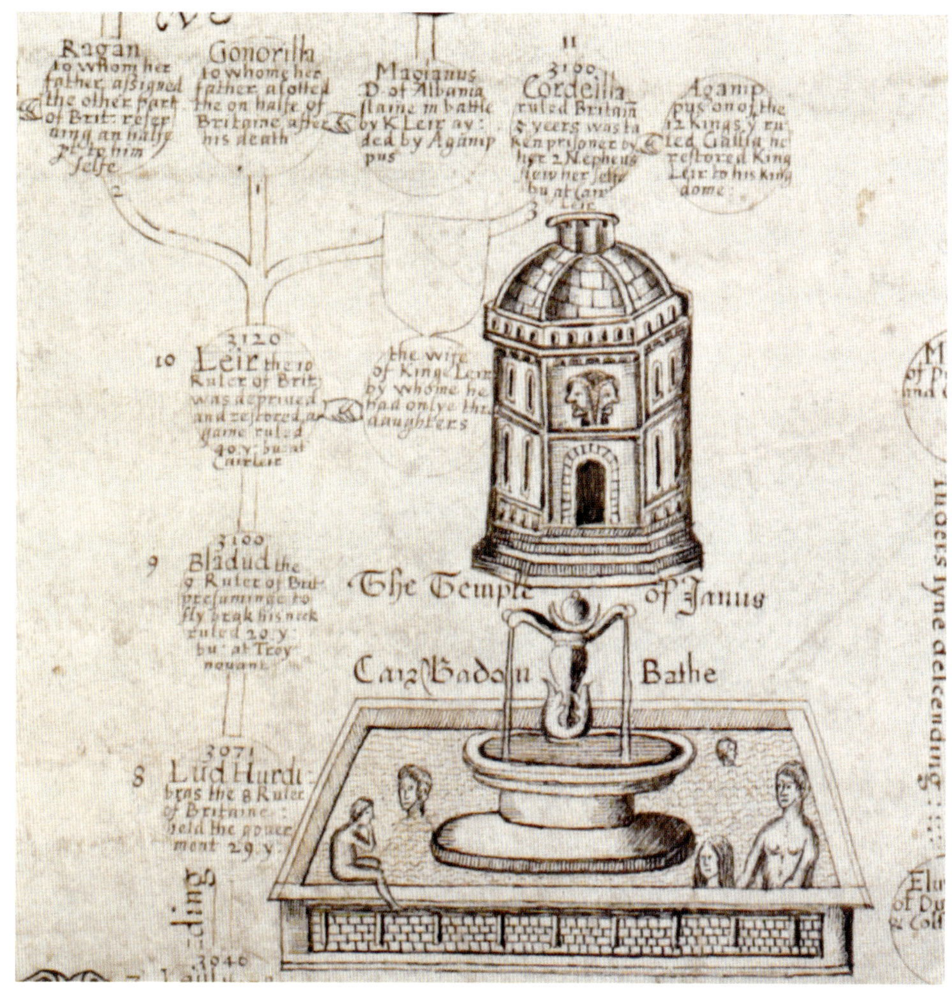

达到了高潮。这样做的目的是为了进一步回应麦克白为追寻内心安稳做出的疯狂举动，“班柯的后裔会不会在这块国土上称王？（《麦克白》4.1.110—111）”

此后，麦克白忙于处理新任国王急需解决的一些问题：处理英格兰和苏格兰两个王国之间的关系、王位继承权的正统性，担忧高涨的叛逆情绪和罗马天主教徒策划的谋刺、巫术的真实性和君主的神圣权力。与此同时，莱特宗谱还追溯到詹姆斯是拉德、李尔和他的三个女儿这一脉的后裔，这些名字对莎士比亚具有深远意义。在伊丽莎白二世统治时期，他的历史剧的重点是伊丽莎白之前的诸多英国君主，从理查二世到亨利五世，再到理查三世战败后都铎王朝的建立，一君共主两个独立的王国这一新的现象反过来带来了新的话题：到底是写不列颠史呢，还是英国史呢？

A BRITAINE
A ROMANE
A SAXON
BRITANNIA
A DANE
A NORMAN
THE
THEATRE
OF THE EMPIRE
OF GREAT
BRITAINE:
Presenting
AN EXACT GEOGRAPHY
of the Kingdomes of ENGLAND,
SCOTLAND, IRELAND,
and the ILES adioyning:
With
The Shires, Hundreds, Cities and
Shire-townes, within ye Kingdome
of ENGLAND, divided and
described
By
IOHN SPEED.
IMPRINTED AT LONDON
Anno
Cum Privilegio
1611
And are to be solde by Iohn Sudbury & Georg
Humble, in Popes-head alley at ye signe of ye white Horse.

第八章

不列颠：过去、现在与未来

威廉·莎士比亚一直是英国乃至不列颠王国的象征之一，但到底称他为英格兰戏剧家还是不列颠戏剧家呢？尽管这个问题的答案出奇简单，但却经常被人忽略。在伊丽莎白一世时期，莎士比亚本人觉得自己是英格兰人，他也的确付出了大量的时间以英格兰王国的历史为背景进行戏剧创作，但到了苏格兰国王詹姆斯六世及英格兰国王詹姆斯一世执政时，由于詹姆斯曾憧憬建立一个不列颠王国，莎士比亚便开始以“不列颠王国”为主题进行剧本创作了，最明显的要数《辛白林》。因此，伊丽莎白时期的莎士比亚曾大声呼喊“上帝保佑亨利、英格兰和圣乔治”（《亨利五世》3.1.34），詹姆斯一世时代的莎士比亚在《李尔王》和《辛白林》中反问作为不列颠王国的臣民有何意义。《亨利四世》中的福斯塔夫提到“咱们英国人”（第2部分1.2.186），而《李尔王》中的埃德加却说“一个不列颠人”（3.4.162），《辛白林》中王后一直梦想“不列颠的王冠就可以稳稳地落在我的掌握之中”（3.5.78）。

1603年，詹姆斯加冕登基成为英格兰国王，成了一个新的国家——大不列颠王国的统治者。统辖四境意味着，他的家乡包括苏格兰、英格兰、原有的领地爱尔兰（从1541年起成为一个独立王国）、威尔士（从1536年开始属于英格兰国王）四大片地区，此外他还宣称对法兰西拥有名义上的主权。虽然詹姆斯梦想完全统一，但是英格兰和苏格兰仍然保持独立。1604年，他在第一届议会上慷慨激昂地发表演讲，明确地表达了这一构想，他借用英国国教婚礼仪式上的词句说：

> 上帝使之成为一体，没人能够使其分开。我若是她丈夫，整个英吉利岛便是我的合法妻子；我若是头，她便是我的身体；我若是牧者，她便是我的羊群。我希望不要有人无理取闹，认为我既然泽被福音、身为君主、信奉基督，怎能一夫多妻呢？既然我为身体之首，怎能允许长着四分五裂、妖魔鬼怪般的肢体呢？既然我为牧者，又怎能允许我的羊群分成两拨呢（除了四方的大海，它们的羊栏不应有围墙隔离）。

“英国是一个独立的世界”

（《辛白林》3.1.14—15）

图8-1. 约翰·斯皮德所著《大不列颠帝国的剧院》的标题页。1611年出版于伦敦。标题说明该书将讲述不列颠帝国戏剧的渊源及历史。一位古代不列颠人以古代的造型站在一个舞台式的构筑物上。他的四周分别站着一个罗马人、撒克逊人、丹麦人和诺曼人。
印刷书籍48.5厘米×30.5厘米（合起时）。
现收藏于剑桥大学女王学院。

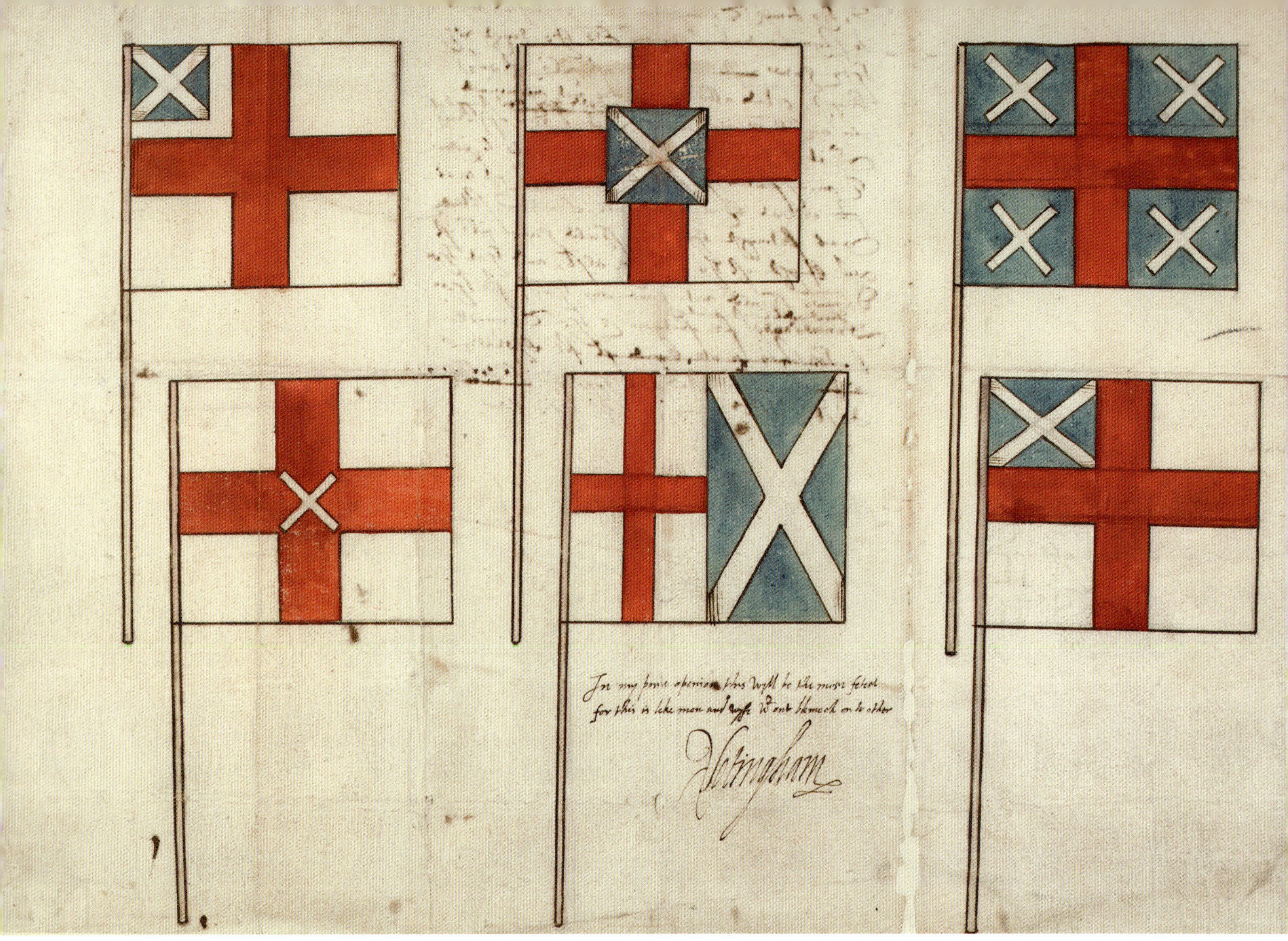

“他的荣耀和伟大的名声也必到达，并且创立新国”

（《亨利八世》6455—56）

图 8-2 “大不列颠”联合王国国旗图样，由于詹姆斯六世兼一世共主苏格兰和英格兰王国，将两国国旗组合在一起，象征两国一体。
水彩、钢笔、墨水纸画，29 厘米 × 43 厘米。
现收藏于爱丁堡苏格兰国家图书馆。

1604 年召开的苏格兰和英格兰议员会议，遭到了议员们的反对，尽管詹姆斯极力推进，但还是等了一个世纪——直到 1707 年，两个王国才统一。但这并不妨碍詹姆斯推动和宣传他两个民族一个国家的愿景，他启用新的皇家盾形纹章、以“大不列颠王国”作为“我们的称呼”。1604 年 8 月 20 日，他对外宣称：

> 蒙主眷顾，英格兰与苏格兰两个蜚声天下的古老强国现合并统一于同一位帝国之君治下……不列颠群岛域内从此一统不可分裂，同囿于四海，联结统一，共享自治。

詹姆斯国王的话与莎士比亚的《理查二世》中兰开斯特公爵冈特约翰的台词遥相呼应：

这一个造化女神
为了防御毒害和战祸的侵入而为她自己造下的堡垒，
这一个英雄豪杰的诞生之地，这一个小小的世界，
这一个镶嵌在银色的海水之中的宝石……

（《理查二世》2.1.43—46）

莎士比亚在《辛白林》中内心充满矛盾地对这个主题玩了个文字游戏，借邪恶的克洛顿（Cloten）之口称“英国是一个独立的世界”（3.1.14—15）（图 8-1）。

1604 年，詹姆斯系统地研究了不列颠帝国新国旗的可行性，新国旗将代表英格兰的圣乔治红白十字与代表苏格兰圣安德鲁的 X 形十字组合在一起。这一组合图案非常漂亮（图 8-2），旨在纪念詹姆斯所称的“美好的联姻”，这是时任宫廷典礼大臣的诺丁汉伯爵（Earl of Nottingham）深思熟虑后设计的。上呈的设计图提供了几种组合形式，苏格兰国旗与英格兰国旗以各种形式叠加组合，但这种设计总是会给人一种一国凌驾于另一国之上的暗示。这甚至在支持两国统一的苏格兰人中引起了热议：约翰·罗素（John Russell）解释说，苏格兰不应该“从属于英格兰……这并不是一个发号施令，另一个唯命是从，这样一来，古老的苏格兰将会永远失去她的美丽”！这一点非常重要。这份国旗设计图，从纹章学角度和当时的价值观来解读，会使人认为就像丈夫支配妻子一样，英格兰是凌驾于苏格兰的。诺丁汉公爵响应詹姆斯一世将此次政治联姻喻为婚姻。他如是写道：“依我个人之见，这份设计图是最为恰当的，恰如一对完美无缺的夫妇。”1606 年 4 月 10 日詹姆斯通过发布皇家公告，向“不列颠王国英伦三岛的所有臣民推广新国旗，军用和民用船只上全部使用新式国旗。约翰·吉普金创作的老圣保罗的双联画显示泰晤士河的船上象征苏格兰和英格兰统一的旗帜迎风飘扬（图 8-3）”。

“不列颠的旗帜”

（《辛白林》5.4.564）

图 8-3.《老圣保罗的双联画》细部，显示了泰晤士河面的船只上迎风飘扬的统一后的苏格兰和英格兰旗帜（图 1-9）。作者为 1616 年约翰·吉普金。

詹姆斯国王非常注重以钱币、奖章和画像的形式进行自我宣传，自诩为统一者、和平缔造者。这枚 1603 年铸造的银质加冕礼纪念章（图 8-4），是第一枚专为英国国王所制的纪念章，上面有他的头衔，他身着罗马帝王的服饰，象征王者的雄心。为了把这层意思表达出来，设计者又用拉丁文解释道：“詹姆斯一世，不列颠的裘力斯·奥古斯都，王族中的王者，特授此章。”在像章背面，詹姆斯更加露骨地声称自己是万民的救星：‘ECCE. PHAOS; POPVLIQ’. SALVS’（你们看！灯塔！万民的守护者！）。

詹姆斯急切地想让人注意到他本人和古罗马开国皇帝奥古斯都之间的相似之处。他自诩为一个新王朝的创立者、一座伟大的世界性城市的统治者和重建者。1615 年在一份有关改造伦敦的公告中，他雄心勃勃地称自己“蒙主荣耀，成为大不列颠帝国开国之君”。虽然风格迥异，但是一枚 1604 年为缔结和平与西班牙签署《伦敦条约》而

制作的纪念币同样表现出一种刚毅和自信（第 228—229 页）（图 8-5）。纪念币上的詹姆斯穿着当时的礼服，戴着被称为“大不列颠之镜”的冠冕，它象征了英格兰与苏格兰的统一，像章上镌刻的文字称詹姆斯乃英格兰、苏格兰、法兰西和爱尔兰之国王。背面镌刻着‘HINC. PAX. COPIA. CLARAQ. RELIGIO’的字样——意为“自此享受和平、充分与纯洁的宗教自由”。这枚奖章由黄金铸造，留有一个圆孔，以便作为忠义勋章授予臣子。

1604 年詹姆斯再次造币，进一步宣传他是王国统一者的角色，同时还发行了爱尔兰和苏格兰的货币，以强化其大不列颠国王的身份。第二版金银币上所有的铭文都是全新的，使人注意到王国的合并，印有王冠面值为“克朗”和“先令”的银币甚至使用拉丁文婚礼仪式上的誓词“那些神把他们结合在一起的人是不可分开的”。发行面值更大的沙弗林（sovereign）金币曾被称为“统一金币”（图 8-6），上面不仅有詹姆斯的肖像，还用拉丁语写着“大不列颠之王”的头衔，硬币的背面是英国皇家纹章和拉丁文铭文“我要使他们成为一国”（出自《圣经·以西结书》第 37 章第 22 节）。

詹姆斯在 1604 年 10 月 20 日的一份公告中称，他的新名号是“大不列颠之王”，是“上帝和时代赋予英伦三岛的，记载于历史并得到历史的认可，英伦三岛在所有的地图中都有所描述……以及其他伟大的古代文明的记载”。剧作家们同样钟情于民族神话，因为剧院曾是探究英国历史和文化身份的重要舞台。詹姆斯意欲将这两个王国完全融合——和谐共处——这个愿景只是他的个人抱负，在政治上并未实现。不过，这个理想似乎对莎士比亚产生了影响。在 16 世纪 90 年代伊丽莎白时期的历史剧中，莎士比亚总是说到自己的祖国是英格兰。詹姆斯登基后，人们对英格兰的理解就有所不同了：在 1606 年首演的《麦克白》中，英格兰被刻画为一个秩序井然、尊卑有序的王国。相反，苏格兰则被表现为一个法纪混乱、荒远野蛮的国度，一个充满“极度混乱”

图 8-4. 为纪念 1603 年苏格兰詹姆斯六世加冕兼任英格兰詹姆斯一世国王而专门打造的纪念币。国王以罗马皇帝的装扮和头衔示人。
像章直径 2.85 厘米。
现收藏于大英博物馆。

图 8-5. 詹姆斯一世金质像章，由尼古拉斯·希拉德设计，以纪念 1604 年签署《伦敦条约》与西班牙缔结和平。
像章直径 3.7 厘米。
现收藏于大英博物馆。

（2.3.52）和弑君谋逆的地方。在1610年前后创作的《辛白林》中，莎士比亚创作了一个历史幻想故事，探讨了“不列颠的王冠”（3.5.78）传承问题，这似乎在一定程度上表明莎士比亚支持詹姆斯统一两个王国和构建不列颠王国的梦想。詹姆斯一世在1604年的议会演讲中，提醒他的臣民说：“难道我们忘了，除了威尔士，这个王国曾经四分五裂成七个小王国？现在合在一起不是更加强大了吗？威尔士加入英格兰不是使这个国家更为强大了吗？”在《辛白林》中（1623年的“第一对开本”），莎士比亚赋予詹姆斯不列颠之王的名号——他使用“不列颠”或“不列颠诸国”这个词近五十次之多。《李尔王》讲述了一位国王及其王国被一分为三的灾难，难道这是在提醒我们，莎士比亚在对这位心怀统一夙愿的国王表达支持？

蒙茅斯的杰弗里（Geoffrey of Monmouth，1100—1155）在他的《英国列王史》中，描写了一位荣耀的特洛伊人（Trojan）途经不列颠的民族神话故事。故事认为英国人与罗马人同根同源。布鲁图斯是埃涅阿斯的曾孙，因意外杀死了亲生父亲，终被放逐。他在偶然中碰见了特洛伊民族的余部，并从希腊人手中解救了他们，带领他们乘船前往遥远北方的阿尔比恩岛（阿尔比恩是英格兰或不列颠的雅称），当时那儿除了古老的巨人族的几位残存居民之外，无人居住。他们在西部旷野的托特尼斯登陆，布鲁图斯以自己的名字重新命名了这座岛屿，他的追随者们便成了不列颠人。随后，杰弗里概述了长达2000年的神话英国史。从布鲁图斯开始一脉相承的列王，如洛克莱恩、高布达克、弗雷克斯、波里克斯（Porrex）、李尔、辛白林，在伊丽莎白和詹姆斯一世时期的戏剧中成了重要角色。在《列王史》的结尾，伟大的亚瑟王死了，但预言他的血脉有朝一日必将复兴。四个世纪之后追捧都铎王朝的克尤（Cue）宣称：他们具有亨利七世的威尔士血统，这个新王朝是真正的亚瑟王子孙建立的，从根本上讲具有布鲁图斯或特洛伊人的血统。

“你们也不会再有那样一位恺撒”

（《辛白林》3.1.38）

图8-6. 1612—1613年英国发行的这枚“统一金币”上用拉丁文写着詹姆斯的头衔“大不列颠、法兰西及爱尔兰之王”，昭示了詹姆斯一世复兴不列颠帝国的雄心。
金币直径3.7厘米。
现收藏于大英博物馆。

当然，布鲁图斯血统是一个神话，但杰弗里的故事在很多方面借鉴了真实的历史。在罗马人将不列颠的第一个城市改名为伦迪尼亚姆（Londinium）之前，这个城市的名称源自一个强大的当地部族——特里诺文特人（Trinovantes）。因此，特里诺文特（Trinovantium）又被称为特洛伊诺文特（Troynovantum），即新特洛伊（Troy）。因此，埃德蒙德·斯宾塞在伊丽莎白时期创作的第三部著作《仙后》（1590）中称：“因为高贵的不列颠人源自勇敢的特洛伊人，特洛伊诺特（Troynouant）建立在古老的特洛伊城灰烬之上。”尽管斯宾塞的故事充满热情，但可惜的是，人们对这个故事普遍持怀疑态度，尤其是历史学家威廉·卡姆登（William Camden），他在其1586年著的《不列颠尼亚》中，彻底否定了斯宾塞的故事。当然，在伊丽莎白统治的最后几年，莎士比亚在创作《特洛伊罗斯与克瑞西达》（*Troilus and Cressida*）的过程中，并没有美化

特洛伊血统。

虽然没有像希腊人一样冷嘲热讽，也没有用低俗的讽刺作家忒尔西忒斯的修辞手法挖苦特洛伊血统，但也没有阿谀奉承以表忠心，忒尔西忒斯当时是《特洛伊罗斯与克瑞西达》演出时的评论家。

不论是舞台上还是舞台下都否认传统故事的真实性，都在问谁才是不列颠民族真正的祖先。似乎人们心照不宣地认为詹姆斯一世创立的"大不列颠帝国"这一新的身份，需要编写新的历史，但新的历史到底是什么这一问题却未能达成一致。以威廉·卡姆登（图 8-7）为首的考古专家们对罗马人入侵不列颠产生了越来越浓厚的兴趣，引发了一系列关于被罗马人征服的不列颠本土部族身份和文化的问题。他们是否像古典作家笔下描述的那样野蛮、粗俗？不列颠文明是源起于罗马人吗？如果是的话，这跟英国人在美国弗吉尼亚开垦种植园有什么相同之处？能否找到另外的英国立国的套路？

在考古界，盎格鲁 - 撒克逊人，而非罗马人对英国的影响开始引起关注和广泛研究。当时出现了一份自称民族主义的研究计划。卡姆登认为强调盎格鲁 - 撒克逊人的影响对英格兰和苏格兰作为合一国家的身份具有全新的意义。他说："在唯一神圣的帝国君主治下，我们成为一体，我诚挚地祈愿两国人民安享欢愉、幸福、财富与安全。"两国结为一体，置于一位仁君治下的比喻，在莎士比亚的"英国"剧中反复出现，当暴君麦克白被斩首后，与英格兰人串通的苏格兰人马尔科姆（Malcolm）成了新的国君。

"卡姆登！——我的祖国亏欠你，你的英名与国运同在！"

（本·琼生著《讽刺诗》第16节，1616）

图 8-7. 威廉·卡姆登肖像画，1609 年由小马库斯·海拉特创作。画中显示卡姆登是英国考古学圣经《不列颠尼亚》的作者。
画布油画，76 厘米 × 58 厘米。
现收藏于牛津大学图书馆。

在莎士比亚的世界中，将历史与地理虚构在一起是很常见的。从美洲新大陆传来的消息不禁让人思索，当罗马人在英伦三岛上建立殖民地后，对于他们来说这个远离高卢海岸的岛屿该是一个多么陌生与遥远的地方。约翰·怀特（John White，1540—1593）极大地影响了英国人对本民族古老源起和历史的想象，他把弗吉尼亚塑造成一个"出色的国土"（《暴风雨》），他是 1585 年在弗吉尼亚罗亚诺克建立新殖民地的一小撮人之一。怀特是位绅士，也是位业余艺术家，曾多次乘船前往美洲。他画的关于北卡罗来纳阿尔贡金部落人的水彩画在新旧世界最初接触之时，将北卡罗来纳的景观、野生动植物和土著人介绍给了欧洲（图 8-8）。怀特的水彩画是西奥多·德·布里（Theodor

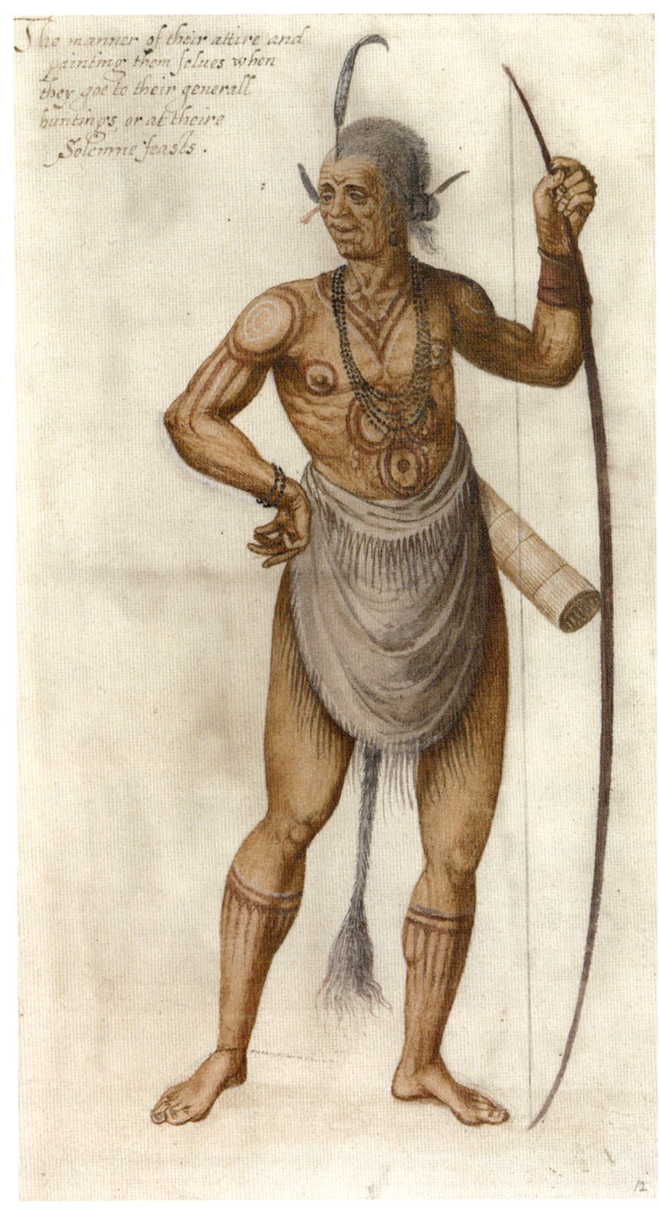

图 8-9. 西奥多·德·布里 69 岁自画像，创作于 1597 年，德·布里是推动世界戏剧观的关键人物。版画；
18.5 厘米 × 16 厘米。
现收藏于大英博物馆。

“出色的国土”

（《暴风雨》5.1.205）

图 8-8. 印第安酋长，由约翰·怀特于 1585 年至 1593 年间为一次重大的聚会专门创作。
在铅笔素描上涂以水彩，间用不透明色、白色（已变色）和金粉。26.3 厘米 × 15 厘米。
现收藏于大英博物馆。

de Bry）制作的雕版画（图 8-9）的基础，是托马斯·哈利奥特（Thomas Harriots）的《一份简短而真实的报告：在弗吉尼亚新发现的土地》（*A Briefe and True Report of the New Found Land of Virginia*）的插图，1590 年该书以四种语言在法兰克福出版。该卷书的目标读者是英国人及对投资殖民地感兴趣的其他工商业者，极大地影响了欧洲人对美洲大陆的印象。德·布里还对弗吉尼亚卷进行了补遗，收录了更多他从怀特那儿收到的画卷，展示了“早在远古时代就生活在大不列颠一隅”的古老皮克特人。根据德·布里鳖脚的英语记载，怀特自称他的目的是“证明大不列颠居民过去跟弗吉尼亚人一样野蛮”。

怀特对阿尔贡金印第安人的描绘最突出的特点是阿尔贡金人在自己的身体上作画的方式。正是这一点使人们想起古代不列颠人与之有类似的联系。在古代作家的笔下，不列颠人通常被描述为用菘蓝在自己的身体上作画的民族，这是他们的区别性特征。威廉·卡姆登在他 1585 年拉丁语版的《不列颠尼亚》中引用了迪奥·卡修斯（Dio Cassius）、希罗德（Herodian）和老普利尼（ Pliny the Elder）所作的类似描述。1610 年他的著作被翻译成了英文，从而使原本为希腊语和拉丁语的作品能够为莎士比亚及其观众广泛传阅。卡姆登甚至认为《不列颠尼亚》中的“Brit”的意思即“paint”（涂画），这种东西使人体绘画成为不列颠民族身份不可或缺的要素。

约翰·怀特在其皮克特人的绘画中表明了这一论点。他所绘的一幅皮克特女人像（图 8-10）证明了老普利尼认为皮克特部族的男男女女都用菘蓝把自己涂成蓝色的观点。卡姆登解释说：“这种颜料跟埃塞俄比亚人（Aethiopians）的肤色相似。”黑色皮肤被看作是化了妆。卡姆登的言外之意是说古老的皮克特人把自己涂成黑色，看起来就像非洲黑人。在本·琼生 1605 年所著的《黑色假面舞会》（*Masque of Blacknesse*）中，丹麦的安妮公主和一些贵族小姐“扮作黑人”表演节目（图 8-11）。在那次假面舞会中，里瓦·尼日尔带着他的几位性感诱人、衣着奇特的黑人女儿来到伦敦，希望阿尔比恩的水能将“埃塞俄比亚人的皮肤变白”。这是公主和贵族小姐们取下伪装，神奇地变脸成白人时，给演员们的提白。威尼斯大使对这个别出心裁的构思特别惊讶，部分原因是这种表演有一种暗示意义，即在当时欧洲人的心目中，公主和那些贵族小姐竟然跟非洲黑人妇女一样，会被认为是召之即来挥之即去的性工作者。宫廷打扮和角色扮演似乎还是喜欢以老套路进行。本·琼生描写里瓦·尼日尔的女儿们在假面舞会上应该戴的珠宝，就应该“点缀一些珍珠串……最能衬托黑色的皮肤”。只有通过对比，才能给黑色赋予最精确的定义，并进行研究。伊尼戈·琼斯为尼日尔的一个女儿的服饰作了一幅画，这幅画借鉴了世界戏剧服装丛书的传统，展示了戏剧和假面舞会对英国人看待外邦人和陌生人的重大影响。

怀特的皮克特人绘画具有很强的幻想和戏剧效果元素，同时也具有一种舞台演出期待和假面舞会传统的元素。图中的这个女子全身用菘蓝涂成蓝色，是更为精美的人体彩绘的基底，绘上精美的图案，有点儿像一件紧身服。她的姿势是模仿狩猎女神戴安娜的经典动作——只是没有戴安娜手中弓箭和随行的狩猎犬。与此同时，象征戴安娜的月牙被画在了她的胸前，而不是在发髻上。旭日形装饰图案画在她的乳房部位和腹部，肩部画着格里芬（griffin，传说中狮身鹫首的怪兽），膝部画着狮面。戴安娜是一位纯洁的女神、月神的姐妹。怀特的皮克特女人像是个留着飘逸秀发的美丽少女，似乎在

图 8-10. 皮卡特女人，由约翰·怀特于 1585 年至 1593 年间创作。
在铅笔画上涂以水彩，间用不透明色、白色（已变色）、钢笔墨水。23 厘米 × 17.9 厘米。
现收藏于大英博物馆。

“难道长得黑一点儿就这样要不得吗？”

(《泰特斯·安德洛尼克斯》，4.2.73)

图 8-11. 一位参加假面舞会的尼日尔女孩。画中的服饰是伊尼戈·琼斯为本·琼生的《黑色假面舞会》创作的简图。假面舞会于 1605 年 1 月 6 日在白厅旧宴会厅举办。
金银粉水彩画，29 厘米 × 15.5 厘米。
现收藏于德比郡查茨沃斯收藏馆。

画中翩跹起舞。怀特画作中的意象或许与弗吉尼亚州的新领地有所关联，该领地以童贞女王伊丽莎白一世的名字命名。

手拎人头的皮克特男勇士像（图 8-12）的创作灵感来源于两位古希腊权威迪奥·卡修斯和希罗多德，他们对古不列颠人的描写经常提到他们对金属饰环、裸体、人体绘画及猎人头有特别的嗜好。怀特的皮克特战士形象同样是经典的创作灵感之源。人体彩绘源自类似阅兵游行时穿的铠甲细节图，现代的人体绘画呈现着 16 世纪中期意大利文艺复兴时期的宫廷古典画风。皮克特人大腿和细部奇形怪状的饰物像让人想起阅兵游行时所戴的轻质头盔，这种头盔被认为是 16 世纪中期米兰的尼格罗利兄弟作坊打制的。剑桥大学菲茨威廉博物馆收藏的一款狮头头盔（图 8-13）与这个怪异的面具形象

“每一个不列颠人都扬眉吐气，勇敢百倍”

（《辛白林》3.1.36）

图 8-12. 手拎人头的皮克特男勇士，约翰·怀特于 1585 年至 1593 年间创作。
用石墨和水彩在躯干上着色，以钢笔墨水稍加修饰，24.3 厘米 × 16.9 厘米。
现收藏于大英博物馆。

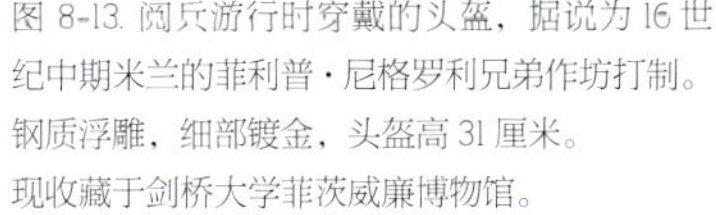

图 8-13. 阅兵游行时穿戴的头盔，据说为 16 世纪中期米兰的菲利普·尼格罗利兄弟作坊打制。
钢质浮雕，细部镀金，头盔高 31 厘米。
现收藏于剑桥大学菲茨威廉博物馆。

非常相像，其制作灵感即来源于古罗马铠甲。佩戴这种游行头盔的目的是赋予穿戴者一种罗马皇帝或希腊和罗马神话人物（如大力士赫拉克勒斯）的仪容。这种铠甲总是具有一种适合剧场演出的特质，与意大利宫廷假面舞会的服装相得益彰，通过铭刻在上面的文字得知这顶头盔是由伊尼戈·琼斯专为詹姆斯一世在白厅的侍臣设计的。

怀特画中的这个人物形象具有其他更令人困扰的联想意义。画中的战士佩带半月形弯刀，这让人想起当时残暴的奥斯曼土耳其人，炫耀作为战利品的战俘首级。皮克特人被描述为赤身裸体的野蛮之人，挥舞着敌人的首级时眼珠上翻，张着嘴露出轻蔑的怪异表情。怀特水彩画中的这一点神态，被西奥多·德·布里在1590年的一幅版画中采纳，还配有英语文字解说，强调“过去生活在大不列颠，也就是现在的英格兰的皮克特人是野蛮人”（图8-14）。德·布里甚至多画了一枚首级强调这一点。让自古以来就生活在现代称为苏格兰王国的皮克特人充当古代不列颠人，这一想法足够具有颠覆性，其似乎来源于卡姆登的主张“皮克特人……本身天然就是不列颠人，是远古不列颠人的嫡传子孙”。当代学者对生活在不列颠的罗马人这一主题兴趣浓厚，从而使《辛白林》（涉及一位罗马人与不列颠军队的遭遇）成为莎士比亚探讨这一主题最具典型特征的剧作之一。这种对古代不列颠人的观点在现代英国人中产生了强大的政治共鸣。如果古代英国人是被古罗马帝国开化的，那么一个现代化的大英帝国就不能使弗吉尼

“他的头已被砍去了”

（《辛白林》4.2.190—191）

图8-14. 皮克特真人像，西奥多·德·布里模仿约翰·怀特的画作。这是一张1590年托马斯·哈里奥特出版于法兰克福的《一份简短而真实的报告：在弗吉尼亚新发现的土地》的版画。
30.3厘米 × 41.5厘米。
现收藏于大英图书馆。

亚的阿尔贡金印第安人开化吗？不能使野蛮的威尔士乡巴佬和生活在“完全蛮荒的”高地和苏格兰岛的盖尔人开化吗？建立殖民地便是对帝国的考验，詹姆斯一世 1610 年关于建立阿尔斯特殖民地的几篇文章强调垦殖地人是新不列颠人，因此需要融合并包容所有的民族差异，促使其成为一个新的国家。

德・布里对怀特绘画的评论强调古代英国人的开拓精神，正如莎士比亚在《辛白林》中通过邪恶的女王之口在戏剧一开始就说的（图 8-15）：

> 陛下不要忘了先王们缔造的辛勤，
> 也不要忘了我们这岛上天然的形势，
> 它正像海神的苑囿一般，周遭环绕着峻峭的危岩、咆哮的怒浪和广漠的沙碛，
> 敌人们的船只一近滩岸，就会连桅樯一起陷入沙内。
> 恺撒曾经在这儿得到过一次小小的胜利，
> 可是他的“我来，我看见，我征服”的豪语，却不是在这儿发表的。
> 他曾经两次被我们击退，驱出海岸之外，
> 这是他平生第一次感到痛心的耻辱；他的船舶——可怜的无用的泡沫！——在我们可怕的海上，
> 就像随波浮沉的蛋壳一般，
> 一碰到我们的岩石就撞为粉碎。
> 为了庆祝那一次的胜利，著名的凯西伯兰（Cassibelan）——
> 他曾经一度几乎使恺撒屈服于他的宝剑之下，
> 啊，反复无常的命运！——
> 下令全国举起欢乐的火炬，
> 每一个不列颠人都扬眉吐气，勇敢百倍。
>
> （《辛白林》3.1.19—36）

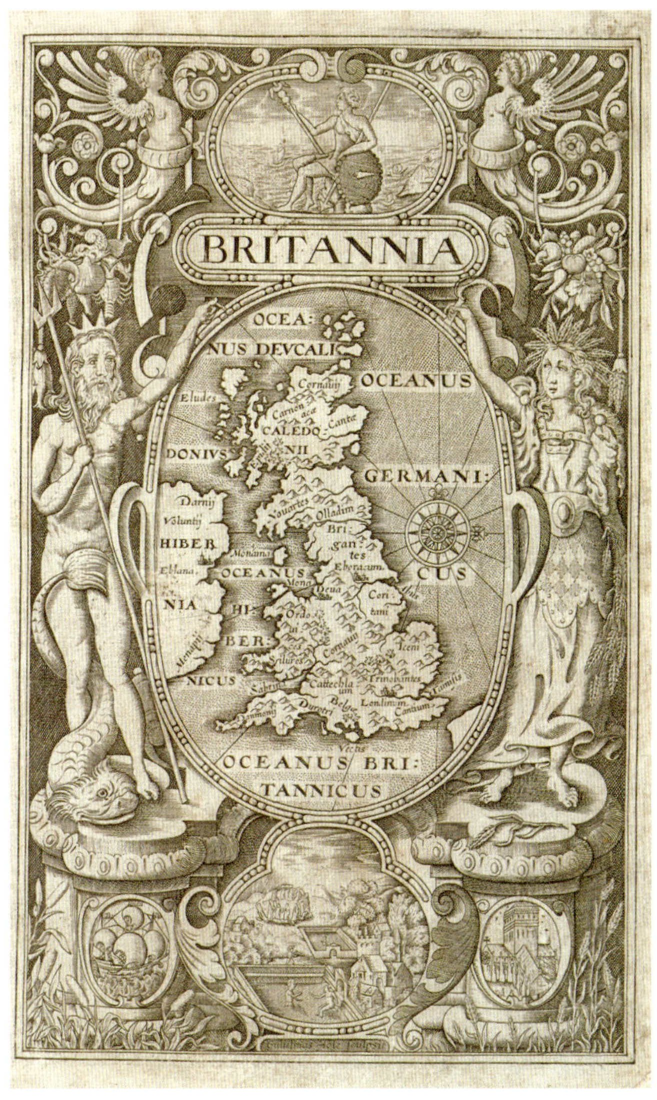

“这岛上天然的形势”

（《辛白林》3.1.21）

图 8-15. 出现在卡姆登 1610 年著《不列颠尼亚》卷首插画上的不列颠要塞图。与 1588 年击垮西班牙无敌舰队一样，不列颠人击溃了裘力斯・恺撒的入侵，莎士比亚在《辛白林》中向观众展示了这一事实。
印制书籍，48 厘米 × 34 厘米。
现收藏于伦敦古物学会。

莎士比亚将邪恶女王口中的不列颠要塞与剧中女主角截然不同的观点做了对照，她以神话传说中不列颠帝国的缔造者，布鲁图斯的妻子伊诺琴（Innogen）的名字为名。被驱逐出本土之后，伊诺琴（或伊摩琴是她在书中最初的

名字，疑为印刷错误）沉吟道：“除了英国之外，别的地方都是没有昼夜的吗？”（3.4.150—151）。

莎士比亚对英国古代历史的想象可谓天马行空，因为他对历史上的库诺贝林（即剧中辛白林的原型）知之甚少。剧中人物的姓名、背景与公元43年罗马人入侵时完全不同，这位不列颠国王及其子吉德律斯和阿维拉古斯的故事，都取材于霍林斯赫德 的《编年史》。辛白林由恺撒·奥古斯特（图8-16）在罗马抚养长大这一构思则源自霍林斯赫德 以及蒙默思·杰弗里的《英国列王史》。人们对库诺贝林的性格一无所知。只有通过考古挖掘和对货币制度的研究，历史学家们最近才弄明白他是如何被这位古代作家苏埃托尼乌斯奉为不列颠之王名号的。事实上，《辛白林，不列颠之王》是收录在“第

“从你们恺撒的手里得到骑士的封号”

（《辛白林》3.1.70）

图8-16. 这枚刻有浮雕的宝石是古罗马开国皇帝奥古斯特（公元前27—公元14）的大型肖像局部。莎士比亚的观众知道“伟大的奥古斯特大帝”是辛白林统治不列颠时期的罗马皇帝。该像制作于约公元14年至20年的罗马。
材质为红条纹玛瑙，长9.3厘米，高12.8厘米。
现收藏于大英博物馆。

图8-17. 印有“不列颠货币”的彩色插图，摘自1610年版卡姆登著《不列颠尼亚》第89页。
印制书籍，43厘米×24厘米。
现收藏于大英图书馆。

一对开本”中的莎士比亚剧作集中的剧名。

威廉·卡姆登一直在收集一些证明库诺贝林史实的货币，当时莎士比亚正在创作这部剧本。卡姆登是通过观察当地的铸币对英国历史地理进行国别研究的第一人，他将这些证据先后发表在他所著的不同版本的《不列颠尼亚》中。在他1610年的英文版著作中出现了“英国货币”的雕版插图，包括两枚库诺贝林金币的正反两面（图8-17）。其中一枚是图8-18中的金币，上面刻有一匹奋起前蹄、后腿站立的骏马，以及加牧罗顿南姆（即现在的柯彻斯特市）的前四个字母“CAMV”——加牧罗顿南姆是特里诺文特人（Trinovantes）的主要聚居地，公元10年之前，这个民族被库诺贝林人统治。这枚金币上的画面形象和文字暗示一位强大的国君，暗示英国南部与罗马有着密切的关系，这与莎士比亚剧中极富想象力的抽象世界并不遥远。

“辛白林，不列颠之王”

（《辛白林》，题目）

图8-18. 库诺贝林金币，公元10年至40年，金币正面刻有“CAMV”字样（代表加牧罗顿南姆Camulodunum，即现在的柯彻斯特市）和一只谷穗；背面是一匹古典风格的骏马，刻有“CVNO”字样（代表库诺贝林Cunobelin）。
金币直径1.8厘米。
现收藏于大英博物馆。

《辛白林》让人觉得英国是罗马的附庸国，受到神灵朱庇特的护佑（图8-19）。英国抗击罗马的决定性战役并未出现在舞台上，但该剧的结尾似乎通过奥古斯特的和平协定表现了英国和罗马的势均力敌。这份和平协定堪与1604年伦敦条约框架下英国与西班牙这个昔日欧洲头号强大基督教国家之间的和平协定相提并论。难道这就是辛白林在该剧结尾处设想的和谐愿景吗？原文是这样的：“难得这一次战争结束得这样美满，血污的手还没有洗清，早已奠定了光荣的和平”（5.4.568—569）。

作为国王的班底之一，莎士比亚可能是陪同西班牙大使唐璜·费尔南德斯·德·贝

“我看见朱庇特的鸟儿，那头罗马的神鹰”

（《辛白林》4.2.416）

图8-19. 天火，1587年乔罕·赛德勒一世根据德克·巴伦兹仿作。《辛白林》展现的是罗马人在朱庇特的助佑下生活在英国的故事：剧中朱庇特骑着神鹰出现令人想起经典的上帝形象。
雕版印刷，17.5厘米×22.8厘米。
现收藏于大英博物馆。

“让我们向全国臣民宣布和平的消息”

（《辛白林》5.4.562—563）

图 8-20. 萨默赛特庄园和平会议，作者佚名，创作于约 1604 年。图片所示为西班牙和弗兰德人（图左）与英国谈判人员，在经过近 20 年的明暗战争之后，终于达成了和平协定。费尔南德斯·德·贝拉斯科、弗里亚斯公爵、卡斯提尔、弗里亚斯公爵，以及卡斯提尔（古代西班牙北部一王国）在离左边窗户最近的地方就座。
画布油画，205.7 厘米 × 268 厘米。
现收藏于伦敦国家肖像馆。

拉斯科（即弗里亚斯公爵）的十位演员之一。经过与西班牙近 20 年公开或不公开的战争之后，他们才前来谈判，达成了 1604 年的和平条约。有一幅纪念 1604 年签署伦敦协定的画（图 8-20），画中左侧是弗兰德和西班牙一方，右边是英国代表团，双方神情冷峻地围坐在老萨默赛特宫的谈判桌边。签署协定时，詹姆斯一世将一尊精美的中世纪时期金杯赠给了胡安·费尔南德兹· 德·韦拉斯科，作为向西班牙媾和的信物（图 8-21）。

图 8-21. 皇家金杯，约 1370 年至 1380 年，巴黎制作，有釉彩圣·艾格尼丝传说故事场景。这尊金杯是 1604 年西班牙与英国在萨默赛特宫会议上议定和平条约的信物。莎士比亚很可能亲眼见证了这尊珍贵的金杯被交给德·维拉斯科签署和平协定的全过程。德·维拉斯科又在杯座上加了一行字记录这份礼物。这尊酒杯用黄金制作，外施彩釉，镶嵌了珍珠，高 23.6 厘米。现收藏于大英博物馆。

德·韦拉斯科知道这份馈赠具有深远的历史意义，价值连城。中世纪的金樽和英国皇家珍宝在英国历史上曾起过举世公认的重大作用。莎士比亚可能亲眼见证了 1604 年在萨默赛特宫移交金杯的仪式。尽管西班牙因多线连年征战国力衰竭，但与英国这样的强大帝国媾和是个绝佳的策略，詹姆斯将自己标榜成了和平的缔造者。《辛白林》结尾的假面剧就是在庆祝这次宣传造势的成功。缔结合约成了《辛白林》的高潮部分，有词写道“威严的恺撒，将要和照耀西方的辉煌的辛白林言归于好”（5.5.557—559）。英国被描述为一个与罗马势均力敌的西方帝国。

“宽恕你是我对你唯一的报复”（5.5.503）——辛白林的台词跟詹姆斯一世在 1604 年议会开幕词中的口吻一模一样，用百川归海这样的比喻，发誓要统一他的王国：

> 正如小溪默默一路奔流悄无声息地融入大河一般，大河也会默默无声地被大海吞没：同理，小国合而为一，私自的分歧和问题亦随即消失。

詹姆斯一世在宫廷里看到这幕剧演出时，他也许觉得自己既是不列颠王国的先皇辛白林，又觉得自己是罗马大帝奥古斯特，是和平、统一与和谐的保证。在事关英国历史与起源的争论和其背后的政治动机之间，莎士比亚的《辛白林》一直在小心翼翼地求得平衡。现在、未来与过去同样精彩。

第九章

辉煌、拥挤的新世界

莎士比亚“第一对开本”收录的剧作第一部便是《暴风雨》，也是他最后独自一人完成的遗作，于 1611 年首演。不同寻常的是，在早期众多的印刷本中，这部戏剧提供了关于剧幕背景设置的信息：一座无人居住的岛屿。但是这个岛到底在什么地方？故事中的人物、声音和事物从何而来？该剧开幕时的海难一段发生在从北非到意大利的航行途中，这表明戏剧的背景设在地中海上。但是，戏剧中多次提到了百慕大、巴塔哥尼亚的神，还提到了蒙田笔下有关南美洲的“食人族”和“崭新的世界”（5.1.205）。这些情节安排会毫无争议地使人想起美洲大陆。无人小岛既代表着新世界，也代表着旧世界，它无处不在，但又一无所在，它既是整个世界又是剧院本身。

但正是新世界的光环使得《暴风雨》在 20 世纪及 21 世纪早期一直是一部特殊的、重要的剧作。莎士比亚深谙人类学和新世界游记文学。剧中关于主权、垦殖园和殖民地性质的辩论在今天仍然能引起强烈的共鸣。古巴作家罗伯托・费尔南德斯・理塔玛评论称：“如果这不是凯列班的历史和文化，那我们的文化是什么？”然而，对《暴风雨》的阐释只是回顾式的，到了后来才出现在戏剧评论中，并且都把它当作一部关于英格兰在美洲进行早期殖民的历史剧。

任何一个观看伊丽莎白近期传记影片的人，可能都会不由自主地想到她建立了一个伟大的海上帝国，但在莎士比亚生活的时代，除了寸土必争的爱尔兰岛以外，英格兰还是一个强大的帝国，从历史的角度来看，这种说法是不确切的。英格兰对爱尔兰的统治历来都是不彻底、不稳固的。特别是 1594 年至 1603 年奥尼尔起义及埃塞克斯公爵挑起的复仇战争带来了巨大的灾难，在此期间，英格兰对爱尔兰的统治都是靠暴力维持的。英格兰人知道，爱好反抗的爱尔兰是一块烫手的山芋，是英国人难以释怀的心腹之患。

1586 年平息西南部的芒斯特（现爱尔兰南部一省）垦殖园叛乱，是伊丽莎白一世最具野心的长远计划之一。伊丽莎白一世爱尔兰玉玺的设计图就是为了纪念此次事件（图 9-1），那份玉玺设计图约制作于 1584 年至 1585 年间，即伊丽莎白女王派遣船队前往

“如果这一个岛归我所有”

（《暴风雨》2.1.132）

图 9-1. 尼古拉斯・希利亚德为伊丽莎白一世设计的爱尔兰王国玉玺图，约于 1584 年至 1585 年间制作，即伊丽莎白女王派遣船队前往今美国弗吉尼亚之前。该设计旨在宣传在爱尔兰西南部芒斯特建立新的种植园或殖民地的概念。
图案用笔和黑色墨水绘成、用到了灰色水彩、羊皮纸和铅笔，直径约 12.4 厘米。
现收藏于大英博物馆。

HONI SOIT QUI MALY PENSE
POSVI DEVM ADIV TOREM MEVM
ELIZABETA D. G. ANGLIÆ. FRANCIÆ. HIBERNIÆ. ET VERGINIÆ
REGINA CHRISTIANAE FIDEI VNICVM PROPVGNACVLVM.
Jmmortalis honos Regum, cui non tulit ætas
Vlla prior, veniens nec feret vlla parem,
Sospite quo nunquam terras habitare Britannas
Desinet alma Quies, Iustitia atque Fides,
Queis ipsæ tantum superant reliqua omnia regna,
Quantum tu maior Regibus es reliquis,
Viue precor felix tanti in moderamine regni,
Dum tibi Rex Regum cælica regna paret.

今天美国弗吉尼亚一带（拟建立殖民地）之前。与此同时，在击败爱尔兰迪斯蒙德公爵（Earl of Desmond，他的脑袋被砍掉装在袋子里呈给了伊丽莎白）叛乱之后，测绘了他在芒斯特所属的土地，并起草了建立英格兰殖民地的计划。计划规定只有出生在英格兰土地上的所有者才允许进行垦殖；任何盖尔族爱尔兰人都不许对这些没收的土地进行垦殖活动。

虽然希利亚德的新爱尔兰玉玺设计图从未启用过，但在征服芒斯特的过程中，它毫无疑问地体现了英格兰皇家的威严。图案显示：伊丽莎白身着出席议会的礼服坐在王座上，手持象征国家元首身份的法球和节杖。神的双手在两侧撑着她的斗篷，她的头顶上方是建筑物的拱廊，看起来就像环绕在她头部的光环，或者说就像她的身体所带来的那种圣洁之光。她的两侧有两只盾牌，刻有象征爱尔兰的图案，左侧的盾牌上刻着象征爱尔兰的竖琴，右侧的盾牌上是三只王冠，象征芒斯特。这幅图案想要传达的信息是将芒斯特拓为垦殖地，成为英格兰的土地，置于英格兰治下的时机已经成熟。

“如果这一个岛归我所有，我的上帝”（《暴风雨》2.1.131）。冈萨洛使用了“垦殖地”这个新词，但他的同伴塞巴斯蒂安和安东尼奥却把这个词当作一个笑话传开了，这个词让人直接想到了爱尔兰。这个词最先是在建立殖民地的背景下开始使用的，特指英格兰企图征服爱尔兰。

芒斯特垦殖地为建立弗吉尼亚殖民地的尝试树立了榜样。图 9-2 中的印刷图宣称

“这岛是我老娘西考拉克斯传给我而被你夺了去的”

（《暴风雨》1.2.389—390）

图 9-2. 凯列班称普洛斯帕罗为篡位者。伊丽莎白一世在此画中被表现为一个海上帝国的统治者，统辖英格兰、弗吉尼亚、法兰西和爱尔兰（写在最下方）。老克里斯皮吉·德·帕斯创作。1596 年汉斯·乌特尼尔出版社在伦敦发行。雕版画；35 厘米 × 25.8 厘米。现收藏于大英博物馆。

伊丽莎白一世为大英帝国的君主，包括弗吉尼亚殖民地。尽管有奥尼尔起义反对，1558 年还丧失了法兰西北部港口加来，但她身为爱尔兰以及法兰西君主的头衔都列在上面。尽管建立殖民地，建设强大帝国和称霸全球的雄心是形成了，但却不可能实现。这幅印刷画中伊丽莎白表现出的庄重沉着隐含着一种不安，想要掩藏伊丽莎白后期全国上下对英格兰的地位的忧虑。

英格兰企图殖民弗吉尼亚的尝试始于 1584 年，当时它在罗厄诺克建立了一个前哨，莱利的意图是把这个前哨当作英格兰在美洲的军事基地，进攻满载珍宝回国的西班牙舰队。莱利说服女王将这个新的领土以她尊贵的名字命名，图 9-3 中的印信用拉丁文骄傲地称他为“弗吉尼亚总督”，还有他的纹章及 1584 年的日期。莱利一直在兜售一种非常近似于私人封地的做法，这种做法有点儿像《暴风雨》中塞巴斯蒂安和安东尼奥嘲讽冈萨洛想要殖民那座岛屿的梦想，称：“然而，他会成为国王的”（《暴风雨》2.1.146）。1584 年到 1603 年，莱利作为总督专断了向英格兰输入美洲印第安人的买卖。在伊丽莎白当朝时期及后来，他通过自己的一帮人，迫使那些美洲印第安人被动地在大西洋两岸文化交流的过程中扮演了重要角色。

1588 年来临之前，罗厄诺克定居点却神秘地消失了，曾在那块消失的殖民地上生活过的人，一个都没有再露过面。尽管 1590 年约翰·怀特最终回到弗吉尼亚殖民地时并未找到一个殖民者，但莱利本人和女王都坚信，他们都还活着。英格兰对弗吉尼亚的主权就靠这点信念了。怀特曾记录了他的珍贵财产遭受毁损的事件，这对任何一个殖民绅士而言都是一场梦魇——莱利城废墟中的点点滴滴就是这场噩梦的表露，“我在这儿的东西几乎都损坏、破掉了，书皮也撕烂了，画框和地图都因雨水浸泡而发霉破损了，连我的铠甲也几乎被锈蚀掉了”。

不论是在爱尔兰还是弗吉尼亚，殖民模式都是一样的。在军事力量的支撑下，英格兰的“垦殖者”（planters）从本土人手中强征并占有土地。还有其他的相似之处，如英格兰人像收买美洲土著一样收买了爱尔兰人，把他们视为野人、未开化之人——禽兽般的、无所事事的懒人，认为英格兰人能够教化他们。这种模式的立足点是，好战的不列颠人被罗马人——更确切地说是被撒克逊人——所征服，并被带入了文明社会，甚至连弗吉尼亚人对人体绘画的偏好都与古不列颠人有关（第 220 页）。1612 年威廉姆·斯特奇在描写弗吉尼亚人时说：

“但他不会成为国王”

（《暴风雨》2.1.146）

图 9-3. 沃尔特·莱利爵士担任弗吉尼亚总督时所用的纹章。制作于 1584 年，为使图案清晰，在此展示的是纹章的背面。材质为银，直径 5.7 厘米。现收藏于大英博物馆。

虽然他们很野蛮，但如果我们能接纳他们，
使其开化，这将是我们的荣耀，
如果优秀的作品能够启迪心灵，那么
善良的天使们同样也会如此，

就让我们也化作天使吧，
因为教堂与政治家无法代替我们。

他将一部非常有魅力的《印第安语字典》添入了他的史书，向其读者介绍“如何与人交往和交易”。1607 年建立了詹姆斯敦（Jamestown，以詹姆斯一世的名字命名）殖民地，作为英国在弗吉尼亚的永久定居点之后，随着对当地控制权和私人所属殖民地的不断扩大，从 1632 年起，殖民运动开始飞速发展。只有在当时，作家萨缪尔·普查斯所宣称的“大不列颠的新希望”的梦想才可能成为现实。

尽管对于英国而言，美洲未来市场具有广阔的前景，但大多数英国冒险活动、海盗劫掠、经商及外交活动仍然集中在地中海东部和北非一带。

1610 年摩尔人被驱逐出西班牙，他们在摩洛哥的大西洋海岸的萨里（Sale）岛上建立了一个独立的海盗国家，威胁着摩洛哥和英国海岸的安全。这些金银财宝很可能出自 1631 年至 1640 年间一艘从摩洛哥开往英国的摩洛哥籍船只。最近在德文郡的索尔科姆湾发掘出土的物件，似乎是为了配合这个画面（图 9-4），除了船上装的那些破碎的金块、珠宝外，还有数以百计的由摩洛哥统治者莫雷·哈梅特（Muley Hamet）发行的金币，他被称为“黄金统治者”（约 1578—1603）。1600 年他派遣特使到英国住了六个月（第 34—35 页）。1627 年出土的另一枚铜币是荷兰造的，可能是这艘船上的水手口袋中的零碎钱。当时荷兰和英国在对摩洛哥的贸易中是竞争对手，这可能是一艘荷兰籍的商船。但还有第三种可能，即这艘船可能是一艘北非巴巴里海盗船，经常沿英格兰和爱尔兰西海岸四处劫掠，这一现象在 1616 至 1642 年间的文献中是有据可查的。随着贸易网络的扩张，海盗袭击引起的焦虑表明，非基督教族群被认为是危险的代名词。

英国海盗与北非伊斯兰教地区的海盗们在地中海上狼狈为奸，以马摩拉和突尼斯作为据点，表现出一种“成为土耳其人”或“皈依伊斯兰教”的倾向。弗朗西斯·委

图 9-4. 左上角及右下角的这些物品，都是从一艘沉船中获得的，该船大约是在 1631 年至 1640 年间沉没于英国德文郡索尔科姆海湾。很可能是一艘摩洛哥海盗船，因为船上装的货物大都是用来铸造金条的散碎金子。
黄金、珠宝、铸块和金币。
现收藏于大英博物馆。

图 9-5.（疑为）地中海海盗长袍，约 1600 年产自英国。据信为弗朗西斯・委内爵士所有。他原本是英国绅士，后来成了“土耳其人”，在地中海海域干起了海盗的营生。
此长袍为丝绒制作，银线饰边，带有丝绸长毛绒领。
现收藏于白金汉郡克莱顿宫。

内便是一个有趣的绝佳例证（1584—1615）。他曾是有钱有势的地主，“（经常）被誉为伟大的英国勇士”，后来因为败光了家产，生活窘迫，他才离开英国加入了北非海盗船队，并于 1609 年改信伊斯兰教。被俘后他被迫在一艘大船的厨房里当奴役，1615 年在贫困潦倒中死于墨西拿市一家基督教会医院里。1615 年，他的穆斯林头巾、两双土耳其拖鞋和丝绸长袍，随同一份死亡证明被送到了他的家人手中。今天我们在白金汉郡的克莱顿宫依然可以看到据称是这几样东西的原物，作为其多舛命运的永久纪念（图 9-5）。当时，这个故事被当作了戏剧的真实素材，罗伯特・达博内 1612 年的戏剧《皈依土耳其的基督徒》便是根据弗朗西斯的一位英国海盗伙伴约翰・沃德（John Ward）同样具有轰动色彩的生活经历创作而成。

在莎士比亚多部剧作不太显眼的地方都有地中海海盗的身影。《亨利六世》中篇就提到了“居然比伊利里亚的大海盗还要厉害”（4.1.110）。这只是间接提到了罗马时代的强盗，但莎士比亚笔下的地中海永远都是现实中的世界，即使在通过往事影射时也是如此，所以观众们都会联想到当时的海上劫掠。《安东尼与克莉奥佩特拉》中的地中海同样遭受着海盗的蹂躏（茂尼克拉提斯和茂那斯都是有名的海盗，1.4.52）。《第十二夜》中的安东尼奥被指控当了海盗，该剧的真实背景是在伊利里亚。《量罪记》（《一报还一报》）中，提到“在这个监狱里有一个名叫拉戈静的著名海盗，今天早上因为发着厉害的热病而死了”，他的死起到了结束故事的作用（4.3.54）。而且他的名字使人想起拉古萨。再往北，尽人皆知的是哈姆雷特得到了海盗的帮助。《泰尔亲王配瑞克里斯》（*Pericles, Prince of Tyre*）是一部关于环地中海航行的戏剧，剧中的玛琳娜被海盗绑架卖到了米蒂利尼的妓院。更引人注目的是，《威尼斯商人》中的夏洛克因为安东尼奥的商船面临海盗的威胁而紧张不安。

> 可是他的财产却还有些问题，他有一艘商船开到特里坡利斯，另一艘开到西印度群岛，我在交易所里还听人说起，他有第三艘船在墨西哥，第四艘到英国去了，此外还有遍布在海外各国的买卖，可是船不过是几块木板钉起来的东西，水手也不过是些血肉之躯，岸上有旱老鼠，水里也有水老鼠，有陆地的强盗，也有海上的强盗，还有风波礁石各种危险。（1.3.12—17）

由于詹姆斯一世对海盗非常憎恶，像对待女巫一样，视其为上帝和国王以及国家的公敌，因此在詹姆斯一世时期的剧作中，对海盗的这种观点是尤其令人好奇的。这与莎士比亚为《暴风雨》设定的关于地中海世界的历史背景相去甚远，当时的地中海地区吉凶难卜，强盗横行，遭受着突尼斯摩尔族国王默许的海盗威胁。

然而，谨慎的莎士比亚并未给《暴风雨》设置这样的背景。这座岛似乎游移于新旧两个世界之间。它更像是一部地中海时期的戏剧，旧世界的维吉尔和奥维德留给我们的灵感，至少与莎士比亚从蒙田的作品以及新世界现代冒险传说中借鉴的素材一样重要。这部剧的情节结构具有开放性，巧妙地将古代元素和现代元素交织在一起，很难确定故事到底发生在哪一特定的地理和政治背景中。16 世纪时，葡萄牙人使地缘政治发生了长期的转变，地缘政治中心从地中海转移到了大西洋，英国人及荷兰人只在 17 世纪晚期加速了这一进程。尽管英国人一直认为他们需要主宰四海，但他们对大西洋地区的探索相对较晚。正如 1615 年沃尔特·莱利爵士所说："谁主宰大海谁就能主宰贸易，谁主宰世界贸易，谁就能主宰世界的财富以及整个世界本身。"

在这成为现实之前很久，就有了这样的说法。"文艺复兴人士"约翰·迪伊——常被认为可能是普洛斯帕罗的原型（后文，第 256—257 页）——是 1577 年最早杜撰"大英帝国"这个词的人之一，这一概念的基础便是英国需拥有海上霸权，才能开拓新的疆土、进入世界市场。传说中，迪伊拥有一面从新世界弄来的黑曜石镜，是一件墨西卡利战利品，大概是由西班牙征服者赫尔南·柯蒂斯（图 9-6）从墨西哥带到欧洲的。如果迪伊的确拥有此物——或许是他在欧洲大陆游学的路上拾获的物件——他不大可能知道他的来历，尽管那面镜子还有一个与之相关的故事。但若要认为这样一件有趣的物品与其他的人和看待问题的方式没有关联却不是很容易的事情。16 世纪时期的学者（迪伊就是其中一位）

图 9-6. 迪伊博士的魔镜，由墨西加人（Mexica）约于 1325 年至 1521 年间制作。迪伊是否真的拥有这样的魔镜，以及是否用它来占卜过未来，现已无法证明。但是这种传统与墨西加人的命运和传说中占卜之神泰兹卡特里波卡把黑曜石镜当作"说话石"的做法之间存在有趣的关系——也许在他生活的时期，这种关系尚不为人所知。黑曜石制作的镜子装在一个木质小盒子内，盒子外面用压印图案的皮革包裹，长 22 厘米，直径 18.4 厘米。
现收藏于大英博物馆。

认为这是一种工具，其构造形态便于用手拿取，具有那种人尽皆识的古典镜面，其黑色的表面具有一种昏暗、模糊的反光特性。这些特性使其成为一件稀罕之物，拥有独特的学术价值，令人叹为观止。尽管这种新奇独特的物件很难解释，但也让我们得以从不同的角度发现和认识这个世界。

科学仪器同样给我们提供了探索和了解世界的新途径。迪伊认为建立新世界的抱负，依赖于航海技术和知识的发展。随着英国探险者的探索领域越来越远，了解世界的新方式出现了，如地图、地球仪（第 52 页）及各种科学仪器。1576 年，弗洛比舍率领的航队，在寻找西北航线的首次远征中便携带了由哈姆弗雷·柯尔专门制作并提供的仪器。柯尔还在从北大西洋回程的风浪中维修这些仪器。他还促进了伦敦专用科学仪器贸易的发展，与出版的众多关于航海方面的论著在时间方面碰巧一致，成了英国人航海梦想的后盾。1574 年他制作的天体观测仪尤其精良，这件仪器可能被威尔士王子亨利·弗里德里克收藏，他是一位很有教养的收藏家，于 1612 年逝世（图 9-7）。

地球仪和其他一些科学仪器是了解现代世界的必备工具，但曾经也是宫廷人士和绅士们把玩、炫耀和高谈阔论的玩物和配饰。伊丽莎白一世的宠臣埃塞克斯公爵曾拥有一套最时兴的科学仪器，一部天文纲要，这些在当时的航海专题论著中都有提及（图 9-8）。那套仪器被称为盒子中的宇宙，包括夜间时刻测定器、纬度表、指南针、日晷、万年历、月象盈亏指示仪等，所有这些仪器都有实际用途。然而，这套仪器上刻的那些字读来令人心酸，似乎是在诉说这位公爵大人在家中和朝廷遇到的种种挫折。这套仪器是专门为埃塞克斯公爵制作并赠给他的东西，当时他经常债务缠身，为升官争得头破血流，向以威廉姆·塞西尔、博格力勋爵为代表的新富阶层权力和权威发起了挑战，公开宣称他“要关心国家事务”的意愿。从这种角度解读这套仪器边缘的、全部用大写字母写成的文字，就会发现新的重大意义，他说在他高贵的血统中增添了值得赞美的正直和优秀品质，那些真正睿智的人鄙视世俗的荣誉，因为好人因那些荣誉而受鄙视。

图 9-7. 镀金黄铜星盘，汉弗莱·科尔 1574 年制作于伦敦。该盘后来可能被威尔士王子亨利·弗雷德里克收藏。该物直径 8.8 厘米，主要用于测量、计时和确定纬度。
现收藏于大英博物馆。

地球仪使我们将整个世界构想成一个球体，在我们手中就可以感受到呈弧线状的地表，用指尖即可追索到大陆、大洋相互连接的地方（第 52 页）。地球仪与圆形的、具有专门用途的剧场之间存在明显的相似性，因此当普洛斯帕罗说到“伟大的地球本身”（《暴风雨》4.1.166）时，他也许是指“这家剧院的木质穹顶和这个星球本身”。它们都为详细规划和系统研究人类经验提供了新的空间，二者均使人们联想到了莎士比亚的环球剧院。莎士比亚在其剧作中灵活多样地运用了探险和制图领域的术语，往往具有很强的喜剧和幽默效果。在《温莎的风流娘儿们》中，福斯塔夫开玩笑地说他要在情妇佩琪和福特之间周旋：“她俩就是我的东印度和西印度，我得经常光顾她们那儿”（《温莎的风流娘儿们》）。

图 9-8. 镀铜合金天文仪，詹姆斯·凯尼维 1593 年于伦敦制作，专门为埃塞克斯二世公爵所作，上面刻有公爵的纹章和题字，直径 6 厘米。现收藏于大英博物馆。

虽然缺乏具体的背景，《暴风雨》似乎是想概括性地表达欧洲人远洋探险的精神，甚至连戏剧开头面临灭顶之灾的船中水手们高喊的航海口令都精确地表现了出来。一幅用墨水笔勾画的素描（图 9-9），栩栩如生，似乎是隐喻现代早期航海中面临的种种危险，暗喻命运女神的海上法则。在莎士比亚的想象中，大海上暴风骤雨肆虐，散布着险象环生、“依旧汹涌狂暴的百慕大”（1.2.267）之类的暗礁。

“依旧汹涌狂暴的百慕大”

（《暴风雨》1.2.267）

图 9-9. 海洋命运女神，文斯勒斯·霍拉，约 1625 年。百慕大群岛因肆虐的狂风暴雨和暗礁而臭名昭著，1609 年的“探海号”海难事件似乎使莎士比亚受到了启发，并把《暴风雨》的开头布景设为狂风暴雨。
黑色墨水笔画，13.4 厘米 × 15.7 厘米。现收藏于伦敦维多利亚和阿尔伯特博物馆。

莎士比亚与弗吉尼亚公司的 些人有联系，很可能他从威廉姆·斯塔奇未公开的关于 1609 年“探海号”在百慕大地区失事的报告中吸取了一些细节，用在他的剧本创作中，将开幕场景设为暴风雨的景象。手稿可能经过威廉姆·里瓦逊之手，他是莎士比亚生意上的合伙人，负责为弗吉尼亚公司吸引投资；达德利·狄格思也审阅了手稿，他是公司董事会的关键成员，同时也是莎士比亚的密友，1610 年他前往斯特拉特福镇拜望继父；亨利·瑞斯福特爵士也翻看了手稿，他的私人医生是莎士比亚的女婿，他还与莎士比亚的朋友库姆家族交情深厚。莎士比亚创造了几个新的复合词——sea-sorrow（1.2.199）；

sea-changel（2.464）；sea-swallow（2.1.253）；sea-marge（4.1.75）——来表现这座远离大陆孤岛的特点，它任由喜怒无常的天气和变幻莫测、不可抗拒的大自然摆布。

“探海号”得到了新大陆的贸易和殖民投资者财团的赞助。尽管1607年之前，在美洲的英国人会面临种种不安全因素，但从16世纪80年代起，民众对弗吉尼亚地区所提供的英国产品兴趣渐浓。约翰·怀特创作的绘画（第219—224页）最先展示了英国人眼中的美洲景象，其中一幅画显示一位印第安波米奥克族酋长之妻及其年幼的女儿热烈欢迎与海外异邦人友好通商的情景，小女孩脖戴项链，手中拿着一只英国人送给她的玩具娃娃（图9-10）。托马斯·哈利奥特在他的《弗吉尼亚》中写道：“从英国带去的玩具娃娃是人人都想要的礼物，我们觉得，这样的礼物使他们非常开心。”玩具娃娃在怀特的水彩画中占有重要的地位和意义，把它与图9-11中一张1630年的印制画相比较时，这一点显得非常明显，画中一位母亲带着她的女儿在欧洲某个城市的玩具摊前选购玩具，摊位上展示着许多类似的豪华玩具娃娃。这幅画证明了荷兰人的典型做法“展示得好就等于卖出了一半”。画下方的一行文字讲述了推销的艺术。

图9-10.《印第安波米奥克部落酋长的妻子及其女儿》，约翰·怀特作于1585年至1593年。
水彩画，躯干着色、白色（变色后呈白色）和金色，26.3厘米 × 14.9厘米。
现收藏于大英博物馆。

《暴风雨》中的米兰达扮演的角色是在普洛斯帕罗和凯列班之间充当调停人。毫无疑问，一位弗吉尼亚殖民地女性（印第安波瓦坦族人，人尽皆知的波卡洪塔斯，约1595—1617年）扮演着在美洲土著人和殖民者之间的调解人和和平维护者的重要角色。1613年在殖民者与其父波瓦坦的战争中，她被俘获当作人质后受到过英国的教育，并接受了洗礼，取了旧约《圣经》中的一个名字——瑞贝卡。1616年，也就是莎士比亚逝世一个月之后，她来到了英国，当时她已经嫁给了一位英国殖民者约翰·劳尔夫，图9-12中所示的报纸评论了此事。与1600年摩洛哥大使到访英国一样，她的到来也引起了轩然大波，她获准在白厅觐见安妮公主，并受邀在朗伯斯宫参加宴会，遂后还参加了一次称为“第十二夜”的假面舞会。在新闻报道中，波卡洪塔斯的肖像被刻意地以戏剧化的形象呈现在报纸上，被当作欧洲人的胜利纪念品对待。她的服饰在这一转变和文化适应过程中起着重大的作用，画中的她身着北欧服饰，皈依了基督教。她戴着一顶高帽、蕾丝硬领、手中拿着一柄鸵鸟毛扇。画上的拉丁文和英文题字写着：“她已经皈

图 9-11.《玩具摊前的母女俩》，约 1630 年佚名画家模仿亚德里亚·凡·德·委内绘。小女孩手里拿的玩具娃娃和图 9-10 中弗吉尼亚殖民地女孩手中拿着的、英国商人赠给她的玩具娃娃非常相似。摘自 1632 年海牙出版的一部画册。版画，13.4 厘米 × 13.4 厘米。
现收藏于大英博物馆。

依基督并接受了洗礼。”按照她的本族语，取名为玛托卡（Matoaka），并称其为弗吉尼亚帝国波瓦坦的女儿。她与约翰·罗尔夫的联姻——刊登在了英国的报纸上——似乎在维系殖民者和波瓦坦人之间的和平中起着重要的作用，直到 1617 年她突然逝世。

《暴风雨》展示给我们的是一部绝好的早期航海探险文献记录，以及这些文献记录在欧洲本土人群中所造成的那种文化理解上的障碍，这种东西他们会相信多少？他们怎么理解这个向周围所有人敞开着的“美丽新世界”？而剧场正是安全地探讨这些文化问题的场合，在普洛斯帕罗美妙的宴会上，塞巴斯蒂安发现自己竟然有些相信这种离奇的探险故事。这样的文化冲突可以得到妥帖地化解。面对普洛斯帕罗神奇的宴会，

图 9-12. 波卡洪塔斯（又名玛托卡/瑞贝卡·劳尔夫）肖像，1616 年西蒙·凡·德·帕斯作于伦敦。
版画，17 厘米 × 11.7 厘米。
现收藏于大英博物馆。

塞巴斯蒂安发现自己居然有了相信这个离奇旅行的倾向，“现在我才相信世上有独角兽”（3.3.24—25）。图 9-13 中，苏塞克斯郡帕海姆收藏馆收藏的这只“独角兽的角”，实际上属于一头北极鲸，也就是独角鲸的长牙，这种所谓的“独角兽的角”是欧洲文艺复兴时期收藏家们的常见藏品。“独角鲸”这个名词，也许是源自古冰岛语中“死尸鲸”这个词。只有雄性独角鲸才长有这种令人惊叹的长牙，这实际上是一只螺旋状门牙。独角鲸生活在北冰洋东部，现代因纽特人和格陵兰人仍然捕杀它们剥取它们的皮，因为独角鲸的皮富含欧洲人通常从水果和蔬菜中摄取的维生素 C。虽然早在 1577 年弗罗比舍前往巴芬岛的航海记中就对独角鲸做过科学的记录，但发现独角鲸的故事表明，即使在新的证据面前，古老的传说和巫术思维习惯依然很顽固。航海家们重新记述了

“现在我才相信世上有独角兽”

（《暴风雨》3.3.24—25）

图 9-13. 装在 16 世纪盒子中的独角鲸牙，在欧洲独角鲸牙曾被当作神兽独角兽的角买卖并收藏。
独角鲸牙长 224 厘米，盒子高 272 厘米。
现收藏于苏塞克斯郡帕海姆收藏馆。

他们发现这一被认为是海中独角兽的稀有鲸种：

> 在另一座小岛的海面上也发现了一条看起来像死了的大鱼，它被困在海湾里，大小和钝吻海豚差不多，约 12 英尺（约 3.7 米）长，鼻孔处长出一根 2 码（约 1.82 米）长的角，非常粗大，和它巨大的块头倒是相称。这只角呈螺旋状，有夹层，像是蜡做的圆锥，这可能就是传说中真正的海中独角兽，人们争相观看，后来遵照女王陛下的圣命，这只角被当作珍宝收藏在了她的衣橱内。

伊丽莎白一世收藏的这只角当时很可能是被装在这只 16 世纪的盒子里呈送上去的，这个盒子是专门为这件珍奇异物制作的，与帕海姆收藏馆的那只盒子颇为相似。

弗罗比舍不仅带回了许多类似的纪念品，还在无休无止的淘金热中带来了大量毫无用处的黄铁矿（愚人金，也称黄铜矿）。在现代早期历史上，活人也被搜罗到欧洲当作奖品和珍奇之物，1578 年乔治 · 贝斯特竟将活人称为“这种新的猎物”。这些被搜罗来的活人，因为对欧洲人的疾病没有任何免疫力，很快便会死亡，在他们死后，连他们的遗体都成了发财的工具。《暴风雨》中的屈林鸠罗提到过这种做法，甚至还提到 1577 年在巴芬岛上，弗罗比舍带回了一个叫卡里彻的因纽特人，与他一起俘获的还有一个女人阿娜琪和一个婴儿奴塔琪（图 9-14），他们捕猎海豹时穿的散发着鱼腥味的衣服遭到了欧洲人的取笑：

> 是一个人还是一条鱼？死的还是活的？一定是一条鱼；他的气味像一条鱼，有一种陈腐的鱼腥气，不是新腌的鱼。奇怪的鱼！我从前曾经到过英国；要是我现在还在英国，只要把这条鱼画出来，挂在外面，任何一个度假的傻瓜都会愿意掏出一块银币进来看一看。在那边随便什么稀奇古怪的畜生都可以使人发财。他们不愿意丢一个铜子给跛脚的叫花子，却愿意拿出一角钱来看一个死了的印第安人。
>
> （《暴风雨》2.22.22—28）

爱德华 · 多丁详细记录了为卡里彻治过病的英国医生的描述，他说卡里彻“把我们当成了他的熟人……唱起了歌，很明显这个调子与他的同胞们站在海滩上，哀叹和送别他被迫离开巴芬岛时唱的调子一样（据曾听过他们唱歌的人记载）”。除了唱挽歌之外，他还用英语留下遗言“上帝与你同在”。1577 年 11 月，卡里彻被葬在了布里斯托尔，然而，此后不久相继在伦敦死去的奴塔琪和阿娜琪葬在何处却没有记录在教区的文件中。

在莎士比亚生活的年代，大约有 35 个北美土著人曾到过英国，他们中的一些人后来历经艰辛回到了故土。弗吉尼亚印第安人依金塔米诺于 1615 年至 1616 年间在伦敦逗留了一年左右。图 9-15 是从一个德国学生的旅游相册中摘选而来的图片，画中显示依金塔米诺在圣詹姆斯公园与“印第安”鸟儿和动物在一起的微缩图，画面简洁明快。

但是其中的12位北美印第安人何时去世、葬于何地并未有任何历史记载。因为他们是“不信上帝的异教徒”，不受各种宗教禁忌和影响基督教殡葬礼仪的法律约束，即使他们的肖像具有名人价值，但死后他们的遗体很可能会被露天陈列。普莱特提到在汉普敦宫“栩栩如生的男、女野人的肖像画，他们是英国船长马丁·弗罗比舍在前往新大陆的航程中生擒带回英国的”。

普莱特的记述表明因纽特人被视为野人。屈林鸠罗随口说道，宁愿拿出一块银币当作入场费去看一具尸体，其戏谑嘲讽溢于言表。拿名人寻消遣用这种低值的硬币（doits）就足够了（图9-16）。荷兰语中的“duit”在英语中成了“doit”，同样地，荷兰硬币“mijt”，到了英语中就被称为了“mite”（这个词在1611年的钦定版《圣经》

“他们不愿意丢一个铜子给跛脚的叫花子，却愿意拿出一块银币来看一个死了的印第安人”

（《暴风雨》2.2.22—28）

图9-14. 来自弗罗比舍湾的因纽特人卡里彻，1585年至1593年间仿照约翰·怀特的绘画所作。1577年卡里彻被弗罗比舍捕获。
纸上水彩画，使用了钢笔和灰色墨水，39厘米×26厘米。
现收藏于大英博物馆。

图 9-15.《圣詹姆斯公园内弗吉尼亚印第安人依金塔米诺和美洲大陆动物像》，创作于约 1616 年，摘自米歇尔・凡・米尔的友谊画册。
水彩画，约 8.5 厘米 × 17.5 厘米。
现收藏于爱丁堡大学图书馆。

中出现，即那个著名的真假慈善的寓言故事中，称为“穷寡妇小钱 the widow mite”《圣经・新约・马可福音》12:42）。怀着闲暇快乐的心境，结合这部剧的喜剧背景，即便是屈林鸠罗说到这种不值钱的硬币时用的不是它的英语称谓，莎士比亚的观众也能够完全听懂。

图 9-16. 荷兰古代小铜币，17 世纪早期荷兰铸造。
合金材质，直径 2 厘米。
现收藏于大英博物馆。

上文中提到的一幕中，将屈林鸠罗绊倒的不是一条鱼，而是怪异的、体格庞大的凯列班，“野性而丑怪的奴隶（人物表中的称谓）”，穿着散发出鱼腥味的、质地粗糙的长披风（2.2.31）。塞巴斯蒂安和屈林鸠罗很快喝着酒互相讲述了各自逃命的法子，打算利用凯列班的奴隶身份——凯列班是个生活在文明社会边缘的野人。克拉纳奇画的大力士赫拉克勒斯与赤身裸体的野人搏斗的画面，将野人描写为像野兽一样长着长毛，这也是中世纪欧洲人脑海中的野人形象（图 9-17）。由于人们常将野人与黑夜和遥远的边陲地带联系在一起，便传说他们好吃人肉。

1590 年，一个名叫爱德华・韦伯的英国人旅行到君士坦丁堡，声称他见过两个野人被拴在“一根柱子上，肩上各披着无袖斗篷，通体长毛。尽管他们的脖子被铁链锁得

紧紧的，但仍然随时会吞下任何一个走近的人”。韦伯对公共场所圈养野人的描述非常有趣——他本人也声称目击到了独角兽，但这些描述跟米歇尔·勒·布隆对一具长毛野人的尸体所做的罪恶的研究一唱一和，布隆的研究也许是为了阐明17世纪早期的旅行游记（韦伯的游记即为其一）（图9-18）。人们还认为野人会绑架并吃掉儿童。卡拉纳奇画的一只爬行怪兽（图9-19）是一种狼人，在森林中出没，专门吃偏远小木屋里的人。狼人曾经是学者痴迷的研究对象，也是普通民众街头巷尾议论的话题，在诸多学术研究中，克劳德·普约尔于1596年撰写的专题论文《变狼妄语》与约翰·多恩的学术成就相比毫不逊色，作者曾自豪地在扉页上签上了自己的大名。

“凯列班，野性而丑怪的奴隶”

（1623年“第一对开本”中《暴风雨》剧中人物表）

图9-17. 全副武装的骑士，也许是在丛林中与野人搏斗的赫拉克勒斯，约1551年，小卢卡斯·克拉纳奇创作。
用钢笔黑墨、灰色和粉色水彩创作，18.1厘米×21.8厘米。
现收藏于大英博物馆。

凯列班这个名字，是“食人的”（cannibal）这个词颠倒字母顺序而构成的词，让人想起新旧两个世界。食人的做法被认为是新世界一些文化族群的特征。巴西东部的图皮南巴（Tupinanmba）族在16世纪抗击了法国和葡萄牙在他们土地上进行殖民统治的企图，虽然他们以狩猎和捕鱼为生，但也有记录表明他们会举行食人仪式。但是，剧中描写的凯列班并不属于一个食人族，虽然他的脾气像是“一个天生的魔鬼，教养也改变不过他的天性来”（4.1.204—205），暴露了它的性情，他提出要用钉子打入普洛斯帕罗的前额，将他残忍地杀死。据说，他还曾企图强奸米兰达，以此让凯列班的后代遍布整个岛屿，向篡位者、自封为国王的普洛斯帕罗提出挑战。凯列班在海岛生存的那些技能，是典型的野人具备的技能，尤其是捕鱼和打柴，说明他是一个在自然世界中生存的野人。“我要指点您最好的泉水，我要给您摘坚果，我要给您捉鱼，给您打很多的柴”（2.2.124—125）。

凯列班取柴火的形象深刻地反映了这个野人的欧洲特性，这一点在德国艺术家阿尔布雷希·阿尔特多费尔1508年极富表现力的画作中体现得淋漓尽致（图9-20）。生活在广袤的欧洲中部森林中的野人和他们的家人，在德国神话故事中扮演着重要角色，同时也是中世纪德国和瑞士艺术领域常见的主题。阿尔特多费尔画中的一个野人，茫然无视任何人的关注，木然地扛着一棵他刚刚伐倒用来烧火的树。这些正是野人常做的事，凯列班醉醺醺地唱着歌，向这些营生说再见——酗酒是野人另一典型的特点——为了庆祝跟随斯蒂番诺和屈林鸠罗开始新的生活，凯列班唱道：“不再筑堰捕鱼；不再捡柴生火”（2.2.137—138）。

图9-21是约翰·怀特的水彩画，展现了弗吉尼亚土著塞克坦人和波密欧克人“捕

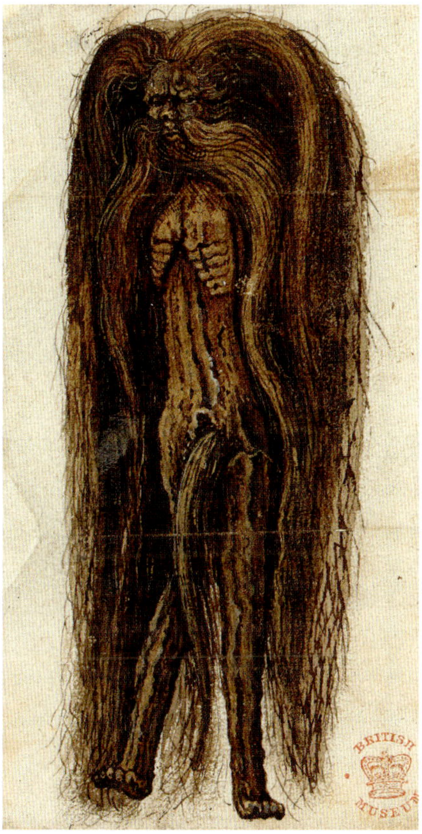

图 9-18. 研究长毛野人的尸体，米歇尔·勒·布隆创作于 1602 年至 1630 年间，也许是 17 世纪早期一本旅行游记的插图。
用钢笔、棕色墨水、棕色及棕黄色水彩绘制，做了躯干着色。13.9 厘米 × 7.4 厘米。
现收藏于大英博物馆。

“一个天生的魔鬼，教养也改变不过他的天性来”

（《暴风雨》4.1.204—205）

图 9-19. 狼人，老卢卡斯·卡拉纳奇作于约 1510 年至 1515 年间。
木版画，16.2 厘米 × 12.6 厘米。
现收藏于大英博物馆。

鱼的方式”。他们有很多种捕鱼方式，如用网捕、利用水流和潮汐、用栅栏和篱圈捕捞，这是印第安人的专长，英国殖民者非常依赖这种捕鱼方法。画中还显示有弗吉尼亚人光着脚用鱼叉叉鱼，坐在原木凿成的独木舟上点起火堆进行夜捕。画中还有各式各样的鱼鳖虾蟹，这幅画让潜在的殖民者立马觉得这些大自然的馈赠正在等待他们去收获。画中的有些水产是弗吉尼亚本地的，但有些则是怀特想象出来的，是新世界其他地方的。

新世界的人和动物被当作捕获品带到欧洲的做法，在《暴风雨》中同样有所体现。凯列班通常被刻画为新世界的代名词，如普洛斯帕罗斥责他动作慢，把他比作乌龟：“出来，你这乌龟！还不来吗？”（《暴风雨》1.2.372）。约翰·怀特画了一只陆龟（图9-22），索亚支人认为陆龟比其他任何龟类更尊贵，怀特画的这只龟与哈利奥特对弗吉尼亚龟的描写不谋而合。哈利奥特写道：“不论是陆龟还是海龟都非常珍贵，它们的蛋可供食用。”印第安人尤其爱将箱龟当作美食、入药或用于各种仪式和捕猎活动中。跟凯列班一样，这种沼泽龟具有两栖特性，在林地和有水塘的草地里都可觅见其身影。凯列班本人说的一句话使人注意到他来自于新世界，他对新主子说他要“教给您怎样捕捉伶俐的小猢狲”（2.2.129—130）。这是该剧唯一一次具体提到新世界的动物。猢狲是一种小型灵长类动物，原产自巴西东南部临近大西洋的热带雨林中。猢狲被当作送给王公贵族的礼物

“给您打很多的柴”

（《暴风雨》2.2.125）

图 9-20. 扛着连根拔起的树的野人，1508 年阿尔布雷希·阿尔特多费尔所作。
用钢笔、黑色墨水所画，21.4 厘米 × 14.6 厘米。
现收藏于大英博物馆。

“我要给您捉鱼”

（《暴风雨》2.2.124）

图 9-21. 印第安人捕鱼图，1585 年至 1593 年间，约翰·怀特创作。
水彩、铅笔、不透明、金色，35.3 厘米 × 23.5 厘米。
现收藏于大英博物馆。

带到了欧洲。1571 年的勒班陀战役（Battle of Lepanto）中奥地利的唐·约翰把一只猢狲放在肩头把玩，出尽了风头。16 世纪晚期一本研究猢狲的著作插图（图 9-23）中，一只猢狲坐在某户人家的兽栏或私宅内的一根立柱上，清晰地绘制了狨猴生活中的不同姿态，栩栩如生、活灵活现地记录了欧洲人对新世界的痴迷，与凯列班承诺带新主子“看这岛上每处肥沃的地方”（1.2.395）。这幅画与 16 世纪 60 年代西班牙国王菲利普二世命人给他的私人动物园内的珍禽异兽所作的画非常相像。

这些画是他统治新世界的纪念品，同时还有助于研究当时的新世界，他把这些画挂在埃斯科里亚尔宫的住处。

有关新世界民族的构成和解释的争议，一直集中在 16 世纪早中期的巴西图皮南巴人身上。欧洲艺术家的作品即显示了这一点，他们通常以离奇的方式将真正的图皮南巴

A land Tort wth the Savages esteeme aboue all other Torts

“出来，你这乌龟！还不来吗？”

（《暴风雨》1.2.372）

图 9-22. 普通箱龟，1585 年至 1593 年间约翰·怀特创作。
水彩、铅笔，14.4 厘米 × 19.7 厘米。
现收藏于大英博物馆。

“怎样捕捉伶俐的小猢狲”

（《暴风雨》2.2.129—130）

图 9-23.《狨猴（猢狲）研究》，插图作者不详，德国，约 1520 年至 1550 年。
钢笔、灰色墨水、水彩、体彩、增白、局部轮廓。
39.6 厘米 × 28 厘米。
现收藏于大英博物馆。

人与有关其他南美部落的主观臆想结合在一起，构成全新的、复合的人物形象。这在老汉斯·巴克迈尔的一幅画中非常明显，画中一个黑人穿着羽裙，持很显眼的战斧而立（图 9-24）。巴克迈尔的另一幅画（图 9-25）中一个黑人手持盾牌，这面盾牌与墨西加统治者蒙特祖马（Moctezuma）授予柯蒂斯（Cortes）、现收藏于维也纳的那面盾牌十分相似。另一只更加罕见但却破烂不堪的盾牌现藏在大英博物馆里（图 9-26）。这种

“那么我们完全可以称其为野蛮人……但与我们远超他们的各种野蛮不一样”

（米歇尔·德·蒙田著《论食人族》，约翰·弗洛里奥译，1603年）

图 9-24《穿着羽裙、手持战斧的黑人青年立像》（1520—1530）老汉斯·巴克迈尔（Hans Burgkmair the Elder）创作。
钢笔、黑灰墨水、棕色与绿色水彩，24 厘米 × 16.1 厘米。
现收藏于大英博物馆。

视觉再现的方法——将具有异国情调和奇特联想意义的元素拼接在一起，构成假想的、全新的人物形象——不由得让人想到与莎士比亚巧妙地展现凯列班这个人物形象的手法类似。通过交替穿插各种不同的存在形式、思维方式、想象以及说话方式，让人想起不断变化的动物和鱼的形象。

莎士比亚清楚，当时的欧洲人对图皮南巴人有着浓厚的兴趣。法国作家米歇尔·德·蒙田不仅在家中藏有图皮南巴人制作的物件，还曾于 1562 年在鲁昂与图皮南巴人说过话，并记录了他们对欧洲的生活方式和欧洲人的印象，甚至还写下并研究分

“没有文学，富有、贫穷和雇佣都要废止”

（《暴风雨》2.1.139—140）

图 9-25. 穿着羽裙、手持木棍和盾牌的黑人立像，1520 年至 1530 年，老汉斯巴克迈尔创作。
钢笔、黑棕色墨水、黑色和灰色水彩。23.5 厘米 × 16 厘米。
现收藏于大英博物馆。

图 9-26. 镶嵌描绘墨西加（Mexica）宇宙重要分区图案的盾牌，约 1325 年至 1521 年。
木质、绿松石和贝壳，直径 31 厘米。
现收藏于大英博物馆。

析了他们的一首情歌。蒙田关于食人族的那篇著名随笔写作的主要目的是批判道德与政治，通过对比批判欧洲人的思维方式和生活习俗。蒙田创作这篇随笔时的背景是法兰西内战时期，莎士比亚是通过约翰·弗洛里奥的翻译读到蒙田作品的：

> 我认为生吞活人，比吃死人，比通过折磨残害和活生生地把人折磨致死，比把人切成碎片烤熟，比让猪狗撕咬成碎片（对此，我们不仅刚刚读到，而且现在仍然存在于我们的记忆中，哦！我们不仅对古代的敌人如此，还对我们的邻居和同胞如此，更为糟糕的是，竟然披着虔诚和宗教的外衣），比烤食死尸更加野蛮。

蒙田说的这些，实际是在指涉现代欧洲早期定期上演的公开行刑的场面，那只被剜出的爱德华·奥德科（Edward Oldcorne）的眼球便是这种场面制造的、令人毛骨悚然的纪念品（第 192—193 页）。莎士比亚仔细地阅读了蒙田的作品。在《暴风雨》中，他借用了弗洛里奥翻译的贡扎罗（Gonzalo），在他下令将这个岛屿变为一个新的王国的演讲中使用了新的措辞：

“这个女巫西考拉克斯”

（《暴风雨》1.2.311）

图 9-27. 两幅绘有黑人形象的双耳大饮杯，展示了瑟茜（一个非洲女人）与奥德修斯及其手下的一名水手，后者变形为她织机旁的一头猪。杯身上刻着“KIRKA”的铭文。比奥夏，希腊，公元前450年至前420年。
高19.05厘米，直径19.05厘米。
现收藏于大英博物馆。

我要禁止一切的贸；
没有地方官的设立；
没有文学；富有、贫穷和雇佣都要废止；
契约、承袭、疆界、区域、耕种、葡萄园都没有；
金属、谷物、酒、油都没有用处；
废除职业，所有的人都不做事；
妇女也是这样，但她们是天真而纯洁；
没有君主。

（《暴风雨》2.1.137—145）

然而，这座岛屿并非完全是处女地，而是因巫术被驱逐出阿尔及尔（Algiers）后，女巫西考拉克斯（Sycorax）的领地。据说她是在魔鬼诱惑下，怀上了凯列班的孩子后来到了这座岛，把爱丽儿困在了一株松树中，被普洛斯帕罗解救。他对观众们说她死在了那座岛上，把自己和自己的魔力转移到了她那些黑人女性艺术品的正对面，但她的

“去把你自己变成一个海中的仙女”

（《暴风雨》1.2.354）

图9-28.《哈耳皮埃》，约1625年，皮特·保罗·鲁本斯（Peter Paul Rubens）创作。
黑色粉笔，间少许黄色粉笔，26厘米 ×36.5厘米。
现收藏于大英博物馆。

存在似乎一直萦绕在这座岛的空气中。她的名字不仅让人想起不祥之鸟乌鸦（拉丁语称“corax”），而且还会让人想起荷马和奥维德笔下大名鼎鼎的、将奥德修斯等人变成猪的女巫瑟茜。图9-27中希腊人制作的双耳饮杯上的瑟茜是个黑人妇女，标有“KIRKA”字样，向奥德修斯敬奉毒酒。右边朦胧地呈现出她庞大的形象，象征着女性的狡黠与难以捉摸，她在走向或离开自己庞大的、持久不散的朦胧形象时，路过的人首先会听到瑟茜用美妙的歌喉吟唱。在庞大朦胧的形象中，她挥动仙姬织造的精美、优雅、令人眩晕的织物。在朦胧的形影之外，画家展示了瑟茜下了毒的酒的威力，奥德修斯的一位随行人员被变成了一头猪。这尊双耳饮杯的画师严格按照荷马的描写，显示人头变成了猪头，浑身长满了鬃毛，但仍长着人腿的过程。杯上的猪人形象地表现了荷马笔下被施了魔法的人的感受：“他们的思想与此前一样是人的思想。”只是瑟茜使他

“爱丽儿化女面鸟身的怪鸟上，以翼击桌，筵席顿时消失——用一种特别的机关装置”

（《暴风雨》下篇3.63.1—32）

图 9-29.《哈耳皮埃或塞壬》，1582 年麦尔其奥·洛克创作。
木刻版画，23.2 厘米 × 16.2 厘米。现收藏于大英博物馆。

们“像猪猡一样被关在了拥挤的猪圈里”。他们受困于妖法，恰如《暴风雨》中的凯列班被普洛斯帕罗禁錮一样：“你把我禁錮在这堆岩石的中间”（《暴风雨》1.2.400—401）。

与瑟茜的埃埃亚（Aeaea）岛一样，普洛斯帕罗占据的岛是个令人丧胆的变化之地。爱丽儿是一位性别难以区分的精灵，可能是位居于山林水泽的迷人仙女，就像鲁本斯为查理一世的宠臣白金汉公爵所画的那幅素描画一样，那幅画具有色情意味，是白金汉公爵被神化了的形象，这在很大程度上源于欧洲的假面舞会传统（图 9-28）。或许他 / 她可以被亲昵地称为“我可爱的爱丽儿”（《暴风雨》5.1.353），或许像经典的舞台说明中描述的长着利爪的哈耳皮埃，“爱丽儿化女面鸟身的怪鸟上，以翼击桌，筵席顿时消失——用一种特别的机关装置”（《暴风雨》3.3.63.1—2）。麦尔其奥·洛克画的土耳其女面鸟身的怪鸟——很明显是女性——站在奥斯曼帝国一座清真寺前，头戴一顶土耳其帽，翘着羽毛似树叶般的尾巴，预示着不祥之兆，十分显眼。这幅画摘选自 1582 年的一份印刷书刊（图 9-29）。

为了统治这个岛屿，普洛斯帕罗实施了这些魔法，他的魔术主要依赖这本具有强大魔力的书。普洛斯帕罗提到的那本书很神秘，能让他“还有一些事情必须得做好”（3.1.113—114），虽然从未见到过该书，但却对这种喜剧的“艺术性”产生了某种神秘的影响力。因此，当普洛斯帕罗决定不再施用魔法时，称要将这本书淹死，好似它是活物一般：

以后我便将折断我的魔杖，
把它埋在幽深的地底，
把我的书投向深不可测的海心。

（《暴风雨》5.1.59—62）

普洛斯帕罗的书是维系其权力重要的因素，凯列班反复强调，攻击那些书就是大逆不道。

那时您先要把他的书拿去了，
就可以捶碎他的脑袋……

……记好，
先要把他的书拿到手；因为他一失去了他的书，
就是一个跟我差不多的大傻瓜，
也没有一个精灵会听他的指挥：这些精灵们没有一个
不像我一样把他恨之入骨。只要把他的书烧了就是了。

（《暴风雨》3.2.72—79）

这些书记录着普洛斯帕罗对“魔法的研究”（1.2.91），正是对这一点的着重强调使人觉得伊丽莎白时期的魔术师约翰·迪伊可能就是普洛斯帕罗的原型。这种秘籍往往都是手抄本，因为它们一般属于私人或带有一定的个人特性。通过把这些经文融入相应的祭神仪式，再利用适当的工具和道具，如普洛斯帕罗的魔杖和“法衣”（1.2.29），就可以通灵并指挥这些超自然的生命——普洛斯帕罗的精灵、爱丽儿或迪伊的天使乌列尔（Uriel）。

迪伊“施魔法的工具”是刻字的蜡盘或“图章”（下页），上面刻有在 1582 年 3 月 10 日下午进行的水晶球占卜仪式中天使长乌列尔和米迦勒（Michael）发出的指示，二者惊人地相似。迪伊将预卜的未来以图样的形式记录在他神秘的本子里（图 9-30）：

乌列尔：……你们必须使用一张正方形的桌子，要两腕尺（古代的一种长度测量单位，一腕尺等于从中指指尖到肘的前臂长度，或约等于 17—22 英寸，即 43—56 厘米）见方，桌上必须摆放神之封印（Sigillum Divinitatis Dei）……这个封印在你的一本书中，愿主因他的神迹受赞颂，愿圣神（Holy）以他的工程受赞颂。若无敬畏和虔诚之心，绝不可正视这封印。封印要用完美的蜡制作。我的意思是说，蜡必须是纯净的；我们不会考虑有其他颜色的。封印直径必须为 9 英寸，周长须为 27 英寸或稍过一点儿。封印的厚度须为 1.25 英寸，背面必须有十字架（迪伊在十字架上刻有 AGLA 的图样）。

这些与迪伊相关的存世之物包括一只巨大的蜡盘（图 9-31）以及四只较小的盘子，盘子上刻着天使导引的图示，这些物件主要用作长老会期间的器具。那只较大盘子放置在一张用月桂树木制成的桌子中央，桌子的四条腿支撑在较小的、恰如迪伊在其手抄本的同页上所绘的类似封印上。

莎士比亚时代的观众生活在一个充满魔法的世界中，当看到普洛斯帕罗用他的魔杖在沙地上画了一个圈时，他们可能很熟悉这个做法，这是一些如迪伊写的魔法书中施法的必要环节，如普洛斯帕罗向爱丽儿和岛上的精灵发号施令兴起风波，使筵席消失，禁锢谋逆者，举办假面女神舞会，将费迪南德变为搬运木头的苦役等等。爱丽儿这样描述普洛斯帕罗对那不勒斯（Naples）王阿朗索（Alonso）和其手下施魔法的情景：

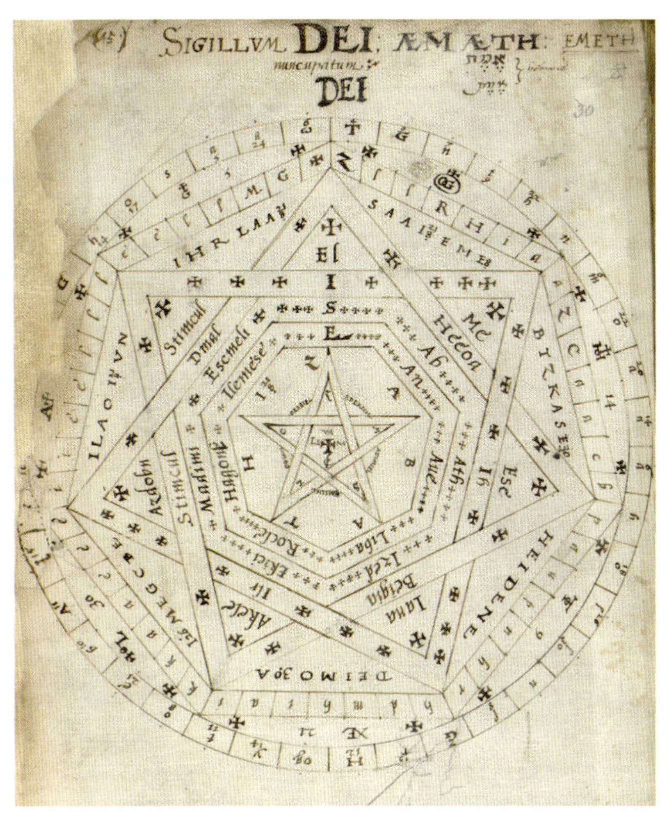

“专心研究”

（《暴风雨》1.2.91）

图 9-30. 约翰·迪伊在手抄本中绘制的 1582 年 3 月 10 日水晶球占卜仪式中卜到的预言图。
约 30 厘米 × 20 厘米。
现收藏于大英图书馆。

“魔术的力量是这么大”

（《暴风雨》5.1.55）

图 9-31. 大封印：刻有记载 1582 年 3 月 10 日迪伊预言图样的，现存的三个蜡盘之一。
雕刻蜡盘，直径 23 厘米。
现收藏于大英博物馆。

按照着你的吩咐，他们仍旧照样囚禁在一起，
同你离开他们的时候一样，在荫蔽着你的洞室的那株大菩提树底下聚集着这一群囚徒；
你要是不把他们释放，他们便一步路也不能移动……
尤其是那位你所称为“善良老大臣的贡扎罗”的，
他的眼泪一直从他的胡须上滴了下来，就像从
茅檐上流下来的冬天的雨滴一样。

（《暴风雨》5.1.11—19）

在世界许多文化中都可以找到像普洛斯帕罗这样的巫师形象，这在同时代创作的戏剧中有所反映。1500 年左右美洲印第安泰诺人（Taino）制作的一尊木质雕像，显示了一个僵直地站立的男性灵异体，像是因为毒瘾发作导致精神恍惚（图 9-32），泪水在脸上冲出了两条镀金的泪道，使人想起爱丽儿中了魔法的描写。这尊雕像用热带硬木雕刻而成，用鹅卵石打磨抛光。这种男性生殖器形象将在世之人与其已故祖先联系在一起，在萨满教（Shaman）的宗教仪式中，一直沿用这种象征形象。在泰诺人文化中，这尊雕像代表着生命的力量，即 cemi，它具有许多种类和形式，能够施展强大的魔法，这与萨满教的方式类似。这位雕刻家根据这只弯曲的树根，构思了这个变形的人物形象，

并雕琢成型，邪魔就存在于这块木头之中。这尊雕像表现出邪魔附身时的状态。树木中存在树精这一概念在莎士比亚对那些站在菩提树下、神志恍惚者的描述中含蓄地体现了出来，“在荫蔽着你的洞室的那株大菩提树”（5.1.12）。爱丽儿被长时间幽禁在一株坼裂的松树中的故事也隐晦地表露了这一概念。普洛斯帕罗拿这段往事威胁他说：“后来我到了这岛上，听见了你的呼号，才用我的法术使那株松树张开裂口，把你放了出来”（1.2.340—342）。如果爱丽儿不遵照主人的命令，“我就要劈开一株橡树，把你钉在它多节的内心，让你再呻吟十二个冬天”（1.2.344—346）。

普洛斯帕罗放弃了这种“狂暴的魔术”（5.1.55），把整个岛留给了凯列班，把精灵的魔法留给了爱丽儿，戴上他的朝臣们戴的帽子，拿上佩剑。在发誓放弃魔法时，他借用了奥维德的《变形记》中由美狄亚（Medea）化身的一位古代女巫的话：

我使稳固的海岬震动，
连根拔起松树和杉柏，
遵循这我法力无边的命令，
坟墓中的长眠者也被惊醒，
打开了墓门出来。

（5.1.51—55）

我们对民间巫术往往敬而远之。尽管普洛斯帕罗在剧中竭力地将自己表现为具有暗黑法术和所谓邪魔血统的女巫西克拉斯（Sycorax）的对抗者和制衡者的形象，但观众们听到这种隐含意义，也不会像他本人那样自信地认为他的法力是纯洁、善良、神奇的法力。

19世纪早期的浪漫主义时期，《暴风雨》被看作是莎士比亚最后一部剧作，而普洛斯帕罗捐弃魔法的那段台词，常被认为是即将离开舞台的剧作家本人的告别词，这一观点至今仍是个谜。萨缪尔·泰勒·柯勒律治（Samuel Taylor Coleridge）认为普洛斯帕罗“正是莎士比亚本人，可以说，就是暴风雨”。事实上，在1612年至1614年间，莎士比亚还与约翰·弗莱彻（John Fletcher）共同创作了《亨利八世》《两个高贵的亲戚》及已经失传的剧作《卡丹纽》（*Cardenio*）。尽管如此，他同时代的演员还是觉得《暴风雨》充分地展示了莎士比亚的诗歌与剧作的艺术水平。莎士比亚逝世后，为了缅怀他，有人精心编纂了收

“他的眼泪一直从他的胡须上滴了下来，就像从茅檐上流下来的冬天的雨滴一样”

（《暴风雨》5.1.18—19）

图 9-32 美洲印第安泰诺人制作的一尊木质雕像，显示了一个僵直地站立的男性灵异体，像是因为毒瘾发作导致精神恍惚，1400 年至 1500 年间，源自牙买加（Jamaica）。
铁梨木制作，高 104 厘米。
现收藏于大英博物馆。

录其全部剧作的“第一对开本”，将《暴风雨》列为第一个剧目，至少从这一事实来看，我们也能得出这样的结论。自从“第一对开本”编纂之后，莎士比亚逐渐成了前所未有的文学巨匠，影响了全世界。

第十章
遗产

莎士比亚如何成为“经典”，又是从何时开始享誉全球的？1616年春，两位剧作家弗朗西斯·博蒙特（Francis Beaumont）和威廉·莎士比亚，在不到一周时间内相继去世。博蒙特成为第一位获享殊荣且被葬在威斯敏斯特大教堂国家圣地的剧作家，紧邻杰弗里·乔叟和埃德蒙德·斯宾塞的墓穴。与之形成鲜明对照的是，莎士比亚被葬在了他的故乡埃文河畔的斯特拉特福。在圣三一教堂牧师的登记簿中，记载了威廉·莎士比亚绅士（这是他苦苦奋斗得到的荣誉头衔）的葬礼，在教堂高坛内他的墓碑上镌刻着一段诗文，诅咒任何扰动碑下遗骨的人，高坛北侧的围墙上是一面纪念碑，记载着莎士比亚于1616年4月23日逝世，享年53岁。这块纪念碑赞誉他具有苏格拉底的智慧和维吉尔的才华，尽管称其为“突然自然死亡”，但他给我们留下了鲜活的、充满智慧的艺术。虽然这样的评价极高，但仅仅局限于当地。

1616年同年，本·琼生率先将自己为公演创作的剧本结集出版。他因此备受嘲讽，认为此举有点儿厚颜无耻，尤其是他以《文集》为名出版，暗示自己的作品跟维吉尔这样的经典作家一样。我们现在都认为莎士比亚是独一无二的，是艺术奇才的真正代表，但在他生活的那个时代，尽管他广受尊崇，但只是群星闪耀的戏剧星河中的一位。尽管与他同时代的人对他赞誉有加，但却不及博蒙特和琼生获得的赞誉丰厚。那么，到了18、19世纪，莎士比亚的声名缘何远远地超出了其他同时代的剧作家？他为何成了英国社会具有真正国际影响力的唯一一位剧作家呢？

1619年，即莎士比亚死后3年，在未经授权的情况下，莎士比亚的10部剧作出现了多个新的版本。因与莎剧的演员们私交甚密，时任宫务大臣彭布罗克（Pembroke）

图10-1. 选自《威廉·莎士比亚先生的喜剧、历史剧和悲剧》的扉页插图，该书基于“第一对开本”而编撰，编者是伊萨克·詹格德与艾德·布朗特。1623年出版于伦敦。
印刷书籍，32厘米 × 21.8厘米。
现收藏于兰开夏郡斯通尼胡斯特学院。

公爵帮助国王的班底获得了一项谕令，禁止他人进一步出版和制作类似的东西。很快，国王的班底开始着手搜集资料，“根据真正的原版”出版了《威廉·莎士比亚先生的喜剧、历史剧和悲剧》（*Mr. Wiliam Shakespeares Comedies, Histories & Tragedies*）。1623年面世的这本书，以对开本的形式印制，为了美观起见还增加了马丁·德罗舒特（Martin Droeshout）创作的莎士比亚画像以及一系列序言。在序言中，本·琼生赋诗赞誉莎士比亚为“这个时代的灵魂”，堪与索福克勒斯媲美，作为戏剧艺术家，他的作品属于“世世代代”。倘若没有“第一对开本”，莎士比亚的一半作品也许会永远失传，剩下的大部分可能错讹连篇。“第一对开本”受到了形形色色的读者的珍视，如查理一世国王及极端共和党人约翰·弥尔顿。“第一对开本”奠定了莎士比亚作品真本的基础，全面确立了莎士比亚的经典地位。

然而，并非所有的图书收藏者都怀有同样的热情。托马斯·博德利（Sir Thomas Bodley）爵士不愿把剧本收录进他负责的牛津大学新图书馆，称 40 个剧本中很难找出一个值得收藏的。17 世纪 60 年代，牛津大学图书馆收到第三对开本后便把收藏的“第一对开本”给处理掉了，但 1905 年却又花了大价钱购回了一套。当时还有一套更为珍贵的，收藏在现斯托尼赫斯特学院图书馆（图 10-1）。那套书出版后不久便被威廉·霍华德勋爵买下（Lord William Howard，1563—1640），他是诺福克公爵（Duke of Norfolk）的第三子，其父因叛国罪被伊丽莎白女王处死。霍华德把他创办的图书馆遗赠给了一位亲戚，托马斯·阿伦德尔（Thomas Arundel），即沃德男爵二世（2nd Baron Wardour，1583—1643），那套“第一对开本”始终保存在他信奉天主教的家族中，直到 1837 年将其赠给斯托尼赫斯特学院图书馆。

阿伦德尔也许是开创欧洲艺术品收藏模式的第一位英国人。1612 年，他和本·琼生的艺术合作者伊尼戈·琼斯一起到了意大利，20 年代，他通过代理人，如旅行家威廉·配第牧师收藏了一批雕塑作品，并且在地中海地区买下了许多绝佳的艺术品。1627 年 1 月，他买到的这些艺术品运送到伦敦后，引起了公众浓厚的兴趣。亨利·匹查评论称多亏阿伦德尔，“世界的一角才得以首次目睹希腊和罗马雕塑”。英国人终于成为文明开化的欧洲人，成了文物古迹的鉴赏家。在众多重要的藏品中，有一尊青铜人首像（图 10-2），是配第在士麦那的一口井中发现的。18 世纪时，这尊头像被称为“阿伦德尔的荷马”——这样一位庄严的古人怎么能是其他人，而不是西方文学之父呢？——到了 20 世纪，人们又认为它是索福克里斯，但也有人认为它是一位马其顿国王的塑像。最近发现的目击实录描写了阿伦德尔保存在他伦敦花园中的藏品：

> 在古代文明中，雕塑和铸造技术已经达到了相当高的水平，这一点可从阿伦

图 10-2. 索福克里斯（？）“阿伦德尔的荷马”。
古希腊，约公元前 496 年至前 406 年。
青铜，高 29.2 厘米。
现收藏于大英博物馆。

德尔从希腊和意大利带来的众多大理石雕像中看得一清二楚。阿伦德尔勋爵把这些雕像树立在他位于伦敦的花园里。在一些碑文、瓮和雕像中，我们看到了七次担任古罗马执政官的凯厄斯·马吕斯的雕像，还有年轻的大力士赫拉克勒斯。我们还看到非洲的征服者西庇阿、塞内卡，苏格拉底、伊索和其他人的半身像，所有塑像都活灵活现。所有人都一致认同并交口称赞赫拉克勒斯雕像及另一尊女体雕塑匀称的体型，以及某位马其顿国王的青铜铸造头像，这尊头像是配第在士麦那一口井中发现的，他在士麦那花了整整 5 年时间搜寻这样的物件。英国雕塑家们的单人男子造型，几乎是毫厘不差地模仿这尊雕像。一个非常熟悉铸造技术、被普遍认为是一位艺人的匠人，都承认自己无法通过铸造完备地表达自己的想法。彭布罗克伯爵曾开价 30000 弗罗林求购这尊头像，甚至连损毁的也要，但最终未能如愿，弗朗西斯科斯·朱尼厄斯如是称。他是一个极富修养的人，曾带我欣赏

图 10-3. 威斯敏斯特大教堂诗人角纪念莎士比亚的白色大理石雕像。1741 年由皮特・斯马克斯创作。现收藏于伦敦威斯敏斯特教堂。

过这些艺术品及其他许多珍宝。

正是莎士比亚“第一对开本”的题献对象彭布罗克伯爵，想要设法买到一件心仪的文物，与此同时，阿德伦尔家族已经买到了一部“第一对开本”。1640 年，当这部书与一尊半身像放到一起时，开创了一个先例，成了 18 世纪的一个普遍现象，即任何一位有品位、有自尊的绅士的书斋里，都得有伟大作家、思想家、艺术家的半身像和一部莎士比亚的作品。

18 世纪是将莎士比亚神化为真正经典的关键时期。按照对待希腊和罗马经典之作的原则，有人对他的文稿进行了重新编辑。与此同时，尽管为了适应时代的品位，莎士比亚的剧本被改编成各种版本演出，但他已经逐渐地主宰了舞台的常演剧目。

如果我们必须确定莎士比亚剧作扎根舞台、奠定声名、其影响力彻底超越其同代人的确切年代的话，这个时间很可能是 18 世纪 30 年代。那时，价格低廉、面向大众市场的莎剧作品发行量激增，同时莎剧占据了伦敦舞台演出剧目的约四分之一，这个份额是此前的两倍。从国家新剧目审查制度到审美品位的变化等许多因素，促成了莎士比亚作品的普及。当时人们对女演员在喜剧中女扮男装演“穿着马裤”的戏时（自从热衷戏剧和美色的查理二世执政以来，女演员已经取代此前一直由年轻男性扮演女性角色的传统）匀称的美腿兴趣浓厚。此外，1737 年的《许可法案》（*Liciensing Act of 1737*）通过后，以莎剧形式间接上演政治剧，要比 10 年前约翰・盖伊的《乞丐歌剧》直接讽刺罗伯特・华尔波尔爵士的政府更加容易些。大约在同一时期，在沙夫茨伯里伯爵夫人苏珊娜的领导下，一家莎士比亚女子俱乐部得以组建，旨在说服伦敦剧院经理们更多地安排上演莎士比亚剧，少排演一些滑稽表演（即现代芭蕾舞舞剧原型）和其他形式的庸俗剧目。尽管剧院业界仍在阳春白雪与下里巴人之间寻求一种平衡，但莎剧已经逐渐成了高雅与英国特性的同义词。

莎士比亚最终跻身于国家万神殿，成了民族伟人。在他逝世后的几年内，一直有人商议要将他的墓碑乃至遗骨从埃文河畔的斯特拉特福小镇迁往威斯敏斯特教堂。因此，本・琼生在他为“第一对开本”题献的诗中提到，要将莎士比亚安放在“乔叟或斯宾塞的身旁”，并提议“贝蒙特躺开一点儿，给你（莎士比亚）腾出个铺位”。但后来这个想法被抛弃了，直到1741年1月29日（按旧历为1740年）才在威斯敏斯特大教堂的诗人角树起了一尊纪念他的雕像。

这尊真人大小、穿着那个时代衣饰的莎士比亚汉白玉雕像，是由伯灵顿伯爵、理查米德博士、亚历山大·蒲柏和汤姆·马丁竖立的。他们是一群欣赏莎士比亚作品的文化意见领袖（蒲柏曾负责编辑莎士比亚作品全集）（图10-3）。特鲁里街剧院的查尔斯·弗利特伍德和考文特花园剧院的约翰·里奇为筹资建造塑像提供了便利。该纪念像由威廉·肯特设计，由皮特·斯马克斯雕刻完成。雕像上部的铭文可以翻译为“威廉·莎士比亚，逝世124年后公众敬立”。雕像的底座上刻有女王伊丽莎白一世、亨利五世和理查三世的头像，莎士比亚把剧中典型的好国王与坏国王的特点融汇于一人之身便成了他自己心目中的女王。画中人物倚在一摞书上，左手指着一卷书页，上面印着《暴风雨》中的普洛斯帕罗告别的台词：

入云的楼阁，
瑰玮的宫殿，
庄严的庙堂，
甚至地球自身，
以及地球上所有的一切，
都将同样消散，
就像这一场幻景，
连一点烟云的影子都不曾留下。

斯马克斯创作的这尊雕像成了莎士比亚的原始造型，其真人大小或微缩的复制品在几年内被摆放在许多不同地方，有的摆放在公共大殿内或者私人藏馆内。莎士比亚被视为受神灵启示的天才。

图10-4.《大卫·加里克》，约1765年由罗伯特·艾奇·派恩创作。大卫是18世纪最重要的莎士比亚崇拜者，画中的他手持一卷莎士比亚作品，那正是大卫及其好友兼校友萨缪尔·约翰逊博士发行的那一版。
画布油画，54厘米×67厘米。
私人收藏。

大卫·加里克（1719—1779）来到伦敦时形势大好（图10-4），莎士比亚逐渐成为一门大型的产业，对这个新星而言，利用诗人莎士比亚赚钱的时机已经成熟。正如许多戏剧故事中的情节一样，加里克以名不见经传的小演员身份进入演出界后，他的第一份好运便来了，他的风头压过了平时就扮演该角色的演员。此后他正式登场，这在某种程度上又为后世树立了一个规范：彻底重新解读莎士比亚剧中的主要角色。说到加里克，就想起了下个世纪（19世纪）的埃德蒙德·基恩及再下一个世纪（20世纪）的安东尼·谢尔，当时是理查三世在位。在此之后，再未有回顾。加里克做了我们认为一位大明星应做的一切：他雇用了饰演莎士比亚剧中人物的全班人马，还和女主演（才貌双全的佩格·沃芬顿）产生了绯闻。他管理着自己的演艺公司，在演戏的同时还审查剧本、指导戏剧作品的表演。由于加里克在各个领域内超凡的精力，不仅使演艺界成为前所未有地受人尊敬的行业，而且开创了高效的现代剧场业界模式。他始创的“演员—经理人”传统一直延续到劳伦斯·奥利维尔之后。

为纪念莎士比亚 200 周年诞辰，加里克组织大型的庆典活动，使莎士比亚戏剧演出事业达到了顶峰。1769 年适逢新的镇公所落成开放，这项重大的庆典活动在埃文河畔的斯特拉特福镇举办，这比本应庆祝的时间晚了起码 5 年。这场庆典活动持续了 3 天，在此期间，许多时髦的伦敦人涌入莎士比亚的出生地，那个迄今依然偏僻的乡间小镇。文学旅游也自此发端，当地的主办方销售莎士比亚纪念物赚得盆满钵满，据信连大诗人莎士比亚家桑树上砍下来的碎屑都被当成纪念品卖掉了。自从据说是钉死耶稣的真十字架碎片在中世纪被当作商品销售以来，还没有哪一棵树能产出如此之多的“木材”。这次庆典项目包括一场盛大的莎士比亚戏剧人物游行、假面舞会、赛马会和烟花表演。按照真正的英国方式，这样的户外活动被倾盆大雨泡了汤。在庆典活动的高潮，加里克赋诗一首，“在埃文河畔的斯特拉特福新建筑落成及莎士比亚雕像揭幕仪式上的颂词”，一流的音乐家托马斯·阿恩（Thomas Arne，1710—1778）还为这首诗谱了曲。加里克安排了一名观众（一名同伴演员）以即兴表演的舞台剧形式，打扮成一个法国花花公子的模样，指控——一代代法国文学鉴赏家们都指控——莎士比亚粗俗、偏狭、被高估了。这一场景为加里克提供了机会，公开为莎士比亚郑重其事地辩护。在庆典活动结束、回到大都市伦敦后，加里克在他掌管的位于特鲁里街的剧院将部分庆典活动重新搬上舞台上演。虽然他的整个商业活动受到了新闻报道、漫画和舞台滑稽剧的嘲讽，但在整个英国及欧洲大陆产生了巨大的宣传效应。那次周年庆典不仅使埃文河畔的斯特拉特福镇成为一处旅游景点，更开创了夏季艺术节的先河。

《绅士杂志》（*Gentleman's Magazine*）在庆典活动之前就曾报道称，“整个庆典活动将以神化莎士比亚收官”。庆典活动本身就是一种新奇的神化手段，因为加里克所说的话要比莎士比亚（事实上，在庆典活动中他的戏剧一部都未曾上演）说的话更受人关注，但往回看的话，庆典活动可能就是莎士比亚最终从一流之列转变为——按加里克的话说就是，“我们崇拜的神祇”的转折点。加里克本人在这个神殿中扮演大祭司的角色——的确，他就是神启的莎士比亚在世自封的代表——几年之后，威廉·库柏在极受欢迎的诗篇《任务》中概括道：

因为加里克本人就很崇拜莎士比亚；
他起草了公祷文，策划了这场祭典
和当天隆重的仪式，

图 10-5. 威廉·普尔的环球剧院重建模型，佚名摄影师，约 1900 年。

图 10-6. 根据 1934 年芝加哥环球剧院设计图，于 1935 年修建的圣·迭戈环球剧院。

他呼吁全世界来到埃文河畔，齐声颂赞。
多么美好啊！这证明
虔诚依旧在人心，
星星之火尚未熄。

在传统宗教面临严峻挑战之时，对莎士比亚的狂热崇拜逐渐成为一种世俗信仰。

到了 19 世纪末，这位来自阿登森林边缘的、曾经的小学童莎士比亚不仅演化成为诗歌与戏剧的大师，而且成了高雅文化本身至高无上的神祇。他的作品被翻译成许多种语言，随着大英帝国的扩张，全世界都在研究和上演他的剧作。人们越来越渴望正宗的剧场演出——反对维多利亚时期将莎士比亚原本开阔、简单的舞台置景换成精美复杂的拱形舞台设计。

威廉·普尔（William Poel，1852—1934）率先不断地尝试复原伊丽莎白时期戏剧的各种演出条件。1897 年他绘制了一幅比例尺为 1 ： 24 的环球剧院设计图（图 10-5），想要把它当作全尺寸重建环球剧院的草图，他希望重建后被用作当时正在讨论建设的国家剧院的场馆。虽然普尔的梦想未能实现，但 1912 年由埃德温·鲁琴斯设计的全尺寸环球剧院临时重建，被称为“莎士比亚英国大剧院”，主要为在伯爵宫举办的一场展览会而建。据称，曾有那么一小段时间，伦敦人“能够径直走入 16 世纪，直观地想象莎士比亚时代的环境和氛围”。一家名为依德里克的演艺公司将精选的莎士比亚剧搬上了舞台，穿着伊丽莎白时代服饰的演员们假扮莎士比亚时代的观众。

到了 20 世纪，世界许多地方都按环球剧院原来的样子建起了自己的莎士比亚环球

图 10-7. 1996 年由澳大利亚导演巴兹·鲁尔曼执导的好莱坞巨制《罗密欧与朱丽叶》的宣传海报。

图 10-8. 1965 年由詹姆斯·伊沃里执导的影片《莎剧演员》的宣传海报，影片讲述了一个英国家族剧团在后殖民地时代的印度巡回演出莎士比亚戏剧的故事。

图 10-9. 罗本岛圣经（实为莎士比亚全集）细部，显示 1977 年 12 月 16 日，纳尔逊·曼德拉做了记号并签名的《裘力斯·恺撒》部分。印刷书籍，21.5 厘米 × 15 厘米（合起），南非德班的桑尼·温卡特斯南收藏。

剧院。在 1934 年的芝加哥世界博览会上（被称为“一个世纪的进步”），展出了由托马斯·伍德·史蒂文森根据莎士比亚研究学者 J.C. 亚当斯的一幅设计图建造的全尺寸环球剧院。萨姆·沃纳梅克便是其中的一位参观者。这为他的梦想埋下了一粒种子，他想在泰晤士河南岸、莎士比亚环球剧院原址不远处为伦敦观众重新建造一座能用的剧院，20 世纪末他的这一梦想终成现实。1997 年莎士比亚环球剧院开门营业，而且在没有任何财政资助的情况下，成功地让新时代的观众重新体验了莎士比亚笔下的露天半岛式舞台。

世纪博览会之后的芝加哥，依照与芝加哥环球剧院同样的图纸建设了圣·迭戈环球剧院（图 10-6），使之成为第一座上演莎士比亚全部剧目的永久性建筑。克利夫兰、达拉斯等地的环球剧院促使美国兴起了莎士比亚节。时至今日，远到东京与罗马的世界各地，拥有十多家正在使用的伊丽莎白风格的剧院。

电影这种新媒体的出现，使 20 世纪莎士比亚的全球化成为可能。自最早的无声电影面世以来，出现了众多版本的莎剧以及由此改编的电影。从好莱坞到宝莱坞，世界各地的导演们都借莎士比亚而功成名就（图 10-7—10-8）。

非常奇特的是，莎士比亚去世后，他的作品被用于政治目的。在苏联时期的东欧国家，许多关于残暴的独裁者、间谍、告密者和妄想狂的莎士比亚悲剧作品被广泛制作出来，这成了批判党和政府的一种途径，同时却不致招惹当局的政治审查，而这种审查在当时的戏剧演出中非常常见。20 世纪 80 年代晚期，在布加勒斯特上演的《哈姆雷特》隐晦地将克劳狄斯和葛特鲁德比作齐奥塞斯库夫妇。这种类比的影响力非常强大，以致 1989 年东欧革命爆发后，学生们把目光转向曾经扮演哈姆雷特的演员约恩·卡拉米图，劝说他带领民众冲击国家电视台。

与此同时，《裘力斯·恺撒》在非洲产生了特别重大的影响，为反抗帝国主义统治提供了范例。坦桑尼亚第一任总统裘力斯·尼雷尔将这部剧翻译成了斯瓦西里语。

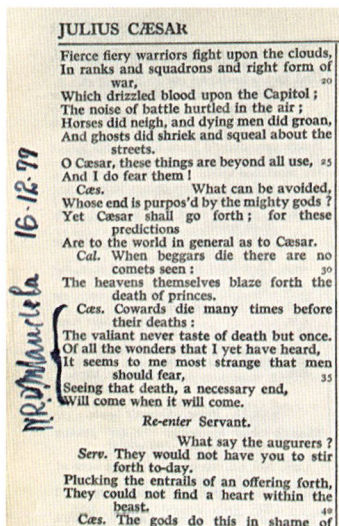

1944年，包括纳尔逊·曼德拉在内的一群年轻的南非黑人政治家，成立了非国大青年联盟，向各方施压，旨在建立一个更加富有战斗精神的民族国家。非国大青年联盟的口号最后一句便是该剧的台词：“亲爱的勃鲁托斯，那错处并不在我们的命运，而在我们自己”（《裘力斯·恺撒》1.2.146—147）。非国大青年联盟的一些带头人被关押到罗本岛之后，他们发现莎士比亚的作品成了他们共同的纽带和慰藉。他们当中有一位名叫桑尼·温卡特斯南的人，设法弄来了一套莎士比亚全集，伪装成印度教圣书。他把这套书分别传给所有领头的囚徒，让他们在自己最喜欢的章节空白处签上名字，这卷加注了独特标记的书反映了不同的人对莎士比亚独特的解读。曼德拉的良师兼密友沃尔特·西苏鲁挑选的是夏洛克的一句台词：“我总是忍气吞声，耸耸肩膀，没有跟您争辩，因为忍受迫害本来是我们民族的特色。（《威尼斯商人》1.3.100—101）”但是最受人钟爱的作品首推《裘力斯·恺撒》。曼德拉挑选的是恺撒的预言，他在这段话的下面签注了自己的姓名，并署上了日期：1977年12月16日（图10-9）。

JULIUS CÆSAR

Fierce fiery warriors fight upon the clouds,
In ranks and squadrons and right form of war,
Which drizzled blood upon the Capitol;
The noise of battle hurtled in the air;
Horses did neigh, and dying men did groan,
And ghosts did shriek and squeal about the streets.
O Cæsar, these things are beyond all use,
And I do fear them!
Cæs. What can be avoided,
Whose end is purpos'd by the mighty gods?
Yet Cæsar shall go forth; for these predictions
Are to the world in general as to Cæsar.
Cal. When beggars die there are no comets seen:
The heavens themselves blaze forth the death of princes.
Cæs. Cowards die many times before their deaths:
The valiant never taste of death but once.
Of all the wonders that I yet have heard,
It seems to me most strange that men should fear,
Seeing that death, a necessary end,
Will come when it will come.

Re-enter Servant.

What say the augurers?
Serv. They would not have you to stir forth to-day.
Plucking the entrails of an offering forth,
They could not find a heart within the beast.
Cæs. The gods do this in shame of

懦夫在未死以前，就已经死过好多次；
勇士一生只死一次。
在我所听到过的一切怪事之中，
人们的贪生怕死是一件最奇怪的事情，
因为死本来是一个人免不了的结局，
它要来的时候谁也不能叫它不来。

莎士比亚的“生命”并未因1616年他离世的“必然结局”而终结，四个世纪以来，他的戏剧依然生机勃勃，不断地焕发出新的光彩。

致谢单位一览表

The publisher would like to thank the copyright holders for granting permission to reproduce the images illustrated. Every attempt has been made to trace accurate ownership of copyrighted images in this book. Errors and omissions will be corrected in subsequent editions provided notification is sent to the publisher.

All photographs of British Museum objects are © The Trustees of the British Museum, courtesy of the Department of Photography and Imaging. Registration numbers and provenance information for British Museum objects included in the exhibition *Shakespeare: staging the world* can be found in the list of exhibits on page 286. Details for British Museum objects not included in the exhibition can be found below.

Chapter 1

Fig. 1: The National Archives
Fig. 2: © Museum of London
Fig. 3: © British Library Board
Fig. 4: By permission of the Governors of Stonyhurst College
Fig. 6: By courtesy of Edinburgh University Library, Special Collections Department
Fig. 8: © Angelo Hornak/Alamy
Fig. 9: © The Society of Antiquaries of London, 2012
Fig. 10: The Provost and Fellows of Worcester College Oxford
Fig. 11: © National Museum of Wales
Fig. 12: © British Library Board
Fig. 13: British Museum PE 1887,0729.2 and PE 1887,0729.3
Fig. 15: © John Cheal, Inspired Images 2010. By kind permission of Holy Trinity Church, Stratford—upon—Avon
Fig. 16: © John Cheal, Inspired Images 2010. By kind permission of Holy Trinity Church, Stratford—upon—Avon and St Helen's Church, Clifford Chambers
Fig. 17: © National Portrait Gallery, London
Fig. 21: Tokyo National Museum
Fig. 22: © Board of Trustees of the Armouries
Fig. 23: Private collection
Fig. 24: © Victoria and Albert Museum, London
Fig. 26: University of Birmingham Research and Cultural Collections
Fig. 27: Su concessione del Ministero per i Beni e le attività culturali. Foto Soprintendenza B.S.A.E di SIENA & GROSSETO
Fig. 28: © Board of Trustees of the Armouries
Fig. 29: British Museum PD 1880,1113.3672
Fig. 30: British Museum PE 1928,0315.1
Fig. 31: By kind permission of the Masters of the Bench of the Honourable Society of the Middle Temple © The Honourable Society of the Middle Temple 2012. Photograph © Prudence Cuming
Fig. 32: Berkeley Will Trust 2012
Fig. 33: © Museum of London
Fig. 34: © Museum of London
Fig. 35: © Museum of London
Fig. 36: © Museum of London
Fig. 37: © Dulwich College
Fig. 38: © Dulwich College
Fig. 39: SMK Photo
Fig. 40: © Bodleian Libraries 2012
Fig. 41: © British Library Board
Fig. 43: © National Portrait Gallery, London
Fig. 45: © British Library Board
Fig. 46: By kind permission of the Masters of the Bench of the Honourable Society of the Middle Temple © The Honourable Society of the Middle Temple 2012
Fig. 47: Photograph © 2012 Museum of Fine Arts, Boston

Chapter 2

Fig. 1: © British Library Board
Fig. 2: © Courtesy of the Shakespeare Birthplace Trust
Fig. 3: © National Portrait Gallery, London
Fig. 5: By kind permission of Warwickshire Museum Service
Fig. 6: By kind permission of Warwickshire Museum Service
Fig. 7: © Victoria and Albert Museum, London
Fig. 10: © Victoria and Albert Museum, London
Fig. 11: © Victoria and Albert Museum, London
Fig. 12: By Permission of the Folger Shakespeare Library
Fig. 13: By kind permission of Warwickshire Museum Service
Fig. 14: © Bodleian Libraries 2012
Fig. 15: © British Library Board
Fig. 16: © Courtesy of the Shakespeare Birthplace Trust
Fig. 22: © Victoria and Albert Museum, London
Fig. 23: © Victoria and Albert Museum, London
Fig. 24: © Tate, London, 2012
Fig. 25: Photograph provided by the Denver Art Museum
Fig. 26: © National Portrait Gallery, London
Fig. 27: ©NTPL/John Hammond/Powis Estate
Fig. 28: © Victoria and Albert Museum, London
Fig. 29: © John Cheal, Inspired Images 2010. By kind permission of Holy Trinity Church, Stratford—upon—Avon
Fig. 30: By Permission of the Folger Shakespeare Library
Fig. 32: © Simon Brighton
Fig. 34: © College of Arms
Fig. 35: © College of Arms

Chapter 3

Fig. 1: © The Dean and Chapter of Westminster 2012
Fig. 2: British Museum PD 1848,0911.748
Fig. 3: © The National Gallery, London
Fig. 8: Werner Foreman Archive
Fig. 9: © British Library Board
Fig. 10: © National Portrait Gallery, London
Fig. 11: By Permission of Scarbrough Trustees
Fig. 12: © The Society of Antiquaries of London, 2012
Fig. 13: British Museum PE SLAntiq.364 Bequeathed by Sir Hans Sloane
Fig. 15: © The Society of Antiquaries of London, 2012
Fig. 17: Wendy Scott/Portable Antiquities scheme
Fig. 18: © The Society of Antiquaries of London, 2012
Fig. 19: © The Dean and Chapter of Westminster 2012
Fig. 20: © The Dean and Chapter of Westminster 2012
Fig. 21: © The Dean and Chapter of Westminster 2012
Fig. 22: © The Dean and Chapter of Westminster 2012
Fig. 23: © The Dean and Chapter of Westminster 2012
Fig. 25: By courtesy of Edinburgh University Library, Special Collections Department
Fig. 26: © Tate, London, 2012
Fig. 27: © British Library Board
Fig. 29: © Douglas Atfield 2012. By kind permission of Trinity College, Cambridge

Chapter 4

Fig. 1: British Museum PD 1880,1113.5777
Fig. 2: © Marquess of Bath
Fig. 4: Drawn by David Honour for Martin Biddle
Fig. 6: © Bodleian Libraries 2012
Fig. 7: Reproduced by permission of the Provost and Fellows of Eton College
Fig. 8: © The National Gallery, London
Fig. 9: British Museum PD X,1.93
Fig. 11: © Private collection, on loan to the National Portrait Gallery, London

Fig. 12: © Board of Trustees of the Armouries
Fig. 14: © British Library Board
Fig. 15: © British Library Board
Fig. 18: British Museum PD 1877,0512.872
Fig. 19: © Bodleian Libraries 2012
Fig. 22: British Museum GR 1884,0614.12
Fig. 24: © The Walters Art Museum, Baltimore

Chapter 5

Fig. 3: Reproduced by permission of the Provost and Fellows of Eton College
Fig. 5: © RMN/Jean—Gilles Berizzi
Fig. 6: The New York Public Library, Astor, Lenox and Tilden Foundations
Fig. 7: © British Library Board
Fig. 8: © British Library Board
Fig. 10: © Victoria and Albert Museum, London
Fig. 11: Private collection
Fig. 12: © British Library Board
Fig. 13: © Victoria and Albert Museum, London
Fig. 14: The Metropolitan Museum of Art/Art Resource/Scala, Florence
Fig. 15: © National Library of Scotland
Fig. 16: © Victoria and Albert Museum, London
Fig. 17: By kind permission of His Grace the Duke of Bedford and the Trustees of the Bedford Estates © His Grace the Duke of Bedford and the Trustees of the Bedford Estates
Fig. 18: © Victoria and Albert Museum, London
Fig. 19: © Victoria and Albert Museum, London
Fig. 21: © The Society of Antiquaries of London, 2012
Fig. 22: © Bodleian Libraries 2012
Fig. 23: British Museum CM 1923,0611.23
Fig. 24: © British Library Board
Fig. 26: Loddon Church, Norfolk, photo courtesy of the Hamilton Kerr Institute, Fitzwilliam Museum, Cambridge
Fig. 28: British Library Board
Fig. 29: British Library Board
Fig. 31: British Museum PD SL,5217.415 Bequeathed by Sir Hans Sloane
Fig. 32: Collection Rijksmuseum, Amsterdam

Chapter 6

Fig. 1: © Victoria and Albert Museum, London
Fig. 2: © Patrimonio Nacional
Fig. 3: © Victoria and Albert Museum, London
Fig. 4: © The National Gallery, London
Fig. 5: © College of Arms
Fig. 6: British Museum PE 1890,1004.1 Donated by Sir Augustus Wollaston Franks
Fig. 7: Gabinetto dei Disegni e Stampe, Uffizi, Florence, Italy/The Bridgeman Art Library
Fig. 9: Collection Rijksmuseum, Amsterdam
Fig. 11: British Museum PD 1870,0504.1463
Fig. 12: © British Library Board
Fig. 13: British Museum PE 1867,0507.746
Fig. 14: Skulpturensammlung, Staatliche Kunstsammlungen Dresden, © Jürgen Karpinski, Dresden
Fig. 15: Bayerisches Nationalmuseum München © Foto: Bayerisches Nationalmuseum, Walter Haberland
Fig. 16: British Museum PE WB.193 Bequeathed by Baron Ferdinand Anselm de Rothschild

Chapter 7

Fig. 1: From the collection at Parham House in Sussex
Fig. 2: The National Archives
Fig. 3: Ashmolean Museum, University of Oxford
Fig. 6: Photo: © The Trustees of the British Museum/The Roxburghe club. With kind permission of the Wormsley Library, Buckinhamshire
Fig. 7: By permission of the Governors of Stonyhurst College
Fig. 9: British Museum PD 1861,0518.1314
Fig. 10: By permission of the Governors of Stonyhurst College
Fig. 11: By permission of Llyfrgell Genedlaethol Cymru/the National Library of Wales
Fig. 12: The Trustees of Lambeth Palace Library (1597.15)
Fig. 13: © Bodleian Libraries 2012
Fig. 14: © National Museums Scotland
Fig. 15: © Bodleian Libraries 2012
Fig. 16: © National Museums Scotland
Fig. 17: By Permission of the Folger Shakespeare Library
Fig. 18: © National Museums Scotland
Fig. 19: © National Museums Scotland
Fig. 20: © National Museums Scotland
Fig. 21: © National Museums Scotland
Fig. 23: The MacDougall of Dunollie Preservation Trust
Fig. 25: The Royal Collection © 2012 Her Majesty Queen Elizabeth II. Photo: Sandy Young
Fig. 27: Somerset County Council Heritage Service
Fig. 28: © British Library Board

Chapter 8

Fig. 1: Reproduced by kind permission of the President and Fellows of Queens' College, Cambridge
Fig. 2: © National Library of Scotland
Fig. 5: British Museum CM 1844,0425.24
Fig. 7: © Bodleian Libraries 2012
Fig. 8: British Museum PD 1906,0509.1.12
Fig. 9: British Museum PD 1862,0208.94
Fig. 11: © Devonshire Collection, Chatsworth. Reproduced by permission of Chatsworth Settlement Trustees
Fig. 13: © Fitzwilliam Museum, Cambridge
Fig. 14: © British Library Board
Fig. 15: © The Society of Antiquaries of London, 2012
Fig. 17: © British Library Board
Fig. 20: © National Portrait Gallery, London

Chapter 9

Fig. 5: © National Trust/Niki Miles
Fig. 7: British Museum PE 1855,1201.223
Fig. 9: © Victoria and Albert Museum, London
Fig. 10: British Museum PD 1906,0509.1.13
Fig. 11: British Museum PD 1952,0117.14.13
Fig. 13: From the collection at Parham House in Sussex
Fig. 15: With kind permission of the University of Edinburgh/The Bridgeman Art Library
Fig. 18: British Museum PD N,5.259 Bequeathed by Sir Hans Sloane
Fig. 19: British Museum PD 1854,1113.160
Fig. 20: British Museum PD 1910,0611.1
Fig. 21: British Museum PD 1906,0509.1.6
Fig. 22: British Museum PD 1906,0509.1.68
Fig. 25: British Museum PD SL,5218.128 Bequeathed by Sir Hans Sloane
Fig. 26: British Museum AOA Am,St.397.a
Fig. 28: British Museum PD 1918,1030.1 Donated by Sir Edward Priaulx Tennant, 1st Baron Glenconner
Fig. 30: © British Library Board

Chapter 10

Fig. 1: By permission of the Governors of Stonyhurst College
Fig. 3: © The Dean and Chapter of Westminster
Fig. 4: Private collection
Fig. 5: © Victoria and Albert Museum, London
Fig. 6: Courtesy of University of Arizona Libraries, Special collections
Fig. 7: Photo: The advertising archives © Reserved
Fig. 8: Source BFI Stills, © British Film Institute
Fig. 9: © Courtesy of the Shakespeare Birthplace Trust

租借单位一览表

The British Museum would like to thank all the lenders to the exhibition *Shakespeare: staging the world* for their generosity.

Ashmolean Museum of Art and Archaeology, Oxford
Bayerisches Nationalmuseum, Munich
Berkeley Castle, Berkeley
Bodleian Library, Oxford
British Library, London
Chatsworth House, Chatsworth
College of Arms, London
Collegiate Church of Holy Trinity, Stratford—upon—Avon
Dulwich College, London
Edinburgh University Library, Edinburgh
Eton College, Windsor
Longleat House, Warminster
MacDougall of Dunollie Preservation Trust
Middle Temple, London
Museum of London, London
National Gallery, London
National Library of Scotland, Edinburgh
National Museum of Wales, Cardiff
National Museums Scotland, Edinburgh
National Portrait Gallery, London
Palace of Holyroodhouse, Edinburgh
Parham House, Storrington
Pinacoteca Nazionale, Siena
Powis Castle, Powys
Rijksmuseum, Amsterdam
Royal Armouries, Leeds
Shakespeare Birthplace Trust, Stratford—upon—Avon
Society of Antiquaries of London, London
Staatliche Kunstsammlungen, Dresden
Stonyhurst College, Clitheroe
Tate Britain, London
Trinity College, Cambridge
University of Birmingham Research and Cultural Collections, Stratford—upon—Avon
Sonny Venkatrathnam, Durban
Victoria and Albert Museum, London
Warwickshire Museum Service, Warwick
Westminster Abbey, London
Woburn Abbey, Woburn

致谢

Our thanks are also due to the following for assistance of various kinds:

Richard Abdy, Ian Adam, Philip Attwood, Susanna Avery—Quash, Natasha Awais—Dean, Sir Nicholas Bacon, Leonora Baird, Peter Barber, Bruce Barker—Benfield, Emma Barnard, Giulia Bartrum, Andrew Bashsam, John Battersby, Andrea Bayer, Giulio Beltramini, Charles Berkeley, John Berkeley, David Bindman, Paul Binski, Richard Blurton, Charlotte Boland, Anthony Boswood, Julian Bowsher, Piet van Boxell, Tricia Boyd, Christopher Brown, Clare Browne, Nicky Burman, Simon Callow, Tobias Capwell, Hugo Chapman, Clive Cheesman (Richmond Herald), Tim Clark, Deborah Clarke, Stephanie Coane, Alec Cobbe, Tarnya Cooper, Hannah Crawforth, John Curtis, Vesta Curtis, Hilary Davidson, Vivian Davies, Aileen Dawson, Stephen Deuchar, Louise Devoy, Nicholas Donaldson, Ann Donnelly, Gregory Doran, Helen Dorey, Martin Drury, Julia Dudkiewicz, Richard Edgecumbe, the late Geoff Egan, Renate Eikelmann, Mark Evans, Oliver Fairclough, Frank Field, Laura Fielder, Lesley Fitton, Hazel Forsyth, David Gaimster, Ciara Gallagher, Catherine Gillies, Daniel Godfrey, Moira Goff, Iain Gordon—Brown, Martin Gorick, Janet Gough, Jan Graffius, Andrew Graham—Dixon, Chris Gravett, Antony Griffiths, the late John Gross, Andrew Grout, Matthew Hahn, John Hall, James Hamilton, Anna Harnden, Kate Harris, Matthew Harvey, Karen Hearn, Peter Higgs, Matthew Hirst, Francesca Hillier, Richard Hobbs, Eric Hobsbawm, Maurice Howard, David Howell, Arnold Hunt, Clive Hurst, Mark Jones, Matthew Jones, Annemarie Jordan, Jody Joy, Tim Knox, Paul Kobrak, Scottford Lawrence, Martin Levy, Jack Loman, Christina Acidini Luchinat, Calista Lucy, Mari MacDonald, Mark MacDonald, Madam MacDougall of MacDougall (Morag MacDougall Morley), Arthur MacGregor, Catherine Macleod, Jonathan Marsden, Joseph Marshall, Ellen McAdam, Elaine McChesney, Thomas McCoog, Colin McEwan, Lyndsay McGill, Andrea de Meo, Nikki Miles, Ralph Moffat, Luca Mola, Andrew Moore, Silvia Morris, Tessa Murdoch, Jacki Musacchio, Sandy Nairne, Beverley Nenk, Henry Noltie, Susan North, Sheila O'Connell, Barbara O'Connor, Roighnall O'Floinn, Mark O'Neill, Richard Ovenden, Diana Owen, Kate Owen, Susan Owens, Richard Pailthorpe, David Paisey, Nicholas Penny, Grayson Perry, Wim Pijbes, Venetia Porter, the Earl of Powis, Paul Quarrie, Susan Reed, the Lord Rees of Ludlow, Christine Reynolds, Thom Richardson, Ben Roberts, Paul Roberts, Mike Robertson, Christopher Rowell, Heather Rowlands, Judy Rudoe, Henrietta Ryan, Nicholas Sagovsky, Mario Scalini, John Scally, Richard Scarbrough, Diana Scarisbrick, Astrid Scherp, Timothy Schroder, Timon Screech, Lorenz Seelig, James Shapiro, Desmond Shawe—Taylor, Alison Shell, Robin Smith, Rosalyn Smith, Nick de Somogyi, Joseph Spence, Simon Stephens, Gary Stevens, Simon Swynfen Jervis, Dirk Syndram, Luke Syson, Ilana Tahan, David Taylor, Ian Taylor, Lluis Tembleque, Sarah Thomas, David Thompson, Tony Trowles, Pamela Tudor—Craig (Lady Wedgwood), Hilary Turner, An van Camp, Gillian Varndell, Sonny and Theresa Venkatrathnam, Des Violaris, William Waldegrave, Victoria Wallace, Alison Watson, Bruce Watson, Rowan Watson, Sara Wear, Julia Webb, Evelyn Welch, Martin White, Lesley Whitelaw, Arnott Wilson, Michael Winckless, Maurice Woelk, Linda Wolk—Simon, Derek Wood, Maggie Woods, Bob Woosnam—Savage, Lucy Wrapson, Sue Younge, Robert Yorke.

译后记

威廉·莎士比亚一生充满了传奇色彩，他的身世一直是个谜团。在他家乡的教堂里记录着他的生卒、结婚日期；但他生平中的其他重大事件均无明确的记载，包括他在伦敦的几十年辉煌岁月。1564年4月26日，莎士比亚生于英国中部沃里克郡埃文河畔的斯特拉特福镇。据说，他的父亲是一位富商，经营过毛皮、肉类生意，后来还担任过市参议员。莎士比亚曾在本地的一所文法学校学习，后因父亲的生意破产而中断了学业。于是，他不得不设法独立谋生。莎士比亚初到伦敦时主要从事一些下等的差使。1588年，他的早期剧作才得以问世。但是没过多久，莎士比亚就凭自己的勤奋在戏剧创作、戏剧表演、十四行诗三个领域取得了不俗的成绩。大约在1612年，莎士比亚离开伦敦，返回故乡斯特拉特福镇，孤独地度过了几个春秋，之后于1616年4月23日病逝。这些背景资料虽然得到了绝大多数渠道的公认，但事实上，他的生平经历和戏剧创作过程却充斥着许许多多不确定和主观臆测的东西。就莎士比亚而言，现存的资料大致可分为三种：一是有记载的事实，内容差别不大；二是传闻逸事，这种资料往往有多种版本，没有统一的说法；还有一种是推测，这种资料往往没有明确的证据，可靠性不足。

莎士比亚是英国的，也是世界的。我国学者对莎士比亚的译介和研究起步较晚。1856年，在上海墨海书院印行的中译本《大英国志》中，首次出现了莎士比亚的名字。近年来，针对莎士比亚作品与学术性著作的翻译与日俱增。尽管许多作品都配了一定的插图，但是大多数都是出自戏剧作品的人物肖像。2001年山东画报出版社出版了《莎士比亚画册》，该书由英国多位著名皇家科学院的艺术家根据莎士比亚戏剧的剧情所绘。这些版画作品栩栩如生地展现了莎翁笔下的众多人物，生动有力地展示了人物的身份、自然风貌、植物建筑等，营造出一丝浓重的历史感。但不无遗憾的是，这些版画作品毕竟只是虚构的画作，并非真实的图片与实物。

近年来，我国学者就莎士比亚及其作品所刊发的论文数量十分可观，而当前的莎学研究也呈现出了鲜明的时代特征。杨金才教授认为，新世纪以来，西方莎学研究呈现多元化、创新之势，但就其研究范式及其采用的方法而言，可以概括为两大阵营，即“历史主义派”和“当下主义派”。如今，世界进入了全球化时期。世界主义成了当下文学批评关注的理论前沿，学者们纷纷运用这一理论重新挖掘经典文本。耶鲁大学莎士比亚研究专家大卫·卡斯顿教授认为，在全球化的今天，每个国家和民族都有权利根据自己的文化，对莎士比亚做出特定的解读，这是莎士比亚永恒性和全球性的重要表现。

因此，如何在全球化语境下审视莎士比亚及其文学创作就成了一个新的研究热点。

2016年是莎士比亚逝世四百周年。英国政府和文化部门在全球一百多个国家和地区举办“永恒的莎士比亚”系列纪念活动。2012年，英国皇家莎士比亚戏剧公司举办了名为“莎士比亚的舞台世界”的展览活动。此次展览虽为支持奥运会而举办，但它亦是向世界展示英国国家艺术和文化系列活动的一部分。《英国的黄金时代：莎士比亚的世界》是此次展览的成果总结。该书提供了大量真实、可靠的实物照片。这些实物与莎士比亚戏剧之间有着千丝万缕的关联。作者以大量真实、可信的分析与论证为基础，把莎士比亚的作品置于那个特定的历史背景下，从历史的视角探索莎士比亚及其艺术生活中的各种问题。作者以点带面，描绘了一幅生动、真实的历史画卷，为读者呈现了一个形象生动、独具特色的世界。

正如本书作者乔纳森·贝特和多拉·桑顿所言，四百年前的伦敦正是全球现代性在诸多方面刚刚萌芽起步的阶段。透过莎士比亚及其作品中的某些细节，我们可以领略当时英国社会的方方面面。本书罗列了数量庞大的展览物件，这些物件基本上都属于各大博物馆和收藏机构。作者在前言中指出：“本书的撰写采用了一系列实例研究，聚焦于广阔的地域、文化和主题，从而在莎士比亚的想象世界和16世纪末、17世纪初的真实物件之间建立了对话。”诚然，书中所罗列的众多物件都是极其珍贵的文物，它们都具有特殊的地位和历史价值。它们在构建现代初期的集体记忆中发挥了重要的作用。欣赏这些图片与文字的时候，我们仿若在倾听大师的灵魂低语。他深邃透彻的精神变成了一缕温暖的光，时而划破苍穹，时而为我们展现一大片无垠的神秘世界。透过这些物件，我们会情不自禁地产生一种身临其境的感觉：置身于莎士比亚的戏剧情节之中，“穿越”历史回到四百年前，回到“环球剧院”的门廊和舞台……这些物件与文字就是一张张书写历史的面具。掀开它们，我们似乎窥见莎士比亚曾经踏过的每一行足迹。我们发现，这些足迹所构成的过去“始终就在我们跟前”。透过一件件历史的展品，我们似乎看到了历史的混乱与矛盾，看到了各种人物的放纵与沉郁，看到了盛名远扬与坎坷潦倒，看到了激越反叛与自由虚无……这些参展的物件为我们展示了一个现代化初期的多元文化之门，特定的物件与莎士比亚作品中的某些人物、场景、时代背景形成了某种互文式的呼应，为我们提供了全新的解读思路和阐释空间。

2014年10月，笔者接到《英国的黄金时代：莎士比亚的世界》一书的翻译邀请时，正在紧张地准备博士中期考核，当时难免有些犹豫，但出于对书稿的喜爱最终仍然答应了下来。之后不久，为纪念莎士比亚逝世四百周年，南京大学举办了“全国莎士比亚研讨会”。而我也“趁热打铁”参加会议并宣读了论文。由此，我对莎士比亚的情感随着这两次事件而逐渐“深厚”起来。

虽然这本名为《英国的黄金时代：莎士比亚的世界》的著作并非莎翁作品，但却是对莎翁弥足珍贵的纪念。由于本书配有大量插图，注释和说明较多，翻译时需要格外仔细，所费时间自然就成倍增加。为了不耽误出版社的出版时间，笔者在翻译过程中邀请了青年教师韩立俊与我一同翻译。我负责翻译第一、二、三、十章，韩立俊负责第四、五、六、七、八、九章。及至书稿译毕，笔者对全书做了细致的校译和统一。在本书的翻译过程中，二人自始至终尽心尽力，不敢有丝毫的懈怠与马虎，只求译文能够忠实、通达和神似。然而，由于译者才疏学浅，能力有限，虽竭力为之，或许仍存在各种各样的瑕疵。本书历经三载终得译成，在此过程中得到了众多学者与朋友的帮助。在此向他们表示衷心的谢意。

最后，真诚感谢所有参与本书策划、编校和出版的人士，他们良好的沟通能力和出色的职业素养给我们留下了深刻的印象，同时也保证了本书以较高的质量展现在读者面前。

刘积源

2017 年 8 月

出 品 人：许　永
责任编辑：许宗华
责任校对：雷存卿
封面设计：海　云
内文制作：石　英
印制总监：蒋　波
发行总监：田峰峥

投稿信箱：cmsdbj@163.com
发　　行：北京创美汇品图书有限公司
发行热线：010—59799930

创美工厂
微信公众平台

创美工厂
官方微博